新潮文庫

つゆのひぬま

山本周五郎著

新潮社版

2046

目次

つゆのひぬま

武《ぶ》家《け》草鞋《わらじ》

一

「あの方はたいそう疲れていらっしゃるのですね、お祖父《じい》さま、きっとずいぶんお辛《つら》い旅が続いたのでしょう、わたくしあの方のお顔を拝見したときすぐにそう思いました」若いむすめの艶《つや》やかな声が、秋の午後のひっそりとした庭のほうから聞えてくる、「……並なみのご苦労ではないのですよ、あのお眼《め》の色でしんそこ疲れきっていらっしゃるのがわかります、わたくし胸が痛くなりました、本当にここのところが痛くなりましたの、お祖父さま」

「その土を均《なら》すのはお待ち、朽葉を混ぜて少し日に当ててからにしよう」老人のしずかな声がそう云《い》った、「……今年あんなに虫が付いたのは鋤返《すきかえ》すとき日に当て方が足りなかったのだろう、可哀《かわい》そうにこっちの蕨《わらび》はみんな根がこんなになってしまった」

「ああそれはお捨てにならないで下さいまし、わたくし糊《のり》を拵《こしら》えますから」

宗方伝三郎《むなかたでんざぶろう》はうとうとまどろみながら、遠い思い出からの呼び声のように二人の会話を聞いていた。なかば覚めかかって、ああおれはこの家に救われているんだなと思い、また夢うつつのように眠ってしまう、ともかくも今は人の情に庇《かば》われているという安心と、身も心も虚脱するような疲れとで、起きあがる力さえ感じられないのであった。老人は口数の少ない人とみえてときどきさりげない返辞をするだけだが、娘は話し好きらしく殆《ほと》んどひっきりなしに声が聞えてくる、それがいかにも明るく爽《さわ》やかだし、話題はどうでも話してさえいれば楽しいという風で、聞いているほうがしぜんと頬笑《ほほえ》ましくなる感じだった。——心ゆたかに育ったんだな、伝三郎は夢ごこちになんどもそう思った、きっと性質もやさしいむすめだろう。

呼び起されて本当に眼が覚めたのは昏《く》れ方であった。粥《かゆ》が出来たので此処《ここ》へ持って来るから顔を洗うようにと云う。伝三郎は起きて頂戴《ちょうだい》すると答えて夜具をはねた。……娘に案内されて裏へ出ると、若杉《わかすぎ》の垣《かき》の向うはうちひらけた段畑で、その畑地の果てるかなたには、峡間《はざま》はざまに夕雲のわき立った重畳《ちょうじょう》たる山々が眺《なが》められる、垂れさがった鼠色《ねずみいろ》の雲にはもう残照もなく、耕地も森も、薄《すすき》の白く穂立った叢林《そうりん》も、黄昏《たそがれ》のもの哀しげな光りに沈んで、しずかに休息の夜の来るのを待っているようにみえる、なんというしずかさだろう、伝三郎は切なくなるほどの気持で心の内にそう呟《つぶや》いた。

「そんなにご熱心にどこをごらんなさいますの」娘は半挿《はんぞう》へ水を汲《く》みながらそう問いかけた、「……ああ二俣山《ふたまたやま》を捜しておいでなさいますのね」

「二俣山、……ええ、そうです」伝三郎はちょっとまごついた、「そうです、それはどちらのほうですか」

「もっとずっと左のほうでございます、いちばん手前にある低い山のずっと左の端に、こんもりと木の繁《しげ》った小高い処《ところ》が見えますでしょう、あれが二俣のお城跡《しろあと》でございます」そう云って娘はふと声を曇らせた、「……わたくしあのお城跡を見ますと、いつも岡崎《おかざき》さまのお痛わしい御最期《ごさいご》のはなしを思いだしますの、本当になんというお痛わしい、悲しいお身の上の方でございましょう、考えるたびに胸が痛くなりますわ、あなたはそう思《おぼ》し召しませんか」

「人間は正しく生きようとすると」伝三郎はふと険しい口ぶりでそう云った、「……とかく世間から憎まれるものです、岡崎殿の御最期はお痛わしいというより、寧《むし》ろ美しい詩だと申上げるほうが本当でしょう、しかしこんな云い方は敗北者の哀れな悲鳴かも知れませんがね」

終りは自分を嘲《あざけ》るような、ひどく棘《とげ》のある調子だったので、娘はびっくりして大きく眼を瞠《みは》りながらこちらを見あげた、伝三郎もいきなりそんな調子でものを云ったことが恥かしくなり、娘の眼から逭《のが》れるようにざぶざぶと顔を洗いはじめた。岡崎殿とは徳川家康《とくがわいえやす》の長男、三郎信康《さぶろうのぶやす》をさす、不運な生れつきのひとで、徳川家のために尠《すく》なからぬ功績はありながら、複雑な事情から父に疎《うと》んぜられ、天正《てんしょう》七年の九月、ついに遠江《とおとうみ》のくに山香《やまか》の二俣城で自刃《じじん》して果てた。原因は説に依《よ》って違うが、父家康の内命による死だと伝えられている。いかにも哀史というべきその話は伝三郎もよく知っていたが、眼の前にその遺跡があろうとは気づかなかった、そしてあれがその城跡だと教えられたとき、説明しようのない怒りを感じたのである。それは岡崎殿の悲運が、そのまま自分の身の上を暗示するように想《おも》えたからかも知れない。顔を洗いながら、かれは恥かしさに背筋へ汗の滲《にじ》むのを覚えた。

「幾らかお疲れが休まりましたか」食膳《しょくぜん》につくと老人が労《いたわ》るようにこちらを見ながらそう云った、「……べつにおすすめは致しませんから充分に召しあがって下さい、韮《にら》雑炊《ぞうすい》は疲れにはよいものです」

礼を述べようとしたが口を切る機会を失って、伝三郎は会釈《えしやく》しながら黙って箸《はし》をとった、老人は葛布《くずふ》のそまつな袴《はかま》の膝《ひざ》を折り目正しく坐《すわ》り、なにか祈念するもののようにじっと瞑目《めいもく》していた。

二

宗方伝三郎は出羽《でわ》のくに新庄《しんじょう》の藩士で、二百石の書院番を勤めていた、父も謹直なひとだったが、かれはそれに輪をかけたような性質で、少年の頃《ころ》から清廉潔白《せいれんけつぱく》ということをなによりの信条として育った、けれどもどういうわけか周囲との折り合が悪く、気持のうえでも日常生活でも、極めて孤独なおいたちをした。人はよく偏狭な男だとかれを嗤《わら》った、傲慢《ごうまん》な独善家だと罵《ののし》った、しかしかれにはそういう人の肚《はら》がみえ透くのだ。偏狭とはかれが正直いちずだからだし、傲慢と罵るのは廉潔をたてとおすからだ、御都合主義と虚飾でかためた世間の人々には、かれの純粋に生きようとする態度が、滑稽《こっけい》でもありけむたかったのである。

——嗤うなら嗤え、真実であることは嘲笑《ちょうしょう》されるだけで価値を失いはしない、どっちが正しいかはやがてわかるだろう、いつかはおれの真実がかれらの虚飾に勝つときがくる。

かれはそう信じていた、というよりもそう信じなければ生きてゆけないような立場に立たされていたのである。

貞享《じょうきょう》三年の春、新庄藩に家督問題がおこった、藩主の戸沢能登守《のとのかみ》正誠には五人の子があったけれど、男子はみな早世し、正誠もすでに老齢に及んだので、その世継をきめなければならぬ時となった。そこで他家《たけ》へ嫁《か》している正誠の息女の血筋を入れようという説と、家臣ではあるが遠い血続きになっている楢岡兵右衛門《ならおかひょうえもん》の二男を入れる説と、この二つの論が出てかなり紛糾した。だが能登守は初めから兵右衛門の二男をとる積りだったので、間もなく楢岡内記正庸が嗣子《しし》ときまり、この問題は終った。このとき伝三郎は内記を入れることに反対であった、他家へ嫁した息女が二人もあり、それぞれに子があるから、これこそ御じゅくん直系のお血筋とすべきである、楢岡もお血続きではあるが家臣で、家来から世継をとるということは藩家将来の綱紀にかかわり兼ねない。……そういう一部の老臣の説を尤《もっと》もだと信じて、かれはあくまで内記を迎えることに反対しとおした。そして能登守の意志が動かすべからずと知って、一部の老臣たちが説を翻《ひるがえ》してからも、かれと数名の者は頑《がん》として主張を変えず、ついに上役や老臣と衝突して、いさぎよく戸沢家を退身してしまったのだ。

――反対したのは内記さまそのひとが問題ではなく、主家将来の綱紀のためである。しかし内記さまを迎える以上、反対した者がそのまま職にとどまるのは、逆に綱紀の障りとなり兼ねない、なぜなら君臣のあいだには、微塵《みじん》も隔てがあってはならないのだから。

そう考えたことに嘘《うそ》はないし、退身した点もかえりみて愧《はず》かしくはない、それにもかかわらず、心のどこかに一種の敗北感があった、正しいと信じて身を処したのに、負けて逃げだすような屈辱的な感じが脳裡《のうり》から去らない、これは伝三郎にとって堪えがたいものだった。いつかは真実と虚飾の位置を明らかにしてみせる、そう思って孤独をとおしてきたのだが、結果としてはまるで逆になった、――偏狭なやつだ、ばか律義《りちぎ》な男だ、そう云って嘲笑する人々の声が聞えるようで、かれは忿《いか》りのために幾たびとなく身を震わした。

親族たちにも相談をせず、新庄をたちのいた伝三郎は、僅《わず》かな貯《たくわ》えを持って江戸へ出た、武士でなくともよい、清潔に生きる道でさえあればどんなことでもしよう、そう決心していたのである、けれども実際に当ってみるとそれは殆んど不可能なことだった。貞享、元禄《げんろく》といえば幕府政体もおちつくところへおちつき、商工業の発達と文化の興隆のめざましさにおいてまさに画期的な年代であったが、殊《こと》に新しく勃興《ぼっこう》してきた商人階級のちからは、ともすると武家の権威をすら凌《しの》ぐ勢いを示し、世は挙げて富貴《ふうき》と歓楽を追求する風潮に傾いていた、西鶴《さいかく》の永代蔵《えいたいぐら》に「……士農工商のほか出家神職にかぎらず、始末大明神の御託宣にまかせて金銀を溜《た》むべし、是《これ》ふた親のほかに命の親なり」といい、また続けて「……世にあるほどの願ひ何によらず、銀徳にてかなはざる事なし」といっている、また——親子の仲でも金は他人、などという言葉がなんのふしぎもなく人の口にのぼるありさまで、すべてが金であり利潤であった、貧しい者はもとより富める者はさらに富もうとして、どんな機会をものがすまいと血まなこになっている、伝三郎はそういう世の中へはいっていったのだ。武士として育ち、またかれのような性格をもって、こういう世相に順応できないのは当然である、新庄藩においてすら敗北したかれの廉潔心は、江戸へ出るがいなやもっとてひどく叩《たた》きのめされた、それは武家生活におけるような生やさしいものではなかった、一年あまりの暮しで、骨の髄までかれは叩きのめされたのである。

三

「わたくしは誇張して申すのではございません、また世間の俗悪卑賤《ひせん》をいちいち申上げようとも思いません、しかし世の中も、人間も、醜悪な、みさげはてたもので充満していています、しかもそれが堂々と、威張りかえって……」

手作りの風雅な行燈《あんどん》の中で、油の燃える呟きがしずかに聞えている、老人と相対して坐った伝三郎はこめかみのあたりに太い筋をあらわしながら、いかにも忿懣《ふんまん》に堪えぬという口調で語りついだ。

「物を売る商人は、物を売るのでなく代価を取るのが目的です、筆を買えば筆の穂は三日も経《た》つと取れてしまう、手拭《てぬぐい》を買えば幾らも使わぬうちに地がほつれてぼろぼろになる、足袋は縫目から破れるし草履はすぐに緒が抜ける、……銭さえ取ってしまえばよい、売った品物がどんなごまかしでも、そのために人がどんな迷惑をしようと構わない、ただ銭、銭さえ儲《もう》ければよいというのです、しかもこういう気風は商人に限りません、世間ぜんたいが欺瞞《ぎまん》と狡猾《こうかつ》との組み合せです、こんなことでいいのでしょうか」伝三郎はぶるぶると震えた、「……これで世の中がなりたってゆくでしょうか、こんなに堕落しながら恬《てん》として恥じない、寧ろみんな当然のような顔をしている、本当にこんなことでよいのでしょうか、こんな乱離たることで」

老人は袴の膝へ両手を置き、なかば閉じた眼で壁のあたりを眺めながら黙って聴いていた。戸沢家を退身して以来の身の上のそこまで語ってきて、伝三郎は回想することのやりきれなさに参ったらしい、「……そこでわたくしは江戸を逃げだしました」

と云うと、暫《しばら》く忿りを鎮《しず》めるようにむっと口を噤《つぐ》んだ。

「……しかし何処《どこ》へいっても同じことでした、どうかして生きる道を捉《つか》もうと、ちからのあるだけはやってみたのですが、結局はこちらの敗北です、わたくしはほとほと疲れました、もうたくさんだという気持です、これ以上は自分もそういう仲間にはいるか、それとも生きることをやめるか、二つのうち一つを選ぶより仕方がない、そしてわたくしは後者を選んだのです、こんな俗悪な世間に生きるよりは、寧ろ人間の匂《にお》いのない深山《しんざん》へはいって死のう、そう決心を致しました、そして残っている貯えのあるうちは安宿に泊り、無くなってからは野宿をしながら、殆んど水を飲み飲みここまで辿《たど》りついて来たのです、もしも救って頂かなかったら、あのとき倒れたまま死んだことでございましょう」

寧ろそのほうが本望だった、そう云いたげに伝三郎は話を終った。老人はかれの話が終ってからもながいこと黙っていたが、やや暫くして、しずかに、劬《いたわ》りのこもった調子でゆっくりと云った。

「まったく、世間というものはむずかしいものです、山へはいって死のうとまでお考えなすった、その気持もよくわかります、……わたくしなどはごらんのとおり山家《やまが》の老耄人《ろうもうじん》でなにも知らず、意見の申上げようもなし、ただご尤《もっと》もと申すよりほかに言葉もございませんが、しかしこうしてわたくし共でお世話をするというのもなにかの御縁でございましょう、こんなところでよろしかったら暫くおからだを休めておいでなさいまし、そのうちには少しは気持もお楽になるかも知れません、考えようによっては、これでなかなか世の中も捨てたものではございませんから」

「ご老人はさようにお考えなさいますか」

「世間はひろく人はさまざまです、思うようになる事ばかりでも興がないと申すではございませんか、まあ暫くはなにもお考えなさらず、できることならゆっくりとご保養をなさいまし」

淡々としたなかに、冬の日だまりのような温かみのある老人の言葉は、それだけでも伝三郎の気持を鎮めて呉《く》れるようだった。ながいあいだ胸に溜まっていた忿懣を残らず話してしまったことも、幾らか心をおちつかせる役には立ったのかも知れない、——では御好意にあまえるようですが、そう云ってかれは暫くその家の厄介《やっかい》になることになった。

ここは東海道の袋井の駅から五里ほど北へはいった野部《のべ》という村である、しかしそこを通っている道は天竜川《てんりゅうがわ》に添って、遠く信濃《しなの》のくに飯田城下へと続いており、山里とはいえなかなか往来の賑《にぎ》やかなところであった。……老人の家は村はずれの小高い丘の上に建っていた、居まわりは松林や、籔《やぶ》や、畑地がつづいて、それが北へと段登りになっている、つまり天竜川下流の平野がそこで終り、ようやく山岳地帯へ移ろうとする地勢で、段登りになってゆく土地の北には、眉近《まぢか》に迫って本宮山系《ほんぐうさんけい》の山々があり、そのかなたに秋葉山《あきばさん》、大岳山などの峰がうち重なってみえる、それで午後になって日が傾くと、光りはこれらの山々の峡間《はざま》を辷《すべ》り、高低さまざまの地形を走って、複雑な、諧調の多い明暗を描きだし、ひじょうに美しい、そしてしみいるような侘《わび》しい眺めが展開するのである、……伝三郎は昏《く》れがたになるとよく家の前の台地にあがり、薄原《すすきはら》のなかに腰をおろしてこの眺めに見いった。そういうとき青黝《あおぐろ》く昏れてゆく山々の向うから、ふとすると誰《だれ》か自分に呼びかける声が聞えるように感じられ、ふしぎなほど人なつかしい想いを唆《そそ》られて、つい知らず泪《なみだ》があふれそうになることもしばしばだった。

——なんというしずけさだろう、かれはよく口の内でそう呟いた、——あの山々も樹立《こだち》も、丘も畑地も、草原も、みんな少しの虚飾もなくあるがままのすがたを見せている、かなしいほどもあるがままだ、こういうところで一生をおくることができたら、どんなにすがすがしく楽しいことだろう……。

四

穏やかな日々が経っていった。

老人は三日にいちどずつ昌覚寺という禅寺へかよい、村の児童たちに読み書きを教えている、村人たちは「西の老先生」と呼んでひじょうな尊敬を示し、老人を見ると遠くから冠《かぶ》り物《もの》をとって挨拶《あいさつ》をするという風だった。孫むすめはいいねという名で、これもまた村の娘たちに裁《た》ち縫《ぬ》いの手ほどきをしているが、老人もいいねもそのことでは決して謝礼は受けず、一家のたつきは二人の手内職でまかなっていた、老人は蠟燭《ろうそく》を作り、いいねは頼まれものの縫い張りなどをして。……伝三郎にはそれがなにか由《よし》ありげに思えた、だいいち老人は起きるから寝るまできちんと袴を着けている、蠟燭を作っているときでさえ脱がない、立ち居の動作もさりげないようでいて折目ただしく、どんな場合にも正坐《せいざ》した膝を崩すことがなかった。なにか由ある人に違いない、そう推察していたがそれはかれの思いすごしで、老人は牧野市蔵と呼び、この土地の古い郷士《ごうし》の裔《すえ》だということがわかった。

——老先生も若いときはずいぶんお暴れなすったものだ。

ときおり耳にはいる村人たちの、そういう話をつなぎつなぎ聞くと、老人は青年の頃ひどく覇気《はき》満々で、刀法の修業だといって五年もどこかへでかけたり、帰って来ると杉の木山をはじめたり、また伝馬《てんま》問屋《どんや》の株を買って、袋井の宿《しゅく》で暫く筆そろばんを手にしたり、そのほか郷士などには似合わないずいぶん思いきった仕事を数かずやった。こうしてかなりあった家産を蕩尽《とうじん》し、望んで貰《もら》った妻にも死なれると、やがて人が変ったようにおちつき、この西の家にひき籠《こも》って世捨て人のような生活をはじめたのである。それからは村の外へ出ることもなく、村童に読み書きを教え、蠟燭を作って、孫むすめとふたり平凡な、しかしつつましく安穏な日を送って来たのだという、まことにありふれた、なんの奇もない話だった。

——しかし人間を高めるのは経験のありようではない、経験からなにをまなぶかにある、おそらく老人はそういう平凡な体験のなかから、ひとには得られない多くの深いものをまなんだ、それが現在のあの風格を生んだのに違いない。

伝三郎は自分をかえりみる気持でそう思った。

秋もようやく深く、草原も丘の林もめっきり黄ばんできた或《あ》る日、いねが庭の畑でせっせと土を鋤《す》くっているのを見て、伝三郎はしずかに近づいていった。老人は昌覚寺の稽古日《けいこび》で留守だった、日向《ひなた》にいると汗ばむほどの暖かい日で、澄みあがった高い空ではしきりに鳶《とび》が鳴いていた。

「なにを作るのですか」伝三郎がそう呼びかけると、いねはとびあがるような姿勢でふり返り、頬《ほお》から耳のあたりまでさっと赧《あか》くなった。

「まあびっくり致しました、おいでになったのを少しも存じませんでしたから」

「それはどうも、そんなに熱心にやっておいでとは知らなかったのです、なにをお作りなさるのですか」

「蕨《わらび》を作りますの、ここはみんな蕨でございますわ」

「ほう、蕨は畑にも作るんですか」伝三郎は初めて聞くので珍しかった、「……わたしはまた自然に生えているのを採るだけかと思いましたが」

「たべるだけならそれでよいのでしょうけれど、こうして作るのは頂くほかに根から糊《のり》を採りますの、蕨糊といって、紙にも布にも、それから細工物にも使う、強いよい糊が出来ます」

そしていいねはまた楽しそうにお饒舌《しゃべ》りを始めた、糊の作り方から蕨の世話に移り畑の土の案配、根の善し悪《あ》しなど、艶《つや》やかなまるみのある声で、なにかひじょうに重大なことでも語るように熱心に話しつづけた。伝三郎は黙って聞いていた、内容はどうでもよい、いいねの美しい声音《こわね》といかにも楽しそうな話しぶりを聞いているだけで、しぜんに心まで温かくなる感じだった、まるで子守り歌のようだ、そんなことを思っていると、やがてその話のなかに思いがけない言葉が出てきた。

「わたくしこういう畑仕事が好きなのは血だと思いますの、わたくしの生れがお百姓のむすめなのですから」

「お百姓の生れですって」伝三郎は聞き咎《とが》めて反問した、「……わたしはまた牧野家は郷士のいえがらだと聞きましたがね」

「ええお祖父《じい》さまはそうでございますわ、でもわたくしは百姓の生れでお祖父さまの実の孫ではございませんの、宗方さまはまだご存じではなかったでしょうか」

五

「初めて聞きました」伝三郎はちょっと信じられないようにあらためて娘を見直した、「……わたしは実のお孫さんだとばかり思っていましたがね」

「村の方たちもそう云《い》いますし、わたくしにも実のお祖父さまとしか思えません、でも本当は縁もゆかりもございませんの、わたくしが五つのときみなし児《ご》になったのを、お祖父さまが拾って育てて下すったのです」

いねは此処《ここ》から一里ほど南にある美川という村で生れた、家はかなりな自作百姓だったが、或る年の夏、天竜川が氾濫《はんらん》して家も田畑も流され、父母と二人の兄をその水禍でとられた。そのとき五歳だったいねは独りだけふしぎに命を助かり、間もなく老人のもとへひきとられたのだという。……伝三郎はその話を聞きながら、ふと理由の知れない慚愧《ざんき》を感じた、なぜそんな気持になったかそのときはわからなかったが、いねの話が終ると、まるでとって付けたように、

「わたしもなにか仕事を始めましょうか」

と云って追われるようにそこを離れた。

自分で考えてもとって付けたような言葉だった、いねの身の上を聞いて、ふかい思案もなくふと口に出たまでのことだったが、云ってしまってからあらためて「そう

だ」と思った。そしてその日、老人が帰って来るとすぐにその話をした。

「わたくしもこうしている間になにか手仕事をしてみたいと思うのですが、草鞋《わらじ》つくりなどはどうでございましょうか」

「それは結構でございますな」老人はしずかに笑った、「……ここは東海道と信濃とをつなぐ道筋で年じゅう往来する者が絶えませんから、お作りになれば問屋がよろこんで引受けることでしょう、しかし作り方はご存じでございますか」

「新庄は雪国でもあり、殊《こと》に武家では草鞋はみな各自に作ります、ていさいのよい物はどうかわかりませんが丈夫なものなら作れます」

「それはなお結構でございます、本当にそのおつもりなら、わたくしからすぐ問屋のほうへ話してみましょう」

　老人はすぐに二俣《ふたまた》の問屋へでかけてゆき、必要な道具や材料を借りだして来て呉れた。いねはどう思ったものか、嬉《うれ》しそうな浮き浮きした調子で、「お祖父さまの蠟燭と宗方さまの草鞋がたくさん出来るのでしたら、わたくしが茶店を出して売ることに致しましょう……」などと云って笑い、それまでとは違った明るさと、活《い》き活《い》きした挙措が眼だってきた。

　伝三郎の気持も少しずつ変っていった。山村に身をおちつけて、児女を教え蠟燭を作り、拾ったいねを養育しながら、名利《みょうり》を棄《す》ててつつましく生きる老人、今は侘しいほども枯れたその風格のかげには、おそらく人に語れない多くの悔恨や、忿怒《ふんぬ》や、哀傷の癒《いや》しがたい創《きず》があることだろう。……またいねは五歳という幼弱で孤児になった、老人のなさけ深い手に養われたとはいえ、ながい年月にはずいぶん辛《つら》い悲しいことがあったに違いない、しかもこのように明るく心ゆたかに成長してきた。――人はみなそれぞれ苦しい過去をもっている、それが伝三郎にかなり強い感動を与えた、いねの身の上を聞いたときの慚愧はそれだった、「この娘でさえこんな艱難《かんなん》のなかに生い立っている」それが伝三郎に生き直そうという力を与えたのである。

こうして仕事を始めたのだが、とにかく始めてみれば興味もおこってくるし、なによりよいことは、仕事に熱中しているあいだはなにもかも忘れていられることだった、新庄のことも、世間の卑俗さも、人間の陋劣《ろうれつ》さも、……草鞋を作っているあいだは忘れていられる、かれは熱心に、幾らかは楽しさも味わいながら、せっせと仕事を続けていった。

「ご精がでますな」老人はときどき覗《のぞ》きに来ては云った、「あまり一時に詰めてなさると根がきれは致しませんか、茶がはいりましたから少しお休みなさいまし」

「暫く手がけなかったので思うようにはかがいきません、こんな仕事でもやはり続けてやらぬといけないものです」

「さよう、草鞋を作るくらいのことでもな」

老人のこわねはなにかを暗示するもののようだった、かれはふと眼《め》をあげた、しかし老人はいつもの穏やかな表情で、僅《わず》かに微笑しているだけだった。

かれは二俣にある問屋へもでかけていった。二俣は野部からゆく道と東海道の見附《みつけ》の駅から来る道とが合する所で、旅宿もあり商家もあってかなり繁昌《はんじょう》な町を成している。問屋はその町筋の中央にあった。柏屋彦兵衛《かしわやひこべえ》といい、土蔵の三棟《むね》もあり、店の者も多く、雑穀乾物や日用の品々を手びろく扱っていた。……かれの草鞋は評判がよかった、武家用のもので軽くないのが難だったが、丈夫なことは類がないから、馴《な》れるとほかの物は履けないという、その代り打ち藁《わら》も布切も多く使うので、手間賃の割が悪くなるのは避けられなかった、しかし伝三郎にはむろんそんなことは問題ではない、自分の作った物がよろこばれるというだけで充分に酬《むく》われる、そのほかのことは全くどうでもよいという気持だったのである。老人の作る蠟燭も同じ柏屋へおさめるのだが、草鞋のうけのいいことは老人も聞いたとみえ、「これで作るはりあいが出るというものですな」とよろこんで呉れた。

「しかし評判などはまあどちらでもようございます、お心が向いたら暫くお続けなさいまし、そのうちにはまた世に出る御時節もございましょうから」

「いやこれで満足です」伝三郎は生《き》まじめにそう答えた、「……わたくしの作る物が少しでも世の役にたつなら、生涯《しょうがい》このしずかな山里で生きてまいりたい、卑《いや》しい、汚れはてた世間はもうたくさんです、世に出る望みなどはもうこればかりもありません、わたくしはこれで満足です」

「仰《おっ》しゃるとおり、このやまざとの暮しも、これはこれでまたひとつの生き方でございます、それはそうでございますけれども……」

老人はそう云いかけて口を噤《つぐ》んだ。けれども、というそのあとにどんな言葉が続く筈《はず》だったのか、伝三郎にはそれが暫《しばら》く気になってならなかった。

六

できることならしずかなこの山村で生涯を送りたい、かれがそう思った気持には嘘《うそ》はなかった、いちどは死のうとまで思ったかれが、ともかくも生きてゆこうと考えるようになったのは、此処へ来て、静閑な朝夕を味わってからのことである。山も野も美しい、落葉しはじめた林の樹々《きぎ》も、耕地に働く農夫も、汚《けが》れのない淳朴《じゅんぼく》な、つつましいすがたをあからさまに見せて呉《く》れる、――ここでなら自分も生きてゆける、心から伝三郎はそう思ったのであった。だがそう思ったのはほんの僅かな日数でしかなかった、かれはやっぱりここでも痛いめに遭わなければならなかったのである。

霜月《しもつき》にはいった初めの或る日、作りあげた草鞋を持って柏屋へゆくと、珍しく手代《てだい》だという中年の男が応待に出た。横鬢《よこびん》の禿《は》げた、眼つきの貪欲《どんよく》そうな手代は、揉《も》み手をしたり愛想《あいそ》笑いをしたりして、頻《しき》りにかれの草鞋の出来を褒《ほ》めあげ、そくばくの賃銭をそこへ並べながら、ひとつご相談がありますと云いだした。

「この次からはお手間賃も少しお上げ申しますが、ご相談というのはこの緒付けでございますな、ここを少し手をぬいて頂きたいのでございます」

「緒付けの手をぬくと申すと……」

「鼻緒、後緒、中乳と、この三カ所をもう少し手軽くやって頂きたいのです」

「しかしそれでは保《も》ちが悪くなるが」

「そこでございますよ」手代はにっと愛想よく笑った、「……あけすけに申上げるとこなた様の草鞋は丈夫すぎるのです、ご承知のようにこういう品を扱う店は、みな街道の掛け茶屋か木賃《きちん》旅籠《はたご》で、一足につき一文半銭の利にしかなりません、けれども草鞋は穿《は》き捨ての消耗品で、数が出ますから儲《もう》けにもなる、だからといって弱くては買い手がつかない、そこが商売のむずかしいところでございます」手代はそこでもういちど笑った、「……こなた様のお作りになる品はまことに丈夫で評判もよろしく、東海道筋からも印付きで注文がございます、これだけ品の名が通ればあとは少しくらい手をぬいても心配はございません、丈夫に越したことはないのですが、なにしろつい先日も信濃の河内《かわち》と申すところまで塩を積んでまいった馬子《まご》がありましてな、往《ゆ》き帰り三十里の道を一足でとおして、まだ穿《は》けるというのですから嘘のような話でございます、これでは細かい利でやってゆく掛け茶屋などはあがったりでございますよ」

「そうすると、つまり」伝三郎はからだが震えてきた、「……丈夫だという評判がついたから、これからは弱い草鞋を作れというのだな」

「そう仰しゃると言葉に角が立ちますが、なにしろこれも商売でございまして」

次に作る分の材料がそこに出してあった、然《しか》し伝三郎は黙って手間賃だけ受取ると、その材料には手も触れず、手代の言葉を中途に聞きながして柏屋の店を出てしまった。

「商売、僅かな利、儲け、弱い草鞋」

そんな言葉がきれぎれに頭のなかを飛びまわった。汚れたもの、卑賤《ひせん》なものとして、かれが居たたまらず逃げだして来た「世間」がここにもあった。丈夫なうえにも丈夫であるべき品を、儲けるために弱く作れという。

「なんという世の中だ」伝三郎は思わず声をあげた、「なんという見下げはてた世の中だ、あの手代の耻《はじ》を知らぬ顔はどうだ、ああ息が詰る」

ぶるぶると身を震わしながら逃げるような足どりで歩いて来たかれは町の左がわに「酒」と書いた油障子《あぶらしようじ》をみつけて、矢も盾も堪《たま》らずその店の中へはいっていった。

野部の家へかれが帰ったのはもう昏《く》れがたのことだった。案じていたのだろう、いねが丘の登り口のところに立っていて、かれをみつけると駆け寄って来た。

「いやなんでもありません」伝三郎は娘の問いかけるのを遮《さえぎ》って、片手を振りながら急いでそう云った、「……草鞋作りは性に合いませんのでね、明日から人夫に出ることにしましたよ」

「人夫と仰しゃいますと」

「二俣の南から犬居《いぬい》へぬける裏新道を造っているそうで、誰でも日雇いに出られるということですから」

「でもせっかく草鞋の評判がおよろしいのに」

「いやそれはもう云わないで下さい」伝三郎は脇《わき》のほうを向いて吐きだすように云った、「……どうか草鞋のことは二度と云わないで下さい、商人を相手にしたのがこっちの間違いでした、はじめからわかっていなければならなかったのです、しかし、……いやもう同じことです、遣《や》り直《なお》しです、人足なら土を掘るのが仕事ですから、土には嘘も隠しもないでしょうから……」

そして逃げるような恰好《かっこう》でかれは家のほうへ去っていった。

七

新道を造る人夫の話は事実だった。かれは酒を飲みにはいった店でそのことを聞いた、柏屋をとびだしたときの気持は忿《いか》りというよりも絶望で、なにもかもめちゃくちゃになってしまえと思ったが、老人といいねの親切を考えるとここで投げ出しては済まないということに気づいた、——縁もゆかりもない者にこれほど尽して呉れる、ここでその心を無にしては相済まぬ。そう気づいたとき新道普請《ふしん》の人夫の話を聞いたのである。

明くる朝はやく、まだ暗いうちにかれは身仕度をして家をでかけた。老人にはなにも云ってなかったが、いねが腰弁当を作って持たせて呉れた。普請場は二俣の南口から山越えに犬居へぬけるもので、中泉の代官所が支配となり、費用は国領と村郷との折半もちということだった、それで村郷からと代官所扱いと二組の人夫が出るのだが、村方はまだ農繁期で人手が足らぬため、日雇いを募ってそれに代えていたのである。そのとき工事は鳶山《とびやま》という赭土山《あかつちやま》の切通しにかかっていた、仕事は崖《がけ》を崩すのと土運びと二つあり、伝三郎は崩すほうを望んだ。

久しぶりの力わざで、疲れはしたが気持はよかった。三日めに雨が降って休んだが、それからは秋晴れが続き、鍬《くわ》の使いようもしだいに馴《な》れていった。小休みのときなど、汗を拭《ふ》きながら草原に腰をおろすと、天竜川の大きく曲流しているあたりから対岸の野山まで、うちわたしてみえる広い眺《なが》めがあり、じっと見ていると骨まで洗われるような清爽《せいそう》な感じだった。しかしそうして日の経《た》つうちに、まわりの人足たちが反感のある眼でこちらを見るのに伝三郎は気がついた。はじめのうちかれらが「あれはお武家だそうな」とか「どこかの浪人だとよ」などと囁《ささや》くのを聞いた、こっちは別だん気にもとめずにいたのだが、しだいにようすが変ってゆき、時にはあからさまに意地の悪い態度を示す者さえでてきた。

——かれらはなにが気にいらないのだ、おれは武士という体面を捨て、できる限り対等につきあっている、いったいどこがそんなにかれらの反感を唆《そそ》るのか。

まるで理由がわからないだけよけいに癇《かん》も立った。すると或《あ》る日、十時の小休みのときであったが、四半刻《しはんとき》という休みの時間が終って、かれが仕事にかかろうとすると、人足のひとりが寝そべったままで「もうお始めですかい」と声をかけた、「……そんなに精を出しても日雇賃の割増しが出るわけじゃありませんぜ」そしてそれといっしょに四五人の者が笑いだした。伝三郎は聞かぬふりをして、そのまませっせと鍬を揮《ふる》いだした。

「お武家だろうとなんだろうと」そう云う声が聞えた、「……こちとらの仲間へはいれば同じ人足だ、日傭取《ひようとり》りなら日傭取りらしくするがいいじゃあねえか」

伝三郎は堪りかねてふり向いた。

「失礼だがそれは拙者のことか」

「お耳に入りましたかね」その男は寝そべったままにやりとした、「……内証ばなしなんで、お耳に入ったらご勘弁を願いますよ、しかしねえお武家さん、あなたもどうせ日傭取りをなさるんなら、あっし共と同じようになすって下さらなくちゃあいけませんぜ」

「拙者はできるだけそうしようと思っている、いったいどこが貴公たちの気にいらんのか」伝三郎はできるだけしずかにそう云った。

「なにたいしたことじゃありません、弁当の休みや小休みのときに、あっし共と同じように休んで下さればいいんでさ、お独りだけ精を出して貰《もら》わねえようにね」

「しかし拙者は定《きま》りだけ休んでいる、弁当のときは半刻、小休みは四半刻、定りだけちゃんと休んでいる筈だ」

「その定りが困るのさ」と別の男が云った、「……酒の一杯も呑《の》めば消えちまうような日雇稼《かせ》ぎのあっし共には、弁当休み小休みのときにちっとずつでもよけい休むのがまあ役得の一つになっているんだ、それをおまえさん独りにそう稼がれると親方の眼につく、しぜんあっし共がにらまれてせっかくの役得がふいになる勘定だ、戦場でもぬけ駆けは御法度《ごはっと》だそうじゃあございませんか、お願い申しますぜ」

伝三郎には答える言葉はなかった、かれは黙って向き直り、崖の斜面へ力をこめて鍬を打ちおろした。なにも聞くな、そう思った。考えてはいけない、かれらには好きなように云わせるがよい、我慢だ、我慢だ。けんめいに自分を抑えつけて、かれはただ鍬を揮うことに身も心もうちこんでいた。

午《ひる》の弁当のときには、かれは普請場から離れて丘ふところの叢林《そうりん》のほうへいって休んだ。その日もよく晴れあがって、林の中ではしきりに鶫《つぐみ》の声がしていた、かれはその鳴声にさそわれてふとその林へはいってみた。楢《なら》や栗《くり》や黄櫨《こうろ》などは、もう殆《ほと》んど裸になっていたが、残っている葉のなかには眼のさめるほど美しいもみじしたのがあり、差交《さしか》わした梢《こずえ》のあたりで鳥が立つと、色とりどりの葉がうちまけるように散ってみごとだった。……林になっているのは僅かな区域で、少しさきにはもう畑がみえていた、しかしいかにも静かで、踏んでゆく足の下からは日に温められた枯葉の匂《にお》いがあまく匂ってくる、――自然はこんなに美しいのに、こんなにも自然は美しいのに、人間は……考えはまた元へかえろうとする、伝三郎は慌《あわ》てて頭をうち振った。そしてふと見あげた眼に珍しいものをみつけた、一丈ばかりの高さの黄櫨の木に、山葡萄《やまぶどう》が絡《から》みついていたのである、蔓《つる》はその枝いっぱいに絡んで、黝《くろ》ずんだ紫色の実が群がるように生《な》っている、もう幾たびか霜にうたれたのだろう、小さな果皮が縮んで粉をふいているのもあった。

「なつかしいな」伝三郎は口のうちでそう呟《つぶや》いた、「……新庄でも今ごろになるとよく山へこれを摘みにいったものだったが」

望郷の想《おも》いが湯のように胸へこみあげてきた、その想いに唆られて、かれは山葡萄の蔓へ手を伸ばした。そのときである。林の向うの畑地から、「山を荒すじゃねえぞ」という棘《とげ》とげしい叫びごえが聞えてきた。ふり返ってみると、二十ばかりになる百姓の娘が、ひどく尖《とが》った眼つきでこっちを睨《にら》んでいた。——山を荒す、言葉があまり烈《はげ》しいので、伝三郎ははじめ自分のこととは思えなかった、娘は血色のいい頬《ほお》をふくらせ、なにかを叩《たた》きつけるような調子で呶鳴《どな》った。

「そこらへ入って山を荒すじゃねえ、ここはおらんちの山だ、むやみに入って荒すと承知しねえから」

それは人間の貪欲をむきだしにしたような声つき表情だった、しかもまだ若いとしごろの娘である、伝三郎は思わず前へ一歩出た。

「拙者はここで山葡萄をみつけた、一粒二粒これを摘もうとしたのだが、それもいけないのか」

「山を荒すなと云ってるだ」娘はおっかぶせるように罵《ののし》った、「……ここはおらんちの山だ、出てゆかねえと人を呼ぶだぞ」

伝三郎は頭を垂れた。

八

老人が昌覚寺の稽古《けいこ》から帰ったのは日のとぼとぼ昏《く》れだった。家の中へはいるといねが待ちかねていたようにとんで来た。顔色が変っていたし声もおろおろと震えていた、そして今にも泣きそうな声で囁いた。

「宗方《むなかた》さまがお立ちになると仰《おっ》しゃいます」

「……どうかなすったのか」

「なんにもわけは仰しゃいません」いねは唇《くちびる》を嚙《か》みしめた、「……でも、なにかたいそうお辛《つら》いことにお遭いなすったのだと思います、こんどこそなにもかも諦《あきら》めたとお云《い》いなさいました」

「だからといっておまえが泣くことはないだろう」

「でもお祖父さま、いねにはあの方がお気のどくでならないのですよ、本当になんといっていいかお気のどくで……」

老人は黙って居間へはいったが暫《しばら》くすると出て来て、伝三郎のいる部屋を訪れた、かれはちょうど支度をして袴《はかま》を穿《は》いているところだった、そして老人を見ると面《おもて》を伏せ、手早く紐《ひも》を結んでそこへ坐《すわ》った。

「お立ちだそうでございますが」老人は坐りながらしずかにそう訊《き》いた、「……なにか間違い事でもあったのでございますか」

「なにもかも敗北です」伝三郎はおのれの膝《ひざ》をみつめたまま云った、「……できるだけは辛抱してみたのですが、やっぱり拙者には続きませんでした、ご親切にはお礼の申しようもありません、ご老人にもいねどのにもまことに相済まぬしだいですが、わたくしはやはり山へはいります」

「それをお止めは致しません、そうしたいと仰しゃるならお好きなようになさいまし、しかしなにもかも敗北ということにお考え違いはございませんか、もう辛抱が続かないということに思い過しはございませんか」

「聞いて頂けばおわかり下さろうと存じます」

かれは面をあげて語りだした。柏屋《かしわや》の手代《てだい》のこと、人足たちのこと、山葡萄を摘むことさえゆるさなかった娘のことなど、……話すうちにも新しく怒りがこみあげてきて、身が震え、声がよろめいた。

「わたくしにはできません、手ごころをして弱い草鞋《わらじ》を作ることも、人足たちといっしょに役得の時間を偸《ぬす》むことも、わたくしにはどうしてもできないことです」かれは両の拳《こぶし》をぎゅっと握りしめた、「……この村をとり巻いている山々や森や、丘や草原の清浄な美しさ、明け昏れの静かさ、風光も人間も、汚《けが》れのない淳朴《じゅんぼく》な土地だと思っていましたが、やっぱりだめです、自然が恵んで呉《く》れる一粒の山葡萄をさえ惜しむ、あの貪欲《どんよく》な娘の眼《め》をごらんになったら、ご老人はどのようにお考えなさるでしょうか、もうたくさんです、わたくしにはこういう汚れはてた世間に生きてゆく力はありません、たくさんです……」

老人は頷《うなず》き頷き聴いていた、そして伝三郎の言葉が終ると、暫く眼をつむってなにか考え耽《ふけ》っていたが、やがていつもの淡々とした調子で、「よくわかりました」と云いだした。

「世間が汚れはてている、卑賤《ひせん》で欺瞞《ぎまん》に充《み》ちているからつきあえない、だから見棄《みす》ててゆく……こう仰しゃるのですね」老人はそこでしずかに眼をあげた、「……よくわかりました、しかしこの老人にわからないことが一つあります、それはあなたご自身のことです、あなたは此処《ここ》へいらしって数日後に身の上話をなすった、家中《かちゅう》の方々の多くが御都合主義である、清廉《せいれん》でない、御老臣は節を変ずる、江戸へ出れば世の中は無恥《むち》で卑《いや》しい、悪徳が横行してどこにも誠実はない、……そのようにお話しなすった、しかしいちどもご自分が悪いという言葉はございませんでした」老人はそこで口を閉じ、暫く黙って眼をつむっていた、「……今この村へいらしってからの事も、柏屋の手代とか、人夫の狡猾《こうかつ》、百姓の娘の貪欲などをお挙げなさるが、ひと言もおのれが悪いということは仰しゃらぬようだ、宗方どの、こなたそれでは済みますまいぞ」

しずかに瞠《みひら》いた老人の眼は、そのとき鋭い光りを帯びて伝三郎の面をひたと衝《つ》いた、「こなたは世間を汚らわしい卑賤なものだと云われる、しかし世間というものはこなた自身から始るのだ、世間がもし汚らわしく卑賤なものなら、その責任の一半はすなわち宗方どのにもある、世間というものが人間の集りである以上、おのれの責任でないと云える人間は一人もない筈《はず》だ、世間の卑賤を挙げるまえに、こなたはまず自分の頭を下げなければなるまい、すべてはそこから始るのだ」

それはまるで頭上から一刀、ずんと斬《き》り下げられた感じだった、伝三郎は五躰《ごたい》が竦《すく》み、そのまま奈落へ転落するように思えた。

「廉直、正真《しょうしん》は人に求めるものではない」と老人は少し間をおいて続けた、「……そこにある文机《ふづくえ》をごらんなさい、三十余年も使っているがまだ一分の狂いもない、おそらく名もない職人が僅《わず》かな賃銀で作ったものであろう、その賃銀は失《う》せ職人は死んでしまったかも知れない、だが机は一分の狂いもなく、このように今もなお役立っている、……真実とはこれを指すのだ、現にあなたも往復三十里の山道を穿きとおせる草鞋を作った、そこに真実があるのではないか、こういう見えざる真実が世の中の楔《くさび》になってゆく、ひとに求める必要がどこにあるか、問題はまずあなただ、自分が責めを果しているかどうか、そこからすべてが始るのだ……」

九

老人の言葉はそこで終った。——そういう見えざる真実が世の中の楔になってゆく、そのひと言は、千斤《せんきん》の巌《いわお》の落ちかかるように伝三郎をうちのめした。……しかし老人の言葉の終るのを待っていたのであろう、伝三郎が面をあげたとき、障子の向うでいゝねの声がした。

「……ごめん下さいまし、宗方さまへお客来でございます」

伝三郎は夢から醒《さ》めたようにふり返った、自分に客とは、柏屋からか、それとも道《みち》普請《ぶしん》の人足建場《にんそくたてば》からか、かれはそのどちらかであろうと思い、老人に会釈《えしやく》をして座を立った。しかし出てみると、もう暗くなった門口にいたのは、みなれない旅装の若い武士であった。

「拙者が宗方ですが、なにか御用ですか」

「おおやっぱり宗方」若い武士は声をあげながら前へ進み出た、「……たぶん間違いないとは思ったがやっぱりそこもとだったか、ずいぶん捜しまわったぞ」

「そこもとは杉田《すぎた》うじか」伝三郎はあっけにとられた。

「杉田五郎兵衛《ごろべえ》だ、しばらくだった」

「どうして、どうして此処へ」

「まずおあげ申したがようございましょう」いつか老人がうしろへ来ていてそう注意した、「……いいね、お洗足《せんぞく》をとって差上げるがよい」

いねが世話をして洗足をとると、客は老人に会釈して伝三郎の部屋へとおった。かれは杉田五郎兵衛といって、新庄《しんじよう》藩での同僚のひとりである、しかしなんのために自分を尋ねて来たのか、どうしてこんな山里の住居が知れたのか、伝三郎にはまるで見当がつかなかった。

「お召し返しなのだ」五郎兵衛は座に就くとすぐそう云った、「……お世継ぎの事で退身した者が、そこもとのほかに五名あった、その六人に対して、内記正庸さまから、食禄《しょくろく》もと通り帰参せよとの御意《ぎょい》がさがったのだ、ほかの五人は昨年うちにみな帰参している、残っているのはそこもとひとりなのだ、すぐにも新庄へ帰らなければなるまいぞ」

「だがいったいどうして、いったいそこもとはどうしてこんな山家《やまが》を尋ね当てることができたのか」

「そこもとは草鞋を作ったであろう」五郎兵衛は笑いながら云った、「……その草鞋が案内をして呉れたのだ」

「草鞋が案内をしたとは」

「袋井と申す宿《しゅく》で草鞋を買った、穿《は》き心地《ごこち》にどこか覚えがあるのでよくみると、故郷の新庄でわれわれの作る武家草鞋《ぶけわらじ》だ、緒付けも耳の具合もまさしく違いない、そこで茶店へ戻《もど》って問屋を尋ね、二俣《ふたまた》の柏屋からこの家を教えられて来たのだ」

ああという伝三郎の声に続いて、老人がそこへはいって来ながらこう云った。

「宗方どの、草鞋がものを云いましたな」

（「富士」昭和二十年十月号）

おしゃべり物語

一

宗兵衛《そうべえ》の母親は摩利支天《まりしてん》と問答をした夢を見て、彼を身籠《みごも》ったそうである。彼は上村孫太夫《まごだゆう》の三男で長男は伊之助《いのすけ》、二男は大助という。いち女はみごもるたびに夢知らせを見る癖があった。長男のときには虎《とら》の髭《ひげ》を剃《そ》ってやる夢を見たし、つぎにお臍《へそ》から長い紐《ひも》をひきだす夢を見て二男が出来た。宗兵衛のときの夢知らせは就中《なかんずく》はっきりしたもので、長年月にわたって詳しく記憶に残った。――夢の中で彼女は病気だった、それもお乳が殖《ふ》えてゆく病気である。二つの乳房が三つになり四つになり、やがて六つから八つまでに殖え、胸も腹も乳房だらけになった。それで医者を呼びにやると摩利支天がやって来た。

「頭巾《ずきん》が見えなかったものだから毘沙門天《びしゃもんてん》のをちょっと借りて来たので、恰好《かっこう》が悪いだろうけれどもそこは時節柄《じせつがら》だと思ってまあ大目にみて貰《もら》いたい」摩利支天はまずこう言い訳を述べ、さて開き直って、「おまえのお乳が殖えたと云《い》って医者を迎えにやったそうだが、それは実に女の浅知恵というものである、なぜと云ってみよ、こんどわしはおまえに八つ子を生ませることにしたので、そのために予《あらかじ》め乳を殖やした訳である、この世にはなに一つ理由なしに存在するものはないのであって、鼻が無ければ洟水《はなみず》をかむことができず、耳が無ければ熱い物に触ったとき指のやりばがない、手足あればこそ凍傷《しもやけ》にもなれるし、川が無ければ橋大工は首を吊《つ》るより仕方がない」云々《うんぬん》、云々という訳で、摩利支天ははてしもなく饒舌《しゃべ》り続けた。いち女は八つ子と聞いて気も転倒し、「自分にはもう二人も子供があるから決してそれには及ばない」と云った。だが摩氏はそんなことには耳も藉《か》さず、滔々《とうとう》として事物の存在理由とその価値に就いて弁じ続けたのである。いち女は貞淑温順な婦人であったが、心痛の大きさと摩氏のとめどなき饒舌《じょうぜつ》に肚《はら》を立て、

「摩利支天といえば武勇的な方面をひきうける神さまでしょう、それならその方面の周旋をなすったらいかがですか、子供のほうは子育て観音とか子授け地蔵とかいう世話人の方がいらっしゃるんですから、わたくしとしてはなにも貴方《あなた》に義理立てをする訳はないと思います」

「女はそういう無分別なことを云うからいけない」摩氏は顎髭《あごひげ》を撫《な》でた、「子育て観音とか子授け地蔵などとひと口にいっても、やっぱりそこには裏も表もあるんだ、まあ仮に子授け地蔵にしたところで、あのとおり離れを建てたり塀《へい》を直したりするのはなみたいていなことじゃあない、そこは辻町《つじまち》の親父《おやじ》からだいぶ引出してもいるし、原の大伯母を幾らか騙《だま》したということもあるらしい」

「貴方は皮肉を仰《おっ》しゃるんですね」いち女は自分でも眼《め》の色の変るのがわかった、

「辻町の父から貰ったお金はあれは嫁に来るまえからの約束だったんです、貴方だってそれは御存じの筈《はず》じゃありませんか、原の大伯母さまのことは節ちゃんが云ったんでしょうけれど、あれも騙したなんて根も葉もない事です、昔からわたしは大伯母さまが好きで、大伯母さまのほうでもわたくしを本当の孫のようだと云って下すっていたんです、摩利支天なんて勿体《もったい》ぶっていながら、そんな細かしい中傷めいたことを云って貴方は恥ずかしくはないんですか」

摩氏は怒ってたけり立った。そしてもはや話がこうなった以上は八つ子どころか三つ子も生ませてはやらない。おまえは宜《よろ》しくダチドコロでも生むがよかろうと呶鳴《どな》った。ダチドコロを生めと云われて、怖《おそ》ろしさの余り眼がさめると、下にして寝た左の半身がぐっしょり汗になっていたそうである。さては——夢だったかと溜息《ためいき》をついたとき、これはみごもった知らせに違いないと思い、にわかに不安になって良人《おっと》を揺り起こした。

「貴方ちょっとお起きになって下さいましな」

「まあ待って呉《く》れ」孫太夫は呂律《ろれつ》の怪しい舌で妙なことを云った、「いま女房《にょうぼう》が寝るところだから、……うん、なにすぐだ、なにしろ横になれば五つ数えないうちに眠る女だから、そこはごく便利にできている」

「貴方、貴方、ちょっと起きて下さいな」いち女は良人の肩を小突いた、「ねえ貴方、わたくし心配なことが出来たんですから」

「うう、う——なんだ、雷か」

「冬のまん中に雷なんぞ鳴りあしません、貴方ダチドコロって何だか御存じですか」

「それは、直《す》ぐにとか、即座にとか云うことだろう」

「たちどころじゃありませんダチドコロですわ、今わたくし夢ではっきり見たんですの」いち女は良人のほうへすり寄った、「それがいつもの夢知らせらしいんですけれども、そうだとするとわたくしダチドコロを生むらしいんですわ」

「変なことを云っちゃあいけない」孫太夫はさすがに眼をさました、「冗談じゃない、そんな奇天烈《きてれつ》なものを生まれて堪《たま》るものか、おれはそんなものは嬉《うれ》しくないぞ」

「わたくしだって嬉しくはございませんわ、でも夢知らせなんですから、わたくしのせいじゃないんですもの仕方がございませんわ」

「まあいい寝かして呉れ、明日のことにしよう」

孫太夫は寝返りをうって、忽《たちま》ちまたぐっすりと眠りこんだ。しかしいち女は眠れなかった、殆《ほと》んど白々《しらじら》明けるまで思い悩み、どうぞそんな奇天烈なものを生みませんようにと、心をこめて神仏に祈りを捧《ささ》げたのであった。

宗兵衛の生れたとき、長いこと不和で往来《ゆきき》の絶えていた里見《さとみ》平左衛門《へいざえもん》が祝いに来た。平左衛門はいち女の実家の二兄で、里見家へ養子にいったものであるが、いち女とは幼い頃《ころ》から仲が悪く、詰らないことで喧嘩《けんか》をして長らく音信を断っていたのである。この兄はくちやかましい饒舌漢《じようぜつかん》であって、饒舌りだしたがさいご親が死んでも立たないと云う性質で有名だった。——出産祝いに来たのは五年ぶりくらいだろう、去年の夏に町奉行になったと聞いたが、みごとに肥えて貫禄《かんろく》がつき、顎髭を立てていた。いち女はその顔を見たとたんどきりとした。冗談ではない、それはあの摩利支天であった。夢知らせで大いに口論をした摩氏そのままの顔なのである。

「長男が五つ二男が三つこんど三男が生れたとすると正《まさ》に七五三という勘定だな」平左衛門は片手で扇をばたばたさせ片手で汗を拭《ふ》きながら饒舌った、「そうだとすると願掛けをしてもあと一人生まなければいけないぞ、七五三は幸運の数だが幸運すぎて凶に返る心配がある、昔から七五三の一といって、これにもう一つ付くと縁起は上《じよう》乗《じよう》だ、おまえも知っているように原の大伯母がよい例で、あの伯母殿がちょうど七五三の順で子を生んだ——」

「貴方いつ髭なんかお立てになったの」いち女はまじまじと兄の顔を眺《なが》めた、「まえにはそんな妙な髭はなかったでしょう」

「髭か、これは去年の十一月からだ、町奉行だとすると威厳が必要だからな、おまえも覚えているだろう、辻町の親父が中老になったときやっぱり威厳をつくるために髭を立てた、あれは口髭だったけれども、とにかく然《しか》るべき役に就くとなるとそれぞれ肚構《はらがま》えというものが――」

　平左衛門の饒舌を聞きながら、いち女は思わず背筋が寒くなった。顎髭を立てたのが十一月とすると、ちょうどあの夢知らせのあった頃になる。あのときの口論にも辻町の父だの原の大伯母さまのことが出た、むやみに饒舌りまくる摩利支天、なにもかもそっくりではないか。彼女はたいへん不安になって、おずおずと兄にこう訊《き》いた。

「里見のお兄さん、ダチドコロっていったいどんな物なんですか」

「ダチドコロ、――ふむ、ダチドコロね」平左衛門の饒舌は即座にどっちの方向へでも切替えることができる、「ああそれはね、ダチドコロとなるとしかし、そう簡単なもんじゃないぜ、いつのことだかおれも喰《た》べた覚えがあるが」

「では喰べ物なんですか」

「いや女はすぐにそう物事を定《き》めてかかるからいけない、喰べることも出来るからと云って必ずしも喰べ物と定まっている訳のものじゃない、例えば熊《くま》を喰べ物とは云わんだろう、要するにあれは毛物《けもの》だ、けれども喰べようと思えば肉は喰べることが出来るし、胆《きも》は薬になる、毛物であって喰べ物であり薬でもある、此《こ》の世に存在する物は凡《すべ》て一概になになにであると定める訳にはいかない」

「ではダチドコロというのは毛物なんですか」

「ばかだね、熊の例を引いたからといってすぐにそれが毛物だというような浅薄なことがあるか、柳井数馬にもそう云ってやったが、いつか彼が——」

いち女は眼をつむって頭を振った。兄は知らないのである、これ以上なにを聞いても無駄《むだ》だということがわかったので、平左衛門には勝手に饒舌らせておいて眠ってしまった。

宗兵衛（幼名は小三郎とつけた）は三つの春まで口をきかない子だった。まるまると肥えた、いつもにこにこ笑っている温和《おとな》しい子だったが、ちょっとも口をきかないので唖《おし》ではないかと心配したくらいである。ところが三つの年の晩春、とつぜんべらべらとお饒舌りが始まった。初めはさして気にもとめず、唖ではなかったと安心して、寧《むし》ろその片言のお饒舌りを興がったくらいである。しかし四つになり五つになると孫太夫もいち女も眉《まゆ》をひそめだした、饒舌るの饒舌らないの、朝起きるから夜眠りつくまで寸時も舌の休むひまがない、ものを喰べながらも絶えず饒舌っている。

「食事のときはものを云ってはいけない、黙って静かに喰べるものだ」

こう叱《しか》るといちおう口を噤《つぐ》むがすぐにまた始める。幼児のことだから別に話題がある訳ではない、身のまわりの事から家のなか、庭の内外、鳥毛物、天気晴曇、家族の動静、眼につき頭にうかぶものを次から次と舌に乗せるだけである。

父に叱られると母を捉《つか》まえて話し、長男に呶鳴られると二兄の部屋へとんでゆく、一日じゅうどこかで彼の声の聞えないことはないし、どこかで「うるさい」と叫ぶ声のしない時もない。みんなに追っ払われると使用人をうるさがらせ、彼等《かれら》が逃げると庭へいって犬に饒舌るというふうだ。

「おい、夢知らせの意味がわかったよ」孫太夫は或《あ》る時つくづくと妻にこういった、「あいつをよくみろ、あれがダチドコロだ」

二

彼は六つ七つとなるにしたがって図抜けた悪童振りを発揮しだした。近所の屋敷の子供たち、それもたいてい自分より年長の子を集めて、ちびのくせに餓鬼《がき》大将になって遊ぶ、竹馬とか蟬捕《せみと》りなどという尋常なものではない、車力《しやりき》ごっこ、駕舁《かごか》きの真似《まね》(これがまた頗《すこぶ》るうまい)、犬と猫《ねこ》を一つ桶《おけ》の中へ入れて嚙合《かみあわ》せたり、よその屋根へ登って雀《すずめ》の巣を荒したり、左官屋の泥《どろ》こね、紙屑《かみくず》買い、魚屋の呼び売り、馬喰《ばくろう》、飴屋《あめや》、——こんな調子で、武家の子らしい遊びは殆んどやらない。これにはまず近所の親たちが仰天して、孫太夫のところへ捻込《ねじこ》みに来た。

「どうもおかしい、家の中で車力や馬喰の真似をする、母親をつかまえておっかあなどと申す、姉の大事にしている猫を逆さ磔刑《はりつけ》にする、そしてむやみやたらに饒舌る、こんな伜《せがれ》ではなかったがと色いろ調べてみると、すべてお宅の御三男が教えるのだ、——年上のくせに教えられて真似る伜も愚か者であるが、どうもこう風儀が悪くては躾《しつけ》に相成らん、どうかお宅でも宜しく御訓戒が願いたい」

孫太夫は赤面して謝り、眼から火の飛ぶほど叱ったり戒めたりする。そのときいかにも神妙にべそをかいて、「はい」「はい」と頷《うなず》くが、半刻《はんとき》も経《た》つとどこかの屋敷の門へ登って、柿《かき》を捥《も》いでいるというのが実状である。そして夕餉《ゆうげ》のときみんなに語るのであった。

「栗山《くりやま》さんの小父《おじ》さんはね、お屋根の上を駆けるのがずいぶん上手ですよ、顔をまっ赤にして、箒《ほうき》を持ってぴょんぴょん駆けるんですよ、猫よか早いですよ父さん」

「栗山が屋根の上を駆ける?」孫太夫は箸《はし》を止めて眼を瞠《みは》った、「ばかなことをいってはいけない、あの謹厳温厚な栗山がそんな狂人のようなまねをする訳があるか、嘘《うそ》をいうと地獄へいって舌を抜かれるぞ」

「嘘じゃありませんよ、本当にまっ赤な顔をして箒を持ってぴょんぴょん駆けたんですから、離れの屋根へ跳び移るとき袴《はかま》の裾《すそ》をどこかへひっかけて、びりびりってこんなに破いたのも見ましたよ、本当ですから」

「おまえが見ていたって、――どこで」

「――前のほうです」

「前とはどこの前だ、門の前か」

「いいえ、栗山さんの小父さんの前ですよ、小父さんは坊を追っかけていたんです

――う」ちびは慌《あわ》てて母のほうを見た、「お母さまこのお魚はなんですか、鯛《たい》ですか、とてもお美味《いし》いですね、坊はねえ鯛が大好きだ」

「小三郎こっちを見ろ」孫太夫は眼を剥《む》いて呶鳴《どな》った、「おまえというやつは、本当に、なんという、その」

彼は悄気《しょげ》かえり、べそをかき、「はい」「はい」といわれない先に頷く、いかにも悪うございました、まったく慚愧《ざんき》に耐えませんという表情である。そして食事が終る頃にはもうけろりとして、「ねえお母さま、人は人の蔭口《かげぐち》をいうものじゃないんですねえ」

などと云いだす。

「村田さんの小父さまはねえ、坊のお父さまやお母さまの悪口をいってましたよ」

「そんなことを子供がいってはなりません」

「だって本当ですもの、上村では両親が飴ん棒みたいに甘いから、あの悪たれがしたい放題のことをするんですって、しようがないからこんどはちびを捉まえて、こっちで折檻《せっかん》してやろうなんて云いましたよ、悪たれだのちびだのってみんな坊のことなんですって、坊はただ垣根《かきね》を――う」彼はすばやく立ち上る、「ああ眠くなっちゃった、坊もう寝ますよお母さま」

孫太夫が「小三郎」と喚《わめ》いたときには、彼はもう廊下の向うを走っていた。……こんな場合に限らず、どこで見ても彼はたいてい駆けていた、もちろんなにか悪さをしては追っ駆けられているのである。いつか母親が辻《つじ》町の角でばったり彼に出会った。埃《ほこり》だらけになって汗みずくで、はあはあ肩で息をしている。

「こんな処《ところ》でなにをしておいでなの」いち女は彼の腕を捉まえた、「まあまあこんなに泥だらけになって、小三郎さんまるで犬ころのようですよ」

「坊に口をきいちゃだめだよお母さま、いま追っ駆けられてるんですから」ちびは母親の手を振りはなした、「知らん顔をしていかなくちゃだめですよ」

そして鼬《いたち》のように向うへ馳《は》せ去った。いち女は吃驚《びっくり》して云われたとおりそ知らぬ顔をして、急いで辻をあらぬ方向へ曲ったものであった。——孫太夫にもいちど同じ経験がある。これは馬場下だったが、下城して来ると竹倉の脇《わき》から、彼が毬《まり》のようにとびだして来た。

「これ小三郎、なにをしておる」孫太夫は彼をひき留めた、「また悪戯《いたずら》か、この——」

「だめだお父さま、みつかっちゃった」ちびはこう叫んだ、「逃げるんですよ、早く、捉まるとお父さまもひどいめにあいますよ、早く早く、ほらもう来ましたよ」

そして飛礫《つぶて》のように走ってゆく、訳はわからないが孫太夫も狼狽《ろうばい》し、ちょっと迷ったが、すぐに小三郎とは反対のほうへてってと大急ぎで逃げだしたのであった。

彼が八歳になる頃まで、孫太夫といち女とは辛抱づよく悪戯とお饒舌りを撓《た》め直そうと努めた。泣いて訓《さと》し、折檻し、頼み、脅した、しかし凡ては徒労であった。詰るところ彼は正真正銘のダチドコロであって、彼が彼である以上いかなる手段も効がないということに結着したのである。

——小三郎が十歳になったとき、隣り屋敷の住人が変って溝口主水《みぞぐちもんど》という人が越して来た。子供が三人あり、上の二人は男でもう大きかったが、いちばん末に離れて津留《つる》という六つになる娘がいた。眉と眼尻《めじり》の下った、顔のまるい、眼に愛嬌《あいきょう》のある子で、初めて庭境の垣根のところで会ったとき、彼を見るなりにこっと笑いながら、「あたしつうちゃんよ」といった。彼はじろりと見て肩を竦《すく》め、鼻を鳴らしながら側《そば》にいった。そして彼女の頭から足の先まで眺めまわして「ふん」と顔をしかめて見せた。彼女はやはり笑っていた。まるい頰《ほお》の両側にえくぼがある、小三郎はそれにつよく眼を惹《ひ》かれた。「女なんか嫌《きら》いだよ」彼はそのえくぼを横眼で見ながらいった、「女なんかみんなお嫁にいっちゃうんだから、遊ばないよ」

「つうちゃんお嫁にいかないわ」こういってまたにこっと笑った、「——本当よ」

小三郎は「ふん」と鼻を鳴らし、つと手を伸ばして彼女のえくぼを指で突いた。それがきつ過ぎたのか、それとも突然のことで驚いたのか、津留は怯《おび》えたようにわっと泣きだした。——小三郎はいち早く逃げてしまったが、それがきっかけになって間もなくひじょうな仲良しになった。津留はごく温和《おとな》しい性質で、彼のすることならどんな事でも喜んで受容《うけい》れた。もう悪戯をされても泣かないし、長ったらしいお饒舌《しゃべ》りも興深そうに聞いて呉《く》れる。そしてよく「つうちゃん大きくなったら小三郎さんのお嫁さんになるんだわ」というのであった。そんなとき彼は仔細《しさい》らしく彼女を眺めて、さもやむを得ないというふうに顔をしかめ、「ふん、なりたければおなりよ」などといったものであった。

小三郎は十七の年までに三度も養子にゆき、三度とも半年足らずで不縁になった、藩の学堂でも講武館でも抜群の成績をあげたのと、上村が千五百石の中老で人望家だったため、かなり諸方から注目された訳である。初めは波多野という家で、これは三月、次は黒部庄造《くろべしょうぞう》、三度めは大番頭《おおばんがしら》の林主馬《はやししゅめ》であった。どうして不縁になったかは記すまでもないだろうが、いちばん気の毒だったのは林主馬である。彼が養子にいって六月めに、頭をぐるぐる繃帯《ほうたい》して、ひどく悄気てやって来た。

「まことに相済まぬ次第ですが、助けると思って小三郎どのを引取って頂けまいか」

頭を繃帯しているうえに、「助けると思って」などというから、孫太夫は驚くよりも寧《むし》ろ狼狽してしまった。

「ひとすじ縄《なわ》ではゆかぬ伜とお断わり申した筈《はず》ではあるが、いったいどのような不始末を致したのですか」

「いやいや格別のことではござらぬ、不始末などは決してござらんので、ただ拙者も家内も耳をやられましてな、初めはがんがん鳴るくらいでしたが、しだいに熱をもち痛みだしまして、医者にみせたところなんとやら申す炎症で、このまま置いてはやがて聾《つんぼ》にもなりかねぬという診断でござった」

それが小三郎の饒舌《じょうぜつ》のためとわかっては一言《いちごん》もない、すぐに手許《てもと》へ引取ったのであるが、これではもはや養子の望みもないと、上村夫妻は顔見合せて嘆息した。——ところがこの噂《うわさ》を聞いて里見平左衛門がやって来た、彼はその前年に一人息子を亡《な》くしたので、自分が小三郎を貰《もら》おうというのである。孫太夫は辞退した、このうえ恥をかくのはまっぴらだからだ。

「いやその心配はない」平左は良心に賭《か》けていった、「彼の饒舌や悪戯ぐらいわしの眼からすれば冗談くらいのものだ、またいちど貰い受ける以上いかなる事が起ろうとも引取って呉れなどとは申さぬ、これは天地神明に誓ってもいい」

夫婦は相談をした。そして小三郎は里見へ養子にゆくことに定《き》まった。これは十七歳の秋のことであったが、彼もこんどこそ家へは帰らない決心をしたのだろう、去るまえに隣りの津留と庭で会った。——彼女は十三歳になっていたが、相変らず頰のまるい、愛嬌のある眼の、いつも微笑している温和しい子だった。

「こんどは里見へ養子にゆくんだよ」彼は津留のえくぼを見ながらいった、「あの伯父さんは強情《ごうじょ》っぱりのお饒舌りで私を一生叱って暮すつもりらしい、いい気なものさ、どっちが勝つかは見ていればわかるよ、——それでね、つうちゃん、私が家督をするときには迎えに来るからね、それまでちゃんと待っていてお呉れよ」

「ええ待っていてよ」津留はあどけない眼で彼を見た、「でもそれはずいぶん長いの？」

「そんなにも長くはないさ、普通なくらいだよ、伯父さんを馴《な》らしちまうまでだからね、きっとだぜ」

三

良心に賭けて明言したにも拘《かかわ》らず、里見平左衛門は五十日そこそこでへたばった。平左が能弁の士であることは前に紹介した。従来いかなる場合にもその点でひけを取ったことはない、「なに小三郎ごときの饒舌が、——」こうせせら笑っていたのであるが、いざ一緒に住んでみるとそれが浅慮の至りだったということに気づいた。……まず親子の関係にしても、平左は里見へ養子に来てそのままおちついた、すなわち養父を一人持っただけだが、小三郎は三度も養子にいって戻《もど》り、こんどで四人めの養父を持つ訳であって、その経験と実績のひらきは小さくない。然《しか》も小三郎はその点をよく心得ているらしく、平左が怒ったりすると寛容な眼でなだめ労《いたわ》るように伯父を眺《なが》める。

――ええよくわかりますよ伯父さん、世の中はままにならないものです、生きるということはたいへんなものですよ、まあお互いに辛抱してやってゆきましょう。

　こんなふうにいうように思えるのであった。また次に饒舌の点でも、この甥《おい》は実に恐るべき敵であった。平左がなにか話し始めるとたん、彼はその話の鼻柱をひっ掴《つか》み、自分のほうへへし曲げて奪い取る。例えば平左が馬の話を始めたとしよう。

「天下に名馬と伝えられるものも多いが」

　こう話し始めると、小三郎はにやりともせずに、「名馬といえば今日あの大川の側で面白《おもしろ》いものを見ましたよ、御家老の松室《まつむろ》さんとこにはちという犬がいるでしょう、仔牛《こうし》くらいもある大きいやつで、いつか松室さんとこへ狼《おおかみ》が鶏を取りに来たとき食殺したことがありますね、足なんかこんなに太くって、頭なんかこれくらいあるでしょうね、柳町をあの犬が通ると両側の家じゃあ棚《たな》の物ががたがた揺れるんです」

「ばかも休み休みいえ、犬が通ったくらいで人間の住居《すまい》が揺れて堪《たま》るか」

「伯父さんは知らないんだ、柳町は埋立てで地面が柔らかいんですから、私も見たけれど慥《たし》かに棚の物が音を立ててましたよ、でも面白いのはそんな事じゃないんです、そのくらいのはちがですね、今日あの大川の堤のところで通せんぼに遭ったんです、誰《だれ》が通せんぼしたかっていうと斧田《おのだ》さんのはななんですよ、知っているでしょう、こんなちっぽけな、猫の仔みたいなちびの牝犬《めすいぬ》です、あいつが堤の道のまん中にちょこ

ん と坐《すわ》ってるんです、こんな顔をしてちょこんと坐ってるだけなんです、はちは急いでるようでしたよ、どこそこまで急いでいかなくちゃならない、時間がないので気が気じゃないというふうなんです、でもはなは動かないんです、知らん顔でそっぽを向いたり、時どきははちのほうを見て欠伸《あくび》をしたりする、そしてはちがちょっとでも前へ出ようとすると、『だめよ！　きゃん！』って叱りつける、きゃん！　だめよ、通っちゃだめよって、……するとはちはさも悲しい困ったというように、鼻の頭をしかめてくうんくうんって泣くんですよ、とても面白かった」

「ふーん」

平左はついひきこまれる。

「そうすると犬でも人間でも男女の関係はおんなじことなんだな」そういってから、こんどこそ話題はこっちのものだと手を擦《こす》り、「おまえなどはまだわかるまいが、世の中はなにも強い者や利巧な者が勝つとは定《きま》っていない、譬《たと》えていえばあの法林院さまの御治世にだな」

「そうですとも伯父さん、世の中は強い者勝ちとは定まっちゃいませんよ、宮本武蔵《みやもとむさし》が甲斐《かい》の山奥へいったときですね」

「待て待ておれはそんな剣術使いのことを話してるんじゃない、法林院さまの時に」

「法林院さまのことが出たからいうんですよ、あの殿さまはたいそう武術を御奨励なすったのでしょう、宮本武蔵は武芸の達人ですからね、それがなんと狸《たぬき》に化かされてさんざんなめに遭ったんです、伯父さん甲斐のくにって知ってますか、甲斐の巨摩郡《こまごおり》という処にですねえ」

そして綿々と饒舌が続くのである、平左は我慢して聞く、辛抱づよく待っている、話がひと区切りつく隙《すき》を待兼ねて、「いやその物語も面白いがな、おれの若いときに城山の後ろで石棺を掘り出したことがある」

こうやりだす、とたんに小三郎はその石棺をふんだくってしまう。

「石棺といえば伯父さん和田山から竜《りゅう》の骨が出たのを知っているでしょう、あのときは城下じゅうお祭りのような騒ぎでしたね、私は辻町のお祖父《じい》さんの家へ泊りにいってたんですけど、辻町の家の庭の泉水に——」

平左衛門は腕組みをして眼をつむる、そして口惜《くや》しまぎれにぐうぐう空鼾《そらいびき》をかき始めるのであった。……平左は自分の相手がいかに強敵であるかを知った、その甥は年齢を超越して遥《はる》かに平左より世故《せこ》に長《た》け、敏捷《びんしょう》で、人心の機微に通じ、円転滑脱で、利巧で、明朗に狡猾《こうかつ》である。いかなる面からしても平左には歯が立たなかった。

——たいへんなやつだ、とんでもない者を背負いこんだ。こう思って臍《ほぞ》を嚙《か》んだが、武士がいったん誓言した以上どうしたって上村へ戻す訳にはいかない、そうかといって一緒にいたんではこっちが心神耗弱《こうじゃく》してしまう、平左は苦しまぎれに計略をめぐらし、彼を元服させ宗兵衛と名乗らせたうえ、諸方に奔走して江戸詰のお役を貰うことに成功した。

「江戸には秀才がたくさんいる」平左は別れるときこう教訓を垂れた、「今日までのような思いあがった我儘《わがまま》な気持でいると辛《つら》いめに遭うぞ、宜《よろ》しく謙虚謙遜《けんそん》に身を持して、人にへりくだり饒舌を慎み」

小三郎の宗兵衛は膝《ひざ》へ手を置き、神妙に頭を下げていたが、やがてすうすう空鼾をかきだしたのである。平左はそれを尻眼《しりめ》に見ながら、勝利の快感に酔って滔々《とうとう》と教訓を垂れ続けた。

四

宗兵衛は江戸へ出た。そしてそこに五年いた。この間に彼は極めて複雑微妙な多くの経験をした。しかし物語の通例として、ここにはごく単純に紹介しなければならない。——まず島田右近《しまだうこん》という人物をお引合せしよう、これは宗兵衛より四つ年長で、家中《かちゆう》随一の美男であり、才知すぐれたうえに謙譲で、主君但馬守治成《たじまのかみはるしげ》の寵臣《ちようしん》といわれている。父親は権兵衛《ごんべえ》といって、今は隠居しているが、家はずっと足軽組頭《あしがるくみがしら》であった。右近はその一人息子である。足軽組頭の子が五百石の小姓組《こしようぐみ》支配に出世し、なお主君の寵臣とまでいわれるようになったのだから、本来なら悪評も立つところだろうが、人をひきつける美貌《びぼう》と、謙遜で高ぶらない態度と、なによりも冴《さ》えた頭の良さとで、上からも下からも信頼されていたのである。

宗兵衛は太田良左衛門という目付役の家に預けられた。そして小姓組にあがるとすぐ、この右近と特に親しくなった。どこに眼をつけたのか、右近のほうから彼に近づき、頻《しき》りに引立てて呉れたし、色いろと家中の情勢に就いて教えて呉れた。

「私を兄弟だとお思いなさい」右近はそんなふうにいった、「人の前ではそうもいかないが、二人のときは支配などという遠慮はいりません、出来るだけのお世話をしますから、なにかのときは相談をして下さい」

「私はこんなことをいわれたのは初めてですよ」宗兵衛はにやりと笑った、「国では私はたいへん評判が悪いんです、五つぐらいのときからあの悪たれと遊ぶなっていわれたもんです、私の姿を見るといきなり怒るんですからね、まだなんにもしませんよってていうでしょう、するとまだしなくってもいまにする積りだろうって呶鳴《どな》るんです、やりきれやしない、子供が泣けばすぐ私のせいです、また上村の悪童かっていう訳です、――じゃあ兄弟だと思っていいんですね、ふうん、本当ですねそれは」

「本当ですとも」右近は微笑した、「国の御両親へ手紙でそう書いておやりになってもいいですよ、これこれの者が兄弟のように面倒をみて呉れるってですね」

「――そうしましょう」宗兵衛はちらと右近を眼尻で見た、「但《ただ》し面倒をみて貰ってからですよ」

以上の会話は両者の将来を暗示する重要なものであった。そのとき右近が彼のなかに自分の「強敵」を発見したことは慥からしい、そしていかなる犠牲を払っても味方に付けなければならぬと思ったようだ。——少し経《た》ってから右近は家中に二派の対立があり、長年にわたって執拗《しつよう》に勢力争いをしているから、その渦中《かちゅう》に巻込まれないようにと教えた。

「派閥の一方は御側用人《おそばようにん》の原田善兵衛《はらだぜんべえ》どの、片方は御家老の浪江仲斎《なみえちゅうさい》どの一派、国許《くにもと》はだいたい御家老派だし、そこもとの寄宿している太田良左衛門どのも浪江どのの腹心でいらっしゃる、両派の主立った名をあげると」こういって右近はそれぞれ七八人ずつ名を告げた、「——そういう訳ですから、これらの人々とはなるべく深い交わりはしないようになさい」

「島田さんはどっちなんです」

「私はお上《かみ》おひとりに御奉公するだけです、党派に拠《よ》って勢力を得ようなどとは思わない、そこもともここをよく考えないといけませんよ」

御殿へ上って三十日ほど経つと、ようやく御前《ごぜん》の勤めをするようになった。これも右近の特別な計らいで、普通だと少なくとも一年はかかるのである。このときも右近は懇切に勤めの心得を説き聞かせた。

「格別むずかしい事はないが、殿には憂鬱症《ゆううつ》の痼疾《こしつ》があって、やかましい事うるさい事がなによりお嫌《きら》いです、無言、静粛、謹慎、これが絶対の戒律だからそのお積りで」だがそっと肩を叩《たた》いてこう付加えた、「けれども万一ご機嫌《きげん》を損ずるようなことがあったらそうお云《い》いなさい、私がどうにでもしてお執成《とりなし》をしてあげます、わかりましたね」

御前には彼のほかに三人詰めていた。成沢兵馬《なるさわひょうま》、松井金之助、友田大二郎という、――なるほど右近のいうとおりかれらは無言、静粛、謹慎であった。初めての日は殿さまは書物を読んでいらしったが、三人は糊付《のりづ》けにしたように硬《こわ》ばった顔で、木像のようにきちんと端坐《たんざ》していた。――前の日お目見得《めみえ》をして、三人にもそれぞれ紹介されている。暫《しばら》く黙って坐っていたが、口がむずむずし始め、舌が痒《かゆ》くなって来た。彼はふと振返っていった。

「おい成沢、おまえお国へいったことがあるか」

大きな声である。三人はびくりとしたが、成沢は返辞もしないし、こっちを見もしなかった。

「松井はいったことがあるかい、友田は、――みんないったことはないんだね、それじゃお城も知らないし大川も日和山《ひよりやま》も知らないだろう」

成沢兵馬が「えへん」と咳《せき》をした。それから眼尻《めじり》でこっちをぐっと睨《にら》んだ。宗兵衛はしまったというように首を竦《すく》めながら、すばやく上座のほうを見た。但馬守がこっちを見ていた。——治成は五十一歳で、髪毛《かみ》の半分白くなった、固肥《かたぶと》りの、癇《かん》の強そうな老人である、なかでも眼にたいそう威力があって、睨まれると五躰《ごたい》が竦むといわれていた。

「御免下さい殿さま」宗兵衛は治成のほうへこういった、「お邪魔をして悪うございました、みんながお国の事を知らないらしいので、御奉公をしながら御本城の土地を知らなくては心細いだろうと思って話してやろうと思ったんです、殿さまは御存じですか」

三人は仰天し、中でも成沢兵馬は眼を剝《む》きながら宗兵衛の膝を突ついた。——治成は眉《まゆ》をひそめた。そしてこの恐れげもない少年をぐっと睨んだ。

「知っていたらどうする」

「本当に御存じなんですか」彼は疑わしそうにこういった、「御存じだとすると私は少し困ることになるんですが、なぜかといえばですね、通町の駕源《かごげん》……駕屋の源助の店でもいっているし、馬喰《ばくろう》の竹造のところでも、そのほか方々でいっているんですけど、——こんなことをいってもいいでしょうか、殿さまはすぐお怒りになりますか、怒りっぽいとすると云わないほうがいいと思うんです」

「そう思ったら黙れ」治成は口をへの字なりにした、「勤め中は饒舌《しゃべ》るな」

宗兵衛は黙った。治成は「なんという奴《やつ》だ」と口の内で呟《つぶや》きながら、ふたたび書物に眼を向けた。――暫くすると宗兵衛が大きな欠伸《あくび》をした。「あああ」と声をあげ、両肱《りょうひじ》を張って公然とやってのけた。三人はまた仰天したが、治成は書物を見たまま聞かない振りをしていた。――宗兵衛は膝をもじもじさせたり、手で顔を撫《な》でたりしていたが、ふとなにか思いだしたというように振返った。

「おい成沢、おまえ御家老の組か、それとも御側用人の組か――両方は仲が悪いんだってなあ、御家老の……ああいけないいまた饒舌っちゃった」

彼は上座のほうへ叩頭《おじぎ》した。

「殿さま御免下さい、ついまた口をきいてしまいましたけれどお邪魔になりましたでしょうか」

治成はぱたりと書物を閉じ、とびだしそうな眼でこっちを睨んだが、憤然と立ち、黙ってさっさと奥へいってしまった。――するとそれを見送っていた成沢兵馬が、顔をまっ赤にして立ち上り、「おい里見、ちょっとお庭まで来い」といった。友田と松井が左右を塞《ふさ》ぐ、宗兵衛はにこっと笑って、いわれるままに廊下へ出ていった。――詰所の脇《わき》から御殿の裏庭へ出る、厩《うまや》をまわって櫟林《くぬぎばやし》の処《ところ》まで来ると、成沢が振返って拳《こぶし》を握った。

「貴様さっきおい成沢といったな、おい成沢とはなんだ」

「気に障ったら勘弁して呉《く》れよ」宗兵衛はにこっと笑った、「おれはみんなと轡《くつわ》を並べて御奉公する積りなんだ、御前の御奉公は戦場御馬前と同じだから、みんなとは生死を共にする戦友だと思うんだ、成沢さんだの成沢うじだのって他人行儀なことをいっては済まないと思ったんだよ、国じゃあ誰《だれ》とでもそう呼び合っていたしそうするほうが早く親しくもなれるからさ、でもおまえが気に障るなら」

「黙れ」こう喚《わめ》きざま兵馬は拳骨《げんこつ》でいきなり殴りつけた、「おれは貴様などにおまえと呼ばれるいわれはないぞ」

力いっぱい殴られて宗兵衛の頭がぐらりと揺れた。彼は眼を瞠《みは》った。生れて初めて人に殴られたのである。あっけにとられて、大きな眼でじっと兵馬をみつめていたが、やがて振返って松井と友田を見た。

「成沢とおれだけで話したいんだ、済まないが二人はちょっと向うへいっていて呉れないか、すぐ済むからね」

二人は兵馬を見た、兵馬が頷《うなず》いたので、二人は厩のほうへ去った。——宗兵衛はかれらが見えなくなると、櫟林の方へ兵馬を促していって、静かに相対して立った。

「おい、成沢」彼は低い声でこういった、「おまえその眼は見えるのか、——おまえの頭の両側にくっ付いている耳は聞えないのか」

「この土百姓、おれの腰には刀があるぞ」

「拳骨のつぎは刀か、たわけ者、底抜けの頓知奇《とんちき》、明き盲人《めくら》でかなつんぼで馬鹿《ばか》とくりゃあ世話あねえ、そんな阿呆《あほう》がお側《そば》に付いているから家中《かちゅう》が揉《も》めるんだ、やってみろ、憚《はばか》りながらこっちは摩利支天《まりしてん》のダチドコロだ、そんな青瓢箪《あおびょうたん》の芋虫野郎とは出来が違わあ、ざまあみろ」

兵馬はとびかかった。宗兵衛は風のように身を躱《かわ》した。そして二人は櫟林の中へ眼にもとまらぬ早さでとび込んでいった。

それから約三十分、櫟林の向うの草地に、二人はへたばったまま話をしていた。着物も袴《はかま》も引裂けたうえに泥《どろ》まみれである、髪毛はばらばらだし、どっちも眼のまわりを紫色に腫《は》らし、額や頭に瘤《こぶ》をだしていた。——兵馬は土を嚙《か》んだとみえ、頻りに唾《つば》を吐《は》きながら、「うん、うん」と頷く。宗兵衛はもげた袖《そで》を肩へ捲《まく》りあげ捲りあげ話し続けた。

「大人はだめだ、みんなふやけちゃってる、島田右近なんかを有能な人間と思うなんてばかばかしい、あいつは骨の髄からのまやかし者だぞ」

「貴様はたいへんな奴だ」兵馬がいった、「来て百日も経たないのに、おれが十年見ていたことを見てしまった、その勘が慥かなものなら話したいことがある」

「おまえはそういう眼をしていたよ兵馬」宗兵衛はにこっと笑った、「おれは国許でもそう思ったが江戸へ来てからもそう思った、大人はすっかり腐っている、こいつはおれたちがなんとかしなくっちゃいけないってさ、——そしておまえの顔に同じことが書いてあるのをみつけたんだよ、成沢の年は幾つだ」
「貴様より二つ上の十九だ」
「年だけのことはありそうだ、今夜おまえの処へゆくぞ」

五

成沢兵馬とどのような相談をしたかはわからないが、宗兵衛の饒舌《じょうぜつ》は相変らずであった。但馬守治成は好んで書を読む、憂鬱症であるかどうか知らないが、書物を読むこと以外になにごとも興味がないらしい。政治にも殆《ほと》んど無関心で、常には側用人にも家老にも会うことがなく、必要な場合はたいてい島田右近の取次ぎで済ませる、そしてただ書物を読み暮しているのである。——従って侍《じ》している小姓たちは沈黙静粛を守るのが定《き》まりであったが、宗兵衛は初めの日以来その定まりを少しも守らなかった。治成に睨まれると恐れ入ってあやまる、だがその舌の乾かぬうちにすぐまた始めるのであった。治成が怒って「出ておれ」というと廊下へ出てゆくが、そこでまた独りでお饒舌りをやりだす。
「人間はどうして大人になるとああぼけてしまうんだろう、瀬戸物《せともの》の卵を蛇《へび》が呑《の》むなんて、呑んじまってから吃驚《びっくり》して、尻尾《しっぽ》のほうから石垣《いしがき》の穴へ逆に入るなんて」こんなことを大きな声でいうのである、「——すると腹の中で卵がこかれてしまいに口から転がり出るなんて、内野のおびんずるまでがいい年をして本気にしてるんだから厭《いや》んなっちまう」

治成が「えへん」と咳をした。警告の積りである、ところが宗兵衛は「はい」と答えてずんずん戻《もど》って来る、そして平気でこう治成に問いかけるのであった。

「殿さま、牝鶏《めんどり》に瀬戸物で作った卵を抱かせるのを御存じですか、産んだ卵を取上げてばかりいると牝鶏が卵を抱かなくなるのですって、それで擬《まが》いの卵を抱かせるっていうんです、瀬戸物で作って本当の卵そっくりに出来ているんです、それを蛇が間違えるっていうんですけれど御存じですか」

治成は眼をあげてぎろりと睨み、もういちど「えへん」と咳ばらいする、だが、宗兵衛はけろりとした顔で続けた。

「蛇は本当の卵と間違えてそいつを呑んじまうんだそうです、呑んじまってから瀬戸物だということに気がつく、すると蛇はずるずる石垣のほうへ這《は》っていって、小さな穴をみつけて、尻尾の尖《さき》から段々に入ってゆくのですって、そうすれば腹の中の瀬戸物の卵はしぜんとこき出されて、口からぴょこんと転げ出す、こんな話を大人がよくするんです、内野のおびんずるも秋山の猿面《さるめん》もそういいました、——実に虫けらなどと申しても蛇などの知恵にはほとほと感じ入るなんて、おびんずるなんか酒を飲むたびにきまってこの話をするんですけど、大人ってまったく理屈のわからない頭の悪いもんだと思います」

「その話のどこが可笑《おか》しいのだ」治成がひょいとつり込まれた、「余も聞いたことがあるが、どうして無理屈だというのだ」

「あれっ」宗兵衛は眼を瞠る、「殿さまも本当にしていらっしゃるんですか、へえ——驚いた、そんなに本を読んでいらっしゃって馬鹿げた話をお信じなさるんですか、——では伺いますけれど、蛇は卵を捜しに来るんでしょうか、喰《た》べ物《もの》を捜しに来るんでしょうか、あの長い舌でぺろぺろと触ったとき、本当の卵か瀬戸物かがわからないでしょうか、おまけにですね殿さま、蛇の鱗《うろこ》は頭から尻尾のほうへ重なっているんで、躯《からだ》をしごくような小さな穴へ逆に入れば、鱗が逆にこかれて死んじまいますよ、そんなことも御存じないんでしょうか」

「口が過ぎるぞ宗兵衛、黙れ」

宗兵衛は黙る、しかし口の中でかなりはっきりと呟く。

「おれが黙ったって嘘《うそ》が本当になりやしない、人間にはお毒見役やらお味見なんかいるから、騙《だま》されて毒を盛られたり腐った物を食わされて知らずにいるんだ、蛇には毒見も味見もいない代りに、偽《にせ》か本物かをちゃんと見分ける知恵がある、へっ、なっちゃねえや」

声が高いからかなりはっきり聞えた。——治成は怒った、書物をぱたりと閉じ、さっと顔を赤くしながら片膝《かたひざ》を立て、左手はすぐ脇の刀を摑《つか》んでいた。本気で斬《き》る積りだったか、単に習性からきた動作かわからないが、とにかく刀を摑んだことは慥《たし》かである。松井、友田、成沢の三人は蒼《あお》くなった、しかし治成は刀から手を放し、立ち上って大股《おおまた》に奥へ去ってしまった。

御前《ごぜん》お構いになるかと思ったが、その沙汰《さた》もなく、寧《むし》ろそれからは宗兵衛の饒舌を幾らか進んでお聞きなさるようになったからふしぎである。——だが宗兵衛はただ御前でお饒舌りをするだけではなかった。暇さえあると何処《どこ》へでも出張して饒舌った、どの役部屋へもずんずん入ってゆく、軀が小柄《こがら》なうえに愛嬌《あいきょう》のある顔で、天真爛漫《てんしんらんまん》に話しかけられるからたいていの者がすぐまるめこまれてしまう。

「ええついこのあいだ国許《くにもと》から来たんです、悪戯《いたずら》がひどいからって追っ払われて来たんですけど、このうちでもすぐ追っ払われるだろうと思ってるんです、——向うにいる肥《ふと》った人は誰ですか、へえ、あれが勘定奉行ですって、……へえ、全部そうですか」

「全部って、なにが全部だ」

「だってずいぶん肥ってずいぶん巨《おお》きいじゃありませんか、あれだけすっかりこみで勘定奉行だとすると勿体《もったい》ないみたいですねえ」

この勘定奉行には後に拳骨を一つ貰《もら》ったが、その代りひどく好かれて、ゆきさえすれば茶と菓子を取って置いて呉れるようになった。——こんな調子で大目付《おおめつけ》へも納戸役《なんどやく》へも、老職や寄合の溜《たま》りへも、奉行役所へも馬廻《うままわ》りへもすっかり顔を売ってしまった。到《いた》る処の人たちと親しくなり、到る処へ自由に出入りをする、そして御殿じゅう(奥を別にして)彼の姿の見えない場所はないという程になった。

島田右近はよく彼を諸方へ伴《つ》れて出た。よほど宗兵衛をみこんだのだろう、柳橋《やなぎばし》あたりの旗亭《きてい》だの、深川の芸妓《げいぎ》だの、新吉原《しんよしわら》だの歌舞伎《かぶき》だのという、公然とはいきにくい処へ伴れてゆく、例のいやに丁寧な言葉使いで、「世間を知るにはこういう経験がいちばんです、しかしこれは二人だけの内証ですよ」などといいながら、そして女たちには「私の弟分だから大切にたのむ」こういって引合せた。——右近は何処でもたいへん歓迎され大事にされた。よっぽどのいい客なんだろう、自然こっちも女たちがうるさくちやほやする。普通なら大いに衒《て》れる年頃《としごろ》だが、そんな場所でも彼は平気の平左であった。右近が女の一人とどこかよその座敷へゆき、彼だけ女たちの中に残されても、例のお饒舌りでたいてい彼女らを煙に巻いてしまう。

「そんな偉そうなませたことを仰《おっ》しゃったって、宗さまはまだ女の肌《はだ》も御存じないんでしょ」

「ばかだね、おれの国は早く嫁を貰うんで有名じゃないか、おれは少しおくてだから遅かったけど、それでも去年もう結婚して、この夏には子が生れてるよ、御用人の原田さん、――知ってるだろう原田善兵衛さんさ」

女たちは黙ってちらと眼を見交《みか》わす。

「なんで変な眼つきをするんだ、おれはみんな知ってるんだよ、御家老の浪江《なみえ》さんだって来るじゃないか」宗兵衛の眼がすばやく女たちの表情を見て取る、「――御用人は十四で結婚したし浪江のおやじも慥か十五で子持ちになった筈《はず》だ、みんな聞いたことないかい」

「あら嘘だわ、なあ様はお子が無くって御養子だって伺ってますよ、ねえ」

「だからさ、ばかだね、十五でもう養子を貰うほど早婚なんじゃないか」平然たるものだ、「島田の兄貴はあんな人間だから、初めは御家老のたいへんなお気に入りでね、初めはあれが養子に貰われようとしたのさ、ところがちょっとへまをしたんでね、この頃は原田さんとばかり遊びに来るだろう――」

「あら厭だ、今だってなあ様はたいへんな御信用だわ、はあ様もなあ様も、お二人ともまるで手玉に取られてるかたちよ、ねえ」

「しいさんときたら凄腕《すごうで》だからね」余り縹緻《きりよう》のよくない女が口を入れた、「この土地だけでも五人はもう泣かされてるし、こんどは駒弥《こまや》さんでしょ、そのうえ代地河岸《だいちがし》なんぞへは素人衆《しろうと》の娘さんを伴れ込むっていうんだから」

「ああそれは相庄《あいしょう》とかいう御用達《ごようたし》の……」

「ばかねえおまえさんたち」年増《としま》の一人が慌《あわ》てて手を振った、「そんなにお客さまの蔭口《かげぐち》をべらべら饒舌るってことがありますか、自分に関けいのないことは黙ってるのよ」

　こんなことは二度や三度ではない、宗兵衛はその神技ともいうべき舌わざで、ずいぶん多くの秘事《ひめごと》をさりげなく聞き出したものであった。——家老と用人との対立抗争は、但馬守の無為閉居に依《よ》って近来頓《とみ》に烈《はげ》しくなり、或る点では政治の運用を妨げる状態さえ現われていた。政治を行うべき人間が政治を忘れ、己《おの》が権力の拡充に専念するようになっては国は成り立ってゆかない。それは現に藩の財政に表われてきた、士風も頽廃《たいはい》に傾いている、そして国許領民の生活がしだいに苦しくなりつつあるのを、宗兵衛はその眼で見、耳に聞いて来たのである。

「おい面白《おもしろ》いぞ成沢」宗兵衛は兵馬の家を訪ねて笑いながらいった、「大きな腫物《できもの》をね、藪医者《やぶいしゃ》が集まって眺《なが》めてるんだ、その患者をどうして自分のものにするか思案投げ首でね、腫物を治す方法は知りあしない、一人が頭を冷やせといえば片方は腹へ温《おん》石《じゃく》を当てろという、しかもそういいながら温石を当てもせず冷やしもしないで、ひたすら患者を自分のものにすることばかり考えている」

「詰らない譬《たと》え話はたくさんだ、おれも話したいことがあるが、そっちもなにか用があって来たんだろう」

「島田右近を追っ払うんだ、あいつを江戸から追い出せばあとの始末が楽になる、あいつにとっても誘惑の多い江戸より田舎のほうが身のためさ」

「それと藪医者となんの関係があるんだ」

「おまえの口とその不恰好《ぶかっこう》な鼻とは関係がないか」宗兵衛はもう立ち上っていた、「暢《のん》びりしたことをいうなよ兵馬、おまえ二十《はたち》になってからだいぶ大人の愚鈍が出はじめたぞ」

「貴様も十八になって口が悪くなった、おれがいいたいのはこうだ、右近がもし藪医者共と重要な関係があるとしたら、おれが国詰にならないまえに追い出して貰いたい」

「おまえが国詰になるって――」

宗兵衛はまた坐《すわ》った。

「貴様がいつか御前でいったろう、御奉公をするのにお国許のことを知らなくて不便ではないかって、――あれが右近から年寄たちに聞えて、今年から五人ずつ選ばれて国詰をすることになったんだ」

六

「選ばれたのは誰《だれ》と誰だ、そして国には何年いるんだ」

「小姓組ではおれと松井、馬廻りから林大助、書院番から石河忠弥《いしかわちゅうや》と村上藤五郎《むらかみとうごろう》という顔触れで、いつか話したとおり右近に睨《にら》まれている者ばかりだ、任期は三年と聞いている」

「ふむ――」宗兵衛は珍しく眉《まゆ》をひそめた、「やっぱり右近のほうが賢いな、あいつは馬鹿《ばか》じゃない、ふん、……仕方がない国へゆくんだよ兵馬、いい経験になるぜ」

「それで後をどうするんだ、おれたち五人いっちまったらもう誰もいやしないぜ」

「腫物の切開ぐらいおれ一人でたくさんだ、どうせ右近の奴《やつ》は国へ追っ払うが、あっちへいってからも決して油断はならない、そこをおまえに頼もうじゃないか、こっちは引受けたよ」

二月になると成沢兵馬はじめ五人の者は国許へ立っていった。それより少しまえに但馬守の意志で宗兵衛は昌平坂《しょうへいざか》学問所へ入学し、また柳生《やぎゅう》の道場へ入門した。それで御前勤めは三日に一度ずつとなったが、治成の彼に対する態度は眼立《めだ》って親しさを増していった。

「学問所や道場の友人には気をつけぬといかんぞ」治成は或《あ》るときこういった、「江戸には色いろと風儀の悪いところがあって、うっかり染まると身を誤ることになる、人に誘われてもさような場所へは決していってはならぬ」

「そんな処《ところ》へ誘う者はまだいません」宗兵衛は明朗な眼つきで答える、「けれども内証でなら、もうずいぶん度々いったことがあります」

「内証ならと、――いったいどういう意味だ」

「誰にもいってはいけないんです、島田さんがそう念を押しました、これはおれとおまえだけの内証なんだ、誰にもいってはいけないぞっていいました、そして柳橋の茶屋だの深川の芸妓だの、新吉原の遊女だの色いろと案内してくれたんです、殿さまも御存じですか」

治成は眼を瞠《みは》った。宗兵衛の平気な顔と、話の内容の意外さとに戸惑いをした感じである。だが宗兵衛はそ知らぬ態《てい》でぺらぺらと饒舌《しゃべ》り続けた。

「深川では尾花家というのへよくゆきました、島田さんが大事にされることはたいへんなものです、女たちの話ではもう五人も泣かせていて、こんどは駒弥という女が泣かされる番だっていってました、島田さんは凄腕だから、泣かされると承知でみんな迷うんだって話していました」宗兵衛はにこっと笑う、「それからこれも内証ですけど、新吉原の中万字楼という家にたいそう島田さんにおっこちの女があるそうです、おっこちとは熱々《あつあつ》のことだっていいますが私は訳は知りません、その女は勤めの身だけど島田さんのためならどんな達引《たてひき》もしてくれて、おまはんのためなら命もいりいせんよう、捨てなさんしたら化けて出えすによう、なんていって塩豆を食うそうです、――でもこれはみんな内証だそうですから」

治成はぐっと眼を怒らせた。

「それはみんな、そのほうが右近と一緒にいって見聞きしたことか」

「ええそうです、島田さんは私にもっと面白い処を案内してやると約束してくれました、その代りお互い兄弟同様にして、善い事も悪い事も助け合ってゆこうという訳ですけれど、――でもこれも内証だそうですから」

治成は「やめろ」といって座を立った。そして宗兵衛を上からじっと眺めていた、彼の饒舌《じょうぜつ》が虚心のものであるか、それともなにか含んでいるかを見極めるように、それから低い声でこういった。

「右近は内証だと申したのだな、人に話しては困ると申したのだな」

「そうです、そういって、幾たびも念を押しました」

「それならどうして饒舌るのだ、内証だと口止めをされたら、どんな事があろうとも黙っているのが武士の嗜《たしな》みではないか」

「はあ、そうでしょうか――」宗兵衛はけげんそうに治成を見上げた、「でも殿さま、私をそういう場所へ伴れていったり、そんな話をしてくれたのは島田さんですけど」

「さればこそ内密だと念を押したのであろうが」

「そうなんです、はあ、――」宗兵衛はなおけげんそうに治成を見た、「ですから、私が話したって構わないと思うんですけど」

「妙なことを申すな、だから構わないとはどういう訳だ」

「だって殿さま、人には黙っていろ内証だぞっていう島田さん当人でさえ内証にして置けないくらいなんですから、そのくらい面白いんですから、別に迷惑もなんにもしない私が饒舌りたくなるのは、当りまえじゃないでしょうか」

そして明朗な眼つきでにこっと笑った。治成は口をあいた、真向《まっこう》から面を叩《たた》かれたような顔つきである。なにかいおうとして「き」というような音声を二度ばかり漏らしたが、そのまま踵《きびす》を返して奥へ去ってしまった。――十日ばかり経《た》って島田右近は国詰を命ぜられた。治成が色いろ調べた結果、宗兵衛の話が事実であり、なお不始末の数かずがあらわれたもののようであった。治成が右近を呼び、人払いをして烈しく叱咤《しった》するのを、宗兵衛は蔭にいて聞いた。それはいつも沈鬱《ちんうつ》な治成に似合わない烈しい火のような調子であった。

「人の信頼を裏切るのは人間として最も陋劣《ろうれつ》なことだぞ」とか、「恥じて死なぬか」とか、「黙れ、まだ云いのがれを申すか」などというのが聞えた。右近はやがて泣きだしたらしい、そして哀切に長ながと懺悔《ざんげ》をするようすだった、綿々たる哀調と啜《すす》り泣きの声が宗兵衛でさえ哀れを催すほど長ながと続いた。治成は怒りの声を柔らげた。「国へゆけ、いちどだけ機会を与えてやる、やり直してみろ」こういうのが聞えた。そして右近はまた激しく泣いたのである。

島田右近が国詰になったことは、江戸邸《えどやしき》のあらゆる人々を驚かせた。治成は別に不始末の罪を挙げはしなかった、否《いな》、国詰ではあるが町奉行という職を命じたので、寧《むし》ろ栄転でさえあったのだが、それでも側用人《そばようにん》以上の実権を持っていた位置と、較べるもののない君寵《くんちょう》から放された事実は明らかに「失脚」であることを掩《おお》えなかった。――主君側近の情勢が変ったのである。あれほど寵の篤《あつ》かった右近が逐《お》われた、彼に代るのは何者であろう。凡《すべ》ての人々の注意がそこに集まったのである。

浪江仲斎も原田善兵衛も、この折とばかり主君に近づこうとした。しかし治成は定日にほんの形式だけ政務を見るだけで、誰をも寄付《よせつ》けようとしなかった。――国へ遣《や》られた成沢と松井の代りに二人の小姓が挙げられたが、最も側《そば》近く仕えるのは宗兵衛ひとりである。そしてこの頃では閉居することが少なくなり、的場へ出て弓を引いたり、番たび馬をせめたりする、そして宗兵衛を伴れて朝に夕に奥庭を歩くようになった。……宗兵衛のお饒舌りは相変らずであるが、どうやら今はそれが面白いらしく、一方では叱《しか》りながら、時には声をだして笑うことも珍しくなくなった。家中《かちゅう》の人々はこの変り方に驚くと共に、それが宗兵衛のためであり、右近に代る者が彼だということを明らかに認めた。

——主君の寵は宗兵衛に移った。

原田善兵衛も浪江仲斎もそう見て取り、すぐさま宗兵衛の抱き込みにかかった。宗兵衛はどちらの招きにも応じ、どちらとも親しくなった。しばしば会い、熟《と》く語ってみると、年に似合わぬ宗兵衛の才知がわかる。仲斎は「こいつ大した人間だ」と舌を巻き、善兵衛は「これこそ味方の柱石になる」と惚《ほ》れ込んだ。両者は互いに彼を腹心の人間にしようと努め、いずれも自派の秘密や策動をうちあけ、また参画させた。

「御家を万代の安きに置くには、暗愚に在《おわ》す弥太郎君《やたろうぎみ》を排し、御二男ながら英生の資ある亀之助君《かめのすけぎみ》を世子《せいし》に立てねばならぬ」浪江仲斎はこういった、「折ある毎《ごと》にその旨《むね》を殿へ言上《ごんじょう》して貰いたい」

「御家老一派は御二男を世子に直そうとするようだが、これは順逆に戻《もと》る大悪である」原田善兵衛はこういきまいた、「いかにも弥太郎君は些《いささ》かお知恵が鈍く在《おわ》すようであるが、その代り御壮健で御子孫御繁栄には申し分がない、また藩には執政職があるから、主君は寧ろ暗愚の方のほうが無事である」

これを突詰めると仲斎は亀之助、原田派は弥太郎、おのおの擁立する世子に拠《よ》って、己が権勢を張ろうとしているのである。そして各自の党勢を拡充するために、鎬《しのぎ》を削って買収し周旋し籠絡《ろうらく》に努めている訳だ。——宗兵衛は両派の内情や、策謀、秘略に詳しく通ずるようになると、巧みに機を摑《つか》んで活動し始めた。といっても別に大した事ではない、ただ片方の秘密を片方へ饒舌るだけである。

「原田さんは柳橋になんとかいう女の人を囲って置く家があるそうですね」彼は原田善兵衛に向ってこういう、「その女の人はお俠《きゃん》で面白いんですってね、浪江さんのほうで少しお金を遣ってなにしたら、その柳橋の人は原田さんの事をべらべらすっかり話してくれたっていっていますよ、御存じですか、なんでも深川のほうの事までわかっちまったらしいですよ」

また浪江仲斎に向ってもこう語る。

「岸本孫太夫という人がいますね、あの人はたいそう賢いですね、御家老にも引立てて貰ってるし、原田さんにも特別ひいきにされているらしいんです、御家老はあの人になにか書いた物をお預けになったでしょう、あの人はすぐにその写しを拵《こしら》えて、原田さんとこへ持っていって、そしてかなりたくさんお礼を貰ったそうですよ」

こんな風に始めたのである。明朗な顔をして、あけすけにずばずばと饒舌る。どんな重大な秘密でも、お構いなしだ。こっちの事をあっちへ、あっちの事をこっちへ。――これは明らかに不信であり裏切りであり内通であって、しかも必ず暴露すべき性質のものである。さよう、やがて総《すべ》ての明らさまになるときが来た、城中の黒書院で原田善兵衛と浪江仲斎とが正面衝突をしたのである。

七

原因はごく些細《ささい》なことであった。喧嘩《けんか》とか戦争などというものは必ず些細な事から始まる、仲斎が老人だけに嵩《かさ》にかかって云《い》い募り善兵衛がこれに応じた。綿に包んだ針のような言葉が、釘《くぎ》となり槍《やり》となり火を発して、ついに互いの密謀摘発に及んだ。

「お手前がそれをいうならわしも申そう」仲斎は鼻の頭に汗をかきだした、「きれいな顔をして洒落《しゃ》れたことをいわれるが、お手前は邸《やしき》の外に卑《いや》しき女を囲い、しばしば徒党と密会してあらぬ企《たくら》みをめぐらせておるではないか」

「はっはっは」善兵衛は蒼《あお》くなった、「人の事を曝《あば》くまえに御自分の乱行をお隠しなされたらようござろう、深川櫓下《やぐらした》などの茶屋へ出入りをし、若い芸妓《げいぎ》にうつつをぬかしておられるは何人《なんぴと》でござろうか」

「わしが一度や二度なにしたからといってなんだ、そこもとは岸本孫太夫などを手先に使って、岡《おか》っ引《ぴき》かなんぞのように人のふところを探り、陰謀の種にしようとしたではないか」

「岸本を手先に使ったのは御家老でござろう、彼奴《きやっ》めぬけぬけと味方顔をして、有る事ない事そちらへ通謀してまいった、拙者が手先に使ったなどとは真赤な嘘《うそ》でござる、また陰謀のなんのと申されるが、御家老こそ一味を語らい、御正嫡《ごせいちゃく》を廃して御二男を直し奉《たてまつ》ろうなどと」

「なに、なに、誰がさような根もなきことを」

「これが根もなきことなら、拙者に対する御家老のお言葉はまったくの虚言でござる」

「ばかなことを申せ、こっちにはちゃんと証人がおる」

「証人ならこっちにもおりますぞ、ひとつその人間に会わせて頂きますかな」

「なんでもないすぐに此処《ここ》へ呼んでみせる、しかしお手前の証人も呼ぶことができるだろうな」

「そうさもござらぬ、これ——」

善兵衛が振返って人を呼ぶと、「はい」と答えて里見宗兵衛が出て来た。これまでの問答を聞いていたのだろう、しかし少しも恐れるようすがなく、にこにこしながら入って来て、二人の中間へ坐った。

「これ宗兵衛」

「これ宗兵衛」

仲斎と善兵衛が同時にいった。そして吃驚《びっくり》して互いに顔を見合せ、すぐに振返ってまた一緒に、「そのほう拙者に申したことを」と同音にいいかけ、また吃驚し、次に怒って、「お黙りなされこれは拙者の証《あかし》でござる」

「黙らっしゃいこれはわしの証人じゃ」

互いに叫んで、それから「あっ」と、これも同音に声をあげた。二人はようやく了解したのである、どっちにとっても宗兵衛が証人であった、即《すなわ》ち宗兵衛に依《よ》って互いに互いの秘密や策謀を知ったのだということを――。

「ええそうなんです」宗兵衛はにこにこと二人の顔を眺《なが》めた、「みんな本当ですよ、御家老に申上げたことも御用人に申上げたことも本当です、私はちゃんと証人になりますよ」

二人の驚愕《きょうがく》はどんなだったろう、仲斎も善兵衛も啞然《あぜん》として眼《め》を剝《む》き、棒を吞《の》んだように反った。それから烈火のように忿怒《ふんぬ》におそわれ、「この痴《し》れ者《もの》」と脇差《わきざし》の柄《つか》に手を掛けて立ち上った、その刹那《せつな》である、上段の襖《ふすま》が明いて、但馬守治成《たじまのかみはるしげ》がつかつかと現われ、「両人とも待とうぞ」と鋭い声で叱咤《しった》した。二人は雷にでも撃たれたようにそこへ平伏した。但馬守は上段の端まで来て、これまでになく歯切れのよい口調でこういった。

「ここでの始終はみな聞いた、但《ただ》し両人の秘事に就いてはなにも覚えてはおらぬ、ただ、――その秘事を宗兵衛がそのほうども両人に通じたこと、それを怒ってそのほうどもが彼を成敗しようとした事はけしからんぞ」

家老と用人は、肩で息をしていた。

「なぜとならばだ、そのほうどもは他人に知られてならぬ秘事をそのほうども自ら宗兵衛に話したではないか、秘事を知られては迷惑するそのほうども自身でさえ彼に明かしたとすれば、なんの利害もない宗兵衛がそれを他へ語るのは当然ではないか」治成はこういって宗兵衛を見、どうだというように唇《くちびる》を歪《ゆが》めてみせた、「――宗兵衛を責むるなら、まず彼に秘事を明かした己れ自らを責むるがよい、どうだ両人、仲斎、……善兵衛、これでも宗兵衛に罪ありと思うか」

宗兵衛の説をそのまま流用して、みごとに二人の頭を抑えた。仲斎も善兵衛も返答なし、ただ恐れ入って平伏するのみだった。――かくて事態は意外な方へ旋回した、気がついてみると、用人派は家老派のあらゆる秘密策謀を知っているし、家老派は用人派の謀略秘策の詳細を知った、各派は対者の骨髄まで知ると同時に、自らの骨髄をも対者に曝《さら》けだしている、詰り両派はお互いにとって硝子壜《ガラスびん》の如《ごと》く透明であり赤裸々である。ということは、もはや「いかなる秘密も謀略も存在しない」ということであった。贅言《ぜいげん》無用、両派は互いに了解し和睦《わぼく》し提携した、それが互いに身の安全を保つ唯一《ゆいいつ》の方法ではあったが、とにかく長い確執はここに終止符を打ったのである。

「槍で千石ということはあるが、そのほうは舌で千石取るやつだ」治成はこういって宗兵衛を睨《にら》んだ、「前代未聞《みもん》の饒舌だ、しかし気をつけるがいい、舌は禍《わざわ》いの因《もと》ということもある、図に乗ってはならんぞ」

宗兵衛は二十二の年に国許《くにもと》へ帰った。

但馬守治成が二男亀之助に家を譲り、隠居のうえ帰国するのに扈従《こしよう》したのである。――治成は世を譲るとき、彼を亀之助に付ける積りでいたが、隠居する身の心ぼそさと、もう二三年は手許で仕込みたいと思ったのとで、そのまま国へ伴《つ》れ帰ったのであった。――五年ぶりの帰国である。背丈も五尺七寸を越し、筋骨も逞《たくま》しくなり、相貌《そうぼう》も堂々としてきた。待っていた平左衛門夫婦の喜びはいうまでもない、殿の寵《ちよう》も篤《あつ》く家中《かちゆう》の信望も大きいということは聞いていた、おまけに見違えるほど尾鰭《おひれ》の付いた成人ぶりだから、平左衛門などは眼尻《めじり》を下げて悦にいった。――そしてこれならもうあの癖も直ったろう、こう思ったのであるが、どう致しまして、まず風呂《ふろ》へ入れたが風呂の中からもうお饒舌《しやべ》りを始めた。

「江戸という処《ところ》はね伯母さん、いや母上、聞えますか、江戸という処は家だらけ橋だらけですよ、初めのうちは吃驚しましたねえ、どっちを見ても家だらけだし、どっちへいっても橋にぶっつかるんです、それがみんな人間が住んでるんですからね、え？　いや橋に人間は住みやしません家ですよ、そしてお信じになれないかも知れませんが、その上を一日じゅう人や馬や駕《かご》や車が、ひっきりなしに通ります、え？　いやもちろん家じゃありません、家の上を馬や人間は通れやしません、橋ですよ、橋の上の話です」

「風呂を出てから話せ」平左がついに堪《たま》りかねて呶鳴《どな》る、「隣り近所へ筒抜けではないか、子供ではあるまいし少し静かにしろ」

「やあ伯父さん、じゃあない父上も聞いていらしったんですか、いまいったのは本当なんですよ、その次に驚いたのは犬です」こんどは前より声が高い、「伊勢屋《いせや》いなりに犬の糞《くそ》というくらいで、町を一丁歩くうちに十疋《ぴき》や二十疋犬のいないことは……」

「ちっとも治ってはいくさらん」平左は鼻嵐《はなあらし》を吹きながら舌打をした、「治るどころか寧《むし》ろ磨《みが》きをかけて来くさった、なんという――」

　そして庭へと逃げだしていった。――庭へ出てはいったが、「伊勢屋いなり」だの「騒ぞうしい橋」だの「魚河岸やっちゃ場の売声」だのが、きいきいがやがやわあわあと喚《わめ》きどおしに喚くので、平左は両手で耳を押え、眼を剥《むき》出して空をねめあげた。

そして、――ああおれは間違っていた、と絶望的に自分を責めた。いつか林主馬のやつが耳へ繃帯《ほうたい》をしたのは嘘じゃなかった、今こそ思い知った、おれもやがてはこの頭へ繃帯をしなければならなくなるだろう、と。

「食事が済んだら上村へいって来たいんですが」宗兵衛は茶を啜《すす》りながらそういった、「少し頼みたいことがあるもんですから」

「ああいいとも」平左は言下に頷《うなず》いた、「久方ぶりだ、向うが迷惑でなかったら暫《しばら》く泊って来てもいいぞ」

「そんな我儘《わがまま》なことは致しません、すぐに帰って来ます、しかしそれに就いて、その、ちょっと御相談があるんですが」彼はにっこりと笑って両親の顔を見た、「――こんなことを自分の口からいうのは、実は少々なんですけれども、しかしそうかといって私も来年は二十三になりますし、里見家の跡取りだししますので、即ち」

「わかりましたよ、もう」養母が誘われるように笑いだした、「貴方《あなた》お嫁が欲しいのでしょう、はっきりお云いなさいな、そうなのでしょう」

「やあどうも」宗兵衛は手を頭へやった、「やっぱり母親は子心を知ると世間でいうとおりですね、でもよくおわかりになりましたねえ母上」

「詰らぬおべんちゃらを申すな」平左が舌打をした、「それくらい申せば馬鹿《ばか》にでも察しはつく、余計なことは措《お》いて欲しいなら欲しいというがよい、こっちにも心当りがないことはないのだから」

「それがその、あれです」宗兵衛はにっこり笑った、「こういってはなんですが、実は父上は御存じかと思うのですが、あれです、上村の、その上村の隣りに溝口主水《みぞぐちもんど》という家がありますね、あそこに津留《つる》という娘がいるんですが」

平左夫婦は急に口をつぐみ、互いにちらと眼を見交わした。なにか由《よし》ありげな眼つきである、――それから平左は突然げらげら笑いだし、勝誇ったように上からこう宗兵衛を見下ろした。

「いやどうも、天地自然というものは怖いものだな、因果応報、楽あれば苦あり、猿《さる》も木から落ちる、河童《かっぱ》の川ながれ、いやはや、出る杭《くい》は打たれる後の雁《がん》が先か、はっは、——だめだよ、お気の毒だがそいつはおあいにくだ」

「なにがそんなに可笑《おか》しいんですか、誰《だれ》が楽あれば苦ありなんです」

「おまえはお山の大将だと思っていた、人をおちゃらかし世間を甘くみて来た、賢いのは自分ひとりで、ほかの者はみんな馬鹿かお人好しだと考えていた、はっは、ところが因果は車井戸のつるべであり、禍福はつるんだ蛇《へび》の如くであり明暗は」平左は今や饒舌《じょうぜつ》を自分のものにした。彼は得々として覇者《はしゃ》のように語る。頭の抽出《ひきだし》からとって置きの語彙《ごい》を洗いざらいぶちまけ、それに塩や胡椒《こしょう》や唐辛子《とうがらし》で味を付けながら饒舌りに饒舌った、そして最後に止《とど》めを刺すようにこういった。

「——これを要するにだ、溝口の娘は諦《あきら》めろ、いいか、あの娘はいかん、気の毒だが絶対にだめだよ」

八

「どうしてですか父上」宗兵衛は珍しく坐《すわ》り直した、「あの人になにか変ったことでもあったのですか」

「あの娘はいい、うん」平左は欣然《きんぜん》と語る、「実に可愛《かわい》い縹緻《きりょう》よしだ、ぽっちゃりと柔らかそうな軀《からだ》つきで、いつもにこにこ可愛い顔で、笑うと両方の頰《ほっ》ぺたにえくぼが出来て、はにかみ屋で温順で、しかもなかなか色っぽくってな、へっへっへ、あんな娘はちょいと世間にはいないて、おれが若ければ千石を投出しても欲しいところさ、若いおまえがやきもきするのは当りまえだ、その気持はまことによくわかる、まったく同情に耐えない、が、諦めろ、あれはもう嫁入り先が定《き》まったよ」
「嫁入り先が――」こんどこそ宗兵衛は蒼《あお》くなった、「……まさか、まさかそんなことが」
「信じたくないだろうな、うん、その気持はわかるて、だがお気の毒なことに事実さ、相手はおまえの親友で義兄弟の約束さえしたという人物だ、これから上村へいったら訊《き》いてみるがいい、そうすればはっきりわかるよ」
「私の親友で義兄弟、――そんな人間は知りません、私にはそんな約束をした者はいませんよ」
「だって当人がちゃんとおれにそういったのだし、将来おまえにとっても為《ため》になる人物だぞ、おれはその人物に惚《ほ》れて溝口へのはしわたしをし、また仲人《なこうど》の役も買って出たのだ」
「貴方が仲人を、――」宗兵衛はげに情けない顔をしたが、「しかし覚えはありませんよ、いったいそれはなんという人間ですか」

「四年まえに江戸から赴任して来た町奉行、島田右近だ、……これでも知らぬか」

「し、ま、だ、――」

これはおどろきである。おどろき中の最大のおどろきだろう。――宗兵衛の眼がくっと大きく光った。しかしそれはしだいに細くなり下を向き、膝《ひざ》の上で両手の指がだらりと伸びた。それからやがて彼はにこっと笑ったが、それはべそをかくような悲しげに歪《ゆが》んだものであった。

「母上、私は疲れが出ました」彼は養母に向って元気にこういった、「なんだか軀じゅうの筋がたるんじまったようです、今夜はもう上村へゆくのは止《や》めて寝かせて頂きますよ」

「まあそういうな」平左はますますいい機嫌《きげん》である、「もっと江戸の話を聞こうではないか、橋がなん千なん百あるとかいったな」

「貴方、――」妻女がめまぜをしながらそうたしなめた、「もう程にあそばせ、この子は長旅で疲れているのですから、宗さん、いいからもうお休みなさい、支度はできていますよ」

翌《あく》る日、宗兵衛は上村を訪ねた。父は既に隠居して兄の伊之助が家督をし、妻とのあいだにもう三つになる子まで出来ていた。――彼は兄から津留と島田右近とが婚約したという事実を聞いた。それから昼食を馳走《ちそう》になって帰る途中、壕端《ほりばた》の組長屋にいる成沢兵馬を訪ねた。

「よう立派になったな」兵馬は大きな声をあげた、「帰ったというから今夜あたり訪ねようかと思ってたんだ、散らかしているが、まあ上れ、二三日うちに江戸へ帰るんでね」

「江戸へ帰るって、――本当かい」

「任期が終ったのさ、入れ替りだね」

　荷造りで散らかっている部屋へ通り、暫くその後の話がとり交わされた。家老と用人との紛争の解決、家督の事など、それから島田右近の件に及ぶと、兵馬は苦い顔をして舌打をした。

「あいつはたいへんな野郎だ、あの生《なま》っ白《ちろ》い糸瓜面《へちまづら》といやに優しい猫撫《ねこな》で声で、こっちへ来るなりたちまち人気を集めちまいやがった、なにしろ足軽にまであいそ笑いをして――いいおしめりですね、なんてことをいやあがる」兵馬は自分でいって置いて身震いをした、「老人たちには茶湯《ちゃのゆ》だの書画骨董《こっとう》でおべっかを遣う、若い連中は順繰りに花街へおびきだして御馳走攻めだ、ふしぎなことに幾らでも金が続くらしい、どこかに不正なことがあると睨んでるんだが、あの狐《きつね》め絶対に尻尾《しっぽ》を出しゃあがらねえ、そしてとうとう溝口老職の家の評判娘を手に入れてしまいやがったよ」

「因果は車井戸のつるべ縄《なわ》か」宗兵衛は溜息《ためいき》をついた、「――おれも江戸へ引返したくなったよ」

家へ帰った宗兵衛は沈んだような顔をして、そのまま部屋へ籠《こも》ってしまった。——昏《く》れ方、島田右近から使いがあって、「この者が案内するからすぐ来るように、久方ぶりで悠《ゆっ》くり話したいから」という手紙だったが、疲れているからと断わってやった。夕餉《ゆうげ》の時も顔色が冴《さ》えず、いつものお饒舌りとは人が違ったように、黙って箸《はし》を動かすばかりだった。

——さあしめた、いよいよこっちの饒舌る番が来たぞ。

平左衛門は嬉《うれ》しさにぞくぞくとなり、食事が終るのを待兼ねて饒舌りだした、宗兵衛は温和《おとな》しく聴いていた、もはや邪魔もせず話の横取りもしない、まったく別人のようなすなおさで、「はあ」「はあ」と傾聴しているのである。平左はすっかり気をよくし、我が世の春とばかりまくしたてた。そして二刻《ふたとき》あまりも饒舌りに饒舌り、妻に促されて寝所へはいったときは、満足と喜悦のためにお定まりの寝酒さえ忘れ、手足を伸ばしてぐっすりと眠ることができた。

兵馬たちが江戸へ去ってから三日めに、慰労の暇《いとま》が終って初めて登城した。治成の隠居所は城中三の曲輪《くるわ》にあり、登城といってもその隠居所へ詰める訳である。——侍臣は十五人、宗兵衛は御硯脇《ごけんわき》といって、常に側《そば》近く仕えることになっていた。

「どうかしたか、顔色が悪いではないか」治成は宗兵衛を訝《いぶか》しげに見た、「——まだ疲れが治らぬなら出るには及ばないぞ」

「いいえさようなことはございません」

「隠居の相手だ、気を詰めることはないぞ」

宗兵衛はべそをかくように微笑した。御殿にいるあいだも、家へ帰ってからも、彼の心は塞《ふさ》がれ想《おも》いは暗く悲しかった。――幼い日の、津留と遊んだ思い出が眼にうかぶ、初めてえくぼを突ついて泣かせたこと、大きい眼でこっちを見上げながら、髪を揺すってこくりと頷《うなず》いた顔、そして「つうちゃん小三郎さんのお嫁さんになるんだわ」といったあどけない声など、……あの言葉は幼い者の根もないものだったろうか、「待っていて呉《く》れるか」「お待ちします」という約束は忘れてしまったのだろうか。

――いちど会いたい、会って津留の気持を聞いてみたい。

彼はこう思って会う方法を色いろ思案したが、到底いけないことはわかりきっている、樹《き》から落ちた猿、水に流された河童、さすがの悪たれがすっかり悄気《しょげ》て、どうやら浮世をはかなむという態《てい》たらくである。――平左は十日あまり天下様であった、宗兵衛を膝下《しっか》に組敷き、或《ある》いは鼻面《はなづら》を捉《とら》えて引廻《ひきまわ》す感じで、饒舌りあげ饒舌り下げ饒舌り続け饒舌り継いだ。が、或る日とつぜん詰らなくなった。宗兵衛が温和しく「はあ」「はあ」と頷くだけで、逃げもせず逆らいもせず、もちろん話の横取りもせず、黙って辛抱づよく聴いているのを見ると、自分の話がだんだん詰らなくなり馬鹿げてきた。まるっきり面白《おもしろ》くないのである、それでも我慢して舌を動かしていると、こんどは欠伸《あくび》ばかり出て眠くなるのであった。

「どうしてそう黙っているんだ」やがて平左はそういいだした、「たまにはだちどこ、、ろを出したらどうだ、まるで舌が痺《しび》れでもしたようではないか」

「まあ父上がお続け下さい、こうして聞いていると少しは気が紛れますから」

「ひとを馬鹿にするな、落語家《はなしか》ではあるまいし、おまえの気晴らしにされて堪《たま》るものか、おれはもう寝るぞ」

宗兵衛は島田右近に就いてもかなり多くの人の評を聞いた。兵馬のいったとおり圧倒的に好評である、町奉行役所はもちろん、どこへいってもたいへんな人気で、「やがては老職」という噂《うわさ》さえ高かった。——たいへんな野郎だ、兵馬の言葉をそのまま、宗兵衛も舌を巻くより仕方がなかったのである。とするとこっちはとりも直さず敗軍の卒だ、会って得意な顔を見るには忍びない、右近からはその後もしばしば迎えを受けたが、口実を設けていちどもゆかなかったし、登城下城にもできるだけ注意をした。——こうして季節は晩秋十月となった。

九

十月にはいってから急に気候が崩れて、冷たいしぐれの日が四五日続いた。その雨があがるとめっきり寒くなり、野山の樹々はみるみる裸になっていった。——部屋へ初めて火《ひ》桶《おけ》を入れた夜のことである、宗兵衛が寝間へはいると間もなく、庭木戸の外で人の走りまわる音が聞え、木戸を叩《たた》く音がした。

「——なにごとです」

宗兵衛が縁側へ出ていって叫んだ。

「破《は》牢《ろう》をした罪人が逃げ込んだのです」木戸の外でこういった、「お庭内へ入ったもようですから御用心願います」

破牢と聞いて宗兵衛は寝間へ刀を取りに戻《もど》った。平左衛門が家士に火を命じた、宗兵衛は刀を持って庭へ下り、木戸を明けた。

「お騒がせします、御免」

こう云《い》いながら五六人の役人が入って来た。そこへ平左が家士たちに高張《たかはり》や馬乗り提灯《ちょうちん》を持たせて出て来、すぐさま庭内を捜しまわった。

「破牢したというのはどんな罪人だ」

「島田殿の屋敷へ忍び込んだ盗賊で、獄門《ごくもん》の松造という悪人です、永牢《ながろう》というお裁きで今年の春から不浄谷《ふじょうだに》の牢へ入れられていたのを、今宵《こよい》一刻ほどまえに破牢して逃げたものです」

「島田殿というのは」聞いていた宗兵衛が脇からこう口をはさんだ、「——町奉行の島田さんか」

「そうです、島田右近殿です」

庭を隈《くま》なく捜したが、人もいず潜入した形跡もなかった。——役人たちが去ってから、宗兵衛はその事件のことを平左衛門に訊《き》いた、養父は「そんな事を聞いたようにも思うが」というだけで精《くわ》しい事実は知らなかった。

——なにか蔭《かげ》にあるな。

宗兵衛はこう考えた。それは右近に対する反感からきたものかも知れない、しかし単に盗みの目的で町奉行の屋敷へ入る奴《やつ》があるだろうか、そして単に盗みのために入ったとすれば、永牢で不浄谷へ押し籠《こ》めるというのは過酷である。不浄谷の牢は城北の山中に在り、極めて重罪の者を収容する牢舎であって、彼が覚えている限りではそこに罪人の入れられたという話を聞いたことがなかった。

——慥《たし》かになにかある、調べてやろう。

宗兵衛は更《ふ》けるまでその方法を考え続けていた。——翌日、彼は町奉行役所へゆき、島田右近に会った。右近は出役の身支度で、出掛けようとするところだったが、彼を見ると愛想《あいそ》よく笑いながら招じ入れた。

「やあ暫《しばら》くです、なんども使いを遣《や》ったのに来て呉れませんでしたね、元気ですか」

「出掛けるんでしょう」宗兵衛も笑い返した、「実は叟閑《そうかん》（治成の隠居号）さまの申付けで、調書記録を見せて貰《もら》いに来たんですが」

「調書をね、なんになさるんです」

「御隠居の暇潰《ひまつぶ》しでしょうな、面白いのがあったら筆写して来いという仰《おお》せなんです」

「では係りへそう云いましょう、私は火急の用で出掛けなければなりませんから」

「牢破りの罪人の件ですね」宗兵衛はじっと相手の眼《め》を見た、「まだ捉《つか》まらないんですか」

「いや今日じゅうには捕えますよ、国越えをしていないことは慥かで、市中に隠れているらしいですから、——ではこっちへ来て下さい」

宗兵衛を記録方へ案内して置いて、右近は心急《せ》かしげに出ていった。——宗兵衛は係りの役人に頼んで、裁判記録を出して貰い、さも筆写をするようなかたちを見せながら調べていった。——この春に入牢したというのを頼りに、その前後を繰ってみたが、それと思わしい記録はみあたらなかった。約半年まえまで遡《さかのぼ》ってみたがやはり無い。

——そうか、右近め、抜いたな。

宗兵衛はそう直感した。口書爪印《くちがきつめいん》のほうを出して貰い、丹念に見てゆくと、やがて「獄門の松造」というのが出て来た。これは罪人の告白を記録方が書き、それに当人が爪印を捺《お》したものである。——読んでみると、「松造は江戸生れで十五の年から諸国を流れ歩き、盗みや傷害で前後五回も入牢したことがある、仲間うちでは獄門という異名《いみよう》を取り、三年前にこの土地へ来た、栄町《さかえちょう》で表向きは両替店を出し、一方ひそかに盗みを働いていた、そして島田家へ忍び込んだところを捕えられた」あらまし以上のような内容で、ごくありふれた、しかもいかにも有りそうな事である。

——おれの思い過しかな。

宗兵衛は少しばかり気落ちのした感じで、間もなく奉行役所を出た。——城下町は常になく緊張した雰囲気《ふんいき》で、辻《つじ》々には町奉行手付の者が警戒に立っている、足軽組からもかり出されたとみえ、棒を持ったのが二人三人ずつ組になって廻っているのがみえた。

——しかし調書記録を抜いたのはなぜだ、口書爪印があって、調書記録がないというのはおかしいじゃないか。

夕餉《ゆうげ》の後でも、みれんがましくそんなことを思いめぐらしてみた。日昏《ひぐ》れ方からまた雨が降りだし、ひどく気温が下って、火桶を抱えてもぞくぞくするほど寒くなっていた。宗兵衛はぼんやり炭火を見ていたが「右近に会ってやろうか」と呟《つぶや》いた自分の声で、はっと眼をあげ「そうだ」といって立ち上った。——饒舌《しゃべ》り欲が出て来たのである、お饒舌りの罠《わな》へひっかけて、当人の口から泥《どろ》を吐かせてやろう、なんの右近くらい。……こう思ってにやっと笑い、ちょっと友達のところへと断わって家を出た。右近の屋敷は大手筋三番町にある。表をいっては遠いので、柳町の裏から竹蔵のほうへ抜けていった。なにしろその辺は彼が昔あばれ廻った古戦場で、どこのどの露路であろうと眼をつぶってでも歩いてゆける。

「そうだ、右近の野郎」傘《かさ》に鳴る雨の音を聞きながら彼はこう呟く、「牢破りの罪人を、おれが捉まえたといってやろう、――この手なら間違いなくひっかかるぞ」

そしてもうそこが竹蔵になるという小路《こうじ》へ入ったとき、右手の板塀《いたべい》を越えて、突然ひとりの男が道の上へとび下りて来た。――まったく不意のことで、宗兵衛も「あっ」といったが、相手はもっと驚いたらしく、逆上したようすで、なにか喚《わめ》きながらだっととびかかって来た。危うく躰《たい》を躱《かわ》したが、のめってゆく手に刀がぎらっと光った。

――こいつ。

宗兵衛は傘を投げた、「破牢人」ということがぴんと頭へきたのである。傘を投げるなり刀を抜き、つつと相手を塀際《へいぎわ》へ追い詰めた。

「刀を捨てろ、動くな」

こう叫ぶと、相手は肩で息をしながら、まったく無法に地を蹴《け》って突っかかった。宗兵衛はひっ外《ぱず》し、のめる背へはっしと峰打をくれた。男は「ひっ」と声をあげ、五六歩たたらを踏んでいって前のめりに転倒した。道の上に溜まっていた雨水がさっと飛沫《ひまつ》をあげた。

「待って下さい、待って下さい」男は倒れたまま獣のように喚いた、「――お慈悲です、どうかこのままみのがして下さい、お願いです」

「おまえ、牢破りだな」

「そうです、旦那《だんな》さま、無実の罪です、騙《だま》されて……ああお願いです」男はわなわな震えていた、「七生《しちしょう》までのお願いです、ひと太刀《たち》うらまなければ死んでも死にきれません、お慈悲です、みのがして下さい」

ひっしの哀訴であった、どたん場まで追い詰められた人間の、ぎりぎりの哀訴という感じである。宗兵衛は刀を下ろした。

「声をあげるな、しだいに依《よ》っては力を貸してやる、立っておれについて来い」

「どうぞおみのがし下さい」男は泥の上をいざっていった、「七生のお願いです、ただひと太刀だけうらみたいのです、どうぞ――」

「おれを信じろ、無実の罪というのが本当なら助けてやる、決して悪いようにはしない、逃げては却《かえ》って危ないぞ」宗兵衛は刀をおさめて近寄った、「さあ、立って一緒に来い、人に見られないうちにいこう」

宗兵衛の調子に嘘《うそ》のないことを感じたのだろう、男はようやく泥の中から立ち上った。――宗兵衛は傘を拾い、男にさしかけながら道を戻った。牢破りを捉まえたといってやろう、こう思ったことがそっくり事実になったのである。宗兵衛はひそかに快心の微笑《えみ》をもらしながら、男を庇《かば》うようにして家へ帰った。

　養父母には知れないように、風呂場で泥を洗って着替えさせ、居間へ入れて行燈《あんどん》を中に相対して坐《すわ》った。男は三十三四の、ひどく痩《や》せた眉《まゆ》と眉の間の迫った、いかにも小心そうな顔だちである。血走った眼をあげ、絶えず膝《ひざ》を震わせながら語った。

　それは戦慄《せんりつ》すべき話であった。「獄門の松造」と称されているが、本当は相川屋庄《しょう》吉《きち》といい、江戸日本橋銀町《しろがねちょう》で金銀両替商をいとなんでいた。庄吉は二十六歳で、おさよという十七になる妹があり、父の死んだあと六人の店の者を使ってかなりに商売をやっていた。その頃《ころ》、島田右近が江戸邸《やしき》にいて、家老と側用人《そばようにん》の紛争を利用し、相川屋を御金御用達《おかねごようたし》にしたうえ、藩の名目で金を絞り放題に絞った。それは多く遊興費と、老職たちを籠絡《ろうらく》するために遣われたものであって、当時、宗兵衛にも不審であった金の出所は要するにそこにあったのである。――こうして出入りをしているうちに、右近は庄吉の妹のおさよに眼をつけ美貌《びぼう》とその地位と、そして絞った金を引当てにして、「近く妻として正式に迎えるから」といいくるめ、料理茶屋などへ伴《つ》れ出しては関係をつけていた。……宗兵衛は思いだす、深川の妓《おんな》たちが「島田さんにはみんな泣かされる、此《こ》の頃は素人衆《しろうとしゅう》の娘さんにも手を出し、相庄とかいう商家の娘と慇懃《いんぎん》を通じているそうだ」などと話していたことを。

「それから島田さんは急にお国詰になられました、私の店もその当時は御用達が過ぎて二進《にっち》も三進《さっち》もゆかず、御転勤まえになんとか片を付けて頂こうと存じましたところ、国許《くにもと》で御用達にしてやるから一緒に来いというお話で、店も手詰りになっていましたし、いずれは妹も嫁に貰って頂けるものと信じまして、この土地へ来たのでございます」庄吉はこういってぎゅっと膝を摑《つか》んだ、「――栄町に店を持ち、初め一年ばかりはどうやら商売に取付いたのでございますが、それからまた御用金という名目で、島田さんのために根こそぎ挘《むし》られてしまいました、……それだけではございません、妹のおさよが去年の夏に身ごもりましたので、こんどこそ嫁にして頂こうと話しましたところ、一日延ばしに延ばしたうえ、島田さんは溝口主水《みぞぐちもんど》という御老職のお嬢さまと婚約をなさいました、それを知ったおさよがどんなに悲しんだかおわかりでしょうか、……妹は二度も大川へ身を沈めました、二度とも人に救われましたが、三度めに剃刀《かみそり》で喉《のど》を切って――」

庄吉はくと呻《うめ》いた、瘦せた肩がおののき、髭《ひげ》だらけの骨立った顎《あご》がぎりぎりと音を立てた。

「私は逆上しました、店もすっかり手詰りになっていますし、妹の死躰《したい》を見て、もうこれまでだと思ったのです、訴えようにも相手が町奉行、そうでなくとも奸知《かんち》に長《た》けた島田右近ですから、私ごときが正面からぶっつかって勝てる相手ではございません、——店をたたんで女房《にょうぼう》と五つになる子を江戸へ帰し、脇差《わきざし》一本持って島田の屋敷へ押し込んだのでございます」

「仕損じたんだな」

「廊下へ上ったとたんに取詰められました、それで万事おしまいでした、お裁きもなにも島田右近のお手盛りです、獄門の松造——根も葉もない口書《くちがき》をつきつけて爪印を捺せという、捺さないうちは折檻拷問《せっかんごうもん》です、……責め殺されるよりはといわれるままにお裁きをうけて牢に入りました、いつかは牢を破って、ひと太刀でもうらんでやろうと、寝る間も忘れず折を覘《うかが》っていたのですが、——牢をぬけてみたもののやっぱり右近にちかづけず、今日まで逃げまわっていたのでございます」

　宗兵衛は軀《からだ》が震えてきた。怒りというより胸をひき裂かれるような激情で、頭がくらくらするように思った、——狡猾《こうかつ》とか陋劣《ろうれつ》などという程度ではない、右近め！　しかもあの津留をさえ偸《ぬす》もうとしているではないか。

「よくわかった、私はなんにもいわないが、おまえの望みを叶《かな》えさせてやろう」

「——と仰《おっ》しゃいますと」

「今夜は悠《ゆっ》くり寝るがいい、いま喰《た》べ物《もの》を持って来てやる、夜明け前まで悠くり眠って、それから一緒にでかけよう、私を信じるだろうな」

「――はい」庄吉は泣き腫《は》らした眼でこっちを見上げた、「有難《ありがと》う存じます、どうぞお願い申します」

十

明くる朝八時、宗兵衛は三番町の島田の家を訪ねた。右近は朝食を終ったところで、例のとおり愛想よく出迎えたが、宗兵衛は玄関に立ったままぶっきら棒に、「ちょっと出てくれないか」といった。

「獄門の松造を捉《つか》まえたんでね」

「えっ、松造――」右近は短刀でもつきつけられたような眼をした、「松造を、そこもとが捕えたのですか」

「昨夜おそく捉まえて、すぐ役所へ突出そうと思ったんだが、島田右近に就いてけげんなことをいうんでね、いちど直《じか》に会うほうがいいんじゃないかと考えたもんだから、或《あ》る処《ところ》へ匿《かく》まって置いて知らせに来たのさ」

「それはどうも、すぐゆきましょう、――しかし私に就いてけげんなことをいったとはどういうことですか」

「私の口からはいえないね」宗兵衛は唾《つば》でも吐きそうな表情をした、「聞くだけでも耳の汚《けが》れるような、とうてい人間の仕事とは思えない卑劣な話だった、まさか事実ではないだろうから、会ってはっきり黒白《こくびゃく》をつけるがいい、支度がよかったら出ようじゃないか」

「お供しましょう、いま袴《はかま》を着けて来ます」

外へ出ると右近は頻《しき》りに弁明を始めた。獄門の松造がいかに奸悪《かんあく》な人間であるか、口巧者で人を騙《だま》すことに長じ、贋金《にせがね》なども使ったらしいなどといった。宗兵衛は返辞もせずに大手筋から壕端《ほりばた》へ出ると、そこを廻《まわ》って城山のほうへ向っていった。ちょうど内壕《うちぼり》の端《はず》れへさしかかったときである、右手にある観音堂の境内から、武家の娘がひとり下女を伴れて出て来るのに会った。――右近も先方の娘も気づかなかったが、宗兵衛はひと眼でそれが溝口の津留《つる》だということを認めた。そしてそう認めるなり、大股《おおまた》につかつかと寄っていって声をかけた。

「おつうさん暫《しばら》く」

津留は立ち止ってこちらを見「ああ」と口のうちで低く叫んだが、向うに右近のいるのに気付くとさっと蒼《あお》くなり、彼のほうへ全身で縋《すが》り付くような表情を示した。

――宗兵衛はにこっと笑いながら、無遠慮に近寄っていって、

「いちど帰って来た挨拶《あいさつ》にゆこうと思ったんですが、妙な話を聞いたんで遠慮していたんですよ、しかしもうその話もきれいに片付くでしょう、そうしたら約束を果して貰《もら》いにゆきますからね」

津留の蒼白《あおざ》めた頬《ほお》に美しく血がさした。宗兵衛はその大きい眼をみつめながら、

「覚えてるでしょうあの約束、いつか私のお嫁になってくれるといった——二人だけのあのときの約束を」

「はい覚えております」津留は泣きそうな眼になった、「——でもわたくし、もう」

「いや大丈夫、きれいに片付くといったのはそのことですよ、早ければ今日のうち、おそくも二三日うちには誰《だれ》かさんはこの土地から消えて失《な》くなります、それでいいでしょう、それともそうなってはおつうさんに悲しいだろうか」

「いいえ、いいえ」

津留は頭を振り微笑した。両頬にえくぼが出来た。

「——わたくしあなたのおいで下さるのをお待ちしておりますわ」

「しめた、それで結構、では今日はこれで別れます、気をつけてお帰りなさい」

宗兵衛は自分の頬を（えくぼのあるように）指で突いてみせ、津留が恥ずかしそうに片手で顔を隠すのに会釈《えしゃく》して、さっさと右近の側《そば》へ戻《もど》っていった。——右近は少し離れたところからこっちの様子を眺《なが》めていたが、宗兵衛の言葉の意味がわかったのだろう、すっかり血の気の失せた、ひきつるような顔になっていた。

「待たせたな、さあゆこう」

宗兵衛はこういって城山のほうへ坂を登っていった——そこはごく古い時代に某氏《なにがし》

という豪族の城郭があったと伝えられる急峻《きゅうしゅん》で、松と杉《すぎ》の林をぬけて上ると、城下町を見下ろす勝《すぐ》れた眺望《ちょうぼう》があり、旧城の守護神だろう、小さな八幡社《はちまんやしろ》の祠《ほこら》が建っている。宗兵衛はその祠の前まで来て振返った。

「獄門の松造はこの中にいる、島田——ひとこと聞くが、おまえ江戸の御用番だった相庄、相川屋庄吉を知っているな」右近は白くなった唇《くちびる》をひき結び、黙って自分の足許《もと》をみつめている、宗兵衛は低い冷やかな声で続けた、「相庄の妹のおさよも、おさよが身ごもったことも、おまえに騙されて自殺したことも知っているな、——町奉行という地位を悪用して、今日まで世を欺《あざむ》き人を騙して来た、しかしいまそこにいる島田右近は町奉行じゃあない、唯《ただ》の卑劣な賤《いや》しい人間だ、それもわかるだろうな」

「私は弁解はしない」右近はまだ地面を見ていた、「——した事のつぐないはする積りだ、どうすればいいかいってくれ」

「それは相庄の定《き》めることだ、つぐないをするという言葉が本当なら、——島田、一生に一度でいいから、ごまかし抜きのところを見せてくれ、いいな」

宗兵衛はそれだけいうと、振向いて祠の扉《とびら》を明けにいった。そのときである。機を覗《ねら》っていた右近が、宗兵衛の背へ後ろから抜打ちをかけた。「い！」というような叫びと共に刀はきらりと伸び、殆《ほと》んど肩を斬《き》ったかとみえた。だが宗兵衛の軀はばねのように左へ跳躍し、踏込んで来た二の太刀を、抜合せてがっきと受止めた。

「そんなこったろうと思った」殆んど顔と顔がくっつきそうになったまま、宗兵衛は、にっと唇で笑いながらいった、「――おれを斬り相庄を斬れば安全だからな、へ、あいにくとそうはいかねえ、おまえもちょいと遣えるらしいが、おれの柳生流《やぎゅうりゅう》は折紙付だ、……右近、悪い思案だったぜ」

「叩《たた》くだけ舌を叩け、どっちに折紙が付くかはすぐにわかる」

「仰《おっ》しゃいましたね、せめておれに汗でもかかせてくれればみつけものだ、よっ」

右足を引いたとみると宗兵衛の躰《たい》が沈み、右近が二間ばかり横へ跳んだ。そこで位取りをするかと思ったが、宗兵衛は大胆極まる追い打ちをかけ、正面から躰当りをくれるように斬っていった。刃と刃ががっきりと鳴り、ぎらりと上下に光りを飛ばせた。右近はまた逃げた、宗兵衛は踏込み踏込み、息もつかせず間を詰めては斬ってゆく、――このあいだに祠の中から相川屋庄吉が出て来ていたが、手も出せず茫然《ぼうぜん》と立って眺めるばかりだった。

「ほう、――なる程ね」宗兵衛はにこっと明朗に笑った、「おまえ案外やるんだなあ右近、こいつあ見損った、これで真人間なら友達になってもいいくらいだ、惜しいぞ狐《きつね》」

右近の唇が捲《まく》れて白く歯が見えた。さっと躰を傾け胴を覘って刀が伸びた、宗兵衛は爪《つま》立《だ》ちをしてこれを躱《かわ》し伸びて来た刀を下から撥《は》ねあげた。的確きわまる技《わざ》である。

右近の刀は生き物のように飛んで、十間あまり向うの草の中へ落ちた。しまったと脇差へ手を掛ける、ところを宗兵衛がつけ入って、ぱっと平手で顔を叩き、刀を捨てて組付いたとみると、みごとなはね腰で投げとばした。――右近はもんどりをうち、背中で地面を叩くと「うん」と呻《うめ》いてのびてしまった。

「汗をかかせやがった」宗兵衛は刀を拾って鞘《さや》へおさめ、右近の刀の下緒《さげお》を取って彼の両手を後ろで縛った、「――てめえの蒔《ま》いた種子《たね》を苅《か》るんだ、本当なら白洲《しらす》へ曝《さら》すんだが、それでは家中《かちゅう》の面目にも関わるし、おまえを信用なすった叟閑《そうかん》さまの御名を汚《けが》す、世間に知れないで済むことを有難《ありがた》いと思え、……生き死に係わらず二度と顔をみせるなよ」

宗兵衛は手をあげて庄吉を招いた。

「さあ、島田右近を渡してやる、あとはおまえの勝手だが今朝もいったとおり刀で斬るだけはいかんぞ、悪人でも人間には違いない、――わかってるな」

「はいよくわかりました、決して狼狽《うろた》えたことは致しません」

「それが済んだら江戸へゆくがいい、右近のした事で償《つぐな》いのつくものは償いをする、江戸邸の成沢兵馬を訪ねればわかるように手紙を出して置く、――元気で、もういちどやり直すんだな、ではこれで」

庄吉は腕で面《おもて》を掩《おお》い、泣きながら黙って幾たびも低頭した。

——宗兵衛は大股にそこを去っていった。丘の端までゆくと城下町がひと眼に見渡せる、彼はそこで立ち止った。

「——だちどころ、ふふふ、今日からまた饒舌《しゃべ》りだすぞ、平左親父《おやじ》びっくりするな、あの屋根屋根、よく登ってとび廻ったっけ、おつうちゃん、はっは、そろそろ舌がむずむずして来やあがった、えーい駆けろ」

町奉行島田右近が行方不明になり、半月ほどして城山裏の杉林の中で、餓死しているのが発見された。牢破《ろうやぶ》りの獄門の松造はついに捕えられずに終り、十二月になって宗兵衛と津留との婚約披露《ひろう》があった。——そして、平左衛門はいま再び伜《せがれ》を江戸へ追い払おうとして、よりより老臣の間を奔走している。

(「講談雑誌」昭和二十三年十月号)

山女魚《やまめ》

一

森井保馬《もりいやすま》はいちど終りまで読んでから、丈之助《じょうのすけ》の指摘《ゆびさ》したところをあらためて読みかえした。

――おれの身にまんいちの事があったら、母上と親族との合議を尊重すること。また螺鈿《らでん》のほうの手文庫に遺書が入れてある、これはおまえひとりで読まなければならない、そしてすなおな気持でうけて貰《もら》いたい。……こんなことをいうとおまえはにがい顔をするだろう、去年からの憂鬱癖《ゆううつへき》がまたぶりかえしたと思うかも知れないが、おれはごくおちついた平穏な気持でこれを書いている。じっさいおれの頭は近来になく透明だし、暗くふさがっていた胸も窓をあけはなしたように軽くさばさばしている。だからこそおまえにこだわりなくこれが云《い》えるのだ。このごろは晴れてさえいれば大瀬川へ魚釣《さかなつ》りにゆく、今日もこの手紙を書きおわったらでかける積りである。つい先日のことだがおち鮎《あゆ》を釣りにいったところがすっぽんが釣れたにはびっくりした、あの兜岩《かぶといわ》の淵《ふち》のところだ、どうしようもないから糸を切ってにがしてやったけれど。

保馬はそこで手紙をおいて丈之助をみた。

「べつにそう心配するようなところはないじゃないか、まんいちの事とか遺言状のことが気になるのか」
「それもあるがむしろ文章の明るい調子なんだ」丈之助は憂《うれ》いふかげに云った、
「——これまでの手紙とは別の人が書いたように文章が違う、これまではひどくじめじめして鬱陶しかったんだ、死とか、生きることの倦怠《けんたい》とか、運命のおそろしさなどということを書いてきた、あのとおりからだの弱いひとだし、仏教の書物をこのんで読んだりするくらいだから、他人がみればそれほどふしぎはないかもしれない、しかしおれにはわかるんだ、尋常の暗さではない、なにかある、なにかひじょうに悩んでいることがある、辞句のあいだにそれが感じられるんだ」
「結婚して生活が変ったからじゃないのか、春樹《はるき》さんはどっちかというと沈んだひとなのに、しず江さんは美貌《びぼう》なのと横笛の名手ということでかなり華《はな》やかな存在だったからな」
「それもあるかもしれない、兄には意志がないのに周囲の情勢でやむなくした結婚だから、けれどもしず江というひとは兄にはふさわしいひとがらなんだ、おれは幼いころから知っているが、華やかな噂《うわさ》とはおよそ反対につつましやかな静かにおちついた性質だ」
「気質が似ているためにかえってうまくゆかないばあいもある」
「けれどもそんな単純なことではなさそうなんだ、もっと本質的なものがありそうなんだ、いちど北沢の叔父にでも問合せようと思っていたところへこの手紙なんだが、この明るくわりきれた調子はあたりまえじゃない、正直に云うとおれは寒くなるようなものを感じたんだ」

保馬は眼《め》を伏せてちょっと口をつぐんだ。

「頼まれがいがあるかどうかわからないが、そういうことならできるだけ気をつけてみよう、話というのはそれだけか」

「ついでにこの本を届けてくれないか、兄に頼まれていた種電抄が手にはいったんだ、邪魔だろうけれどこれを頼む、……なにか思い当ることがあったら知らせて貰いたい」

「いいとも、じゃあこれは預かってゆくよ」

森井保馬はまもなく帰っていった。丈之助は少しばかり肩の軽くなったような気持で、久しく使わなかった竹刀《しない》と稽古着《けいこぎ》をとりだし、ひと汗かくために攻道館へでかけていった。

兄から来る便りが暗い悒鬱《ゆううつ》ないろを帯びはじめたのは去年の十二月ころからであった。これといってとりとめたことはないのだが、ぜんたいの調子が陰気で、倦怠と絶望的なにおいがしみついていた。――自分はからだが弱いので小さい頃《ころ》からしばしば死の恐怖におそわれた、絶えず死とにらみあって生きてきたと云っても誇張ではない。

そんな風に書いてきたこともある。——仏教などをのぞいたのは精神的な世界に生きがいをみいだせるかと思ったからだ、文学や絵などをやったのもおなじ意味だった、そしてあるところまでは興味も感動ももつことはできたのであるが、幼いじぶんからにらみあってきた死ほどつよく自分を魅さない。こんな意味の手紙もあった。——物質的な生活力のない者には精神的な世界へも深くはいってゆけないのかもしれない、ちかごろはあんなに怖《おそ》ろしかった死がむしろ自分を惹《ひ》きつけることさえある。こういう幾通かの手紙は丈之助をひどく驚かした、兄とは二つしか年がちがわないし、一昨年《おととし》この江戸邸《やしき》へ来るまではずっといっしょに暮していたので、兄がとかく病気がちであることも陰気なくらいおとなしい性質であることも知っている、けれどもそんな風に暗い考えや悩みをもっていようとは想像もしなかった。去年の十一月に太田税《おおたさい》所《しょ》のむすめしず江と結婚したいという知らせを受取ったときは、ことによるとこれで健康にもなり明るくなるかもしれないと思ったくらいであるが、事実はまったく反対になり、以上のような予想外の手紙となってあらわれたのである。……特につい三日まえに届いたものは、「まんいちのばあい」とか、「手文庫の中の遺書」などという文字とともに、それまでとは違う妙に冴《さ》えた明朗な筆致で彼をぎょっとさせた。ただごとではないという感じがした。慥《たし》かになにかあったにちがいないという気がした。それで、折よく国許《くにもと》へ帰ることになった森井保馬に、兄の身辺を注意してくれるようにと頼んだのであった。

保馬に頼んだことでいくらか気が軽くなったし、書庫での仕事がいちだんらくに近づいて忙しかったりするので、日の経《た》つにつれて心配も少しずつうすれていった。仕事というのは藩史《はんし》編纂《へんさん》のための文通整理で、藤島仲斎《ふじしまちゅうさい》という老職の下に十二人の者が助手をつとめている。仲斎は定日に昌平坂《しょうへいざか》学問所へ日講の教授に出なければならない。そのため丈之助は取締補役という役目をもたされ、ひと一倍に忙しい日をおくっていたのである。——兄からはその後ぱったり便りがなく、二月になって保馬の手紙が届いた。彼は丈之助のいちばん親しい友人として、兄とも以前からなじみはあったのであるが、こんど帰国しても案外たやすく親しい往来《ゆきき》をするようになり、もう幾たびかいっしょに魚釣りなどもしたようすだった。

——おれの眼には少しも変ったところはみえない、禅の書物などもあまり読まず、ひまさえあると兜岩の上で釣糸を垂れているという風だ。まえよりは話もよくなさるし笑うことさえある、暗いかげなどは殆《ほと》んどなくなったといってもいいだろう。家庭のようすも無風帯のように平穏だ、母堂などはいくらか肥えられたようにみえる、むろんこれからも気をつけてはいるが、そこもとの想像するような不吉な事だけは起こる心配はないと思う。そちらは梅がもう散るころだろう、こっちは阿仏山《あぶつやま》にはまだ雪が残っている。しかし大瀬川には雪解《ゆきげ》の濁った水がふえだしたから、まもなく春がやってくるだろうと楽しみにしている。

「では一時的なものだったんだな」丈之助は手紙を巻きながら、ほっとしたようにこう呟《つぶや》いた、「――なにか起こるとすればもう起こっている筈《はず》だし、どうかこれが本当であってくれればいい」

保馬からは、十日にいちどくらいの割で通信があった。兄とはたびたび魚釣りにゆくらしいし、家へ食事を招かれることも多いらしい、だが丈之助の案ずるようなことはなに一つ発見できないという、もうすっかり忘れていいだろうとさえ書いてきた。

――おれもこんど納戸役所《なんどやくしょ》へ勤めるようになった、頼まれたことをなおざりにはしないが、これまでのように頻繁《ひんぱん》に往来するわけにもいかなくなる、もちろん変ったことがあれば知らせるけれど、なにもなければ手紙も暫《しば》く書かないからそのつもりでいてくれるように。

最後のものにはそう書いてあった。そのまま彼からも便りが来なくなり丈之助自身もしぜんと忘れていった。――こうして五月にはいり、すべてが安穏《あんのん》におちつくかとみえたとき、とつぜん兄の死が伝えられたのである。それはじめじめと梅雨の降る日のことだった。書庫で仕事をしていると藤島仲斎が来て、

「話したいことがあるから来てくれ」

こう云って彼をつれだし、自分の役部屋へいって坐《すわ》った。容子《ようす》がいつもと違うので

なにか仕事に誤りでもあったかと思った。

しかし仲斎の口から出た言葉はまったく意外なものであった。

「そこもとの兄は病気でもしていたのか」

「いかがでございましょうか、暫く便りがないので存じません、もともとあまり丈夫なほうではございませんでしたが……」

「この三日に亡《な》くなられたそうだ」

丈之助はふっとからだが浮くように感じた。ついで全身の血がぬけてゆくような眩暈《めまい》におそわれ、両手を膝《ひざ》についてけんめいに身を支えた。

「詳しいことはわからないが、病気が急変して亡くなられたという」仲斎はそっと眼を伏せてから続けた、「――しぜんそこもとが家督をつぐことになりお許しも下ったそうで、もし出来るなら早く帰国させるようにということになったのだ、……もちろんそうしたいだろうが」丈之助は頭を垂れ歯をくいしばっていた。

「わしとてもすぐ帰してやりたいのだが、知っているとおり整理がまだ少し残っている、もうひと月もあればいちおう片付くので、それまでいて貰いたいと思うのだが」

「もちろんそれまではおります、私もいま帰国する積りはございません」

「情にはしのびないがそうして貰いたい、支配へはわしが云っておく、国許へはそこもとから事情を書いてやるように、……おそらく一日二日のうちには通知が来るだろうから」

廊下へ出た丈之助は、ひろい芝生のうえにけぶるこぬか雨を放心したように眺《なが》めながら、柱に片手をもたせてながいこと立竦《たちすく》んでいた。

二

藩の公的な通信が私信よりはやいのは云うまでもない、しかしなにか事情があったのだろう、丈之助への便りはそれから五日ののちにようやく届いた。差出人は北沢平五郎という叔父で、ごく簡単に兄の死をつげ、家督相続の許しのあったこと、一日もはやく帰国するように、母が待ちかねていることなどが書いてあった。——仲斎から話のあった日に、丈之助は森井保馬へ手紙を出して、兄がどのようにして死んだかを知らせてくれと頼んでやったが、叔父への返事にも仲斎との約束でひと月ほど帰国の延びることを伝え、なお兄の死の詳しいことが知りたいむねを書きそえてやった。

丈之助はおちつかない日をおくった。仲斎から聞いた刹那《せつな》には大きな衝撃をうけたけれども、時の経過するにしたがって現実感がうすれ、誰《だれ》かに騙《だま》されているような、またはそれが事実であるためにはなにかが足りないような、もどかしい苛《いら》いらした気持におそわれるのだった。——保馬からはなんの便りもなかった。北沢の叔父からは返事が来たが、ただ病勢が急に嵩《たか》まってというだけで、ほかに原因のありそうなことはいささかも書いてなかった。丈之助はかなりきびしい調子で保馬に督促状をやった。しかしそれに対しても返事はなかった。そしてやがて彼自身に帰国の日が来た。

城下へついたのは、七月はじめの暑い日であった。山ぐにには珍しい何十年ぶりかの暑さだそうで、町なかの川でも子供たちが水をはねちらして遊びたわむれていた。——町家より一段高くなっている武家やしきへはいるまもなく、用達《ようた》しの戻《もど》りらしい老僕《ろうぼく》の佐平とであった。わずか三年たらずみないうちに佐平はすっかり髪が灰色になり腰も曲りかけているようだった。

「これはこれは、思いがけない、ようようお帰りでござりましたか」老人は驚きとよろこびに声を震わせた、「——まいにちまいにち、御隠居さまが歌にしてお待ちかねでござりましたぞ、さあ早くお顔みせておあげなされませ」

「おまえ、からだでも悪くしたのか」

あまりの老《ふ》けかたに、つい丈之助はこうきいてみた。佐平は眩《まぶ》しそうにこちらを見たが、すぐに眼をそらし、頭をゆらゆらと横に振るだけであった。——三番町《さんばんちょう》の家の門をはいると、すぐ右脇《みぎわき》にある百日紅《さるすべり》が赤く咲きだしていた。前栽《せんざい》の松も庭じきりの柾木《まさき》の生垣《いけがき》も三年まえと少しも変らないようだ。

「旦那《だんな》さまのお帰りでございます」

佐平のこう呼ぶのを聞きながら、玄関さきへ近よっていった彼は、黒ぐろと冷たそうに光るひろい式台を見てはっとした。年代を経てみがきあげられた敷板の面の、埃《ほこり》ひとつとめないしんとしたひろさ、それはそのまま主人のいない家の虚《むな》しい嘆きをあらわしているようにみえたからだ。――兄上、丈之助は眼をつむって頭を垂れた、

――丈之助ただいま帰りました。

保馬の書いてきたとおり、母は少し肥えていた。そのためだろう、愁《うれ》いのいろも予想したほど深くはなく、むしろ丈之助の帰国のよろこびになにもかも忘れるようすだった。あによめは窶《やつ》れていた、ちょっとみちがえるほどの窶れかたであった。もともとほそおもてで脊《せ》丈《たけ》もそれほど高くはなかったが、関節のきりっとひき緊《しま》った弾力のある肉付きで、いかにも賢《さか》しげに動く大きな眸子《ひとみ》と、波をうつようにやや尻《しり》の切上がった唇《くち》つきが、評判の美《び》貌《ぼう》をひときわひきたてていた。――それが今はまるで変っている、しかも娘から妻になったという変化ではなく、もとの姿のまま凋落《ちようらく》したという感じなのだ。良人《おっと》に死なれた傷心のためだろうか。もちろんそれもあるだろう、しかしそれだけではないという直感を丈之助は受けた。

風呂舎《ふろや》で汗を拭《ふ》いて着替え、仏壇に香をあげて、居間へおちつくと、すぐ彼は母にむかって兄の臨終のようすをきいた。母はすらすらと話した、兄は肝臓部に癌《がん》ができていたという、それを持病の胃腸の疾患だとばかり信じていた、医者もそう思っていたのであるが、四月末から急に病状が変り、わかったときはすでに手のほどこしよう

がなく、五月三日の早朝に死んだということであった。

「母上のお話にまさか嘘《うそ》や隠しはないでしょうが」丈之助は聞き終ってから暫くしてこう云った、「――それはもうそのとおりでしょうけれど、私にはどうにも腑《ふ》におちないことがあるんですよ」

「まあなにを仰《おっ》しゃるの、だっておまえ現在お母さんが」母はこう云ってふと作ったように微笑した、「――いやですねえそんな、お母さんがなんのために嘘を云うんですか、いったいどこが腑におちないと仰しゃるの」

「いや母上を疑うわけではないんです、それとは違うんですが、……それはまたおちついてから申上げます」

「そうなさい、疲れて神経が昂《たか》ぶっているんですよ、いましたくをさせますからちょっと横におなりなさるがいい、晩には北沢の叔父さまだけでも、およびしなければなりませんからね、少しお酒でもあがりますか」

「いちにんまえの扱いですね」丈之助は気を変えたように笑ってみせた、「――それには及びません、このまま横になります」

彼はなによりさきに、螺鈿《らでん》の手文庫をみたかった。けれども「おまえひとりで」という注意があるので、人眼《ひとめ》につかぬ折をと思い、したくの出来た寝間へはいった。

晩餐《ばんさん》には北沢平五郎だけでなく、米村六左衛門《よねむらろくざえもん》、阿部忠弥《あべちゅうや》、野口邑右衛門《のぐちむらえもん》、野口久之進など、親族のおもだった人たちが殆んど顔をそろえた。北沢と阿部と米村は父方であり、野口は里方の者である。――帰ったその夜の招きにしてはおおげさすぎる、丈之助はこう思って用心していたが、はたして食事が済んで茶になると思いもよらぬ話が出た。いちばん年長でもあり近いみうちでもある北沢平五郎が、親族を代表するような口ぶりで「家督を相続するについては、亡兄の嫁しず江を丈之助の妻になおしたい」と云《い》いだしたのである。

「この話は、じつを云うと春樹どのの遺言なのだ」平五郎はこう云った、「――亡くなる四五日まえ、御母堂とわしのいるところでそう云われた、しず江を丈之助の妻になおして平松の家を継ぐように、念をおしてそう云われたのだ、そこで亡くなられたあと親族御一同に集まって頂き、またしず江どの御尊父にも列座を願ったうえで合議したところ、いずれにも異議なく、このばあいそれがなにより妥当なしかたであるということになったのだ、春樹どのはなおこれについてはそこもとへも、かねて通じてあると申されたから、おそらく承知のこととは思うが」

「いや存じません」丈之助はむしろ狼狽《ろうばい》してさえぎった、「――手紙はたびたび貰いましたが、婚姻のことなどは少しも書いてはございませんでした、ただ……」

こう云いかけて、丈之助はふと絶句した。さいごに来た手紙に、まんいちのばあいは母と親族の合議を尊重するように、と書いてあったのを思いだしたから。――平五郎は彼の言葉をそのまま聞きながし、この問題がすでに決定して動かすことができないものだということを証明するように続けた。

「御母堂はじめ親族一統の意見もまとまったので、相続願いと同時に右のおもむきもお届け申し、すべてとどこおりなくお許しが下った、常のばあいならいちおうそこもとの意志もたしかめるべきであろうが、このたびは平松の家名という件が中心であるから、その点をよく了解して承諾されたいと思う」

丈之助は、やや暫く黙っていた。あまりに思いがけないことで、どう答えていいか自分でも見当がつかなかったのである。

「これでまずわれわれの役目も済んだ」野口久之進がほっとしたように云った、「――あとは祝言《しゅうげん》の日取だが、これは当人同士の意見もあることだろうし、そういそぐにも及ばぬだろう」

「とにかく丈どのも幼なななじみのことだし、これはかえって良縁と云うべきかもしれない」

そして人々はさりげない座談に移った。

客が帰ったあと、母はしず江と三人で話したいようすだったが、丈之助は疲れているからと断わり、居間へはいって独りじっと坐りこんだ。――あによめを弟が妻にもつ、あながち例のないことではない、むしろ常識的なくらい世間ではよくおこなわれている。ことにこのばあいは兄の死が急であったこと、しず江に子供ができていないこと、彼とも幼なななじみであることなどから、兄の遺言どおり親族でそういう便法をとったのは当然かもしれなかった。また「家」というものが、比較的には人間よりも重要に考えられている時代のことで、いちどそう決定したからには丈之助にそれを拒む自由はないのである。しかし彼にはいまそれをうけいれることができない。彼は兄を尊敬し愛していた、彼と兄との関係は、ほかのどんな兄弟とも違う密接な尊敬と愛とでむすばれていた。あまりに近しくじかであった、その兄の妻は丈之助にとってすでに肉親の姉である、ひとがその姉や妹に異性を感ずることができないように、丈之助はもう彼女に異性を感ずることができない、彼女と結婚することは不自然であり不倫でさえある。しかもそれは、本能的なくらい激しく根強い感情であった。

母もしず江も寝たらしい、丈之助は行燈《あんどん》から手燭《てしょく》に火をうつして、そっと兄の居間へはいっていった。机も書棚《しょだな》も、兄のいた頃《ころ》のままそっとしてある。床間《とこのま》の軸だけは外されていたが、違棚《ちがいだな》の上も手をつけたようすがなく、愛玩《あいがん》の李朝《りちょう》の鉢《はち》や、いつか保馬に托《たく》して届けた帙《ちつ》入りの種電抄とならんで二つの手文庫が置いてあった。――蒔絵《まきえ》の方は鍵《かぎ》であけるが、螺鈿のほうは組込細工で、側面と底の板を交互に動かしてあける仕掛けだった。丈之助は手燭をそこにおき、手文庫をひきよせてしずかに仕掛けを動かした。

だがその中には、遺書らしいものは無かった。

三

蒔絵のほうもあけてみた。それからまた螺鈿のほうをたんねんにしらべた、けれども手紙で云って来たようなものはついにみつからなかった。――その手文庫は亡父が京都から買って来たものである。あけかたは亡父と兄と丈之助だけが知っている。母でさえ手をつけたこともなかった。

――遺書は書かれずにしまったのだろうか。

――いや決してそんなことはない、それならあとからそう書いてよこす筈《はず》だ。

――では誰かぬき取ったのだろうか。

――そうかもしれない、だが遺書などを取ってどうするのだ、どんな必要があって、

……


丈之助は、手燭の消えるまでそこに思いあぐねていた。

彼のほうもそうだし、しず江も彼を避けるようすだった、母もしいて二人を近づけようとはしなかった。帰って三日めに竜源寺で法会《ほうえ》をし、そのあとで家督相続の披露《ひろう》宴《えん》を設けた。それまでに来なければならない筈の森井保馬は、いちども姿をみせず、披露宴には使いをやったのに断わってきた。

——なにかわけがあるな。

江戸で出した手紙に返事の来なくなったときから、なにか理由があるとは思っていたが、帰国したのを知っていながら来ず、招待まで断わるというのは普通のことではない。こんどはもう怒る気持などはなく、なるべくはやく会ってその理由を慥《たし》かめねばならぬと思った。

披露の宴をした翌日、藩主いきのかみ敦治《あつはる》から、召し出しの使者があった。登城すると中老筆頭《ちゆうろうひつとう》の出仕をせよという沙汰《さた》だった、平松はもともと筆頭中老のいえがらで、野口家と七年交代にその職をつとめてきた。兄が家督をしたときは野口邑右衛門の在任のうちで、去年その任期が切れたのであるが、春樹は病弱のため交代を延ばしていたものであった。——丈之助は江戸を立つまえ、藤島仲斎からないぶんの話として、藩譜《はんぷ》編纂《へんさん》がはじまったらその局に当って貰《もら》うだろうということを聞いていた。若い彼には、筆頭中老などという気ぶっせいな役より、もちろんそのほうがやってみたい、そこで陪侍《ばいじ》している側用人《そばようにん》の中山義太夫《ぎだゆう》にむかって、自分にはほかに仰《おお》せつけられる役目があるように聞いていたが、それはお取止《とりや》めになったのかとたずねた。

すると、敦治がひきとって、「ほかの役目がある筈とはどういうことか、直答《じきとう》で申せ」

こう云って、ふきげんな眼をした。敦治はわがままな癇癖《かんぺき》のつよいひとである、これはいけなかったと思ったが、口を切ってしまったので仲斎からの話を申し述べた。

「さようなことは聞いておらぬ」敦治はいよいよきげんを悪くした、「――余の知らぬところで、役目の授受がおこなわれようとは思わなかった、義太夫、みだれておるぞ」

丈之助は、めんぼくを失って下城した。

午後になって、北沢平五郎と野口久之進がやって来た。もちろん御前《ごぜん》の不首尾のはなしである、敦治はあれから老職をよび集め、平松の家格を下げろとまで忿《いか》ったそうである。列座の人々の諫止《かんし》でそれだけは沙汰やみになったが、筆頭中老はひきつづき野口邑右衛門に仰せつけられ、丈之助は当分無役ということに定《きま》ったということであった。

「どうして、あんなばかなことを申し上げたのだ」平五郎はなんどもぐちのように云った、「――ほかのときならまだしも、役目の沙汰をうけてすぐそんなことを言上《ごんじょう》するなどとは、無思慮にもほどがあるではないか」

「藤島御老職からそのはなしが申し上げてあると思ったのです、お受けをしてしまえば編纂にまわるわけにはいきませんから」

「二男でいるころならそういうことも許されるだろうが、平松の当主となれば筆頭中老以外の役につくわけにはまいらぬ、そのくらいのことは知らぬわけはあるまい」平五郎はしきりに汗を拭《ふ》いた、「——さいわい老職がたが殿へおとりなしをして下さるそうだから、暫《しばら》くは謹慎しているように、これからも一族の迷惑になるようなかるがるしい言動は、つつしんで貰わなければならぬ」

丈之助は、すっかりくさってしまった。

余をさしおいて役目の授受をするという藩主の云いようも子供めいているし、そんなことでうろうろ周旋する人たちもばかばかしく思える、若い人間をとしよりのするような名ばかりの役に据《す》えるより、じっさいに生きた仕事をさせるほうが藩のためにも得策ではないか、——しかし彼がいまどういきまいてみたところで、因習と伝統でかたまっている制度をくつがえすわけにはいかない、まあ当分おとなしくして時期の来るのを待つよりしかたがないだろう、こう思ってなるべくはやく忘れることにした。

それからほんの数日ののちの或夜《あるよ》、丈之助は庭へ涼みに出ていて偶然にしず江と逢《あ》った。さして広くはないが、松のあいだに梅を配した亡父じまんの林があり、芝生になった築山《つきやま》のまわりは芒《すすき》や萩《はぎ》や桔梗《ききょう》などが繁《しげ》っている、築山の上にある腰掛で丈之助が涼んでいると、しず江がひとりで来て、その芒のしげみのところにひっそりと蹈《かが》んだ。丈之助は黙ってみていた、麻の白地になにか小さく草花を染めだした帷子《かたびら》が、繁っている芒の葉がくれに、宵闇《よいやみ》を暈《くま》どってまぼろしのようにみえた。丈之助は立ってしずかにそっちへ近よっていった、しず江は驚いて立上がったが去ろうとはしなかった。

「なにをしていたんです」

「佐平が虫を買ってまいりましたので、ここへ放してやりました」

「こんなにうるさいほど鳴いているのにね」

「鈴虫でございますわ」

しず江は手にした空の虫籠《むしかご》を、そっとまさぐっていた。丈之助は、彼女がなにか話しかけるのを、待っていることに気づいた。それで、思いきってこう問いかけた。

「あなたは、親族のとりきめた話を知っていますね」

「――はい」

「それで承知したんですね」

しず江は、ちょっとためらった。

「――はい、そうすることがいちばん春樹さまのおぼしめしに添うと存じましたから」

「あなた自身は、どうなんですか」

丈之助の調子がするどかったのだろう、しず江はぴくっと肩をふるわせた。それからごく低いこえで、しかしはっきりとこう答えた。

「わたくしにも、そうして頂くのがいちばん仕合せでございますわ」

「私がそれを信じると思いますか」

「――でもわたくし、本当に」

「あなたの窶《やつ》れかたは普通ではない、私は人ちがいをしたくらいです、帰って来てはじめて見たとき、とうていあなたとは思えなかった、いまあなたの仰《おっ》しゃった言葉は、それ以上に私をとまどいさせる、あなたはそんなにも変ってしまったんですか」

しず江の手で、なにかの折れるような音がした。持っている手に、ちからがはいって、虫籠がどうかしたらしい、同時に彼女は顔をあげて丈之助を見た。

「もしもわたくしがお気にめしませんでしたら、どうぞ丈之助さまのおよろしいようになすって下さいまし」

「あなたは私にとって大事なひとだ」丈之助は苦痛を訴えるように云った、「――私のたったひとりのあによめだったのだから」

そして彼は、家のほうへ去っていった。

丈之助は保馬の家をたずねた、二度たずねて二度とも「不在」であると断わられた。三度めにいったとき手紙を置いて、ぜひ会いたいからということづけをしたが、その翌日すぐ返事があって、御用繁多のためここ暫くは会えない、そういう意味だけごく簡単に書いてよこした。――もうあたりまえの手段ではだめだと思い、浜野《はまの》雄策《ゆうさく》という友をたずねて保馬をさそいだしてくれるようにたのんだ、雄策とはふだんあまりつきあいはないが、藩の学堂でいっしょに机をならべた友のひとりである。

「おれがよびだすなんておかしいじゃないか、喧嘩《けんか》でもしたのかね」

「それがわからないんだ、ぜひ会って聞きたいことがあるんだが避けてばかりいる、どうして避けるのか見当もつかないが、とにかくおれではだめらしいんだ」

「じゃあ魚甚《うおじん》へでもさそうかね」雄策はこう云って笑った、「――但《ただ》し勘定はそっちでもつんだぜ」

四五日して、雄策から使いがあった、夕方の六時ころ、魚甚へ来いという知らせである、丈之助は時刻をはかってでかけていった。――魚甚は花屋橋をちょっとさがった河岸《かし》ぞいにあり、川魚料理で名を知られた料亭《りょうてい》だった。雷雨でも来そうな空もようで、いつもなら夕風の立つじぶんなのに柳の葉もうごかず、じっとしていても汗の出るほどむし暑かった。二階のひと間へとおされるとすぐ、女中に二人の来ていることを慥《たし》かめ、窓際《まどぎわ》で少し涼んでから雄策を呼んでもらった。雄策はもう赭《あか》い顔をして、団扇《うちわ》ではたはた衿《えり》をあおぎながらはいって来た。

「まだ始めたばかりだからもう少し経《た》ってのほうがいいだろう、酒でも飲んで待っていないか」

「こっちは構わないからたのむよ」

それから約半刻《はんとき》ほど待ったろうか、雄策が来てめくばせをした。立ってゆくと廊下の端の部屋をゆびさし、おれは先に帰るよと云った。丈之助は目礼を交《か》わして、教えられた部屋へはいっていった。——保馬は窓框《まどかまち》に肱《ひじ》をもたせ、団扇をつかいながら川のほうを眺《なが》めていたが、はいって来た丈之助に気づくとあっと声をあげ、そのまま石のようにからだを硬くした。

「こんな風によびだして済まない」丈之助は少しはなれた処《ところ》へ坐《すわ》って保馬の眼を見た、「——だがこうするよりほかに手段がなかったことは、認めてくれるだろう」

「断わっておくが、おれはなんにも話せないぜ」

四

「いや話さなくちゃあいけない、おれはどうしてもきくよ」丈之助は、相手の顔から眼《め》をはなさずに云《い》った、「おれは、あによめと結婚しなければならぬことになった、兄が母と叔父とにそう遺言したのだそうだ、江戸にいるときおれに兄が遺書をのこしてくれたと書いて来たことは知っているだろう、もし母や叔父にそういう遺言をしたのが事実なら、遺書にもそれが書いてあるにちがいない、おれは指定された手文庫をあけてみた、しかしその中には遺書はなかったのだ」

「遺書がなかったって、手紙にあったあの遺書が……」

「どうしてもなければならぬ筈のものがない、兄が書かなかったとすればその後にそういって来るわけだ、慥かに兄は入れたにちがいない、それがないとすれば誰《だれ》かが取ったことになる、いったい誰がなんのために取ったのだ、——訝《いぶか》しいのはそれだけではない、あれほどたのんでおいたそこもとは、兄の死の前後からばったり沈黙してしまった、いくら手紙をやっても返事をよこさない、こっちへ帰って来てからもおれを避けとおしに避けている、保馬、いったいなにがあったんだ」

保馬は眼をつむった。口のなかで、「遺書が取られた」と呟《つぶや》き、なにか思いなやむ風に、俯向《うつむ》いたり首を振ったりした。

「云ってくれ保馬、おれには兄の病死したということさえ信じられないんだ、いったいなにごとがあったんだ、そこもとはなにを見たんだ、どうしておれに話すことができないんだ、保馬、たのむ、本当のことを云ってくれ」

「おれは他言《たごん》しないことを誓った、誰にも他言しないということを……」

「なにごとに就いてだ、なにを他言しないというんだ」

「そこもとの母堂にも、親族のひとたちにも誓った、決して他言しないと、……それはそこもとが遺書をみれば、なにもかもわかると思ったからだ、しかしその遺書が誰かの手で取られたとすると」保馬はそう云いかけてまた口ごもった、「——そうだ、やっぱり黙っておしとおすわけにはいかないだろう、おれにもおれで納得のいかないことがあるんだから」

「まず兄の死のことを聞かせてくれ、兄はどういう風に死んだんだ」

「春樹さんは」保馬は、苦しげに眉《まゆ》をひそめて云った、「——自殺されたんだ」

「自殺、どうして」丈之助はこくっと喉《のど》で音をさせて、「——どんな風に自殺したんだ」

「大瀬川の、いつもゆかれる兜岩《かぶといわ》のところから、身を投げて死なれた」

「川へ身を投げて、……兄が——」

「過失で死んだとみせるためだったらしい、兜岩のところに魚籠《びく》が置いてあったし、死躰《したい》の右手には釣竿《つりざお》を握っていた、おれがみつけさえしなければ、おそらく過失で死んだことになっただろうと思う」

「そこもとがみつけたというのは……」

「まったく偶然なんだ、手紙にも書いたと思うがおれはよく春樹さんと釣りにいった、きまって兜岩のところなんだが、そのうち納戸役へつとめるようになって一緒にゆけなくなった、暫く竿を持たなかったが、五月二日の日だ、ちょっと非番が続くので久しぶりに伴《つ》れていって貰おうと思ってたずねた、するともう出掛けられたという、おそらくいつもの場所だろうと見当をつけてゆくと、川のほうへおりてゆく石段のところ、——われわれが水浴びにいったころ帰りによく蜜《みつ》を舐《な》めに登った古い松がある、あの松のところでふと下を覗《のぞ》いてみた、ちょうどそのときなんだ、兜岩の上からさっと誰かが川の中へとびこんだ、片手に釣竿を持って着物を着たままの姿が、白くさっとしぶきをあげて水の中に消える瞬間に、春樹さんだということがわかった」

丈之助はかすかに身ぶるいをした、まるでそのしぶきを浴びたかのようだった。

「おれは狼狽《ろうばい》して石段をかけおりた、まったく狼狽していたんだ、知っているとおり兜岩から川下は両岸が高い絶壁で、流れのつよい瀬が十町あまりも続いている」保馬はこうつづけた、「――下までおりてからそう気がついた、それですぐ石段をかけあがり、崖《がけ》の上を走りに走って堰《せき》の上から川へおりた、あそこからは川幅もひろくなり流れもゆるくなっている、水も浅いからおれは川の中へはいっていった、だがみつからなかった」

保馬は断岸《きりぎし》のほうまで遡《さかのぼ》ってみた。さらに川下のほうも捜した、しかしどうしてもみつからないので、いったん兜岩のところへひきかえし、そこにあった遺品を持って北沢平五郎の屋敷へかけつけた。――すぐに米村と阿部をよび集め、舟を借りて四人だけで川筋を捜した。死躰は兜岩から五六丁さがった淵《ふち》の底から発見され、夜になるのを待ってひそかに家へはこんだのである。……保馬はそこで口をつぐみ、ふかい溜《ため》息《いき》をついてから静かにこう云った。

「親族のかたたちの相談で病死という届けをし、いかなる事情があろうとも他言しないという約束をした、それはそれでいいのだが、おれの眼にはあの瞬間の春樹さんの姿がはっきりのこっている、岩の上からさっととびこんだ動作が、――いったいどうしてそんな死にようをされたのか、おれはずいぶん思いなやんだ、そのうちにただひとつだけ記憶にうかんだことがある、それはいつか一緒に釣りをしているときだったが、春樹さんがおれにまだ嫁を貰《もら》わないのかと云われた、おれは来年の春に貰う約束がありますと答えた、春樹さんは暫く黙っていたが、ふと述懐のようなくちぶりで、こんなことを云われた、

——結婚というものは心もからだも違ったものの同志がひとつになるのだから、潔癖に考えすぎると却《かえ》って失敗しやすい、むしろごく楽な単純なきもちで、世間一般の習慣だというくらいにやるほうがいいようだ、もっとも世の中のことは、すべてあまりまじめに思いすぎないほうがいいらしいがね。

こういうような言葉だった、思いだすとそれがいかにも意味ありげにおもえてくる、江戸で二人が話したときおれはこんどの結婚に原因があるんじゃないかと云ったが、その想像がまたしつこく頭にうかんできた、やっぱり問題はそこにある、みかけではわからないし、ほかにも理由はあるかもしれないが、直接の動機はそこにあるに違いない、おれはこう考えるようになったんだ」

保馬はそこでまた、ややながく沈黙した。それから川のほうへふりかえり、すっかり昏《く》れてしまった対岸の燈《ひ》を眺めながら、独り言のようにこう低く呟いた。

「これはおれが云うべきことではないかもしれないが、春樹さんの死の原因のひとつ

がそこにあるとして、それが遺書に書いてあったとすれば、その責任を感ずるひとがそれをひそかに破棄するということはあり得ないだろうか」

丈之助はしまいまで黙っていた。兄が病死したと聞かされているうちは、なにか不自然で納得のゆかない気持だったが、保馬の話からうけた打撃は強烈であった。――自殺、しかも川へ身を投げて死ぬ、それは過失をよそおうためだったかもしれないが、当時の武家の風としては承認しがたいものである、どうしてそんな手段をえらんでまで死ななければならなかったのか。……彼はうちのめされた者のように、数日のあいだ居間にこもって暗い溜息ばかりついていた。

丈之助はそれからしばしば大瀬川へでかけた。城下町から一里たらず山へはいると、断崖《だんがい》の岩に段をつくって下へおりるところがある。そのあたりは川なかに巨《おお》きな岩がたくさんあり、崖沿いにも岩床が続いていて、水は淵となり瀬をなし淀《よど》みをつくるというように変化が多く、鮎《あゆ》やうぐいや鯉《こい》、やまめなどがよくとれる、丈之助は少年のころ夏になると毎日のようにそこへ水浴びにいった、落ちるような流れの急な瀬に乗って淀みへすべりこむのがなんともいえずおもしろい、また淵の水底へもぐって、岩の窪《くぼ》みにひそんでいるやまめを摑《つか》むこともできる。よそから人に見られる惧《おそ》れがないので、どんなに騒いでも叱《しか》られる心配がなかった。――はるかなむかしだ。断崖の段々をおりてゆきながら、丈之助は胸いっぱいに音楽を聴くような感動をおぼえた。

兜岩はその段をおりて川上へ二十間ほどいったところにある、ぜんたいが八帖敷《じょうじ》きの家くらいの大きさで、兜の鉢金《はちがね》に目庇《まびさし》だけ付けたようなかたちをしている。丈之助はその上へのぼって腰をおろした。——水はすでに秋の色をひそめていた。向うに迫っている断崖の中腹にところどころ小松が生《は》えていて、それに絡《から》んでいる蔓《つる》のなかには、すでに赤く色づいたのが鮮やかにみえた。

「兄さん」丈之助は川の水にむかってそっとこう呼びかけた、「——いったいどんなことがあったんですか、どうしてそんな風に死んでおしまいなすったんですか」

　絶え間なく水は流れていた。かなりつよい流れの脈にゆられて、薄青く染まったような川底の石が、ゆらゆらと動くように透けてみえる。丈之助はそれをみつめているうちに、ふとひとつの遠い出来ごとを思いだした。それは彼が十二歳兄が十四の年の初秋のことだ、もう肌《はだ》さむい風が吹きはじめていたが、兄と彼は二人きりで水浴びにいった。去ってしまう夏へのなごりという気持だったろうか、水は冷たかった、暫《しばら》く遊んでいるうちに兄がやまめを摑もうと云いだした。兄はそれまで見ているだけで、いちどもやったことがなかった。

——兄さんに摑めるかな、むずかしいんだよ。

——摑めなくってさ、今まで隠していたんだ、わけないよ。

——どうだかね、あぶないね。

そんな問答をしているうちに兄はとびこんだ。そこは丈之助も、たびたびもぐったことのある場所だった。深さは七八尺で、岩床の根のところに穴があり、よくその中にやまめが尾鰭《おひれ》を休めている、上手な者は両手に一尾ずつ掴むことも稀《まれ》ではなかった。——兄は水を蹴《け》りながらもぐっていった、上から見ていると、どうやら穴へ手を入れたようだ、掴んだかなと思ったがなかなかあがって来ない、白い二本の脚がひらひらと動く、上躰《じょうたい》は岩に貼着《はりつ》いていてよく見えないが、足はしきりに水を蹴っている、少しながくかかりすぎるようだ、丈之助は不安になった、そのうちに二本の足は動かなくなり、ぶくぶくと水泡《すいほう》が浮いてきた。……溺《おぼ》れたにちがいない、丈之助は逆さになってとびこんだ。

五

兄は右手を岩穴へさしこんだまま、僅《わず》かにもがいていた。丈之助はその手につかまって引張った、手はなにかに閊《つか》えるようでどうしても出ない、そこで穴の中をさぐってみると、兄の手は一尺もありそうな大きな魚を掴んでいた。つまりその魚を掴んでいる拳《こぶし》が穴に閊えているのである、——丈之助は苦しくなってくる呼吸をがまんしながら、兄の指を一本ずつひきはなし、ようやく魚を取去るとともに、兄の腕を抱えて水面へ浮きあがった。それはいま思いかえしても、冷汗の出るような時間であった。

殆《ほと》んど失神しているからだを岩の上へひきあげ、「兄さん、兄さん」と泣きながら転がしたり叩《たた》いたりした。兄はまもなく多量の水を吐いて意識をとりもどした。そして兄弟は裸のまま抱合って泣いたり笑ったりした。……兄のほうはそれでなにごともなかったが、丈之助はその夜から激しい下痢《げり》と高熱をわずらい、二十日あまり寝てしまったのである。

——あのときの魚はずいぶん大きかったね兄さん、でもあれはうぐいだったよ。

——いやあれはやまめさ。

——うぐいですさ、私にはちゃんとわかってましたからね。

その後よく二人でこんなことを云いあったが、そういうときこっちを見る兄の眼《め》の、ふいにぬれてくるような色を丈之助は忘れることができない。

「いつかまたあのときの事を話して、いっしょに笑おうと思ったのに」丈之助は水にむかってそう云った、「——貴方《あなた》はそんな風に死んでおしまいなすった、こんどは私の助力では役に立たなかったんですか」

三十間ほど上に急湍《きゆうたん》があって、淙々《そうそう》と冴《さ》えた水音が両岸の絶壁に反響している、丈之助はその音のなかから兄の声を聞きとろうとでもするように、じっと眼をつむってながいことそこに坐《すわ》っていた。

螺鈿《らでん》の手文庫から遺書がぬき取られたという想像は、かたときも丈之助の頭から去らなかった。むだだということを承知で、母にもしず江にもそれとなくきいてみたが、もちろん答えはにべもないものであった。彼は兄の遺品の整理をしながら、どこかにそれがありはしないかと多くの時間をかけて捜した。しかしそれとおぼしい物はなにもみつからない、丹念によく日記をつけていたようであるが、それさえも自分で始末したものか一冊もなかった。——九月にはいると祝言《しゅうげん》の日どりの相談がはじまった、普通なら一周忌が済んでからというところであるが、これは故人の遺志でもあるし、すでに家督もしたことであるから、今年のうちには式を挙げるべきだ。こういう風に相談は現実的になりだした。丈之助は、まだとうていそういう気持にならないからと拒んだ。

「まだ半年にもならないのですから、私はもちろんあのひとにとっても早すぎると思います、とにかくもう少し待って下さい」

「しかし過日の御不興のこともあるからな」北沢の叔父はこういうことも云った、「——来春早々に殿は参覲《さんきん》の御出府をなさる、それまでには婚姻のお届けをして家内のおちついたことを御承知ねがっておかなければならぬと思うが」

「いずれにしてもまだ私にはその気持はございません、どうかお待ちを願います」

丈之助はそう云って、押しとおした。

秋が深くなると、兜岩あたりの水はぐっと減ってきた。川上から流れて来る落葉も、ひところは黄色く紅《あか》く殆んど水のおもてを掩《おお》うようであったが、しだいに鮮やかな色をうしない、茶色にきたなく縮れたのや蝕《むし》いのみにくい葉ばかりになり、その数も日ごとに少なくなっていった。——丈之助は兜岩の上に腰をおろして、ときにはまる半日も、惘然《もうぜん》と流れの上の落葉を眺めくらすことがあった。痩《や》せてゆく川水はいよいよ冷たく澄みとおり、研いだような底石のうえをついついと魚のはしるのがよく見えた。

……こうして、やがて冬が来た。

十一月のこえをきくと間もなく阿《あ》仏山《ぶつやま》にまず雪が降り、その白い部分が一日ごとに下へ下へと延びてくる。山麓《さんろく》から里へかけてみぞれの降る日が続き、朝になるとそれが氷りついた。そんな或日《あるひ》、太田の実母が急病だという知らせで、しず江は実家へでかけていった。折返し使いが来て病気は卒中でありいつ急変があるかわからない症状なので、今夜はこちらへ泊るという断わりがあった。

「それでは貴方《あなた》もゆかなければね」母は彼の顔色をうかがうように云《い》った、「——もう義理の母ということになるんですから、顔だけでも出さないと……」

「母上がいらして下さい、私にはどうも、祝言を延ばしてもいるし、具合がわるいですよ」

「お厭《いや》ならそれでもいいけれど」

母はむりじいもせず、しず江の部屋から着替えなど取出して包み、佐平をつれてみぞれのなかを出ていった。——丈之助は母がしず江の部屋へはいったとき、今までかつて考えてもみなかった事をふと思いついた、それは卑《いや》しくもあり武家の人間としては恥ずべきおこないであった、しかし彼は些《いささ》かの躊躇《ちゆうちよ》もなくそう決心をし、母が出ていって半刻《はんとき》ほどするとしず江の部屋へはいっていった。……保馬がほのめかすまでもなく、遺書を取った者があるとすればまず彼女とみていいだろう、そしてもしそれが事実で、そうする必要があるほどの意味をもつものなら、或いはすでに焼くか破棄するかしてしまったかもしれない、だが捜すだけは捜してみようと思いついたのであった。

簞笥《たんす》三棹《さお》、長持、葛籠《つづら》、小簞笥二棹、いくつかの手筐《てばこ》、文台、鏡箱、針箱、櫛筐《くしばこ》、鏡台、硯箱《すずりばこ》、これらを辛抱づよくみていった。夕食のあと少し休み、十時に茶と菓子をつまんだきりで、ほんの端切《はぎれ》の詰ったような容物《いれもの》まで念入りにさぐってみた。——御菩提寺《ごぼだいじ》の鐘が丑満《うしみつ》をつげたときには、もう天床裏か畳の下以外には捜すものはなくなっていた。丈之助はちから尽きた感じで部屋のまん中に坐り、溜息をつきながらぼんやりと周囲を眺《なが》めまわした。

「しず江ではなかったのだろうか、それともどうにか始末をしてしまったのだろうか」

四半刻もそうしていたであろう、やがて彼は立上がり、取出したままの手筐などを元のところへ戻《もど》しはじめた。するとどうしたはずみか、小箪笥の上にあった南京瑠璃《ナンキンるり》らしい壺《つぼ》がころげ落ち、彼の足もとでくるくると廻《まわ》った。おそらく彼女が兄から貰ったものであろう。丈之助は拾いあげて小箪笥の上へのせようとしたが、ふと中になにかあるような感じなので覗《のぞ》いてみると、どうやら封書のような物がはいっている。どきっと胸が鳴った、すぐ行燈《あんどん》のそばへゆき、慥《たし》かに封書らしいのをみて引出した。——封が切ってある、だが表には丈之助殿とあり裏には兄の名が書いてあった。

「ああやっぱり」丈之助は喘《あえ》ぐようにこう云った、「——やっぱりそうだった、やっぱり取られていたんだ、……この壺が落ちたのは兄上のみちびきだったかもしれない」

彼はそれをふところにしまい、部屋の中をできるだけ元どおりに片付けた。

居間へもどった丈之助は、燈《ともし》をかき立てて机に向い、すぐにその遺書を読みはじめた。火桶《ひおけ》の火はすっかり消えていたし、寒気はするどく、机に倚《よ》った丈之助はしきりに胴ぶるいが出たけれども彼は、寒さも疲れも感じなかった、兄の遺書はその思いがけない告白で彼をひっ摑み、殆んど息詰らせたくらいであった。——すばやく、むさぼるようにいちど終りまで読み、それをまたはじめから読み直し、さらにもういちど、次のような章から繰り返して読んだ。

——こういう考えかたがお笑い草になるか厳粛にうけとるかは人々の自由でありま

す。ただ私にはそう考えるよりほかにしかたがなかったのです。だがこういうことも云えなくはありません、私がそれをもう少しおそく知ったら、つまりあのひとと私とが夫婦としてむすびついてしまっていたとしたら、……それはさらに私の苦痛を大きくしたことでしょうが、まったく別の手段をとらなければならなかったことでしょう、こう想像することは今でも私をぞっとさせます。そして祝言の夜からはじまった発熱を感謝せずにはいられません。

——あのひとがおまえを想《おも》っていたということ、それもずっとはやくから想いあこがれていたということは、私が偶然にみつけた日記よりも正確にあのひと自身が表明していました。花嫁衣裳《いしょう》をぬいだあのひとは灰で作った人形のようにみえたのです、姿かたちの衰えよりも心の悄亡《しょうもう》しつくしたひと、少し誇張していえば形骸《けいがい》だけのひとという感じなのです。自分が良人《おっと》になるたちばだったからかもしれませんが、私はすぐにこれは尋常のことではないと感じました、おそらくその疑惧《ぎぐ》があったために偶然みつけた日記をひらく気になったのでしょう、そうしてそこに書いてあることを読みとったあと、私がいったいなにを思ったかおまえにわかりますか、……云いましょう、それは兜岩のところでやまめを摑んだときのこと、おまえにあやうく助けてもらったあのときのことでした。

——あのやまめは大きすぎた、しかしすぐに手を放してしまえばなんでもなかった。

――私の病気が肝臓の癌腫《がんしゅ》だったということはまもなくおまえも聞くでしょう、誰《だれ》にも知らせてはないけれど癌腫はもう腎臓《じんぞう》へも移っているそうです、四月中旬にそういう診断をうけました、この病気は治療の法もないし、今のうちは進行も徐々としているが、やがて（おそらく最大限二年以内には）腹腔内《ふっこうない》ぜんぶに蔓延《まんえん》して死ぬのが通例だということです、なんのために便々《べんべん》と待つことがありますか、手紙でも書いたように、私と死とはごく幼いころからのなじみです、かつては恐怖であったがあんまりにらみ合っていたために狎《な》れてしまいました。これから生きることは、私にとっては徒労であり、あのひとにとっては苦痛をひきのばすだけです、無意味でもあり、まったく不必要な苦痛を……。

六

――人間はいちどしか生きることが出来ない、どんなちからを以《もっ》てしてもやり直すことが出来ないのです。人が人をこれほど深く想う、こんなに美しい厳粛なものはありません、その想いがかなえられないとしたら、かなえられないままに一生を終るとしたら。……私はおまえにたのみます、どうかすなおな気持で、あのひとの心と兄の賜物《たまもの》とをうけて下さい、兄のさいごのねがいを生かしてくれるように、信じかつ祈ります。

──終りにもういちど断言しますが、私の摑んだあの魚は慥かにや、ま、めでしたよ。

手紙を巻きおさめた丈之助は、両手で顔を掩ってやや暫《しばら》く噎《むせ》びあげた。なにを考えることもできなかった。不幸な兄、不幸なめぐりあわせ、そういうほかにはもうどんな感慨をさしはさむ余地もない、彼はただ兄のまえに低頭する気持で泣くだけだった。

明くる朝はやく、母ひとり帰って来た。太田の病人はひとまずおちついて急にどういうこともなさそうであるが、しず江だけはもう一日二日、みとりをするということだった。その日の午後から雪になり、昏《く》れがたにはかなり積ったが、宵《よい》の八時ごろにその雪のなかをしず江が帰って来た。病人はもう口をきくようになり、医者もこのぶんなら案外はやく恢復《かいふく》するだろうと云っている、そんなことを母と話すのが聞えた。

──十時すぎて母が寝たあと、しず江も部屋へはいったがなにかしているようすで、いつまでもかすかに起《た》ち居《い》のけはいがしていた。壺の中のものが無いのに気づいたのかもしれない、丈之助はそっと立っていって、襖《ふすま》のこちらから低いこえで呼んだ。

「はい、まだ起きております」

「では済まないが私の部屋まで来て下さい」

こう云って丈之助はひき返した。──火桶に炭をつぎ終って、ややながく待ってからしず江が来た。氷ったような表情で、唇《くちびる》の色まで白くみえた、端に坐ろうとするのを火桶のそばまで招き、つとめて調子をやわらげながら兄の遺書をそこへさしだした。

「これを知っていますね」

しず江は罰をうけるように頷《うなず》いた。

「私がこれを捜しだした理由は、云う必要がないでしょう、弁解もしません、しかしあなたがなぜこれを隠したか聞きたいと思います」彼はこう云ってじっと相手をみつめた、「――正直に云って下さい、なぜです」

膝《ひざ》の上においた両手の指が、いたましいほどわななと震えている。その指をひしと握り合せ、低くうなだれたまましず江はながいこと黙っていた。丈之助は辛抱づよく待った。――油が少なくなったのだろう、行燈の火がちらちらまたたき、蒼白《そうはく》なしず江の頬《ほお》がかすかにゆれるようにみえた。

「春樹さまが、わたくしに、お触れなさいませんのに気がつきましたとき」

しず江は、おののく声でこう口を切った。

「わたくしが秘めてきたことを、お知りなすったのではないかと存じました、けれど病弱だからとおことわりなさるのも、お信じ申さずにはいられなかったのです、――あのようにしてお亡《な》くなりあそばしたとき、わたくし夢中でお手文庫をあけてみました、いつか春樹さまがその中へ文《ふみ》のようなものをお入れなさるのを、つい拝見したことがございましたから、……そして御遺言を読ませて頂きました、やっぱりあのとき思ったとおりでした」しず江は肩をふるわせて嗚咽《おえつ》した、揉《も》みしだく手の上へ、音をたてんばかりに涙がこぼれた、「——わたくしがどんな気持になったか、おわかり下さいますでしょうか、わたくしその場で自害をしようと存じました、でもすぐにそうしてはならぬことに気づきました、春樹さまがあのようにお亡くなりなすったあとで、わたくしがまた自害しては御家名に瑾《きず》がつかずにはいませんから、それぱかりでなく、この罪をつぐなわずに死ぬことは、罪を重ねることだと存じました、……生きていなければならない、生きて罪のつぐないをしなければ、——わたくし御遺言どおりに生きようと思いました、そして、それには……わたくしの秘めていたものを、貴方に知られてはならないと思ったのでございます」

「どうしてです、どうしてそれを私に知られてはいけないのです」

「こんな気持は」と、しず江は嗚咽をこらえながら云った、「——こんな気持は殿がたにはおわかりにならないでしょうか、わたくしがお慕いしていたということを貴方に知られて結婚しては、あまりに春樹さまへ申しわけがない、なにもお知らせせずに、かえって嫌《きら》って頂くようにしなければ、罪のつぐないにはならないと存じたのでございます」

丈之助はそっと頷いた。おぼろげではあるがわからなくはない、それで遺書を隠したのか、可哀《かわい》そうにこのひともそのように苦しんだのだ。——じじじと油皿《あぶらざら》の鳴る音がして、ついに行燈の火がはたと消えた。部屋は一瞬まっ暗になったが、やがてほのかに薄明のように光がうきだしてきた。

　窓の障子が、いっぱいの雪明りだった。

「すなおな気持でうけいれてくれ」丈之助は思いをこめたこえで云った、「兄はこう書いていますね、――有難《ありがた》くうけましょう、すなおな気持で、兄の賜物《たまもの》を二人ですなおにうけましょう」

「――そうしても宜《よろ》しいでしょうか」

「それが兄のなによりの冥福《めいふく》になる、しず江……手をおかし」

　丈之助は、しず江の両手をとった。握り合された二人の手を、雪明りがほのかにうつしだしていた。


（「講談雑誌」昭和二十四年一月号）

妹の縁談

一

毎年八月いっぱいは、午前ちゅうだけお弟子の稽古《けいこ》を休んで、おしずは自分の手なおしをして貰《もら》いに、神田《かんだ》淡路町《あわじちょう》へかようのが例であった。師匠の杵屋《きねや》勘斎《かんさい》は今年七十一で、もう五年まえに隠居をし、あとは息子の勘右衛門《かんえもん》に任せきっていたが、おしずだけは自分でみてくれた。

「なにしろこの人だけは番外だからな、ほかの者のようなわけにはいかないんだから」

いつもこう云《い》うのである。慥《たし》かに、いろいろな点でおしずは番外らしい。だいたい自分で弟子に教える者が手なおしに来るというのは、必要というより一種の儀礼である。師匠も勘どころだけあっさりとみる程度なのだが、おしずはそうはいかなかった。……来るたびに吃驚《びっくり》するようなへんてこな癖がついている、三味線に常磐津《ときわず》や一中《いっちゅう》節《ぶし》の手がはいったり、唄《うた》にも突拍子もないようなふしまわしが付いたりするのであった。

「冗談じゃない、そこはこうだろう」

師匠に注意されると、「あらそうかしら」疑わしそうに首を傾《かし》げて、もういちど師匠にやって貰って、ぱっと顔を赤くしながら、子供のようにあけっ放しに感じ入る。

「あらほんと、ふしぎねえ、どうしたんでしょう」

「ふしぎなのはこっちだよ、また出稽古先の近所に常磐津の師匠でもいるんじゃないのか」

そう云われると思いだすらしい。

「あらいやだ、お師匠さん知ってらっしゃるんですか」

「知りゃあしないさ、いつもの伝《でん》だからそんなこったろうと思ったんだ、とにかくまあ近くにほかの稽古所のある処《ところ》は除《よ》けるんだね」

「そうねえ、孟母三遷《もうぼさんせん》ってこれだわねえ」

「なんだって……孟母……」

「あら違ったかしら、君子のほうかしら」

にこにコッと笑って舌を出すのである。当人としてはちょっと気の利《き》いた合槌《あいづち》のつもりであるが、このへんで勘斎翁《おう》はたいてい絶句するのであった。

「どっちでもいいけれども、なにもこんなところへ君子だの孟母だの、そんなその、ごたいそうなものを持ち出すことはないよ」

「でもそう云うでしょ、君子なんとかって」

「そりゃあ君子危《あや》うきに近寄らずってことは云うけれども、なにもこれ、ほかの浄瑠《じょうる》璃《り》に毒があるとか食いつくとかいうわけじゃないし」

「じゃあ、なんてったらいいんでしょ」

「だってたって、それはべつになにも、云うことはないだろう」

「だってそれじゃあ間がぬけるじゃありませんか」

「小三郎、茶を持って来てくれ」

　こういう問答がきりもなく続く。勘斎翁が自分でおしずをみる理由の一つは、どうやらこうした問答を楽しむふうでもあった。

　その日はまるで夏が返ったように暑かった。日中はそれでも幾らか風があったが、午後になって日が傾くとばったりおちてしまって、蒸しあがるようなひどい夕凪《ゆうな》ぎになった。淡路町からの帰りに、おしずは日本橋薬研堀《やげんぼり》の生華《いけばな》の師匠の家へまわった。利休古流《りきゅうこりゅう》を教える、当時は珍しい女師匠で、もとは武家出らしい。神谷市兵衛《かみやいちべえ》という五十四五になる良人《おっと》が表で花屋をやり、絹という妻女が奥で華を教えるのであった。

……かれらは蚤《のみ》の夫婦といわれ、市兵衛が五尺そこそこで貧相なのに、絹女は背丈が五尺三寸七分、体重は二十四五貫もあった。良人は無口でごくおとなしいが、妻女は陽気で話し好きで、その話がまたかなり頓狂《とんきょう》で、その点はおしずとは好一対《こういっつい》であった。おしずは妹のおたかともう五六年も稽古にかよっている。年も十以上は違うし、仮にも師匠と弟子であるが、二人の応対は友達か姉妹のようにしかみえなかった。

「なんて暑いんでしょ、夏の返り咲きだわね」

おしずは店の脇《わき》からはいって、教授場になっている住居へあがると、いきなりこう云いながら帯止を外しにかかった。

「ほらこんな汗よ、お風呂場《ふろば》、借りていいでしょ」

「水があるかしら、なかったらおときにそう云ってよ」

絹女は肌襦袢《はだじゅばん》に二布《ふたの》という恰好《かっこう》で、八帖《じょう》の間の縁側に近く、茣蓙《ござ》を敷いた上に横坐《よこずわ》りになり、片手で汗を拭《ふ》き、片手で団扇《うちわ》を休みなしにばたばたやっていた。……子供を産んだことのないお乳は豊かに張りきって大きいし、腹部は臨月の女のように大きく、たぷたぷにくびれて垂れるから、いつもお臍《へそ》の下のところを晒木綿《さらしもめん》で縛ってある。お弟子たちはこれを「お師匠さんのおなかの腰揚げ」といっているが、これはおしずの口から出たものであった。

「今日はどうしたの、お稽古の帰り」

「いいえ、淡路町からよ」風呂場でおしずの返辞が聞えた、「――ようやく今日でおしまいなの、汗しぼっちゃったわ」

「汗を絞ったのは大師匠でしょ、がっかりして今夜あたり病みついたりするんじゃないの」

「そうよ、そう云いたくなるわよ」

「自分で云ってりゃ世話なしだわ」

「なにが……なにが世話なしなの」

「いいからさっさと汗を拭いておしまいなさい」

暫《しばら》く水の音がしたり、女中のときになにか云ったりしていたが、やがておしずは着物に伊達巻《だてまき》だけ締め、手拭《てぬぐい》で衿《えり》を拭き拭き出て来た。絹女はその姿を眺《なが》め、団扇を取ってやりながら、

「ふしぎねえおしずさんて人は、ほんとは背も低いほうだし肥《ふと》ってもいるくせに、こうして見るとすらっとして、恰好よく痩《や》せぎすで、まるで娘のようにしんなりと柔らかそうで、いつ見てもまったく惚《ほ》れ惚れするわ」

「また始まった、よしてよお師匠さん」

おしずは団扇を使いながら、左手で自分の右のお乳を軽くあやすような動作をする。

「あたし自分がおたふくだってことよく知ってるわ、面と向って褒《ほ》められるのは不縹《ぶきり》緻《よう》の証拠だって、小さいときからずっと云われどおしなんですもの、たくさんだわ」

「お父《とっ》さんやおっ母《か》さんにでしょ」

「子を見ること親に如《し》かずよ」

「いいわよもう、おたかちゃんはまだしも、あんたのはすなおを通り越して底抜けだわ。もしもお父さんか阿母《おっか》さんが、おまえは男だって云えば、あんたはすぐそのとお

り信じちまうんだから」

「あらまさか、いくらあたしだってもう三十二ですもの、男と女の違いくらいわかるわよ」

「そんなこと自慢にはならないのッ」

「自慢なんかしないことよ」おしずはふとてれたように笑って、「――ほんと云えばあたしそんなことよく知らないし、男の人のことなんかきみが悪くって、考えてもぞっとするくらいだわ」

「その手をおやめなさい、その左の手」

「この手、……どうして」

おしずは顎《あご》をひいて自分の手を見た。大きくはないがふっくりと形のいい乳房を、その手が無心に愛撫《あいぶ》している。どうしてこれをやめろと云うのか彼女にはまったくわからない。どうして、ときき返しながら、平気で同じ動作を続けていた。

「おやめなさいッて云うのに」

絹女はぴしゃっとおしずのその手を叩《たた》いた。

「へんねえ、どうしていけないの、柔らかいような重たいような手触りでいい気持よ。夏は冷たいし冬は温かいし、それにこうやって触ってると安心なような、うっとりした気持になるのよ」

「あんたお嫁にゆきなさい」

絹女はこう云ってあっと声をあげた。

「お嫁で思いだしたわ、顔を見たら云おうと思ってたのに、あんたがへんなことばかり云うから忘れちまうじゃないの、ねえおしずさん……実は縁談があるんだけれど」

「あらいやだ」おしずは打って返すような調子で、「――あたしいま断わったばかりじゃないの、いやあねお師匠さん」

「あの話とは違うのよ、こんどは」

「だっていま断わったばかりで、すぐまた違う話なんて、いくらなんだってそんな、お師匠さんもよっぽどせっかちねえ」

「ちょっと待ってよ、せっかちったってあたしこの話は初めてするのよ」

「どうして、あたしいま断わったでしょ」

「そりゃあ、いまあんたは断わったさ、でも断わったのはあたしが話したからでしょ」

「なに云ってんのよ、話もないのに断われやしないじゃないの、断わったばかりでまた云うからまた断わったんだわ」

「そろそろごちゃごちゃしてきたわね、あんたとなにしてるとすぐ話がこんがらかってわからなくなっちゃうんだから、待ってよ、いいこと」絹女は汗を拭いて坐りなおした、「──あんた、いまさっき此処《ここ》へ来たでしょ、あたしはおしずさんが来たら話そうと思って待っていたのよ、そしてあんたが来たから話したでしょ、このまえの話はお正月じゃなかったかしら、……あらいやだ、なにが可笑《おか》しいのよ」

「可笑しいわよ」おしずはげらげら笑う、「──だってこのまえの話はお正月かしらって、じゃあさっきの五十八の隠居さんというのはなによ」

「五十八の隠居さん……あたし頭がちらくらして来たわ、……いったいそれなんのことなの」

「お師匠さんも忘れっぽいのね、五十八の隠居さんのとこへゆかないかって、あたしいくらなんだってそんなお爺《じい》さんのとこいやですって、ついさっき話したばかりじゃないの」

「ちょっと待って、あたし気を鎮《しず》めるから」

絹女は立っていった。風呂場で顔でも洗ったのだろう、やや暫くして戻《もど》って来ると、晴れやかな自信ありげな表情で、そこへ坐って、笑いながらおしずの顔を見た。

「わかったわ、おしずさん、その隠居さんの話っての、あんた淡路町の大師匠のとこで聞いたんでしょ」

「そうよ、定《きま》ってるじゃないの」

なにがふしぎだという表情である。こんどは絹女が笑いだしたが、これはかなり壮観であった。というのは、五尺三寸七分、二十四五貫のみごとな軀《からだ》と、大きな双の乳房と、腰揚げをした腹部とが、げらげら笑いにつれて波を打って律動するからである……おしずのほうはこんなときは含羞《はにか》んだように微笑する、ともかくなにか自分がへまなことをやったなと思うので、どんなへまをやったのか、本当に自分がへまだったかどうか、などという詮索《せんさく》は決してしないのである……やがて絹女は笑いの揺り返しの合間に、汗を拭きながらこう云った。

「あたしの話っていうのは、おたかちゃんの縁談なのよ」

二

むやみな暑さのその日を境に、それからは風も涼しく、空の色や雲のようすもぐっと秋らしくなった。

おしずの家は日本橋はせがわ町の火の見横丁という処にあるが、火の見櫓《やぐら》があるわけではない、それは二た昔もまえに矢の倉へ移されたようで、ただ下町の習慣でそういう俗名が残ったものである。……その横丁には芝居関係の人や、大きな商店の番頭とか支配人とか、またはお妾《めかけ》などという人の家が多く、すぐ表に賑《にぎ》やかな通りがあるとは思えないほど、いつもおちついて静かだった。……また住んでいるのがそんな人たちで、あまり長く定住する者が少ないせいか、近所づきあいもわりにあっさりしていたが、おしずの家族はそのなかでも特別で、義理を欠かぬ程度以上には、どこの家とも親しい往来はしなかった。

この横丁で古いのは源次郎という差配と、版下彫《はんしたぼ》りの宗吉、それに小さな縫箔屋《ぬいはくや》をしている美濃庄《みのしよう》の三軒であるが、かれらもおしずの一家のことはよくは知らない。元は下谷《したや》池之端《いけのはた》のほうにいたこと、十二年まえに此処へ移って来たこと、父親は新七といってその当時六十一二、いくという母とのあいだに伊吉、栄二という男子二人と、おしず、おたかの四人兄弟姉妹であるが、男二人はたまにしか家へ寄りつかず、おしず姉妹が両親を養っていることなど。わかっているのはそのくらいのところであった。

新七は小柄《こがら》な枯れた風貌《ふうぼう》で、どこかの大店《おおだな》の隠居といった上品な老人であった。夫婦とも出嫌《でぎら》いで、芝居や寄席《よせ》へ行くほかは、めったに外へ出ない、ことにいくは殆《ほと》んど姿をみせないから、新しく引越して来たような人たちは、たいてい新七をおしずの旦那《だんな》だと思い違えるようであった。……それには姉妹の年がいっていることと、二人ともかなり眼につく美貌だったからでもあろう。姉はしもぶくれのふっくりとした顔だち、妹はおもながであるが、きめのこまかな白い膚《はだ》と、はっきりした眼鼻だちとは、ぜんたいとして相当に派手な印象を与える。今年はおたかも二十六になるが、神田今川橋にある大きな仕立屋へ、もう六七年もかよいで勤めていて、いまだに嫁にゆこうとしない。したがって、新七がおしずの旦那だろうなどというばかげた勘違いはともかく、姉妹についてはながいこといろいろと失礼な噂《うわさ》が立ったものであった。

おしずは八月いっぱい休んでいた午前ちゅうの稽古をまた始めた。お弟子はこのいまわりの女の子たちである。午後は出稽古で、その帰りに生華《いけばな》を習いに薬研堀へ寄り、夕食のあとまた大人の弟子を五人ばかり教える。月のうち十日と二十日と三十日の三日を休みにしていた。……元来おしずの長唄はあまりうまいほうではない、勘志津《かんしず》という名を貰《もら》ったのは十九で、それからあしかけ十四年にもなるが、年に一度の手なしで、まだ勘斎翁《おう》に汗をかかせることはまえに記したとおりである。これは自分でもよく承知していて、弟子にしてくれと云って来る者があると、必ず含羞んだように笑いながら、

「ほんとに覚えたいのならよそのお師匠さんところへいらっしゃい、あたしのはほんのまにあわせなんですから」

こう云うのが例であった。長唄を習うといってもたいていがざっとしたもので、遊ばせておくよりはましだというくらいの者が大部分だから、そう云われて、「では」とよそへゆくような者はなかった。もうひとつはおしずの気性の徳であろう。なにしろ底抜けにすなおで明朗で、おまけに話がひどく面白《おもしろ》い、小さな子供などもつい笑いだすようなことを平気で云う。ずいぶん桁《けた》の外れた頓狂《とんきょう》なことを云うが、もちろん当人はまじめなのでいっそう面白い。そういうぐあいで、出稽古にゆく先でもにんきが

あり、お弟子よりもその家族たちに好かれていた。

薬研堀でおたかに縁談があると云われたとき、おしずはじかに妹に話してくれと答えた。それで妹からその話が出るかと思ったが、五日六日と経《た》ってもおたかはなにも云いださない。まるっきりけぶりにも出さないので、おしずはこっちからきこうと思った。……それというのが、薬研堀の師匠の話では、相手は下谷稲荷町《いなりちょう》の信濃《しなの》屋という綿問屋のひとり息子で、絹女とは遠い親類に当るらしい。年はおたかより一つ下であるが、友吉というその息子が執心なばかりでなく、彼の両親もそれとなくおたかを見に来て、二三度は話もして、すっかり気にいっているということであった。

――もう二十六じゃないの、そう云《い》っちゃなんだけれどこんな縁は二度とはないと思うわ、……もしもおたかちゃんが出てなんだったら、稲荷町からその分だけ仕送りをしてもいいと云ってるのよ。

絹女はこう云ったのである。仕送りなどの必要はないし、またとない縁だということも間違いはないだろう。ただ、姉妹がこれまで結婚をしなかった理由は、両親を養うためばかりでなく、ほかにもう一つわけがあった。そのために下谷からこっちへ引越して来たくらいであるが、……そして今なおその問題は、一家の不安のもとになっているが、しかしもしおたかが自分から嫁にゆく気持になったら、そのときはそれで方法がつかないことはない、まずおたか自身どう思うかということが先であった。

「あたし今日失敗しちゃった」

その夜おしずはこう話しだした。

三

晩の稽古《けいこ》が済んで、妹と差向いで茶を飲んでいるときだった。いきなり縁談の話もできないので、ともかくそんなところから口を切ったのである。

「今日失敗したなんて珍しいようなことを云うわね」おたかは菓子を喰《た》べる、「――なにしたのよ、また泥溝《どぶ》へでもおっこったんでしょ」

「あらいやだ、いくらあたしだって年中そう泥溝へばかり落ちやしないわ。そんなことじゃないのよ、今日のはあたしの罪じゃなくって濡衣《ぬれぎぬ》なの」

「しゃれたこと云わないで、どうしたの」

「小網町《こあみちょう》の鶴村《つるむら》さんのお稽古を済まして、薬研堀へまわる途中よ、牧野さまの並びに小さなお邸《やしき》があるでしょう、前に泥溝があって、あの泥溝沿いの道を歩いてると、そのお邸の一軒から小っちゃな男の子が出て来たの」

「じゃあお侍の子じゃないの」

「ええそう、四つくらいかしら、よく肥《ふと》ったとても可愛《かわい》い子なの、それがあたしのことを見てにこにコッと笑うの、頰《ほ》っぺたの中へ眼《め》が隠れちゃうみたい、そしておばちゃんって呼ぶのよ、なあにって云うと、またおばちゃんて呼ぶの、それから、――おばちゃん泳げるかいって、それがまた舌っ足らずでとても可愛いのよ」

おしずは眼を細くして、首を傾《かし》げたり手まねを入れたり、頻《しき》りに感じを出しながら話したが、だいたいそれは次のような経過のものであった。

――おばちゃん泳げるかい。

――あたし泳げないわ、坊ちゃんは泳げて。

――坊、泳げるよ。

――そうお、えらいわね。

こう云って彼女は歩きだしたのであるが、その子供がうしろから追って来て、

――おばちゃん、坊、泳ぐからね、ちょっと見ておくれよ。

こう呼びかけた。なにを云うかと思って振返ると、その子供は道の上へ腹這《はらば》いになって、手足をばたばたさせ、口であっぷあっぷ云いながら、盛んに泳ぎの手並をみせている。

――あらあら、だめよ坊ちゃん。

おしずがそう云おうとしたとき、小邸の中から三太夫《さんだゆう》のような老人がとびだして来て、いきなりおしずを叱《しか》りつけた。子供を抱き起こしながら、口から唾《つば》をとばしながらどなった。

──こんな小さなお子に道の上でこんなまねをさせるとはなんたることであるか、どういうつもりであるか、どこの誰《だれ》であるか。

そんなふうにいきまいたそうである。

「あははは、とんまねえ、あははは」

おたかは声をあげて笑いだした。この妹は姉に向っていつも自分が姉のような口をきくし、誰よりもずけずけ姉をやりこめる。

「笑いごっちゃないわよ。どういうつもりであるかって、こんな眼をして怒るんでしょ、まるで怒ってんですもの、困っちゃったわ」

「ばかねえ」おたかはなお笑いながら、「──困ることなんかないじゃないの、その子が自分でしたんで、あんたは止めようとしたくらいなんでしょ」

「そうなのよ。それなのにこんな眼をして、どこの誰であるか、なんて、怒ってんの」

「怒ってんのったって、そう云ってやればいいじゃないの、あんたのことだからまた顔をまっ赤にしてお詫《わ》びでも云ったんでしょ」

云われるうちにおしずは顔を赤くした。しかし大いに名誉を恢復《かいふく》するつもりらしく、ちょっと気取ったようすで、

「その代りあたし皮肉を云ってやったわ」

「云えもしないくせに」

「あらほんとよ。あんまり癪《しゃく》だからつんとして、どうもおそうそうさまでございましたって、そ云ってやったわ」

こう云って少し反り身になった。おたかはぷっと失笑しながら、

「それが皮肉のつもりなの」

「あら相当な皮肉じゃないの、だってあたしは濡衣なんだもの、そうとわかればあの三太夫としてはこたえるわよ」

おたかはまた遠慮もなく笑いだした。やや尻下《しりさが》りの眼が糸のように細くなり、いっそう尻下りになって、口をいっぱいあけて笑うのだが、それは悪く云うとかなりおかめに似てくる。姉のほうは例のとおりで、含羞《はにか》んだような表情でえへへへなど、てれ隠しに笑ったうえ、舌で上顎《うわあご》をぴたっと鳴らし、

「あァあ、笑っちゃうわね」

まるでひとごとのように云う。そこでまたおたかは笑いの発作におそわれるのであった。……こうなると止め度がない、奥に寝ている父か母かに叱られるまでは、つまらないお饒舌《しゃべ》りが続くわけであった。

——あら、肝心なこと忘れてたわ。

その晩も母親に叱られて、二人で寝床を並べて横になってから、おしずはようやく

縁談のことを思いだした。

「ねえたかちゃん……あんたもう寝て」

「姉さんじゃあるまいし、いま横になったばかりで眠るわけがないじゃないの」

「あんたねえ」おしずは仰向きのままで、さりげなく低い声で云った、「——こないだ薬研堀のお師匠さんからなにか聞かなかった」

「よしてよ、そんな話まっぴらだわ」

はね返すように云って、おたかはくるっと向うへ寝返りをうった。……姉妹のあいだでは縁談はずっと禁物であった、二人ともてんからそっぽを向いて来たのである。妹の調子はいつもよりてきびしかったが、おしずはそこに意味があるとは想像もつかず、暫《しばら》く間《ま》をおいてそっと続けた。

「そんなこと云わないで考えてみない。家のことは大丈夫だわ、あたし独りでもどうやらやってゆけるわ、ねえ、……こんどの話、とてもいいじゃないの、御両親もあんたがたいへんお気にいりなんだって、ぜひどうかってせがんでるっていうじゃないの」

「——」

「たかちゃんならどんな御大家へだってゆけるし、まだそれほどいそぐ年でもないけれど、でも人間には程ということがあるわ。……遠い他国へゆくわけじゃないし、稲荷町っていえば此処《ここ》からひと跨《また》ぎのところでしょ、ねえ」

「――――」

「貰ってくれじゃなく、いってやるんだから、……あっあア、それに一つ年上の嫁は鉄《かね》の草鞋《わらじ》で捜してもっていうでしょ、……ねえたかちゃん、考えてよ」

おたかはやはり黙っている。おしずはともすると眼がくっつきそうになるので、頭を振ったり、夜具の中で腿《もも》をつねったり、頻りに睡魔と闘った。なにしろ彼女は寝つきがいい、おたかの表現によると、「横になって十五勘定する暇もない」というくらいで、しかもこれはおしずが自分でも認めているところであった。

「いつまでもお父さんおっ母さんの側《そば》にいられるもんじゃないわ、女はいつかはお嫁にいかなくちゃならないのよ、そんなこと頑張《がんば》ったってきりがないわ……伊達《だて》や酔狂じゃないわよ、苦労は苦労だけど、苦労は楽のたねっていうし」

そこでおしずの言葉は切れた。

「――だって、栄ちゃんのことがあるじゃないの」

暫くしておたかが云った。

「――栄ちゃんのことどうしたらいいの」

おしずは返辞をしない。おたかはこっちへ顔を向けた。おしずは掻巻《かいまき》を顎のところまで引いて、眼をつむって、気持よさそうに静かな寝息をたてていた。

「――姉さん」

おたかは囁《ささや》くように、姉の寝顔に向ってこう云った。

「――あたし友さんのとこへゆきたいの、友さんが好きなのよ……でも栄二兄さんのことがあるし、それより、……それより姉さんを措《お》いてゆけやしないわ。二人で苦労して来たのに、姉さんひとり残して、自分だけ仕合せになるなんて、あたしに出来ることだと思って、……このままでいいのよ、姉さん、このままで、……あたし諦《あきら》めてるのよ」

おたかの眼は涙でいっぱいになった。そして上のほうの眼から溢《あふ》れたのが、鼻を乗越えて、下の眼のと合体して、枕紙《まくらがみ》の上へぽたぽたと落ちた。

「――姉さんも島崎《しまざき》の貞《さだ》さんが好きだわね、もうせんからあたし知ってたわ、そして姉さんがお嫁にはなれないって諦めていることも、……これがあたしたちの運なのよ。これまでのように、これからも二人でいっしょに苦労してゆきましょう」

嗚咽《おえつ》がこみあげてきたので、おたかは頭から掻巻をかぶった。その中から微《かす》かにう、うという忍び音《ね》がもれてくる、……おしずはうす眼をあけて、硬《こわ》ばったような顔で、じっと暗い天床を見まもっていた。

四

それから四五日、おしずは妹には内証でいろいろ奔走した。薬研堀《やげんぼり》の絹女に頼んで、いちど友吉に会い、ついで稲荷町の信濃屋へも訪ねていって、彼の両親とも話し合った。

和吉という父親は信州の諏訪《すわ》という処《ところ》の生れだそうで、口の重い朴訥《ぼくとつ》な、ちょっと商人とはみえない人柄《ひとがら》だった。母親はてつといい、これが絹女の母親のほうと血続きになるらしい。そのためでもないだろうが、固肥《かたぶと》りの軀《からだ》つきや、陽気でさっぱりした性分らしいところなど、絹女とよく似たところがあった。

「あんたのことは薬研堀でよく聞いてました、こっちからお眼にかかりに伺おうと思っていたんですよ」

てつは初めからそんなふうに云って、もう古い知合いかなにかのようにうちとけてきた。

「あんたもおたかさんも、自分たちのことをおたふくだと思い込んでるんですってね」

「あらいやだ、ほんとにおたふくなんですもの」

「あらあらほんとだ」てつは嬉《うれ》しそうにこちらを覗《のぞ》いて、「――おしずさんはすぐ小娘のように赤くなるとも云ったけれど、ほんとにみごとに赤くなるわね」

「それで困っちゃうのよ、えへへへへ、いやだわあたし」

ざっとこういった調子で、やがて要談にはいった。……おしずはこれまで誰にも云わなかったことを正直に話した。

姉妹の上に、伊吉、栄二という二人の兄のあることはまえに記した。長男の伊吉は縫箔《ぬいはく》職人でかなりな腕もあり、十年ほどまえに嫁を貰《もら》ったが、ずぬけて好人物だったというためばかりでもないだろうが、ついした事で家を出て、よそへ世帯《しょたい》を持ってしまった、そのときは親たちへ仕送りをする約束で、およそ一年ばかりは送って来たろうか、やがてそれがうやむやになるのと共に、訪ねて来ることも稀《まれ》になった。

――なにしろ鬼千疋《びき》という小姑《こじゅうと》のあたしたちがいるんですもの、どんなお嫁さんだって二千疋の鬼には敵《かな》やしないわよ。

おしずたちは世間へはこう云って笑っていた。この姉妹は少しでも自分たちを弁護するようなことは決して口にしないし、ことさら誰かを庇《かば》うなどという厭味《いやみ》なこともしないから、これはこれとして事実をそのまま受取るよりほかはない。……だが栄二の事は笑っては済ませなかった。おしずと三つ違いのこの兄は小さいときから乱暴者で、たいていの腕白には思いもつかないような悪戯《いたずら》ばかりした。

いったい父の新七は子供に小言を云ったことがない、本来は錺職《かざりしょく》であるが、気が向かなければ仕事に手を出さないし、仕事にかかると凝りに凝って、材料も期日も注文にはお構いなしになってしまう。姉妹が大きくなってからよく、「おっ母さんには勿《もっ》体《たい》ないようね」などと半分ふざけて云い云いしたくらい、すっきりした上品な男振りだったが、酒も飲まないし道楽もしなかった。仕事をすると却《かえ》って損をするような仕事を、独りで気の済むまでいじっていればいい、家計のことも子供たちのことも完全に妻に任せきりであった。……しぜんいくの負担は重かったが、なかでも栄二のことでは痩《や》せる苦労をさせられた。

栄二はそんな悪たれでいて、小さい頃《ころ》から本が好きだった。同じ町内に貸本屋があって、声がしないと思うとそこへ入浸《いりびた》っていた。まだわかりもしないのにあれこれと本を取出して、半日も飽きずに眺《なが》めていることなどがよくあった。

――栄ちゃんはきっと学者になるね。

貸本屋が度々そんなことを云ったが、これは銭も払わずに本をかきまわされる皮肉だったらしい。正直のところ貸本屋へ銭を払うようなゆとりはなかったのである。そのうち仮名などを読むようになったが、十二の年には自分から望んで版下彫りの弟子にはいり、同職の家を三軒ばかり転々した。このあいだに、どんなきっかけで知り合ったものか、妙な浪人者とつきあい始め、顔つきなどもにわかに変ってきた。

――こんな世の中はぶち壊さなくちゃいけねえ、侍とか町人とか、金持とか貧乏人とか、こんなばかげた仕組みはありゃしねえ、みんな同じ人間じゃあねえか、そうじゃあねえか。

家へ来るとそんなことを云って、肩を怒らしてみせたりするようになった。

——お天道《てんとう》さまは一つしきゃねえだろう、それが日本にゃあ、いま二つあるんだ、その一つを敲《たた》き落さなくちゃいけねえんだ。

おしずたちはもちろん、父や母にもなんのことかわからなかったが、十八の年に栄二は幕吏に捕えられ、三年入牢《にゅうろう》ということになった。それは彼が「柳子新論《りゅうししんろん》」という本を持っていたからで、その本は十年ばかりまえに死刑になった山県大弐《やまがただいに》という人の著書であり、幕府政治を非難して、いろいろ不穏なことが書いてあるため、厳しい御禁制になったものだということであった。……持っていただけで、栄二には読むことができないし、読んでいないこともわかったからいいが、「さもなければ遠島か死刑になったかもしれない」ということを、そのとき奉行所へ付添って出た町役の人が云《い》っていた。

栄二は二十一の冬に牢を出たが、五年間は江戸お構いということで、そのまま上方《かみがた》のほうへとびだしていった。彼は家を出てゆくとき、母や妹たちから金をせびり、それでは足りないと怒り、着物などを質入れさせたりした。

——おれのことで世間に恥じる必要はねえんだぜ、おらあ泥棒《どろぼう》や強盗じゃあねえんだ、この悪い世の中をひっくり返して、みんなが仕合せになれるようにしようとしているんだ、いわば天下のためみんなのためなんだ、そいつだけはよく覚えていてくれ。

こう云って去ったのであるが、それからもまえの仲間と関係が続いているらしく、ときどき夜など忍んで来て金をせびり、「世の中のためだ、みんなのためだ」など、凄《すご》いようなことを云って、母親や妹たちを嘲笑《ちょうしょう》するように見下して、そしてまたどこかへ去るのであった。

そんなわけで近所へも肩身が狭く、だんだん居辛《いづら》くもなったので、おしずが二十一の年にはせがわ町へ引越して来た。しかしそれからもやっぱり栄二は現われる、暫《しばら》くみえないと思うと突然やって来て、親や妹たちの物を質に入れたり、自分で持ち出して売ったりして、必要な金を握ってゆく。拒んだりすればどんな乱暴をされるかもしれないので、彼が現われれば好きに任せるより手がなかった。

「こういうわけがあったんです」

おしずはかなり詳しく話したあとで、てつの顔を見ながらそう云った。

「あたしもあのこも、こんな兄があるんだからお嫁にはゆけない、二人で一生お父さんとおっ母さんの面倒をみて暮そう、あたしたちそう約束して今日までやって来たんです、でも……これも正直に云ってしまいますけれど、あのこは本当はお宅へ来たがっているんです、そしてあたしもぜひ貰って頂きたいんです」ここでおしずはしんけんな顔になった、「――それで、もし貰って下さるんでしたら、こちらへ迷惑のかからないように、兄のことはきっぱりとあたしが定《きま》りをつけるつもりです」

「そう、そういうわけがあったのね、それでいろんなことがわかったわ」

てつは涙ぐんだような眼でおしずを見た。

「薬研堀であんたたちの話を聞いて、あんたたちの苦労して来たことは知っていたし、そんな苦労をしながら、おたかちゃんにもあんたにも、ちっともそんなところがみえないでしょ、まるで暢《のん》びりしておうようで、乳母日傘《おんばひがさ》で育った御大家《ごたいけ》の娘さんのようにみえるでしょ、だからあたし薬研堀の話はおおげさなんだと思ってたのよ」

「あらいやだ、おうようじゃなくってばかなのよ、あのこはそれほどじゃないけれど、あたしは抜け作でのそのそだから」

「いいわよそんなこと」てつはべそをかくように笑った、「——あたしあんたやおたかちゃんのそういうところが好きなの、そういう性分というものは誰《だれ》でも持てるもんじゃないし、人間の浮き沈みだけはわからないから、一生連れ添うにはぜひそういう人が欲しいと思うのよ、それで、……遠慮なくきくけれど、栄二さんのこときっぱり定りをつけるって、いったいどういうふうにするつもりなの」

「——人別《にんべつ》から出て貰います」

ちょっと顔を硬くしておしずが云った。

「——そうすればもしなにか間違いがあっても、あたしたちとは縁がないし、こちらへも決して御迷惑はかからないと思うんです」

「だってそれじゃあ、栄二さんまだ人別が抜けてなかったんですか」

その当時は牢へ入れられたりすると、たいていは人別（戸籍）から抜くのが一般であった。それは当時の家族制度で、その罪によっては父母兄弟まで罰せられるし、ときには親族にまで累《るい》の及ぶことがあったからである。……おしずは硬くなった顔で、笑おうとして、ふッと眼《め》にいっぱい涙を溜《た》めた。

「そうしようという話も出たんですけれど、それじゃああんまり可哀《かわい》そうでしょ、だからあたしもう少しようすをみてからにしようッて、そのときは独りで反対したんですよ」

「それを今になって、……あんた出来るの、おしずさん」

「出来るわ、出来なくったってするわ」

おしずの顔が歪《ゆが》み、おろおろと声が震えた。

「栄ちゃんには可哀そうだけれど、あのこだって辛抱したんですもの、あのこだって可哀そうなんですもの……あたしたち今日までがまんして来たんだから、あのこぐらい仕合せになってもいいと思うわ」

「おしずさん」

叫ぶように云って、てつはおしずの手を取った。そしてぽろぽろ涙をこぼしながら、

「えらいわねあんた、栄ちゃんも可哀そうだって、ずいぶん泣かされたり苦労させら

れたりしているのに、……云えることじゃないわ、あんたッて兄妹《きょうだい》おもいなのねえ」

「だってほんとは気が小さいのよ、決して悪い人間じゃないのよ、あたしちゃんと知ってるの、栄ちゃんだってほんとは可哀そうなのよ」

てつは涙を拭《ふ》きながら、おしずの顔を見てしみじみとした調子で云った。

「みんながおしずさんのようだったら、世の中はもっと住みよくなるわねえ」

五

和吉とてつはおしずの正直な気持に降参した。できることなら人別もそのままでと思ったくらいであるが、おしずがこれだけはそうすると云うし、栄二もすでに三十五になり、このところ三年ばかり顔をみせず、どこかで世帯を持っているかもしれないし、そうすれば人別が抜けるのもしぜんのことなので、おたかの縁談はその日あらまし纏《まと》まった。

「では仲人《なこうど》は薬研堀に頼むとして、だいたいこの十一月ということにしたいと思いますから、どうかそんなところで……」

夫婦にこう云われておしずは信濃屋を出た。

――さあこれからが難物だ。

彼女は改めてきおい立つ気持だった。第一は妹をうんと云わせること、第二は親たちである。おたかは気が勝っているし、いちどはっきり断わっているし、おまけに友吉が好きなので、正面から持っていったのでは到底いけない。また親たちも妹が姉より先に嫁入りをするなどということは、まず承知をしないだろう。……どっちにしても稲荷町の話は出来ているので、その点ではもう大丈夫とは思うが、ともかく相しんを強くねばらなければならなそうである。

「これはのそのそしちゃいられないわ」

その夜おしずは寝床の中で思わずそう呟《つぶや》いた。

「少し頭を働かせなくっちゃ、ところがこの頭がなかなか云うことをきいてくれないんだから」

「ふふふ、ばかねえ」

隣りの寝床でおたかがそう云った。

「いま横になったと思ったらもう寝言を云ってるわ」

おしずは口をつぐんだ。そして、じっとしているうちに、本当にそのまますぐ眠ってしまった。

それから中三日ばかりおいて、小網町の鶴村へ出稽古《でげいこ》にいった。お夏という十八になる娘に稽古をして、終ってから茶と菓子を出され、ちょっと話をして立とうとすると、主婦のお葉《よう》が思いだしたように、

「ああそうそう釵《かんざし》が出来て来てたわ」

こう云って立って、簞笥《たんす》の小《こ》抽斗《ひきだし》から桐《きり》の小箱を取出して来た。おしずは胸がどきどきし、顔が赤くなるのが自分でよくわかった。

「よく出来ててよ、見てごらんなさい」

「あたし今日あのお代を……」

「いいのよそんなこと、わかってるじゃないの、それより気に入るかどうか見てごらんなさいよ」

「ええ、でもあたし、家《うち》へ帰ってから」

「なに云ってんの、小ちゃな娘みたいなこと云って」お葉はふと悪戯《いたずら》そうな眼つきをして、「――ははあそうか、そうなのねあんた、うちでよくそう云ってたけど本当なのね」

「あらなにが、なにが本当なの」

「あんたが帯止だの釵だの誂《あつら》えるのは、本当は貞二郎さんが好きだからだって、帯止や釵はつけたりだって、……あらどうしたの、怒ったのおしずさん」

「あたしほかへまわらなきゃなりませんから」

おしずは撥袋《ばちぶくろ》を持って立った。

「いやだわ、冗談じゃないの、ちょっと冗談を云ったんだのに」

「わかってますわ、あたし怒ってなんかいやしませんわ」おしずは笑ってみせた、「――だって怒るわけがないんですもの、ただ今日はほかへまわる用があっていそぐんですよ、どうもお邪魔さまでした」

鶴村を出ると、おしずはすばやく涙を拭き、俯向《うつむ》いて歩きだしながら、このあいだの晩の、妹の独り言を思いだした。

――姉さんも島崎《しまざき》の貞《さだ》さんが好きだわね、でも貞さんの嫁にはなれないって諦《あきら》めてるわね。――

おしずは唇《くちびる》を嚙《か》み、そっと頭を振った。

同じはせがわ町に島崎来助《らいすけ》という彫金家がいた。「安永宗珉《あんえいそうみん》」といわれるくらいで、牡丹《ぼたん》を彫っては当代並ぶ者なしと定評されていたが、その弟子に貞二郎という職人があって、これがまた師の来助を凌《しの》ぐ腕をもっていたが、性質が狷介《けんかい》なのと酒好きとで、もう三十四五にもなるのに、まだ独身で島崎の家にくすぶっていた。……島崎には娘が二人あり、その姉妹に長唄《ながうた》を教えていた関係から、おしずは親しく出入りしているうちに、話を聞いたりその人を見たりして、いつかひそかに貞二郎を想《おも》うようになっていった。しかし相手は江戸じゅうに名を知られた職人だし、こちらは家庭の事情からも年からも、とうていその恋がかなうものとは思えなかった。

――選《よ》りに選ってあんな人を想うなんて、よっぽどあたしってとんまなのね。

心のなかで幾たびべそをかいたかしれなかった。そして、せめてその人の彫った物でも身に付けていたいと考え、鶴村の主人に頼んで、帯止とか釵などを彫って貰っていたのである。……島崎へじかに頼むのは、心を見透されそうで恥ずかしかった、そんなことがわかったら貞二郎にも断わられるかもしれない。それで鶴村へも、決して自分の名を出してくれないようにと、諄《くど》いほど頼んだものだった。

「どうしたの、ばかにしんみりして」

突然こう云って肩を叩《たた》かれ、おしずはあと声をあげて、手から撥袋を落しそうになった。

「なによ、その顔、なにをそんなにびっくりするの」

薬研堀の絹女であった。

「びっくりするわよ、ああ驚いた」

おしずは大きな息をついて睨《にら》んだ。

「いきなり肩なんかぶつんですもの、ほんとにお臍《へそ》が宿替えしちゃうじゃないの」

「もう違ってるわ、お臍の宿替えってのは可笑《おか》しいときのことよ」

「あらいやだ、ひとが知らないと思って云うわね、可笑しいときのはお臍が茶を沸かすってんじゃないの、騙《だま》そうッたってだめよ」

「ああそうか、……そうだわねえ」

「そうよ」おしずは得意である、「――あたし今お臍がこっちへゆきそうな気持だったんですもの、現の証拠よ」

「そうするとあたしもおしずさんに負けず劣らずだわね」

例によって二人の話はすぐ面倒くさいことになる。が、そこでおしずはふいに立停《たちどま》り、ちょっと待って、と云ってなにか考えだした。

「いいえ黙っててよ、すぐだから」

うわ眼づかいに宙を睨んで、なにか二度ばかり頷《うなず》いて、そうだわ、それがいいわ、などと口の中で呟いて、それからにっと笑った。

「さあいいわ、お待遠さま」

「きびが悪いわね、どうしたっていうのよ」

「うまい知恵がうかんだの」

おしずは歩きだしながら、たいそう自信のありそうな表情で云った。

「稲荷町のほうの話、聞いたでしょ」

「ええ、それで……」

「それでこんどあのこを云いくるめるんだけれど、強情《ごうじょう》で向うッ張りが強いからなにか手を使わなくっちゃならないの、それが今ふっとうまい手を考えたのよ、とッてもうまい手」ちょっと胸でも叩きそうなふうであった、「――自分で云っちゃなんだけれど、これであたしもまんざら棄《す》てたもんでもないらしいわ」

「そんなこと云ってあべこべに云いくるめられないようにね、おたかちゃんははっきりしてるんだから」

「大丈夫、細工は流々よ」

そして身を反らしたとたん、石に躓《つまず》いて、よろめいて、道の脇《わき》の泥溝《どぶ》へ片足を踏んごんでしまった。絹女はあっと手を伸ばして支えたが、それと同時にげらげらと笑いだした。

「おたかちゃんの云うこと嘘《うそ》じゃないわね、あんたッてほんとに泥溝へ落ちるの上手だわ」

「またあのこに叱《しか》られるわ、どうしようかしら」

おしずは途方にくれたように溜息《ためいき》をついた。絹女はまだげらげら笑っていた。

六

九月の二十日。おしずは稽古休みを利用して、おたかをうまく目黒詣《まい》りにさそいだした。

朝まだうす暗いじぶんに家を出て、芝の白金台町《しろがねだいまち》まで駕《かご》でゆき、そこから滝泉寺《りゅうせんじ》という不動様まで歩いた。下町に育った者はいったいに出嫌《でぎら》いであるが、特におしずなどは典型的で、ひとにさそわれてもめったによそへ出ない。林だの広い草原だの畑だのを見ると、泣きたいほど淋《さび》しくなると云うのである。

――姉さんはいくじなしなのよ、家にいて阿母《おつか》さんに怒られてるほうがいいんだから、ほんの蜆《しじみ》ッ貝だわ。

おたかはいつもそうやっつけるが、それだけに自分は機会さえあればよくでかけた。六地蔵も何度かまわったし、蛍《ほたる》、朝顔、菊などの、季節の花も見物にゆくし、遠いところでは江ノ島へもいったことがある。……そんなふうなので、行人坂《ぎようにんざか》を下りて目黒川の見えるあたりから、おしずは黙りがちになり、おたかは歩きぶりまで活潑《かつぱつ》になってきた。

「ごらんなさいよあっちの景色、いいわねえ、胸がせいせいするじゃないの」

「そうね、だけど少しさびれてるわね」

「閑静ッていうのよ、さびれてるなんて流行《はや》らない縁日みたいじゃないの、……あれなんだか知ってる、あそこで今お百姓が刈っているあれ」

「どれよ、あの黄色っぽい草みたいの」おしずは興もないという眼《め》つきで、「――知らないけど、なにかお野菜かなんかでしょ」

おたかはあははと笑った。

「よく覚えておきなさい、あれが稲ってものよ」

「――稲、……なあんだ、あれが稲か」

「なあんだなんて、知ってるのあんた」

「ばかにしないでよ、稲ぐらいあたしだって知ってるわ」

「じゃあなにが穫《と》れるの」

「なにがって……あれ稲なんでしょ、稲の木なら稲が穫れるに定ってるじゃないの、利巧ぶったって騙されやしないから」

おたかは声をあげて笑い、そしてまた笑って、あんた長生きをするわよ、などとからかった。

当時は目黒不動は郊外のかなりな遊楽地であって、門前には休み茶屋とかちょっとした料理屋などが並び、なかには紅白粉《べにおしろい》を塗った女などのいる家もあった。午《ひる》には少し早いが、おしずには目的があるので、お詣りをするとすぐ一軒の古びた茶店へあがった。……それは境内の杉林《すぎばやし》の中にあり、藁屋根《わらやね》の傾《かし》いだような、柱などの黒光りに光る平屋建てで、表に腰掛は並んでいるが、家の中には客用の部屋はひと間しかなかった。

「此処《ここ》は筍飯《たけのこめし》が名物だったわね」

あがると早々おしずはそう云《い》って、夫婦だけでやっているらしい老婆《ろうば》に話しかけた。

「悠《ゆっ》くりでいいんですけれど筍飯を二人前拵《こしら》えて下さいな」

「ばかねえ、なにを云うの」おたかはまた笑いだして、「——筍飯だなんていまは九月よ、筍は春のもんじゃないの、とんまねえ」

「あらそうかしら」

老婆も向うで笑っていた。おしずはてれて、だがすぐに思いついて、こんどは大いに名誉恢復《かいふく》のつもりだろう、

「そうだわね、あたし勘違いしちゃったわ」と、とり澄ました顔つきで云った、「——筍飯は春、秋は栗飯《くりめし》よ。栗飯って云うつもりだったのよ、それがつい口が辷《すべ》ったのよ、出来るわねえ栗飯」

「はい、ちょうど出盛りでございますから」

「お椀《わん》は松茸《まつたけ》が欲しいけれど、松茸あるかしら」

「ええございますですよ」

「じゃあお椀はそれにして、なにかもう一つあったわねえ……ええと、あれはなんだったかしら」

「まだほかになにかあるの」

「此処の名物よ、ええと」おしずは額を指で叩いていたが、「——ああそうそう、やっと思いだしたわ、秋刀魚《さんま》よ、秋刀魚だったわ」

こんどは老婆とおたかがいっしょに笑いだした。

おたかは前蹈《まえかが》みになって、しまいには拳骨《げんこつ》で腹を押しながら、涙をこぼして笑った。

「あらやアだ、なに笑うのよ」

「なにを笑うッたって、あんたそれまじめで云ってるの」おたかは涙を拭きながら、

「――いくらなんだってそんな、あんまりとぼけたこと云わないでよ」

「えらそうに云うわね、自分こそ知らないいんじゃないの、目黒の秋刀魚ッて」

「それはこうなのッ、お聞きなさいよ」おたかは姉の言葉を遮《さえぎ》って、「――それは笑い話にあることとなの、あんた寄席《よせ》で聴いたでしょ、殿様が馬で遠乗りをして、目黒で急におなかが空《す》いて、弁当の用意がなかったもんで御家来が茶店へ案内をする、そこで秋刀魚を召上ると、ふだん喰《た》べたことがないからとても美味《うま》くって忘れられないの、ね、それでいつか、殿中だったかしら、殿様が大勢集まっていろんな自慢をしているとき、その殿様が知ったかぶりをして、秋刀魚は目黒が本場だっていうのよ」

「それでいいじゃないの」

おしずはなにが可笑しいという顔つきであった。

「だからあたし名物だって云ったでしょ、ちっともふしぎはないじゃないの」

こんどは調理場のほうで、老爺《ろうや》の失笑《ふきだ》すのが聞え、老婆もおたかも、……おたかはまたしても腹を押えて笑いころげた。どうもしょうがない、こうなればこっちもほかに手はないので、おしずは例のとおり、さし当りみんなと同じように笑った。

「――うちの爺《じい》さんはおかげで命が延びたって云っておりますですよ」

まもなく茶を持って来て老婆が云った。

「――いつもほんとに無愛想で、声を出して笑うことなんて何年にもないことでございます、わたしまで胸の閊《つか》えが下りたようでございますですよ」

二人になるとおしずは舌を出した。

「ひと助けしちゃったわね」

おたかはなにも云わずにつんと鼻を反らした。しかし顔はどこやら渋いようなぐあいになり、眼は湿っぽい色に潤《うる》んでいた。

栗飯と松茸の椀、干鮎《ほしあゆ》の煮浸《にびた》しに香の物という膳《ぜん》が出た。酒も注文したが、これは一種のみえで、二人とも決して飲める口ではない。だが今日は計略があるから、おしずは自分でも飲み妹にも頻《しき》りにすすめた。

「少し酔ってよ、話があるんだから、あんたが素面《しらふ》だとちょっと云いにくいのよ」

「乙なこと云うわね、なによいったい」

「いいから重ねてよ、どうせ旅先ですもの、たまには恥のかき棄てッてこともあるわ」

三杯ずつくらい飲んだろうか、いつも赤くなるおしずがへんに冴《さ》えた顔で、むだなことを云いながら妙におちつかない。そのうち食事を始めたが、

「ねえたかちゃん、話があるんだけど」

こう云ってふと眼をあげた。

「だから云いなさいな、聞いてるわよ」

「あんたにどうしても稲荷町へお嫁にいって貰《もら》いたいんだけれど」

「あらいやだ、その話ならもう」

「いいえ、わけがあるの」おしずは珍しく妹を遮って云った、「——恥を云わなければなんとかっていうから、あたし正直に云ってしまうけれど、ほんとはね、あたしにもちょっとしたことがあるの」

おたかは鮎を突つきながら黙っていた。

「その人は親も兄弟もないから、都合によっては家へ来てくれてもいいって云うのよ、仕事も居職《いじょく》で、家で出来ることだし」おしずはほのめかしが妹に通じるかどうかをさぐるように、眼の隅《すみ》でちらちらとそっちを見ながら続けた、「——それにその人の仕事はかなりいいお金になるし、少し酒好きは酒好きらしいけれど、そこはあたしがうまく舵《かじ》を取るわ……だから家の暮しも幾らか楽になると思うの、ただ、……それにはあんたがちょっと……ごめんなさいね、はっきり云うけれどあんたが身を固めてくれないと、ねえ、……あんた怒る、たかちゃん」

おたかは顔をあげて、まともにじっと姉の眼をみつめた。

「姉さん、今の話ほんとなの」

「それはもうきかないで」おしずには妹の眼は受けきれなかった、「――恥ずかしいからあたしのことはそっとしていて、あたしにこういうことがあるってことだけ胸へおさめて、今日はあんたの気持を聞かせて貰いたいの」

　おたかはなにか腑《ふ》におちないふうだった。しかし姉のようすは妙にはずんでいる、またこんなことでうまく事を企《たくら》むような知恵のある姉ではない。そしてもし姉の言葉どおりとすれば、姉にとっては夢のような仕合せが実現するのである。同時にそれは自分にとっても、殆《ほと》んど諦《あきら》めていた幸福を取戻《とりもど》すことになるのだ。

「――姉さんの云うことがほんとなら、それはあたし、稲荷町へゆくのはいやじゃあないけれど、でもあたし、いちどはっきり断わったでしょ」

「そのことなら大丈夫、あたしがすっかり話はつけてあるわ」

「――話をつけたって、いつ……」

「いつだっていいじゃないの、あたし稲荷町へいってお二人に会ったし、栄ちゃんのこともすっかり話したわ、そしてあんたがうんと云えば、これはあたしたちみんなのためだけれど、栄ちゃんに人別を抜けて貰うつもりなの、……あんたもあたしも、ずいぶん苦労して来たんだもの、あたしたちだってもうそのくらいのことしてもいいと思うわ」

「――それで、稲荷町じゃいいって……」

「お仲人《なこうど》は薬研堀、十一月には祝言《しゅうげん》をするつもりでッて云ってたわ」

おたかは眼を伏せた。しんとした姿勢で、なにか祈るようなふうにみえた。それから低い、囁《ささや》き声でそっと云った。

「――姉さんのあの人ッて、あたしおよそ知ってるわ、……いまの話、ほんとだわね、姉さん、……嘘じゃないわね」

「自分はどうなの、あんた友さんが好きなんでしょ」

「――あたしたちにも、……こんな日が来たのね、姉さん」

おたかはこう云って眼をつむった。それから静かに頭を垂れて、こんどこそ、口の中で心をこめて祈った。

「――どうぞこの仕合せが毀《こわ》れませんように」

おしずもなにかひと言だけ云いたかった。そんなふうに妹がすなおなようすで、なにかに祈るなどということはついぞなかった。よほど嬉《うれ》しいのだと思うと、その望みがかなうように、自分もひと言くちぞえをしてやりたくなったのである。そう思うと口がむずむずしてきたが、しかし、こんなときうまいようなことが云えた例《ためし》はない、たいていへまをやって笑われるので、折角ではあったがやめにした。

食後の茶を啜《すす》ってから、暫《しばら》く休んで帰ろうとすると、老人夫婦が紙に包んだ物を持って来て、送りだしながらお土産だといってくれた。

「わしらの家の木に生《な》った栗でございます、荷物になるほどはございませんから」爺さんは残り惜しそうな眼つきでおしずを眺《なが》め、ちょっと笑いながらこう云った、「——どうぞまたお気が向いたらおでかけなすって下さいまし、こんどは秋刀魚を取って置きます」

（「婦人倶楽部」増刊号、昭和二十五年九月）

大《だい》納《な》言《ごん》狐《ぎつね》

一

狐《きつね》の話ではない、恋の話なんだ。狐のことも無関係ではないが、いや、相当に深い因果関係はあるんだが、だからといって、どちらも化かしあいという意味ですか、などという者があったら、私はそんな人間は犬の胎仔《はらご》であり、くそだわけであり、屁《へ》こき猿《ざる》であると云《い》いたい。云えばもっといくらでもあるのだが、これらの悪態も私はこの恋の出来事のなかで覚えたのである。——恋にはいろいろの型がある。他人からみればそのおろかしさと道化た点でいちようだが、仔細《しさい》にみればその気質と好みによって、それぞれの型があるということは否定できない。紀《き》ノ友雄《ともお》の恋はまさしく紀ノ友雄流の恋であった。

或《あ》る日、それは晩秋九月の某日のことなんだが、私はとつぜんなにがし左少将の姫の訪問をうけた。名を云わないのは思わせぶりではなく、この話が姫にとってかんばしからぬ面があるからで、また、女性たちが羞恥心《しゅうちしん》をすりへらして共通の弱点を発揮する年齢に達していたという点では、いずれの姫、女御《にょうご》、上臈《じょうろう》たちと置き替えても同じことであり、少しもさしつかえはないのである。

「お願いよお願いよ」と姫は云った、「すぐにあの人を追っかけてってちょうだい」

供もつれず、しかも走って来たらしい。遣戸《やりど》の外に立ったまま彼女はせいせいと肩で息をしていた。

――この女も縹緻《きりよう》がおちたな。

私は寝ころんだまま、心のなかでそう思った。化粧するひまもなく駆けつけたのだろう、被衣《かずき》の下の顔は膏《あぶら》ぎっているし、眼《め》はぎらぎらしているし、髪は乱れているし。うん、と私はまた心のなかで思った。すっかり縹緻がおちた、これはもう結婚するよりしようがないな。

「なにを寝ぼけてるの」と姫は叫んだ、「起きてよ、起きるんだったら、そしてすぐに追っかけてってよ、聞えないの、なまけ者」

「追っかけるって、なにを追っかけるんだ」

「起きなさい」彼女は足ぶみをした、「ゆうべまたどこかで＊＊＊たんだろ、このなまけ者の不良青年」

彼女は卑猥《ひわい》なことを云った。こういうあけすけな表現は左少将の姫くらいにならないとうまく出ないものだ。その点はのちに登場する摂津《せつつ》の山の、それがし阿闍梨《あざり》などといい勝負かもしれない。

「ああ」と私は欠伸《あくび》をした、「やかましいな」

「いいわよ、そうしてらっしゃい」と姫は云った、「あんたがそうならそれでいいわ、その代りあたしだってあんたの頼みなんかきいてあげやしないから」

私はとび起きた。

「寝てらっしゃいよ」と姫は云った、「あたし今夜あの方と会うんだけれど、あんたの艶書《えんぞ》なんか渡してあげやしない、ひっちゃぶいてやるからいいわよ」

「きみはそんなことしやしないさ」と私はすばやく身支度をした、「さあ云ってくれ、どこへ、誰《だれ》を追っかけるんだ」

「あたしむりにお頼みしたくはないの」

「誰をどこへ追っかけるんだ」

「でも、そうね、——お願いしてもあんたにはむりかもしれないわね」姫は横目で、ためすように私を見た、「あの人はよっぽどの決心をしているらしいし、あんたときたら怠け者のうえに口がへたなんだから」

私は誓った。彼女は私をじらし、私は彼女のために誓った。やがて彼女は云った。一人の青年が彼女に失恋し、悲しみのあまり出家遁世《しゅっけとんせい》すると云って、摂津の国へでかけたというのである。

——この女に失恋したって、へ。と私は心の中で呟《つぶや》いた。

「それで」と私は口に出して云った、「その可哀《かわい》そうな男というのは誰なんだ」

「紀ノ友雄さんよ」

「と、――」と私は吃《ども》った、「紀ノ友雄だって」
「いいじゃないの」と彼女は云った、「それああの人は田舎っぺえよ、男ぶりもよくないし、気もきかないし、蟹《かに》みたような顔をしているかもしれないわ、でもあの人はあんたたちと違って鳩《はと》のように善良だし、岩のようにまじめよ」
「私は笑わないよ」
「笑ってもいいことよ」と姫は云った、「そればかりじゃなく、あの人のうちは金《きん》の鉱山《やま》を持ってるんですって、あの人の故郷は陸前の国で、そこで日本第一っていう金の鉱山を持っているんですってよ、笑わないの」
「まあ待ちたまえ」私は笑わなかった、「それできみは、それにもかかわらず、彼を失恋させたと云うのか」
「そうじゃないの」
「だっていまきみが云うには」
「そうじゃないのよ」と彼女は首を振った、「あたしは承知したの、あの人から艶書《えんぞ》が来たから、すぐに承知の返事をだして、逢《あ》う時刻まできめてあげたのよ」
「きみの文章は難解だからな」
「うそよう、あたしちゃんとわかるように書いたことよ」
「ではなぜ彼は失恋したんだ」

「それがわからないから、たぶん誤解してるんだろうと思うからあんたに頼むのよ」と姫は云った、「ねえお願い、早く追っかけていって、あたしの気持をようく話して、ぜひとも連れ戻《もど》して来てちょうだい」

「でかけたのはいつだ」

「今朝はやくですって」

「馬でゆこう」と私は云った、「しかし、出家するんなら寺はいくらでもあるのに、なんだってまた摂津なんぞへいったのかね」

「よく知らないけれど、なんでもたいへん高徳なひじりがいて、——そうよ」と彼女は云った、「そうだわ、堀川《ほりかわ》の資兼《すけかね》さまもそのひじりの弟子になるってでかけたはずよ」

「堀川のって、検非違使《けびいし》の別当《べっとう》か」

「いってちょうだい」と姫は云った、「そんなことどうでもいいから、早くいって連れ戻して来てちょうだい」

「もうひと言」と私は云った、「三条家のほうはきっと頼むよ」

そして私はとびだした。

私は友人の馬を借りて、紀ノ友雄を追いかけた。私の友人の馬だから馬もたいした馬じゃない。また私の馬術ときたら、賀茂《かも》の祭りのとき、いちど前駆に選ばれて乗っただけなんで、それこそ馬の良否にかかわりはないんだが、それでも歩くよりましだった証拠には、芥川《あくたがわ》というところで彼に追いつくことができた。紀ノ友雄は老人の下部《しもべ》を連れて、乾いた道を、くたびれたようすもなく、歩いていた。

「おい待て」と私は云った、「ちょっと話があるんだ」

二

紀ノ友雄は私の云うことに耳をかさなかった。しかたがない、私は馬を曳《ひ》きながら、彼のゆくほうへついていった。ついてゆきながら、私は彼を観察し、そうして、自分がひどく空腹なことに気づいた。

——こいつ、なかなか立派じゃないか。

私は腹のなかでそう思った。私は大学寮で彼と知りあった。私は大学を出て五位の蔵人《くらんど》にありついたが、彼はまだ学生《がくしょう》の筈《はず》である。私はこれまで彼などは眼中になかった。

彼が奥《むつ》の国から出て来た田舎者であり、おやじが墾田を寄付した代償として、大学寮へはいることができたということは聞いていた。だがそんな人間はいくらでもいるし、金のちからで入学するようなやつにろくな者はない。たまに優秀なやつがいたところで、学寮を出ればそれまでなんだ。官途に就《つ》くなんてことは、京そだちのわれわれにだってむつかしい。私なんか末流にしても藤氏《とうし》一族のなかにはいるんだが、それだって詩歌管絃《しいかかんげん》を利用し、権門をうかがい閨閥《けいばつ》にもぐり、阿諛《あゆ》、賄賂《わいろ》、――はまだいいとして、出世のためにはこころならぬ恋までもしなければならない。紀ノ友雄などはどうせ田舎へ帰る人間だろうし、こっちは利用価値のない者とつきあっている暇なんかないから、これまで気にとめて見たこともなかったのである。

だが、いま改めて見ると、彼はなかなかきりっとして男らしい。胸に失恋の苦しみを隠しているためかもしれないが、その角ばった相貌《そうぼう》にも、田舎くさいながら思索的なような、奥深いような、――なんといったらいいか――つまり、一種の或る種ののがあるように思えた。私はもういちど自分の空腹なことを認めながら、彼に対してたのもしさと友情を感じないわけにはいかなかった。

「ときに話は違うが」と私は云った、「きみの故郷のうちは金の鉱山を持っているそうじゃないか」

「私は誤解なんかしていません」紀ノ友雄が云った、「あなたのお話を聞くまでもなく、私はあの姫の返書を読みましたし、返書の内容はわかりすぎるほど明白でしたよ」

「だって、――おれが聞いたところだと、きみは失恋したそうじゃないか」

「失恋じゃないと云いましたか」

私は咳《せき》をし、馬の手綱《たづな》をひっぱった。その老いぼれ馬はくたびれたとみえ、さも当てつけるように、どたりどたりと歩いていた。

「肢《あし》をひきずるな」と私は馬に云った、「みろ、埃《ほこり》が立つじゃないか」

それから私は紀ノ友雄を見た。

「話は戻るが」と私は云った、「きみのうちの鉱山は日本第一だそうだが、いまでもよっぽど金が出るのかい」

「私は二年まえから姫を恋していました」と紀ノ友雄は云った、「三条の大臣《おとど》が桂川《かつらがわ》の別邸で歌会を催したとき、招かれていって、初めて、遠くからかいま見て以来、どうしても忘れることができないのです、正直に云いますが、私は悩み、苦しみました、わかりますか」

私は頷《うなず》いた。およそこの世の中で、他人の恋物語を聞かされるほどうんざりするものはない。だが私はうんざりしたような顔はしなかった。黙って、同情するように頷いてみせた。

「私は学校へゆくのもいやになり、勉強にも手がつかなくなりました」と彼は続けた、「こんなことならいっそ当って砕けろ、そうして、だめならだめとはっきりするほうがいい、そう思ったのです」

私はそっぽを向いて欠伸をした。がまんしろ、おい、がまんだぞ、と私は腹の中で自分に云った。こいつは金の鉱山《やま》持ちだからな。

紀ノ友雄は続けた。

「そう思って、また思い返し、いよいよ艶書を書く気になってまた中止するというふうでした」と彼は云った、「正直に云いますが、骨身もほそる、という表現がどんなに正しいかを、私は身をもって経験したと思うんです」

「ときに」と私は云った、「きみは腹はへらないかね」

彼はびっくりしたように、私を見た。私もまた、自分の云ったことに自分でびっくりした。

「あなたは空腹なんですか」

「構わないでくれ」と私は云った、「きみに追いつこうと思って、めしを食わずにとびだして来たんだ、しかし構わないでくれ、きみが空腹でなければそれでいいんだ」

「もう少し待って下さい」と彼は云った、「泊る筈の家がこのさきにありますから」

彼は気を悪くしたようすはなかった。そしてまもなく、われわれはその家に着いた。あとでわかったのだが、それは彼の父が彼のために建てたもので、五十町歩の田畑と山林の付属した邸《やしき》だったのだ。——そのときは知らなかった。単に彼の知人の邸だろうと思い、それにしてはずいぶん鄭重《ていちょう》な扱いをするものだ、ぐらいにしか思わなかったのである。われわれはそこで泊った。

食事のあと、私は廂《ひさし》の間《ま》で酒を馳走《ちそう》になりながら、彼と話をした。恋の話はもうまっぴらだが、どうかして彼を翻意させ、どうかして京へ連れ戻さなければならない。そこで私は信仰の問題をもちだした。私は信仰のあいまいさと、退嬰性《たいえい》と、逃避主義について語り、僧侶《そうりょ》たちの偽善、悪徳、貪欲《どんよく》、淫蕩《いんとう》、そしてその堕落ぶりについて語った。

「よして下さい、そのくらいのことは私だって知っています」と彼は云い返した、「しかし、信教の世界が堕落しているのは、信教そのものとは関係がないでしょう」

「続けたまえ」私は酒を飲んだ。

「そのことに情熱と良心と責任をもたない人間がやれば、この世のあらゆることがらが堕落し腐ってしまいます、たとえばいまの政治をみて下さい」

「政治の話はよそう」

「もっとも多数の人間の幸不幸、この国ぜんたいの興廃をにぎっている政治が、まるでどぶ沼のように腐り、悪魔も顔をそむけるほど堕落しているではありませんか」

「政治の話だけはよそう」と私は云った。

「よしましょう」と彼は云った、「私だって政治なんかくそくらえです」

彼は眼をあげて月を見た。庭に泉池があり、ぐるっと石を配した汀《なぎさ》が、月光をあびてきれいに光っていた。紀ノ友雄は空の月を眺《なが》め、私は池畔《ちはん》の石を巻く光りの帯を眺めた。

「貴方《あなた》は摂津の大峰山のひじりのことを聞きませんでしたか」と彼が云った、「その奇特な修業によって、夜ごと草庵《そうあん》のほとりに奇蹟《きせき》があらわれるということを」

私は首を振り、「いや」と云った。

「私はその噂《うわさ》を聞き、人をやって慥《たし》かめさせたのです」

「その、——奇蹟をかい」

「ひじりの住んでいる草庵のほとりに」と彼は云った、「夜ごと普賢菩薩《ふげんぼさつ》が顕現するんです」

三

私の耳に、笑ってもいいことよ、という声が聞えた。笑わないの。私は笑いそうだった。酔っていなければ危ないところだったと思う。私は酔っていたし、酔っている私はその酔いのこころよさを毀《こわ》さないために、いかなることも受容《うけい》れる習性がついていた。

「その、——」と私は云《い》った、「それを、きみの命じた人間が、自分で見て来たというのかい」

「自分の眼でです」

「ふう、——」と私は云った、「済まないが寝かせてもらえないかね、どうやらすっかり酔ってしまった」そしてまた云った、「その尊い奇蹟の話は、明日ゆっくり聞くとしよう」

私たちは朝はやく出立《しゅったつ》した。

私は友人から借りた馬をその邸に預け、身がるになってついていった。紀ノ友雄はついて来ても徒労だと云った。どうしてついて来るんですか。きみの友達だからさ、と私は云った。あなたは私が変心するとでも思うんですか。ぜひそうあってもらいたいと思うね。あなたは知らないんだ、私がどんなに深く傷ついているか、知らないからそんなふうに思えるんでしょう。おれにだって失恋の経験ぐらいあるさ、その年になれば誰《だれ》だって一度や二度は経験することだ、と私は答えた。

そんな問答をしながらわれわれは歩いた。二人のうしろには、彼の老いたる下部《しもべ》が、荷物を担《かつ》いで歩いていた。

「失恋にもいろいろあります」

「そう思うね」

「私は姫に艶書《えんぞ》を送りました」と紀ノ友雄は云った、「書いては捨て、書いては捨て、殆《ほと》んど十日あまり、殆んど寝食を忘れて、ようやく書きあげて、しかも、神聖をけがすようなおそれを感じながら、死ぬほどの勇気をふるって送り届けたのです」

私は黙って頷いた。

「すると、姫からすぐに返書が来ました」と彼は云った、「すぐにです、まるで飛礫《つぶて》を打って返すように早くです、わかりますか」

「――と思うね」

「それだけならまだいい、それだけならまだいいんです」と彼は云った、「あんまり早い返事なので、不安にかられながら読んでみた、するとどうでしょう、今宵《こよい》これこれの時刻に忍んで来い、あたしはあなたのお心のままだ、と書いてあるんです」

「ばんざいじゃないか」

「なんですって」

「紀ノ友雄ばんざいだというのさ」

彼は恐ろしいような眼《め》で私をにらみ、そして首を振って「ああ」と呻《うめ》き、それから憤然として、また私をにらんだ。

「あなたは私を侮辱するんですか」

「しかし」と私は云った、「おれが思うのに」

「よく聞いて下さい」と彼は云った、「私は二年まえから姫に恋していました、その恋のために骨身もほそるほど悩み、苦しみました、そうしてその苦しさに耐えられなくなって、それでもなおいくたびか迷いながら、精根をかたむけて」

「十余日もかかって」と私は口添えをした。

「そうです」と彼は云った、「そうです、——十余日もかかって艶書を書きました、そのうえ、神聖を犯すような敬虔《けいけん》な気持で、それを姫に送ったんです、わかりますか」

　私は頷いた。

「それにもかかわらず、姫は、まるで木魂《こだま》の返るようにすばやく、返事をよこした」と彼は云った、「そして今夜よなかに忍んで来い、あなたの思うままになろう、——ああ」

　彼の顔が苦悶《くもん》のために歪《ゆが》んだ。私はすっかり狼狽《ろうばい》した。彼は「ああ」と呻き、またしても恐ろしいような眼で私のことをにらみ、そうして怒りの叫びをあげた。

「いったい彼女はなに者です」

「まあきみ」と私は吃《ども》った。

「彼女はなに者ですか、いったい」と紀ノ友雄は叫んだ、しんじつ、怒りと苦悶の脈うつような叫びであった、「二年このかたの私の悩みや苦しみ、眠れない夜々の恋いあこがれ、このまじりけのない私のおもいを、こんなにむぞうさにふみにじるような、そんな権利がいったい彼女にあるんでしょうか」

「つかぬことを訊《き》くようだが」と私は云った、「その、姫の返事のどこが、そんなにきみを怒らせたのかね」

「あなたは私をからかうんですね」

「怒るんなら質問はとり消してもいい、しかしおれは思うんだが」と私は云った、「きみの話を聞いていると、いや、もうよそう、たぶんおれの頭がどうかしているんだろう、この話はもうよすことにしよう」

「わかってもらえればいいんです」

「そういうことにしよう」

「ではこれでお別れですね」

「いや、——」と私は云った、「その、どうせここまで来たついでだからね、おれもその、なにがしとかいうひじりに会ってゆくよ」

「それは本気ですか」

「奇蹟というやつを見たいし、それに検非違使《けびいし》の別当《べっとう》もいったということだからね」

「というと、——資兼卿《すけかねきょう》ですか」

「あの癇癪持《かんしゃくも》ちさ」と私は云った、「彼もそのひじりの徳をしたって、出家するんだといってでかけたそうだよ」

彼は「へえ」と腑《ふ》におちないような音声をもらした。

「さあゆこう」と私は云った、「そうときまったら、いそごうじゃないか」

私たちは歩き続けた。

箕面《みのお》という所で、私たちは午《ひる》の弁当を喰《た》べた。むろん行厨《こうちゅう》をひらいたんだが、酒がないのにはがっかりした。私が酒なしで食事をしたのは、おそらく七年ぶりくらいだろう。まったく「酒なしで飯を食うのは蛙《かえる》と＊国人だけだ」というとおりで、おれはすっかりその赤っ面《つら》の＊国人にでもなったような、うらさびれた心持を味わったものだ。私たちはまた歩き続けた。老いたる下部《しもべ》も歩いた。道は山へと向い、猪名川《いながわ》という川を渡り、そうして池田という、山麓《さんろく》の小部落へはいった。

——おれはこいつを連れ戻《もど》すぞ。

私は途中ずっとそう繰り返した。

——おれの恋と出世のために、誓ってこの石頭を連れ戻してみせるぞ。

池田の部落へ着いたのは、もう午後四時ちかいじぶんであった。その小部落はざわめいていた。男や女や老人や子供たちが、うす汚ない恰好《かっこう》をして、なかにはこぎれいな身装《みなり》の者もいたが、——わけのわからないことを喚《わめ》き交わしながら、あちらへ駆けだしたり、こちらへ戻って来たり、また、反対のほうへ駆けだしたりしていた。

「なにか祭りでもあるらしいな」と私が云った。

「聞いてごらんなさい」と紀ノ友雄は昂奮《こうふん》した口ぶりで云った、「みんながお上人《しょうにん》お上人と云っています、ひじりですよ」

「すると、われわれは着いたわけか」

「ひじりですよ」と彼が云った、「さあゆきましょう」

四

それはまさしくひじりであった。紀ノ友雄のいう大峰山のひ、じ、りその人が、草庵をくだって説法をしに来たのであり、人々はその説法を聞くために集まったのであった。ひじりは説法をしていた。

そこは森に囲まれた平凡な草原で、ひじりは一段高い、あとで見たら巨《おお》きな樹《き》の切株であったが、その上に立ち、群衆がそれをとり巻いていた。群衆の数はどのくらいだったか、とにかくかなりな数であり、老幼男女さまざま、それも殆んど貧民たちであり、女のほうが多かった。

聴衆の頭越しに、ひじりの胸から上が見えた。ひじりは金襴《きんらん》の袈裟《けさ》をかけていた。昂奮しているとみえ、骨ばった四角な顔は赤黒く怒張し、額から頬《ほお》へかけて、汗が条《すじ》をなして流れていた。ひじりは眼をかっとみひらいたり、それをすぼめたり、また張り裂けるほど大きくみひらいて、拳骨《げんこつ》で空《くう》を打ったりしながら、声を限りに説法していた。

「いいか、よく聞くんだ」とひじりは喚くのであった、「この、——」とひじりは太い指で自分の鼻をゆびさした、「この尊いひじりの云うことをよく聞くんだぞ、一語を聞きもらしても、きさまら賤民《せんみん》は救われないぞ、耳の穴をかっぽじくってよく聞くんだぞ、いいか」

そしてひじりは説法を続けた。

私は仏教のことはよく知らない。またこれまで説法なども聞いたことはないが、その大峰山のひじりの説法には興味がもてた。それは加茂河原で興行する傀儡師《くぐつし》の口上に似て、それよりもはるかに辛辣《しんらつ》であり、猥雑《わいざつ》で露骨で、面白《おもしろ》かった。私の聞いた限りでは、仏教について無知だから明言はできないが、ひじりは信教に関することはなにもいわなかった。声を限りに怒号し、喚き叫ぶ言葉は、自分の徳を褒《ほ》めたたえる以外、すべて悪罵《あくば》であり雑言《ぞうごん》であり、しばしば呪詛《じゆそ》でさえあった。

「この下賤な蛆虫《うじむし》ども、この蒙昧《もうまい》で恥知らずの穀《ごく》つぶしめら」とひじりは喚いた、「この」とひじりはまた自分を指さした、「この高徳な、仏法のためなら死もいとわぬ、このひじりが、三十年のあいだ精進潔斎《しようじんけつさい》、米を食わず魚鳥を食わず、木の根草の葉を喰べながら、専念、法華経《ほけきよう》を転写すること三千巻、ここに初めて普賢菩薩顕現という未曾有《みぞう》の奇蹟があらわれたのだ、わかるかこの白癩《びやくらい》ども、毛物にも劣った能なしの乞《こ》食《じき》ども、おれの云うことがわかるのか」

ひじりは両の拳骨で空を殴った。すると、群衆のあいだに感動のそよぎが起こり、祈りと念仏唱名の声が起こった。

「日本国は救われた、きさまらやくざな孤児どもも救われた」とひじりは絶叫した、「どこの国にこんな奇蹟があったか、どこの国に、普賢菩薩を顕現させるほど高徳な僧がいたか、いってみろ、ぬかしてみろ、これほどの奇蹟をあらわすくらい尊く、慈悲円満なひじりがいたことがあるか、いたためしがあるか、知っているやつがあったら云ってみろ、云えないか、云えないだろう、きさま云えるか」とひじりは聴衆の一人を指さし、次を指さした、すると、そのたびごとに念仏の声が高まった、「この育ちそこないの阿呆《あほう》どもめ、きさまたちはめくらでつんぼでおしだ、見ても見えず聞いても聞えず、しかも饒舌《しゃべ》ることさえできない、この、ろくでなしの——やい小僧」とひじりは脇《わき》へ向いてどなった、「そこでなにをぼんやりしているんだ、早く喜捨《きしゃ》を取って廻《まわ》れ、その頭陀袋《ずだぶくろ》を持って廻るんだ、このろくでなしの貧民どもはうっかりするとおれの説法を只《ただ》で聞きくさる、油断も隙《すき》もならぬやつらだ、いいからふんだくって来い、もしも喜捨をしないやつがいたら腕でも足でもぶっ挫《くじ》いてやれ、早くしろ」

群衆のあいだを、一人の若い僧が、すばらしく大きな頭陀袋を持って廻りだした。群衆たちは待っていたように、それぞれなにかかにか、銭一枚にせよ、一握の米麦にしろ、うやうやしく喜捨についた。ひじりは説法を続けていた。

「なるほど」と私は紀ノ友雄を見た、「うわさどおり高徳なひじりらしいな」

「牛飼いでなくとも牛の悪口は云えますよ」

「おれは褒《ほ》めてるんだぜ」と私は云った、「ちかごろこんなすばらしい説法を聞いたことはない、古今無類だ、むしろ絶品だ、もっと前へいって聞かないかね」

「ここで結構です」と彼は云った、「どうか構わないで下さい」

　ひじりは続けていた。

　その舌鋒《ぜっぽう》はますますするどく、苛烈《かれつ》で、容赦のないものになった。ひじりは自分の徳をたたえ、功績をたたえ、そして群衆を罵倒《ばとう》し、群衆の現在と未来とに呪《のろ》いを投げつけた。おれが五十年間の精進潔斎で、六千巻の写経をやりとげなかったら、日本国はもちろん、きさまら全部が仏界からみはなされ、そのまま地獄へおちたであろう、とひじりは証言した。幸いにおれという稀代《きたい》の名僧智識《ちしき》がおり、七十年の精進潔斎と、九千巻の法華経転写をしたおかげで、仏菩薩《ぶつぼさつ》が顕現し、日本国もろともうぬめらも救われたのである、とひじりは説き返した。

「うぬめらにはわかるまい、うぬめらのような馬鹿面《ばかづら》をした劣等なやつらには」ひじりは振返った、若い僧が喜捨を集め終って、ひじりの側《そば》へ戻ったのである、「それをよこせ、その頭陀袋を」ひじりはそれを奪い取り、袋の中を覗《のぞ》き、さらに片手を入れて袋の中を掻《か》きさぐった、「これっきりか」とひじりは怒号した、「これでみんなか、これがきさまたちのみほとけに対する報謝か」

「今年は作《さく》が悪かったし、「作はひどかっただし、はやり病が出てみんな食うや食わずでいるですだよ」「堪忍《かんにん》して下せえよ」と群衆の中から老人の声が聞えた、いやなはやり病《やめえ》が出てみんなへえ苦しいですだ」「ほんとに苦しいですだ」とべつの声が云った、「よし、みてけつかれ」ひじりは喚きたてた、「来年はきさまたちの田から一粒の米もとれぬようにしてくれる、もっとひどい悪病を村じゅうにはやらしてくれるぞ、この強欲な、嘘《うそ》つきども、うぬめらには」

そのとき、一羽の大きな白鳥が、ひじりの頭の上へ落ちて来た。ひじりはひいと叫んだ。私は「お」と云った。ひじりの徳でまた奇蹟《きせき》が起こったのかと思ったのである。しかしそれは矢に射られたのであった。それは、ひじりがその大きな白鳥を右手にひっさげ、群衆を左右へはねとばしながら、前へ出て来たときにわかった。ひじりのひっさげたその大きな白鳥は、胸のところに矢が刺さっており、美しい雪白の胸毛が赤く染まっていた。

「なに者だ、どやつめだ」ひじりは喉《のど》も裂けよとどなった、「さあ出て来い、この尊い説法の壇を、殺生《せっしょう》の血で汚《けが》したやつはどいつだ、もう勘弁がならぬ、出て来て、――」

ひじりは黙った。黙ったとたんに、ひじりは眼を剝《む》いて一方をにらんだ。山へ登る坂道のほうから、一人の若い猟師が近づいて来た。

五

群衆は沈黙し、うしろへさがった。

若い猟師は立停《たちどま》った。そこにいる群衆が急に沈黙し、すべての眼《め》が、自分に集注しているのに気づいたからである。若い猟師はかもしかの皮の胴服《どうぶく》を着、毛だらけの太《ふと》腿《もも》と脛《すね》をまる出しに、手作りらしい草鞋《わらじ》をはいていた。彼はしりごみをした。彼は持っている弓をてれくさそうに肩へ担《かつ》いだり、片方の手で胡籙《やなぐい》の矢や、腰に括《くく》った網(中には山鳥が二、三羽はいっていた)に触ってみたりした。私は彼が気の好い若者だなと思い、ひじりがどうするか、これはみものだぞと思った。

ひじりは猟師をにらんでいた。その若い猟師を刺し貫くかのようににらみつけていたが、やがて、持っていた白鳥を、おもむろに地面の上へ放《ほう》りだした。若い猟師は「あ」という眼をし、やっと安堵《あんど》したというふうに、おじぎをしながら白鳥のほうへ近づいた。そして、まさにそれを拾おうと、片手を伸ばしたとき、ひじりが裂帛《れっぱく》の叫びをあげた。

「きさまか」とひじりは叫んだ。

若い猟師は仰天し、三間あまりうしろへとびのいて、すばやく自分の手足を撫《な》でまわした。彼はどこかを嚙《か》みつかれたと思ったようであった。

「きさまか」とひじりは叫んだ、「この尊厳なる説法の壇を殺生の血で汚したのはうぬれか」

「へえ」と猟師は云《い》った、「なんと云わっしゃったですかね」

「このくそだわけめ」とひじりは叫んだ、「この荘厳《しょうごん》な場所を殺生で冒瀆《ぼうとく》したのはうぬれかというのだ」

「その」と猟師は云った、「おらあその、ただそこにある、その」と彼は白鳥を指さした、「そのくいを取りに来ただけですだよ」

「なんとぬかす」

「ただそれだけのこったですだ」

「なにをほざくか、この屁《へ》こき猿《ざる》め」とひじりは喚いた、「きさまはここでどんなにおごそかな、どんなに有難《ありがた》い説法がおこなわれていたか知らんのか、このおれが衆生《しゆじよう》済度《さいど》のために、九十年ものあいだ精進潔斎《しようじんけつさい》し、一万巻の写経をしとげたればこそ」

「その」と猟師が云った、「お話ちゅうで済まねえだが、おらあそのくいを」

「黙れ」とひじりは絶叫した、「黙れ黙れ黙れ、このおれが世にも尊い説法をしているのがわからないのか、このくそだわけの屁こき猿め」

「屁こき猿だって、おらがかね」

「きさまなんぞは、のら犬の胎仔《はらご》だ、地獄の申し子の、かったいぼうの、鼻くされの、ど阿呆《あほう》だ」
「おらのこと屁こき猿だってかい」
「罪もない鳥獣を殺して、このおれの尊い説法壇を汚《けが》すようなやつは」とひじりは云った、「そんなくそだわけは、ふん縛って火炙《ひあぶ》りにしてくれるがいいんだ」
「云うな、くそ坊主《ぼうず》」と猟師がどなった、「おめえの説法がしょうべえなら、おらが猟をするのもしょうばいだぞ」
「おれの説法がしょうばいだと」
「しかも嘘っぱちばかりならべやがって、貧乏人のふところべえ搾《しぼ》るだ、世の中でなによりたちの悪いしょうべえだぞ、このいかさま坊主め」
「云ったな、この、云ったな」
「云うだとも」と猟師はどなった、「おめえはお経文なんぞ写しゃしねえ、いつも庄《しょう》司《じ》さまの後家んところへ夜這《よば》いばっかりしてるだ、おら知ってるだぞ、このいかさま坊主のぺてん師の夜這いじじいめ」
「えい畜生、阿呆の犬の胎仔の、えいくそ」とひじりは群衆のほうへ振返った、「きさまたちはまたなんだって馬鹿のように突っ立ってるんだ、あの屁こき猿のけだものを捉《つか》まえろ、あのくそだわけをふん縛れ、えい、えい、えい」

ひじりは自分の頭をかきむしり、地だんだを踏み、拳骨をふりまわしながら喚きたてた。

そのとき堀川の資兼《すけかね》があらわれた。風折り烏帽子《えぼし》に狩衣《かりぎぬ》という軽装で、腰に太刀《たち》を佩《は》いていた。美食と酒のために軀《からだ》は肥満し、はちきれそうな顔の、大きな鼻は赤く、検非違使《けびいし》の別当《べっとう》である証明のような口髭《くちひげ》も、両端が垂れているので威厳は少しもない。彼は三人の家来といっしょに群衆の中からあらわれ、群衆に向って号令した、「その下郎《げろう》を捉まえろ、そいつを捉まえて縛りあげろ」こう云って指揮をした。群衆は猟師を追いまわした。猟師は逃げばを失い、草原の中を右往左往した。とびかかる者を突きとばしたり、投げたり、それから転んでとび起きて、二、三人を殴ったりした。しかし、多勢に一人ではどうしようもない、彼はたちまち組伏せられ、縄《なわ》で縛られ、一本の葉の落ちてしまった桜の樹の根方《ねかた》へつながれてしまった。

「こいつら、よくもおれを縛りやがったな」と若い猟師は叫んだ、「こんないかさま坊主に味方をして、この六郎次をよくもひどい目にあわせやがったな、覚えていろ」

「黙れ下郎」と堀川の資兼が云った、「わしは堀川の従三位《じゅさんみ》資兼といって、京からまいった使庁の長官だ、そのくらいで黙らぬとそのそっ首をぶち切ってくれるぞ」

「ぶち切ってやれ」とひじりが喘《あえ》ぎながら云った、「そんなけだものにも劣ったやつは生かしておくだけ国のついえじゃ、ぶち切ってやんなされ」

そのとき叫び声が起こった。

「お上人《しょうにん》さま刻限です」

「なんだと」ひじりは振返った。

「刻限が近うございます」とさっき喜捨を集めた僧が叫んだ、「早くお帰りなさらないと、顕現の刻《とき》におくれてしまいます」

「おう」とひじりは咆《ほ》えた、「おう、これはどうだ」とひじりは四方を眺《なが》めまわし、狼狽《ろうばい》のあまりうろうろした、「これはどうだ、もう暗くなっている、日が暮れかかってるじゃないか、山へ帰ろう、すぐさま帰ろう、小僧、馬を捜して来い」

「わしの馬がある」と堀川の資兼が家来に云った、「わしの馬を曳《ひ》いてまいれ」

馬はすぐに曳いて来られた。ひじりは資兼に助けられてその馬に乗り、資兼が馬のくちを取った。

「やい」と猟師が喚いた、「おれをどうするのだ」

馬の上でひじりが振返った。

「山犬にでも食われてしまえ」とひじりは馬上からどなった、「この皮癬掻《ひぜんかき》の、眼くさりの、骨絡《ほねがら》み野郎め」

それから姿勢を正し、おごそかに片手をあげて「さあみんな、お山へ」と云った。

わしの草庵《そうあん》へ、と威儀を正して云い、そして、山のほうへと坂道を登っていった。

私は笑いだした。群衆は唱名念仏しながら、馬のあとについて敬虔《けいけん》に、山へと登っていった。私は笑いやみ、また笑いだした。あたりは黄昏《たそがれ》になり、森の中はすっかり暗くなっていた。

「さあいこう」と私は笑いながら云った、「早くいって奇蹟をみよう」

だがそのときうしろで声がした。

「その旦那《だんな》さまがた、お願いでございますだ」

六

私は振返った。紀ノ友雄も振返った。そして、桜の樹につながれている、あの若い猟師をみつけた。

「お願いですだ」と猟師は云った、「えらい済まねえことだが、どうかこの縄を解いて下せえましよ」

むろん私は解いてやった。猟師は泥《どろ》だらけで、額がすり剝け、唇《くちびる》が切れ、片方の眼のまわりが、紫色に腫《は》れて、ぜんたいに相貌《そうぼう》が変っていた。私は刀を抜いて縄を切ってやり、どうだと訊《き》いた。

「へえ」と猟師は云った、「おかげさまで大丈夫ですだ、少しくらわされただが、大丈夫でございますだよ」

「ひどいめにあったな」

「あのぺてん師め」と猟師は云った、「旦那さまがたは見てござったですかい」

「見ていたよ」と私が云った、「おまえいさましかったが、和尚《おしよう》もまたずいぶんいさましかったじゃないか」

「あいつはいかさま坊主ですだ」

「しかしなんとか菩薩を現わすんだろう」

「おらそうじゃねえと思うだ」と猟師は云った、「おらはあの坊主が化かされてるだと思うですだよ」

「化かされてるって」

「この山には」と猟師は云った、「大納言善男《だいなごんよしお》さまの怨霊《おんりよう》の憑《つ》いた狐《きつね》がいますだ」

「大納言善男って、応天門を焼いた男か」

「どうですかね」と猟師は云った、「そんなことは知らねえだが、狐はえらくわるさをするやつで、あのいかさま坊主はそいつに化かされてるだと思うんでさ」

私は紀ノ友雄にめまぜをした。

「それなら」と私は猟師に云った、「化かされているかどうか、ためしてみたらいいじゃないか」

「ためさねえでか」

「狐ならおまえの領分だろう」

「ためさねえでか」と猟師は云った、「いままでは縁がなかったで黙っていただが、屁こき猿なんて云われたり、こんなめにあわされてはがまんがなんねえ、おらやってやるだ、おらためしてやるですだよ」

「ゆきましょう」と紀ノ友雄が云った。

「いこう」と私は頷《うなず》いた、「おまえ六郎次とかいったな」と私は猟師に云った、「おれたちは先にいっているが、おまえ今夜ためしに来るか」

「いきますだとも、いかずにいられるわけがねえですだ」

「待っているぞ」と私が云った。

「ゆきましょう」と紀ノ友雄が云った、「道が暗くなってしまいます」

私たちは山へ向った。紀ノ友雄の老いたる下部《しもべ》も、私たちのあとから登って来た。

「お願いしておきますが」紀ノ友雄が云った、「どうかここはなにも云わないで下さい」

「おれがかい」

「あなたが云おうとしていることはわかってます」と彼は云った、「しかしそれは同じことです、云っても云わなくても同じことですから、お願いします」

「そうしよう」と私は云った、「いいとも、おれはなんにも云わないよ」

「お願いします」と彼は云った。

山はさして高くはなかった。曲りくねった坂を七段ばかり登ると、山の肩のところへ出た。その先は谷で、谷を越した向うに、もっと高い山が迫っていた。坂道は暗かったが、そこまで登ると展望がひらけて、残照の空が松林にはいり、二度ばかり登りおりすると、草庵の前へ出た。

それが草庵だことは、ずっと手前から、群衆のざわめきでわかった。その信心ぶかい群衆は、草庵の前にいた。かれらは立ったり、踞《かが》んだり、また毟《むし》って来た草を敷いて、腰をおろしたりして、そしてがやがやと話しあっていた。どこかで赤児《あかご》の泣く声がし、母親のなだめる声も聞えた。私は「お」と云った。草庵の中で、堀川の資兼が落飾《らくしょく》していたのである。残照の光りのはいる草庵の中で、ひじりが剃刀《かみそり》を取って、口の中で戒偈《かいげ》を誦《ず》しながら、資兼の髪毛を剃《そ》っている。検非違使の別当である彼は、神妙に坐《すわ》り、いとも神妙に眼をつむって、そうして、神妙に髪毛を剃られているのであった。私は紀ノ友雄を見た。

「わかってます」と紀ノ友雄は云った、「しかしどうか黙ってて下さい、お願いします」

「そうしよう」と私は云った。

私は楽しさのあまりぞくぞくした。

――なんという幸運だ。

なんというおれは幸運児だ、ちくしょう、と私は頭の中で思った。むろん黙っているさ、なにを云うものか、これだけ揃《そろ》った条件を前にして、つまらないことを云うほどおれは田舎者じゃあない、と私は胸の中で思った。だがそれにしてもあの資兼の先生。いや、見ていよう、もう少し拝見するとしよう、と私はまた頭のなかで思った。

結縁《けちえん》の偈《げ》で、落飾の略式は終った。青々と僧形《そうぎょう》になった資兼は、ひじりに一礼して立ち、濡縁《ぬれえん》へ出て来て、さも満足そうに群衆を眺めまわした。

「いち言、申し聞かせる」と資兼は云った、「わしはこのとおり出家した、わしは、きさまたちも知っているように堀川の三位資兼、検非違使の別当であった」

「さっきは従三位」と私は紀ノ友雄に囁《ささや》いた、「いまは三位になったぜ」

紀ノ友雄は黙っていた。資兼は演説を続けた。私は紀ノ友雄に囁いた。

「ひじりも精進潔斎の年数や、写経の巻数をせりあげた」と私は囁いた、「この師弟は似あってる、資兼はもうすぐ正《しょう》一位になるぜ」

紀ノ友雄は黙っていた。

「いま申したとおり」と資兼は続けていた、「わしはみほとけに仕えるために、朝廷から特に任命された検非の庁の長官をなげうった、この精神はきさまたちにはわからない、おそらく、きさまたち下根《げこん》の者どもは、惜しいことをする、ばかなことをする人だと思うだろう、が、ばか者はきさまたちで、わしではない、わしが検非の長官という栄職をなげうったのは」

そのとき「話はあとにしろ」という声が群衆の中から起こった。

「なんだ、誰《だれ》だ」と資兼が云った。

群衆は黙っていた。

「静かに聞け」と資兼は云った、「前検非違使《さきのけびいし》の別当が話しているんだ、きさまたちはこんなときでもなければ、わしのような高位高官の貴人を見ることもできず、ましてその講話など聞けるものではない、きさまたちは」

そのときまた、「話はたくさんだ」という声が群衆の中から聞えた。

「なんだと」資兼が云った、「いまなんと云った」

「話はあとだってだ」と群衆の中からべつの声が答えた、「話はたくさんだってそ云ったですだよ」

するとと群衆がざわざわし始めた。

七

「おのれ」と資兼は叫んだ、「なにをぬかす、この堀川の資兼が講話をしているのに」

「ほとけさまを見せてくれ」と群衆の一人がどなった、「話はあとで聞くだよ」

「そうだ、ほとけが先だ」と他の者たちが叫びだした、「話はもうたくさんだ、ほとけを見せてくれ、ほとけを先に見せろ、話はあとだ」

「ようし、云ったな、云ったな」と資兼は濡縁でおどりあがった、「このおれに向ってよくもきさまたちは、ようし、このおれを怒らせたらどういうことになるか見せてやる、たったいま見せてやるぞ、——鯖助《さばすけ》、太刀をもて」

家来の一人が太刀を持って出て来た。資兼はそれを抜いた。抜いた太刀をひらめかし、濡縁を踏み鳴らし、そして片手で群衆のあちこちを指さしながら、堀川の資兼は叫びたてた。

「さあ云《い》え、きさまか」と彼は云った、「云ってみろ、そっ首をぶち切られたいやつはぬかせ、ぬかしてみろ、きさまか、いまほざいたやつはどこだ、ほざけ、そこにいるそいつか、ええい、云え云え、もういちどぬかせ、おれがそいつを」

ひじりが出て来た。

「お控えなされ」とひじりが云った、「こなたは仏弟子になられたのだ、そのような狼藉《ろうぜき》は似あいませんぞ」

「だといってこの強盗《がんどう》どもは」

「わしはこなたの導師じゃ」ひじりは片手をあげた、「こなたがわしの弟子になったからは、わしの云うことに従わねばならぬ」

「だといってこの」

「お上人さま、月の出です」とあの若い僧がかなきり声をあげた、「ごらん下さい、向う山の峰が明るくなってまいりました、お上人さま刻限でございます」

「おう」とひじりは咆《ほ》えた、「おう、月の出じゃ、顕現の刻《とき》じゃ」

まさしく、谷を隔てた向う山の肩のあたりが、ぼうと薄黄色に明るんでいた。

「みな庭へ」とひじりは叫んだ、「仏菩薩《ぶつぼさつ》が顕現されるんじゃ、みな庭へ、庭へ」

そして自ら庭へとびおりた。

資兼もその家来たちもひじりにならった。ひじりが土の上にひざまずくと、かれらもまたひざまずいた。群衆もいずまいを正し、期待のために緊張した顔を、一斉《いっせい》にひじりの向いている方角へ向けた、私も胸のどきどきするのを感じ、紀ノ友雄を見ると、彼もまた唇をかたくひき緊《し》め、じっと息をひそめていた。ひじりはその「刻限」を知っていたのである。そして、ひじりが経文を唱え始めるとまもなく、そこに奇蹟《きせき》が起こった。庭のかなた、ひとむら藪《やぶ》の茂っている暗がりに、おどろおどろとなにかが現われた。それは光りの暈《かさ》のようでもあり、霧の塊のようでもあった。そしてそれは明らかに、なにかの仏像のような形影を示していた。紛れもなく、奇蹟が起こったのだ。

「おお、おお」と群衆の中で悲鳴をあげる者があった、「ほとけさまだ、みほとけだ」

ひじりは声高く経文を誦《ず》した。

群衆はふるえあがった。かれらは恐怖におそわれた。恐怖のあまり死ぬかと思ったようで、悲鳴をあげながら地面に身を投げだす者や、両手で顔を隠す者、お互いに救いを求めるように抱きあう者などもあった。そして、中の一人が「ひい」といい、地面にひれ伏しながら喚《わめ》きだした。

「赦《ゆる》して下せえ」とその男は云った、「勘弁して下せえ、おら嘘《うそ》をついたですだ」

「黙れ」とひじりが制止した、「黙れ」

「おら嘘ついたですだ」とその男は泣声をあげた、「今年は作《さく》も悪くねかった、はやり病《やめえ》もねかった、今年はおかげでいい年だったですだ、それをおら嘘つきました」

「黙れ、この、黙れ」

「おら知らねえで嘘ついたですだ、ほ、ほとけさま、このとおりですだ、どうか勘弁しておくんなせえ」

「そいつを黙らせろ」とひじりが云った。

男のまわりの者が彼を黙らせた。

「静かにしろ」とひじりが云った、「ざ、ざんげがあったらあとで云え、いまは菩薩尊に供養をするときだ、小僧」とひじりは振向いた、「お斎《とき》をこれへ」

若い僧は大きな（なにやら食物を盛った）金椀《かなまり》を取って、ひじりに渡した。ひじりは経文を誦しながら、膝《ひざ》でいざってゆき、それを仏前に供えると、すぐに元の所へ戻《もど》って合掌念仏した。

そのときである。私は私のすぐうしろで、とつぜん人の大喝《だいかつ》するのを聞いた。

「やい、うぬはなんだ」

私は吃驚《びっくり》して振返った。そこに若い猟師が立っていた。私は「あ」と口をあいた。私はそれまで彼のことを忘れていたのである。そうして彼がそこに来、弓に矢をつがえて、仁王《におう》立《だ》ちになっているのを見たとき、私はまた嬉《うれ》しさのあまりぞくぞくした。

「そこに化けて出たのはなんだ」と猟師は叫んだ、「消えてなくなれ」

ひじりは仰天した。資兼も群衆も胆《きも》をつぶしたが、ひじりは仰天し、とびあがった。

「こら」とひじりは叫んだ、「このたわけ者、なにをするか、この、――これ資兼どの、あいつを早く始末して下され」

「動くな」と猟師は云い、矢をつがえた弓を、そっちへ向けた、「びくっとでも動くと、この矢が飛んでいくぞ、じっとしてろ」

資兼はじっとしていた。

「やい、消えないか」と猟師は奇蹟に向ってどなった、「きさまが仏さまでないことはこのおれの眼《め》に見えることではっきりしてる、きさまが本物のほとけなら、おれのように不信心で、殺生《せっしょう》ばかりしている人間に見えるわけはねえぞ」と猟師は云った、「きさまがこの山に棲《す》む毛物《けもの》なら、このおれを知っているはずだ、この六郎次さまの弓がどんなに恐ろしいか知っているはずだ、いいか、——おれがこれから三つ数をよむ、そのあいだに消えてなくなれ、わかったか」

「もし、もし、猟師どの」とひじりが云った。

「数は三つだぞ」と猟師が云った、「三つかぞえて消えなければ、この矢できさまの胸を射抜《うちぬ》いてくれるぞ」

「もしあなた」ひじりは媚《こ》びた声で云った、「どうかあなた、どうかお願いですから」

「一つ」と猟師が云った。

「猟師どの、心やさしいお方」とひじりが云った。

「二つ」と猟師が云った。

「わしは土下座をする」とひじりは云った、「このとおり土下座をして頼む、どうかその矢を」

「三つ」と猟師は云った。

弓弦《ゆみづる》が鳴り、風を切る矢羽根のするどい音がし、そして山ぜんたいが鳴動するような、すさまじい響音が起こると共に、普賢《ふげん》(なのだろう)菩薩が消え、あたりがまっくら闇《やみ》になった。

八

あたりは暗闇になり、すべての物音が死んだ。それはごく短い時間、ほぼ三十拍子くらいのことであったが、私のかつて経験したことのない闇であり、沈黙であった。私はどうしていたか、どんな恰好《かっこう》で立ち、どんな顔つきでなにを考えていたか、いまではまったく覚えていない。だが、その闇黒《あんこく》と沈黙とはながく続かなかった、谷を隔てた向う山の峰から、ねむたげな月が静かにのぼった。ねむたげな、怠けたようなのぼりかたであった。

月のやわらかな光りが、しだいにあたりを照らしだしたとき、そこにひれ伏している人たちの姿が見えた。みんながひれ伏していた。誰も彼もが、殆《ほと》んど地面に貼《は》りついて、そして、いまにも頭上へ下されるであろう劫罰《ごうばつ》をおもい、その恐ろしさのために震えおののいていた。

するとわらい声が聞えた。

われわれが登って来た道のほうから、すばらしく高く、いかにも可笑《おか》しくてたまらなそうに。その笑い声はだんだんとこっちへ近づいて来た。私は振返った。そこには紀ノ友雄だけで、若い猟師はいなかった。笑い声はもっと近づいた。ひじりが頭をあげ、資兼が頭をあげた。みんな笑い声に気づいたのである。群衆もつぎつぎに顔をあげ、ひれ伏していた軀《からだ》を起こした。笑い声はさらに近づき、その当人が姿をあらわした。それは若い猟師の六郎次であった。彼はなにか引きずりながら、そしてなお笑い続けながら、庭の中へとはいって来た。

「さあ見ろ、これを見ろ」と彼は手を振った、「これが普賢菩薩の正体だ」

引きずって来た物へと彼は手を振った。それは一匹の大きな白狐《しろぎつね》であり胴中を矢に射抜かれていた。

「やや、狐だ」と群衆がどよめいた、「これは狐だ、なんとまあ、狐だぞこれは」

「大納言狐《だいなごん》だ、こいつが化けたんだ」と猟師は笑った、「あの坊主《ぼうず》は九十年も精進潔斎をし、一万巻のお経を写したそうだ、その功徳《くどく》で狐に化かされた、ひい」と彼は笑った、「ひいひい、助けてくれ、あの坊主めは化かされて、精進潔斎をして経文を写して、ひい、そのおかげで、狐に、ひい、苦しい、おらの腹の皮が縄《なわ》のようによじれるだ、助けてくれ」

群衆はあっけにとられた。

私は堀川の資兼を見た。堀川の資兼は自分の頭を押え、それがきれいに剃《そ》られて、もはや取返しのつかぬかたちになっていることを知った。彼は「しまった」という顔をした。彼は自分の置かれた状態を知り、その取返しのつかなさを認めたようであった。だが、ゆらい役人というものは、保身の術にたけているものだ。どんな窮地に追いこまれても、責任を他に転嫁《てんか》して、自分の位置の安全を守ることだけは巧みにやってのける。堀川の資兼は役人であった。そして役人なみの、あるいはなみ以上の知恵ももっていた。

「しずまれ」と資兼は叫んだ、「しずまれ」

資兼はとびあがり、とびだして来て、笑いこけている猟師を捉《つか》まえた。

「鯖助《さばすけ》」と彼はどなった、「縄を持って来い、こいつを縛って、猿轡《さるぐつわ》を噛《か》ませろ」

二人の家来がとびだして来た。猟師は暴れた。しかし猟師は笑い疲れていた。猟師は捻《ね》じ伏せられ、またしても縄をかけられ、そのうえ猿轡を噛まされた。

ひじりは茫然《ぼうぜん》とそれを見ていた。

「みんな聞け」と資兼は群衆に向って云った、「みんな気をしずめてよく聞け、きさまたちは無学で無知で蒙昧《もうまい》だから、いまここでなにが起こったか理解ができない、いまここでどんな秘蹟《ひせき》が起こったかきさまたち賤民《せんみん》にはわからない、おれが解き明かしてやるからよく聞け」

ひじりは眼を剝《む》いた、このうえなにをばらすんだ、とでもいいたげに、かっと眼を剝いた。

「きさまたちの見るとおり」と資兼は続けた、「この猟師めは菩薩に向って弓を射た、きさまたちはそれを見た、矢はまっすぐに尊像へ向って飛んだ、あなかしこ、あなかしこ」彼は合掌した、「あなかしこ」と彼は云った、「あの矢がもしまっすぐに飛んで、そのまま尊像に当ったとしたらどうなる、どうなると思う」と彼はみんなをぐるっとねめまわした、「云うまでもない、この日本国は仏界からみはなされ、われわれすべての者は堕地獄の罰をうけたであろう、——あなかしこ」彼は云った、「だが安心するがよい、あの矢は尊像には当らなかった、この山に年古く棲む狐が、大納言狐が、尊像のお身代りになって矢を受けたからだ」

ひじりはおどりあがった。思わずおどりあがって「うまいぞ別当」と口ばしった。群衆は殴りつけられでもしたように、眼をみひらき息をのんだ。かれらにはひじりの失言は聞えなかった、資兼によって解き明かされた秘蹟、世にありとも思えない奇瑞《きずい》のために恍惚《こうこつ》となっていた。恍惚となったかれらのあいだに「お身代りだと」「狐がお身代りになっただと」と囁《ささや》き交わす声が聞えた。

「われわれは救われた、日本国は救われた」と資兼は続けた、「菩薩尊はもう顕現したまわぬであろう、なぜなら、この国には毛物ですら命を惜しまぬほど、みほとけに対して深い尊信をもっていることを認めたからだ、菩薩尊はそのあかしを認められ、こころよく天竺《てんじく》へ帰られたのだ」

「如是畜生発菩提心《によぜちくしようほつぼだいしん》」とひじりが叫んだ、ひじりは昂奮《こうふん》して叫んだ、「わかったか、いまわしの弟子の申したことがわかったか、これはとつぜん起こったことじゃない、因縁《いんねん》だ、わしには初めからわかっていた、こういう結果になるということは因縁であって、如是畜生発菩提心とあるのはこのことをさすんじゃ、きさまたちは」とひじりが叫んだ、「よく聞けこのたわけ者ども、きさまたちは」

堀川の資兼は汗を拭《ふ》いていた。

「うう、狐だ」と猟師が猿轡の間からどなった、「うう、狐に化かされただ」

だがその声を聞く者はなかった。

私は紀ノ友雄の肩へ触った。紀ノ友雄は振向いて、がっかりしたように頷《うなず》いた。私たちはそこをあゆみ去った。

「どうも」と私は歩きながら云った、「なんともこれは、気の毒なことになったものだ」

「笑ったらどうです」と紀ノ友雄は云った、「構わないからいくらでも笑って下さい」

「まじめな話だ」と私は云った、「こうなった以上、きみはむろん京へ帰るだろうね」

「京なんかくそくらえだ」

「なんだって」

「私は故郷へ帰ります」と彼は云った、「こっちはなにもかも腐ってる、どぶ泥《どろ》のように腐って悪臭を放ってる、もうたくさんです」

「まあきみ、まあきみ」

「もうたくさんだ」と彼は云った、「私は故郷へ帰って、蝦夷《えぞ》飼いの裸馬できれいな風の中を駆けまわり、化粧も媚《こび》も知らない野育ちの娘たちと恋をします、わが故郷ばんざい」と彼は喚《わめ》いた、「私は眼がさめた、私はいま解放され、私は自由だ、この自由ばんざい」

これで恋の話は終りなんだ。

紀ノ友雄は奥《むつ》の国へ帰り、私は大望を失った。なにがし左少将の姫は、私をあしざまに罵《ののし》ったあげく、三条家の姫にとりつぐ約束の、私の艶書《えんぞ》を破棄してしまった。もちろん私はまだ若い、三条家への手掛りを失い、金の鉱山《やま》持ちの友を失っても、まだ三十七歳という年だから、どんな幸運にめぐりあえないものでもない。——堀川の資兼はあのひじりと組んで、すばらしく儲《もう》けているそうだし、左少将の姫はいま院の命《みょう》婦《ぶ》を勤めながら、相変らず諸方へ恋歌を送っているという。これで紀ノ友雄の恋物語は終りなんだ。

(「週刊朝日」増刊号、昭和二十九年十月)

水たたき

一

辰造《たつぞう》が角田与十郎を知ったのは、与十郎の子の孝之助《こうのすけ》からであった。

それは豆撒《まめま》きのあった翌日のことで、辰造は帳場で勘定書をしらべていた。すると板場《いたば》のほうから、煮方《にかた》の安吉と女中のおきみの笑い声にまじって、小さな子の舌っ足らずな言葉が聞えて来た。

その子は自分のことを「こうたん」といっていた。孝さんというのであろう、おきみが「孝さんて云《い》えないの」と訊《き》くと、子供はちょっと口ごもってから「云わらない」と答えた。そして話を続けて、いま赤鬼や青鬼が自分のことを覘《ねら》っているのだと云った。あら怖いのね、とおきみが云った。どうして鬼が孝さんを覘っているの。それはね、こうたんがね、豆や飴玉《あめだま》やお煎餅《せんべい》をたくさん喰《た》べたでしょ、そいでおなかがこんなにいっぱいでしょ、だから鬼はおなかがすいてるから、こうたんのこと覘ってるのよ、と、その子が云った。

辰造は「安——」と呼んだ。

板場の話し声がやみ、安吉がこっちへ来て、障子の外から「用ですか」と訊いた。

「そこにいるのは、おきみか」

「ええ」と安吉が低い声で云った。

「なにか用でもあるのか」

安吉は「いいえ」と答えた。

「そんなら板場へ入れるな」

安吉は「へえ」と云って去った。

用事のない限り女中たちを板場へ入れない、というのがこの「よし村」の先代からの定《きま》りだった。しかし、そのとき安吉を叱《しか》ったのは、それだけの理由ではなかった。少しまえからおきみと安吉の仲がおかしいように思えた。ほかの者は気がつかないのか、それとも知っていて知らないふりをするのか、ともかく辰造は、二人が互いに近づこうとしているのをしばしば認めた、それがひどく神経に障るのであった。

子供はその後もよくやって来た。板場には三人の職人と、見習いの小僧が二人いるが、子供は煮方の安吉がいちばん好きらしく、誰《だれ》よりも安吉とよく話すようであった。二月になった或《あ》る日、——辰造は帳場に坐《すわ》って、渡り職人の久七と話していた。久七はもう四十二か三になり、板前としてはいい腕を持っているのだが、酒を飲みだすと五日でも六日でも飲み続けで、おまけに喚《わめ》いたり暴れたりするため、どこでも長くいつくことができなかった。そのときも「暫《しばら》く置いてくれ」と云って来たのであるが、もう幾たびも手を焼いた経験があるので、辰造はうんと云わなかった。いま人手は余ってるからだめだ、と冷淡にはねつけた。

「二三日でいいんだ、親方」と久七は寝不足らしい充血した眼《め》をしょぼしょぼさせながらねばった、「もうきすぐれにはならない、胃の腑《ふ》を悪くして飲めないんだ、本当なんだ、酒は大丈夫なんだから」

「だめだ」と辰造は首を振った。

「親方は、――」と久七は頭を垂れた、がくっと頭を垂れ、それからふいと辰造を見た、「徳が浅草の店をたたんだのを知ってますか」

辰造は答えなかったが、その顔がきゅっと硬《こわ》ばった。

「流行《はや》ってた店だったが」と久七は続けた、「ずいぶんいい客も付いたし、流行ってたことはあっしも知ってるんだ、それがどうして急に店をたたんだのか」

「うるせえな」と辰造が遮《さえぎ》った、「うちは手が余ってるからだめだと云ってるんだ、済まないが癇癪《かんしゃく》の起こらないうちに帰ってくれ」

久七は「へえ」とうなだれ、片手で顔を逆に撫《な》であげたが、その手で月代《さかやき》の伸びた頭をごしごしと擦《こす》った。無心するときの癖である。辰造は「おまき」と高い声で呼んだ。女中がしらのおまきが来ると、辰造が眼くばせをした。おまきは久七を横眼に見て、頷《うなず》いて去り、すぐに小さな紙包を持って戻《もど》って来た。久七はそれを受取ると、卑屈に頭をさげ、追従《ついしょう》を云ったり、そら笑いをしたりしながら、こそこそと帰っていった。

辰造は眼をつむった。躯《からだ》のどこかが痛みでもするように、眼をつむったままの顔がするどく歪《ゆが》んだ。——そのとき、板場のほうから、あの子供の声が聞えて来た。相手になっているのは例によって安吉と、そして焼き方の豊次であった。

「こうたん、おなかすいてないよ」と子供がいっていた、「ほんとだよ、触ってごらん、ほら、こんなにいっぱいだよ」

安吉がなにか云った。

「うん、あるさ、すいてるときだってあるさ、たいてえの日はおなかはすいてるよ」と子供が答えた、「でも今日はお粥《かゆ》じゃなかったからね、ほんとだよ、こうたん、たくさん喰べたでしょ、そしたら、たあたん涙こぼしてたよ」

「たあたんって誰だい」と豊次が訊いた。

「たあたんって、たあたんさ」

「お父《とつ》さんのことかい」

「そうさ」と子供が云った、「豊たん知らなかったのか」

そのときおまきが、八人の女中たちを伴《つ》れて来た。彼女たちは身支度ができると、必ず辰造の前へ来て点検を受ける。これも先代からの定りであって、女中たちはみな年頃《としごろ》だから、ついすると化粧が過ぎる。「よし村」は料理が主であり、白粉《おしろい》や強い香料などを使われると、板場はもちろん、味にやかましい客の迷惑にもなる。それで毎日一度、手爪先《てづまさき》から化粧の仕方を、主人が自分でしらべるのだが、そうしていてもなお、隠して化粧をする者があった。

順々に点検を受けて、女中たちが去ってしまうと、辰造はおまきに向って「おきみに手と顔を洗わせろ」と云った。

「また白粉を付けてる」と辰造は苦い顔をした、「このごろよく白粉や紅を付けるようだ、気をつけてくれ」

おまきは「気を付けます」と云った。辰造は板場のほうへ手を振って、「あれはどの子だ」と訊いた。

「ああ孝さんですか」とおまきは微笑した、「角田さんといって、裏の長屋にいる御浪人のお子さんです」

「角田、――聞かない名だな」

「十二月の末に越して来たんです」とおまきは云った、「御新造《ごしんぞ》さんは病身とかで、まだ外で見かけたことはありませんけれど、御主人は温和《おとな》しそうないい方のようですよ」

「あの子は」と辰造が云った、「来るたびに食物《たべもの》のことばかり云ってるようだな」

「きっと暮しに困ってらっしゃるんでしょう」とおまきが云った、「でもお侍の子ですわね、なにかあげようとしても、決して受取ったことがないんですよ」

「まだ小さそうだな」

「四つになったとか云ってました」

辰造は莨盆《たばこぼん》をひきよせた。

二

浪人は角田与十郎といって二十八歳。家族は病身の妻と孝之助の三人で、与十郎が古書の写しものなどをして、かつかつに暮しているが、よく妻の医薬にも窮するらしい、ということが近所の者の噂《うわさ》であった。

辰造は「御病人の養生に」といって、滋養になりそうな物をときどき届けさせた。相手は浪人でも武家だから、ことによると怒って突っ返されるかと思ったが、「有《あり》難《がた》く頂戴《ちょうだい》する」というので、五日に一度が三日に一度となり、まもなく毎日一度ずつ届けるようになった。すると三月中旬になった或る日、辰造が魚河岸《うおがし》から帰ると、「留守に角田さんが礼に来た」といって、おまきが進物の掛け軸を出してみせた。ひろげてみると尺五くらいの紙本《しほんじ》仕立《たて》で、古いものらしいが、おそろしく不恰好《ぶかっこう》な墨絵の竜《りゅう》が描いてあり、落款《らっかん》は「来元山」と読めるが、遊印もなにもなかった。

「へんな絵ですね」とおまきが云った、「なにかしら、竜みたようだけれど」

辰造は「来元山」と口の中で呟《つぶや》いたが、興もないといった顔で、「返さなくちゃあいけない」と云い、すぐに巻いておまきに渡した。

父の代から客筋がよそとは違うので、家蔵の書画にも名のとおったものが多いし、そんな方面に趣味のない辰造なども、素人《しろうと》なりに良否をみわけるいちおうの勘をもっていた。しかしその竜の絵は、下手な旅絵師でも描いたのだろう、どこといってうま味もなく、紙本仕立の表装もざつなもので、辰造は二度と見る気もしなかった。

あとで挨拶《あいさつ》にあがると云ったそうだが、その夜、板場の火をおとしてから、本当に角田与十郎が訪ねて来た。

辰造は茶の間で酒を始めていたところだった。出ていってみると、まだ三十まえらしい年頃で、人柄《ひとがら》もよく、挨拶のしぶりもおっとりと品があった。こんな時刻に来るのは不躾《ぶしつ》けだが、火をおとすまでは暇がないと聞いたし、ぜひいちど会って礼を述べたかったから、と与十郎は云った。

辰造はあがってくれとすすめた。「あのこと」があってから約二年、孤独に馴《な》れていた彼が、与十郎にはひと眼で惹《ひ》きつけられ、——いっしょに飲みたいという、ふしぎな人なつかしい気分を唆《そそ》られたのである。与十郎は辞退したが、悪く意地も張らなかったし、さりとてあつかましくもなく、半ば当惑しながら「では」といって、すなおにあがった。

その夜は四半刻《しはんとき》くらいで帰ったが、三日ばかりすると辰造のほうで会いたくなり、板場をしまってから迎えにやって、こんどはたっぷり半刻あまり二人で飲んだ。——与十郎はかなり酒に強いとみえて、いくら飲んでも赤くならないし、正座した膝《ひざ》も崩さず、口のききかたも変らなかった。辰造は飲みながらふと思い出し、あのときの軸を出させて、与十郎に返した。お家の伝来の品らしいし、自分などには宝の持腐れになるから、と辰造は云った。そのときも与十郎は諄《くど》いことを云わず、はにかんだように苦笑しながら、「お宅には不向きかとも思ったが、——」と云って受取った。

「うちあけて申すと、伝来の品はこの一軸だけになったのです」と与十郎は云った、「お礼というほどでなくとも、せめて、かたちだけでもなにかひと品、と妻が云ってききませんし、ほかになにもないものですから、まあ、どうぞお笑い下さい」

「失礼ですが、よほど古くからの御伝来ですか」

「よくは知りませんが、そうらしいですよ」と与十郎が云った、「私が覚えているのでは、この落款のものは一軸だけで、雪舟とあるのが三幅ありました、この米元山という号はあまり知られていないのでしょうかな、ほかのものは父が売ってしまったのですが、これだけは残っていたというわけです」

「それはどうも」と辰造は苦笑した、「私はこの落款を来元山と読みました、おまけに雪舟とはまるっきり気がつきませんでしたよ」

「尤《もっと》も真贋《しんがん》のほどはわかりませんがね」と与十郎も笑って云った。

辰造はまだ雪舟の絵を見たことはない。高名な画僧だということ、その描く山水が極めて珍重だということなどを聞いたくらいのものである。——お宅には向かないかもしれないと与十郎が云ったのは、こういうしょうばいだから、僧の描いた絵などは縁起をかつぐかと気を遣ったのだろう。いずれにしてもそんな貴重品なら、なおさら早く返してよかった、と辰造は思った。

その後もずっと、妻女へは毎日なにか届けてやったし、三日おきくらいには、与十郎を呼んで酒を飲んだ。

三

二人はふしぎに気が合った。

辰造は二年ちかく人づきあいをしなかったあとなので、気の合った相手のできたことがよほど嬉《うれ》しいらしい、与十郎の来る晩は昼のうちから機嫌《きげん》がよかった。そんなようすは、——あのことがあって以来、久しく見ないことだったので、職人や女中たちもほっとするようであった。

三月下旬の或る夜、いっしょに飲みながら、——辰造はふと与十郎に向って、「帳場を手伝ってもらえまいか」と云いだした。

「ごらんのとおり私は板前をやっているので、帳場はおまきに任せてあるんですが、あれは女中たちの指図をしなければならないし、なにしろ女のことで、客がたてこむと、つい帳付けを間違えたりするもんですから」

「さあ、――」と与十郎は眼を伏せた、「私などにできるかどうか」

「そんなごたいそうなものじゃありません」と辰造はすぐに立ちあがった、「お武家の貴方《あなた》にこんなことを頼むのは失礼なんだが、どんなものかまあ見るだけ見て下さい」

そして彼は帳場へゆき、四五冊の帳面や、つけ出し用の紙を持って来て、事務のあらましを説明した。ごく単純な仕事で、むろんひととおり聞けばわかるものだったが、与十郎は心にとめて彼の説明を聞いた。

――これはおれのためだな。

与十郎はそう気がついた。それは辰造にとって必要なのではなく、与十郎のために、生活の資を稼《かせ》がせようという気持に相違ない。そう気がついたので、聞き終るとすぐに「やってみましょう」と答えた。

「そうですか、それは有難い」と辰造は与十郎に頷いた、「――これで毎晩お相手が願えますな」

与十郎は困惑したような眼で微笑した。

翌日から与十郎は「よし村」の帳場へかよい始めた。午後二時から九時までが定《き》り《ま》で、客のないときは自分の仕事（古書の筆写）をしてもいい。また夜も九時というのは稀《まれ》で、たいてい八時には板場の火をおとし、あとは辰造と酒を飲むということになった。「よし村」の客はほぼ定っていたし、三日まえに予約をする習慣になっていた。たまに予約なしで来る客には、あり合せの肴《さかな》で酒しか出さないが、その「あり合せ」の肴でも、ぜひといって来る幾組かの客があった。

与十郎と酒を飲むときのほかは、辰造はあまり口もきかず、むっつりと、気むずかしい顔をしていた。朝早く、安吉か豊次を伴《つ》れて魚河岸へゆき、買った荷が届くと、板場で下拵《したごしら》えをする。自分でもするが、職人たちにやらせて、野菜の作りかたや魚のおろしようを教えたり、だめをだしたりするほうが多い。それがずいぶんきびしく、少しも容赦がないのに、与十郎はしばしば驚かされた。

「その庖丁《ほうちょう》の使いかたはなんだ、いったい板場の飯を何年くらってるんだ」

そんなどなり声がよく聞えて来る。焼き方の豊次は二十三、煮方の安吉は二十四になるが、安吉を叱るときは際立《きわだ》って辛辣《しんらつ》だった。もう一人、かよいで来る平助という職人がいて、これが安吉を庇《かば》うようにするが、そうするとなお、辰造の舌鋒《ぜっぽう》はするどくなるようであった。

——どうして安吉にだけ辛《つら》く当るのか。

与十郎の眼にも訝《いぶか》しくうつった。

――なにかあのことと関係でもあるのだろうか。

裏長屋の噂で「あのこと」を与十郎も聞いていた。詳しいところはわからないし、どこまでが事実かも疑わしいが、二年ほどまえに辰造の妻が出奔し、いまは他《ほか》の男と世帯《しょたい》を持っている、という話であった。その妻は辰造より十五も年が若く、縹緻《きりょう》よしでごくおとなしい性分だった。出奔したのは結婚してから一年そこそこのことで、原因は「魔がさしたのだ」とか、「まえからその男とできていたのだ」とか、「結婚まえに辰造はさんざん道楽をしたから、隠し女でもあったのをみつけてとびだしたのだろう」などというあんばいで、はっきりした理由も、いまどこで男と世帯を持っているかも、知っている者はないようであった。

もちろん、与十郎は噂として聞きながすだけで、そんな詮索《せんさく》をする気持はなかったけれども、安吉だけがあまりてきびしく当られるのを見ると、そこになにか（あのこと）関《かか》わりがあるのではないかという疑いが起こったのであった。

板前にいる辰造は神経の固まりのようにみえた。汁椀《しるわん》と刺身は自分で作り、皿《さら》や鉢《はち》などの盛付けを点検するのであるが、そのときの眼《め》のするどさと判断の慥《たし》かさとは、殆《ほと》んど侍同志の真剣勝負を思わせるようなものがあった。

夏から秋へかけて、渡り職人の久七が三度ばかりあらわれた。――三度とも与十郎のいるときで、例の如《ごと》く「二三日置いてくれ」という頼みであったが、辰造はにべもなく断わった。そして結局、幾らか包んだのを貰《もら》って帰るのだが、三度目のときに「親方、——徳のいどころがわかったぜ」と云《い》った。

与十郎にはなんのことか見当もつかなかったが、「徳」という名を聞いたとき、辰造の顔が、きゅっとひき緊《しま》るのをはっきり認めた。

「ほんとだぜ親方」と久七はそらとぼけたような調子で云った、「浅草の店をたたんだのはしょうばいをしくじったんじゃなかったらしい、こんどは二階造りで、座敷の数も十幾つかあるんだ」

「うるせえ」とそのとき辰造がどなった、「そんな話は聞きたかあねえ、帰ってくれ」

「だって親方は徳のいどころを」

「帰れ」と辰造は煙管《きせる》を持ち直した、「帰らねえか」

辰造は血相を変えていた。久七はちぢみあがり、口の中で云い訳めいたことを呟きながら、逃げるように去っていった。——与十郎は帳面のつき合せをしながら、まったく無関心をよそおっていたが、辰造の異常に昂奮《こうふん》したようすは、勘だけでよくわかった。

「とうとう癇癪《かんしゃく》を起こさせやがった」と辰造は与十郎に向って云った、「いまのは久七という渡り職人でしてね、腕はいいんだが」

「話の途中だが」と与十郎は帳面を見ながら云った、「この関口屋さんの勘定が、二た月ごし溜《た》まっているようだがね、親方」

「二た月ね、ふん、——どのくらいになります」

与十郎は金高を云った。

「わかりました」と辰造は頷いた、「先代からのごひいきで、勘定なんぞ滞る客じゃあなかったんだが、——いまの旦那《だんな》は派手な性分だから」

そう云ったまま、彼は板場へ立っていった。

それが八月末のことで、それからつい四五日経《た》った或《あ》る日の、午後のことであるが、与十郎が少し早く「よし村」へゆくと、帳場の隣りにある茶の間で、辰造の声がしていた。与十郎は硯箱《すずりばこ》や帳面を揃《そろ》えながら、聞くともなしに聞いたが、相手は安吉であった。

「はっきり云え」と辰造が云っていた、「こっちはだいたい見当がついてるんだ、おれはめくらでもなし、つんぼでもない、そんな遠まわしなことはぬきにして、はっきりこうだと云ってみろ」

安吉が答えた。声が低いので、なんと云ったのか与十郎には聞きとれなかった。

「暇を呉《く》れならやってもいい、但《ただ》し、よし村の板場の名はやれないぞ」と辰造が云った、「おまえのなまくら腕で、よし村の板場にいましたなどと云われてたまるものか、暇を取るなら縁切りだ、それでよければ暇を取れ」

安吉がなにか云った。かなり長く、低い訴えるような声でなにか云い、それに応じて辰造の調子も変った。

「しっかりしろ、子供みたようなことを云うな」と辰造が云った、「おまえにだけ辛く当るのは、おまえの腕がなまになりそうだからだ、魚をおろすときに比べてみろ、豊はおまえより一年もあとから来た、それがいまではおまえよりずっとうまく材料をこなすぞ、どうしてだ」辰造の声はそこでしんみりとなった、「おれはこの秋にはおまえを板前に坐《すわ》らせるつもりでいた、おれはおまえをみっちりしこんだし、そろそろ板前に坐らせても大丈夫だろうと思っていた、そのおまえが、――いや、おれの眼はごまかされない、おれの眼がごまかせると思ったら、間違いだ、おまえはふとすると手が留守になるし、気持がすっかりうわのそらになった、なぜだ、安」

そして辰造の声は低いままにするどく、一語一語がきめつけるような調子を帯びて聞えた、「――どうしてそんなふうになったんだ、はっきり云えというのは、そこのことだ、云ってみろ」

安吉は暫《しばら》く黙っていた。それから、ぽつんとなにか云った。与十郎にはやはり聞きとれなかったが、辰造は「うん」といい、そうだろうと相槌《あいづち》を打った。安吉はさらに言葉を継ぎ、辰造は黙った。

「わかった、それでいい」とやがて辰造が云った、「それをはっきり云えればいいんだ、おれの気持はちっとも変ってはいない、こうと見極めがついたらすぐ板前に坐らせるし、世帯も持たせてやろう、だが——こいつだけは云っておくが、惚《ほ》れた女を女房《にようぼう》にするなよ」

安吉は答えなかった。

「女房は一生のものだ」と辰造は続けた、「人間の一生はなみかぜが多い、いつなにが起こるかわからない、なにか事が起こったとき、惚《ほ》れて貰った女房だと、——男は苦しいおもいをしなければならない、どんなふうにということは云えないが、男は苦しいおもいをするものだ」辰造はちょっと黙って、それからしんみな口ぶりで云った、「女に惚れたら惚れるだけにしろ、いいか、女房はべつに貰うんだ、わかったか」

四

その夜、板場の火をおとしてから、——

茶の間で酒が始まるとすぐに、辰造がふっと与十郎を見た。なにか云いたそうな眼つきで、ちょっとふんぎりがつかなかったらしい。さりげなく「このごろ坊ちゃんがみえませんね」などと、そらした話をした。与十郎は自分が帳場へかようようになってから、孝之助の遊びに来ることをきびしく禁じていた。依然として妻へは届け物が毎日あるし、彼自身も過分な（と思える）手当《てあて》を貰っているので、そのうえ子供まで世話をかけてはならないと思ったからであった。――少したつと、辰造はいつもより盃《さかずき》が早くなり、おちつかないようすで、いつもより多く飲みだした。

――酔ってなにか云うつもりだな。

酔えなければ云いにくいことがあるんだな、と与十郎は推察した。そのとおりだった、辰造はやがて、酔って充血した眼でふっと与十郎を見、それから気恥ずかしげな口ぶりで「お聞きなすったでしょうね」と云った、「私が安に云ったことをお聞きになったでしょう」と辰造は繰り返した、「――へんなことを云うやつだと思いませんでしたか」

与十郎は当惑そうに微笑した。

「たぶん、へんな理屈を云うやつだとお思いになったでしょう、だが、あれはいこじで云ったわけじゃあない、本気で云ったんですよ」と辰造は続けた、「いつかいちど、角田さんに聞いてもらうつもりだった、いちどすっかり、洗いざらい話したかった、これまでそのきっかけがなかったし、いざとなると云いそびれてしまう、……てめえの恥てえものは、なかなか饒舌《しゃべ》れないもんです」

「もしそれが恥というようなものなら、私も聞かないほうがいいと思うがね」

「そうでしょう、しかし私は聞いてもらいたいんです、これまで誰《だれ》ひとり、聞いてもらいたいという者はなかった、また、ひとに話すつもりもなかった、世間でなんと云おうと構わない、勝手に勘ぐったり耳こすりをしたりしろ、おれはおれだ、と思っていました、——けれども、おかしなもんですね、貴方《あなた》とおつきあいするようになってから、どうしてもいちどはうちあけて話したくなった、角田さんなら聞いてもらえるし、私の気持もわかってもらえるような気がするんです」

与十郎は黙って頷《うなず》いた。辰造は眉《まゆ》をしかめながら、盃をくっと呷《あお》り、「貴方は私の女房の噂《うわさ》をお聞きになってるでしょう」と与十郎を見た。与十郎は黙って自分の盃を見まもった。

「のろけから始めます、角田さん、のろけから始めなければ、話はわかってもらえないんだ」と辰造は云った、「女房の名はおうら、年は十七、下谷《したや》の『紋重《もんじゅう》』という、同業のうちの女中でした、——おうら、……この名を口にするのは、二年ぶりです」

「私がおうらに惚れたきっかけは、水まわしという虫からでした」と辰造は続けた、

「御存じですか、水まわし」

与十郎は首を振った。

「水すましのことですよ」と辰造が笑った、「三年ちょっとまえになります、同業の寄合が『紋重』でありました」

十五六人集まって、賑《にぎ》やかに飲んだ。日が暮れたら新吉原《なか》へゆくつもりで、その連

中だけ六七人かたまって飲んでいたが、給仕の女中たちがなにか云っては笑っているのを、酔った耳でふと辰造が聞きつけた。

――ばかねこのひと、このひとったらいつもこうよ、と年増《としま》の女中が云っていた。

――あら間違ったかしら。

――きまってるじゃないの、世の中に水まわしなんて虫があるもんですか。

――あらそうかしら、と若い女中が云った。だっておしんさん、あんなふうに水の上でくるくる廻《まわ》ってるじゃないの。

――あれはね、水す、ま、し。

　若い女中が「へええ」と云い、まわりにいる女中たちがわあと笑った。辰造もつい微笑しながら、その若い女中を見た。背丈は低いほうだが、均斉《きんせい》がとれているためだろう、実際よりもすんなりと高くみえる。おもながの顔に、眼鼻だちがぱらっとして、縹緻《きりよう》よしというよりも、まだ子供っぽく、あどけないような感じのほうが眼についた。

　それがおうらであった。

「嫁にもらうまでのことは端折《はしょ》りますが」と辰造は続けた、「仲人《なこうど》ぬきで、自分で紋重へじかに話しました、初め紋重では相手にしなかった、私は三十三になっていましたし、道楽者という評判も高かった、正直のところそのとおりで、女も一人かこっていたんです、私はそれを隠さずに云いました」

道楽もやめる、女とも手を切る。そう云ってねばり、最後に「ともかく本人の気持だけでも訊《き》いてくれ」と頼んだ。

あとでわかったのだが、紋重では夫婦とも反対したそうである。しかしおうらは「あたしぜひゆきたい」と云い、夫婦が「あとで泣くようなことがあっても知らないよ」と念を押したところ、「どんな事があっても迷惑はかけない」と云いきったそうである。両親もきょうだいもなく、みよりも母方の叔母が一人いるきりで、――これは婚礼の席へも出なかったが、そういう身軽さが（善くも悪くも）話のきまりを早くし、それから三十余日して二人は結婚した。

「おうらは可愛《かわい》い女でした、どういうぐあいに云ったらいいか」と辰造は盃を膳《ぜん》の上に置き、その人の俤《おもかげ》を追うような眼つきで、やや暫く黙っていた、「――だめだ、口ではどう云いようもない」と彼はやがて言葉を継いだ、「あいつはいつも、自分くらいおたふくでとんまな女はない、と云ってました」

おうらはいつもそう云っていた。

鏡を見るたびに「おたふくだわねえ」と感じ入ったように呟《つぶや》く。とんまなことも嘘《うそ》ではない、よく躓《つまず》いて転ぶし、物を忘れるし、聞き違いや云い違いはのべつだった。――けれども、辰造にはそれが却《かえ》って好ましく、可愛らしく思えた。ずいぶん遊蕩《ゆうとう》をしてきたが、そういう相手の女はみな賢くて、神経もこまかく、隙《すき》のないのが多い。

それでなければしょうばいにならないだろうし、しょうばい気をはなれても、その賢さや、こまかい神経や隙のなさに変りはなかった。

「あいつはちょうどその逆だったんですね」と辰造は云った、「一日じゅうなにかかにかしくじってる、話をすれば独り合点や間違いだらけで、女中たちにもしょっちゅう笑われる、そうしては赤くなって、自分もいっしょに笑い、がっかりしたような声で『あーあ、笑っちゃうわね』と云うのがくちぐせでした」

或る日、二人は亀戸《かめいど》の天満宮《てんまんぐう》へ参詣《さんけい》にいった。藤《ふじ》の花の盛りは過ぎたころで、境内の池畔《ちはん》にある茶店にあがり、辰造は酒を飲んだ。おうらは麩《ふ》を買って、それを投げてやりながら、池の鯉《こい》としきりになにか話し興じていた。——あらばかね、またそのひとに喰《た》べられちゃったじゃないの、あんたってよっぽど無学なのね、さ、そっちのあんたよ、そっちのあんただったら、そら、だめだめ、あらいやだ、あんたさっきから自分一人で喰べてばっかしいるじゃないの、関白ねえ。などといったあんばいである。そのうちに「あら水まわしがいるわ」と呟いた。

「なにがいるって」と辰造が訊いた。

「水まわしよ、ああ違った、水撫《な》でだったかしら」とおうらは云った、「来てごらんなさい、小さな虫がついーついーって水の上を撫でているのよ」

「へえ、水を撫でてますか」

「水ならしかしら」とおうらは首を傾《かし》げた、「こうやって均《なら》してるようにもみえるわ」

「水がでこぼこなんだな」と辰造は笑った。

おうらは赤くなり、「まさか、――いやな人」と良人《おっと》をにらんだ。

水まわし、水撫で、水均し。ああ、と辰造は眼をつむり、こみあげてくる感情を抑えるように、ちょっと沈黙した。

「あいつは客筋にも、女中や板場の者たちにも好かれました」と辰造は続けた、「好かれた、というより可愛がられたというほうが本当かもしれません、自分が『よし村』のかみさんだなどということは忘れちまってでもいるように、女中たちとは朋輩《ほうばい》のような口をきくし、いっしょになって掃除もすれば洗濯《せんたく》もする、板場の男たちの物など、すすんで洗ってやるというふうでした」

辰造はまた盃を取った。与十郎が酌《しゃく》をしてやった。そこへおまきが燗徳利《かんどくり》を持って来て、客はもう一と組残っているだけだと告げ、空《あ》いた徳利を持って去った。

「私はおうらに、――おまえ浮気《うわき》をしたい相手がいたらしてもいいぜ、とよく云いました」と辰造はまた続けた、「半分は冗談、半分は本気です、おうらはてんで相手にしません、私は幾たびもそう云いました、そのうちに、本当に浮気ぐらいさせてやりたい、と思うようになったのです」

人間は生きているうちのことだ、と辰造は信じていた。

なにもかも生きているうちのことだ、死んでしまえば一切がおしまいだ。生きているうちにできるだけの事を経験し、味わい、楽しむのが本当だ。辰造はそう信じ、そういうふうに生きてきた。だから、おうらにもいろいろな経験をさせてやりたい、自分は飽きるほど遊蕩をし、女をかこったこともある。同じことを全部とはいわないが、せめて浮気の一度くらいは味あわせてやりたい、と思った。

「この気持がわかってもらえるでしょうか」

「そう」と与十郎は頷いた、「——それほど愛情が深かったということはね」

「あいつは可愛い女でしたよ」

辰造は盃の酒を呷った。

五

「おと年の七夕《たなばた》の晩でした」と辰造は低い声で云《い》った、「——この茶の間で飲みながら、また私がその話を始めると、おうらは、……あれも盃に三つ四つ飲んでましたが、そんなに云うんなら浮気ぐらいしてみせてもいい、と云いだしました」

辰造は「えらいぞ」と笑った。

おうらは本当よ、あたし徳さんとなら浮気してもいいわ、と云った。徳というのはこの「よし村」の板前であったが、半年ほどまえから浅草の並木《なみき》で、「大吉《だいよし》」という店をやっていた。名は徳次郎、年は二十八。見かけもぶこつだし、口数も少なく、偏屈なほど義理固い性分だった。

「そいつはだめだ」と辰造は云った、「徳にそんなきようなまねができるものか、本当にやるんならほかの者だ」

「ほかの人なんかまっぴら、徳さんならしてみてもいいわ」とおうらは云った、

「――でも、そうね、いざとなると、やっぱりあんた怒っちゃうわね」

「ためしてみるさ」と辰造は云った、「おれは本気で云ってるんだ、おれは本当におまえに浮気のいちどくらいさせてやりたいんだ」

「じゃあいいのね、徳さんとでも」

「ためしてみるさ」と辰造が笑った、「うまくできたら褒美《ほうび》をやるぜ」

但《ただ》し、おれの気づかないようにやってくれ、いくらなんでもおおっぴらでやられては困るからな、と辰造が付け加えた。

わかったわ、とおうらが云い、「ではげんまんして」と右手の小指を出した。辰造は自分の同じ指をそれに絡《から》めながら「げんまんだ」と云った。

それから三日め、七月の十日は「四万六千日《しまんろくせんにち》」で、おうらは日がかげってから、浅草寺《せんそうじ》へ参詣にでかけた。外へでかけるときには、たいていおまきかお梅を伴《つ》れてゆくのだが、その日は一人だけで、「ことによると帰りが少しおくれるかもしれない」と

おまきに云いおいたそうである。その夜、板場の火をおとすちょっとまえになって、辰造はおまきからそのことを聞いた。

「徳が板前にいるあいだ、私は帳場に坐《すわ》ってましたが」と辰造は眼《め》をあげて、ちょっと与十郎を見た、「——徳が出ていったあと、また自分で板前へ坐るようになったので、おまきから聞くまで、あいつがでかけたことには気がつきませんでした」

　そのとき辰造はぎょっとした。

　四万六千日、浅草寺、ひとりででかけた、帰りがおそくなるかもしれない。すると、そうだ、並木には「大吉」がある。「じゃあいいのね」と念を押したのは三日まえのことだ。すると、あいつは本当に。……辰造は「わかってる」とおまきに云った。

　もうこんな時刻になったから、誰か迎えにやりたいと思うのだが、とおまきが訊いた。辰造は、そんな必要はない、と答えた。ことによると叔母さんの家へまわるかもしれないし、そうすれば泊ることにもなるかもしれない、うっちゃっとけ、と云った。いま何刻《なんどき》だと訊くと、八時ちょっとまえであった。

——日のかげるじぶんに出て、八時になっても帰らない。

　辰造は立っていって自分で酒を（樽《たる》から）注《つ》ぎ、冷のまま湯呑《ゆのみ》で二三杯呷《あお》った。少しおそすぎる、と彼は思った。浮気はこっちがすすめたものだ、しかし「おれが勘づかないようにやってくれ」と断わってある。これじゃあまるで看板を掛けてやるようなものじゃあないか、ひでえやつだ。だがそうではないかもしれない、本当に浅草寺から叔母のところへまわったのかもしれない、あいつに浮気をするようなしっこしはないし、徳にだってそんな勇気はないだろう、まあ帰ってみてからのことだ、と辰造は自分をなだめた。

おうらは帰って来なかった。その夜はもちろん、次の日も、そしてその翌日も。

——辰造は予約の客まで断わって、店を五日休み、酒びたりになった。そんなとき、以前なら泥酔《でいすい》して、おそらく新吉原《なか》へでも沈みこんだことであろう、だがそのときはいくら飲んでも酔わなかったし、遊びにゆこうなどとは思いつきもしなかった。

「私は気が狂うかもしれないと思いました」と辰造は唇《くちびる》を片方へ曲げ、与十郎から眼をそむけながら云った、「——この気持だけは、角田さんにもわかってもらえないでしょう、私は自分を、……浮気のいちどぐらいさせてやりたい、などと云った自分を、ずたずたに切り刻んでやりたいと思いました」

どれほど苦しく辛《つら》い気持だったろう。

彼はおうらを憎み、徳次郎を憎み、自分を呪《のろ》った。たしかに、自分はおうらを愛していた、「人間は死んでしまえばそれっきりだ、生きているうちにできるだけ多くのことを経験し、それを楽しみ味わうのが本当だ」辰造はそう信じ、そのように生きて来た。おうらには金でできることなら不自由はさせないが、金でできないこと、もっと深いよろこびや楽しみも味あわせてやりたい、たとえば浮気のいちどぐらいは、……本心からそう思い、それを諄《くど》くすすめた。

だが、それは間違いであった。それが間違いだったということに、辰造は気がついた。

「私には少しずつわかってきました」と辰造は頭を垂れて云った、「――男と女の情はそんなものじゃあない、そんなふうに考えたりしたりすることは、なんと云ったらいいか、……私には口ではうまく云えないが、云ってみれば、人間のいちばん大事なものを、笑い草にし、おもちゃにするようなものだ、なにより大事なものを汚《けが》すことだ、――ということがわかってきました」

彼にはいろいろなことがわかってきた。

その年になるまで結婚もせず、気ままな遊蕩に耽《ふけ》り、好きな女をかこった。金には不自由しなかったので、そういういろごとが（彼にとっては）なにより強い誘惑であり、よろこびであった。だからこそ、おうらに浮気をさせてやりたいと思ったのであるが、もしも、彼がそんな道楽の経験がなかったら、「浮気をさせてやりたい」などという考えは、頭にうかびさえもしなかったに違いない。

「そしてもう一つ、もし私にとって、おうらがあんなに可愛いやつでなかったら」と辰造は囁《ささや》くように云った、「――あれほど可愛い女房《にょうぼう》でなかったら、まさか私もそんなばかなことを云やあしなかったろう、ということです」

与十郎は黙って燗徳利を取り、辰造に酌をしてやった。

——惚《ほ》れた女は女房にするな。

辰造は安吉にそう云った。それほど惚れた女房でなかったら、仮にそんなことがあったとしても、そんなに苦しまずに済んだであろう。与十郎には辰造がどんなに苦しんでいるか、推察することができた。

「しかし、それで——」と与十郎が訊いた、「それっきり音信がなかったんですか」

六

「三日めに、使いをやりました」と辰造は云った、「おうらのことには触れずに、当分出入りを差止めるって、——徳は、承知しましたと云ったそうです」

女中たちや板場《いたば》の者にはなにも云わなかった。いちどおまきが、「おかみさんどうなすったんですか」と訊いた。辰造は、まだ飲みつづけているときだったが、よけいな口だしをするな、とどなりつけ、「二度とあいつの話をするな」と云った。

かれらは二度とおうらの名を口にしなかった。

辰造は同業者とのつきあいもやめ、家から外へ出ることもなくなった。おうらと徳次郎の噂《うわさ》を、耳にしたくなかったからである。彼はますます寡黙《かもく》になり、人嫌《ひとぎら》いになり、そしていこじになった。

「罰が当ったんですね」と辰造はにがい笑いをうかべながら与十郎に云った、「人間のいちばん大事なものをおもちゃにしたんで、罰が当ったんでしょう、……安が私のようなことをするとは思えないが、人間は生ま身ですからね、男にしろ女にしろ、長い一生のうちにはどんな魔がささないものでもない、そんなとき、ふつうにもらった女房なら、いっそ合せ物は離れ物、さっぱり離縁をするということもできる、――惚れた女は惚れるだけにしろ、女房は女房でべつだ、私はそう思って安にあんなことを云ったんです」

すっかり吐きだしたので、いくらか胸が軽くなりました。さぞ聞き苦しかったろうが勘弁して下さい、と辰造は話を結んだ。

――ふしぎなものだ。

と与十郎は思った。

辰造の気持は与十郎にも或《あ》る程度はわかるように思う。だが、人間はふしぎなものだ、愛のない、無感動な、習慣だけで結びついている夫婦も索漠《さくばく》たるものだが、深く愛しあっていても、その愛情に平衡と限度がなければ、却《かえ》ってお互いを不幸にするばあいもある。

――おうらもおそらく幸福ではあるまい。

そんなきっかけで徳次郎といっしょになっても、幸福な生活が続くとは思われない。そしてたぶん、そのことは辰造にも想像がつき、その苦痛を二重にしていることだろう、と与十郎は思うのであった。

そんなことがあってから半月ばかりして、渡り職人の久七がまたふらっと現われた。辰造は安吉を伴れて、河岸《かし》へいった留守。久七はどうしたものかと迷うようすだった。与十郎は帳面の整理をしていて、なるべく相手にならないようにしていたが、久七はやにの詰った煙管《きせる》で、不味《まず》そうに粉になった莨《たばこ》をすいながら、いろいろ愚痴をならべだした。けれども、与十郎は返辞もせず、帳面のほうにかかりきっているので、久七は堪《たま》らなくなったものか、「酒を一杯貰《もら》えまいか」と云った。

「私にはわからない」と与十郎は答えた、「おまきさんにでもそう云ったらいいだろう」

「その」と久七は云った、「あっしが飲むってえんじゃあだめなんで、旦那《だんな》が召上るってえとでねえとだめなんですよ、どうかひとつ」

そして片手で顔を逆に撫《な》で、その手を頭にやって、伸びた月代《さかやき》をごしごしと擦《こす》った。なにかねだりごとをするときの癖である、与十郎はそれが「癖」だとは知らなかったが、いかにも飲みたそうなので、苦笑しながら板場へ立っていった。そこでは焼き方の豊次が、自分用の道具を並べて吟味をしていた。与十郎は久七のことを話した。豊次は「酒ぐらいならいいでしょう」と云い、自分で立って、樽から片口へ一杯注ぎ、湯呑を取って渡した。

久七はとびつくように飲んだ。湯呑で二杯、まるで渇《かつ》していた者のように呷り、三杯めを注ぐとひと息いれた。

「今日は親方に頼みがありましてね」と久七は三杯めを、舐《な》めるように啜《すす》りながら云った、「ここの親方はいっこくで短気が傷だ、しんはいい人なんだが、……庖丁《ほうちょう》はずばぬけてるし道楽もしつくして、世間の人の気持の裏表ともよくわかってる人なんだが、……徳のこととなるとまるでいけねえ、あっしは詳しいゆくたては知らねえが、もういいかげんに出入りを許してやってもいいじぶんだ、ねえ旦那、そう思いませんか」

「徳さんはうまくいってるのか」と与十郎が訊《き》いた。

「あの腕ですからね」と久七が云った、「世辞っけはねえが、なにしろ『よし村』の板前っていう看板があるし、あいつの腕はここの親方も惚れてたくらいなんだから」

「まだ並木でやってるんだな」

「いいえ変りました、いまは八丁堀《はっちょうぼり》の松屋町です」と久七は酒を啜った、「こんどは二階造りで、座敷の数もまえの倍以上あるし」

「松屋町だって」

「角店《かどみせ》ですよ、すっかり徳は仕上げました」と久七はぐらぐら頭を振った、「どうやら仕上げたが、出入り止めをくってるんで、親方に見てもらうこともできねえ、お詫《わ》びのかなう法はねえだろうかってね」

徳次郎がそう頼んだのではなく、自分がなんとか取持って、うまくいったら自分のおちつき場にありつこう、という肚《はら》らしかった。

八丁堀、松屋町か。

与十郎は久七の言葉を聞きながして、心のなかで「会いにいってみよう」と考えた。徳次郎とおうらとが、仕合せになっているにせよ不仕合せであるにせよ、辰造の前へ出てきっぱり片をつけるのがいい。それにはまず自分が二人に会うことだ、その結果によって辰造を説き伏せよう、与十郎はそう決心した。

久七は片口にもう一つとせびった。しかし与十郎は首を振り、「もう帰ってくれ」と断わった。酒なんか飲ませて辰造に怒られるだろう、「いまのうちに帰ったほうがいい」ときっぱりはねつけた。——久七が去ると、殆《ほと》んど一と足ちがいで辰造が帰って来た。だが、与十郎はなにも云わなかった。

——まず自分が二人に会ってから。

与十郎はそう心をきめ、明くる日は早くでかけてゆくつもりだった。しかしその夜、板前の火をおとして、いつものとおり、茶の間で酒になると、「それはお節介ではないか」と思いはじめた。こういう微妙なことに、断わりもなく他人が口を出すのはお節介だ、口を出すまえに辰造の意志を聞くべきではないか、ということに気がついた。

「今日、久七という者が来ましてね」と与十郎は云った、「いや久七はどっちでもいいが、今夜は聞いてもらいたいことがあるんですがね」

「あいつのとりなしはいけませんぜ」

「そうじゃない、――どうも、ちょっと云いだしにくいが、しかしまじめに云うんだから、怒らないで聞いて下さい」

辰造は怒らないと答えた。

与十郎は云った。年が十ちかくも違うし経験の点でもはるかに若いから、意見がましいことは恥ずかしくて口にできない。だが、背負われた子に浅瀬の見えるばあいもある、「二人に会っておやりなさい」と与十郎は云った。虫の付いた樹《き》はいちど根から伐《き》るがいい、そうすればひこ生えの出ることもあるし、そうでなくとも、立ち腐れにしておくよりさっぱりするだろう。男らしく事実にぶっつかって、お互いの関係にはっきり切《きり》をつけるほうがいい、と与十郎は云った。

「もし親方が承知なら、お節介かもしれないが私が使者に立ちますよ」

七

「大吉《だいよし》」はいま八丁堀の松屋町だという、よければ明日にでも自分がいってみる。与十郎はそう云って辰造を見た。辰造は頷《うなず》いて、ちょっと考えるふうだったが、「わかりました」と頷いた。もっと早くそうすべきだったのだろう、こんなところがお武家と町人の違いかもしれませんな。いや、こういうことに武家も町人もないでしょう、では私がいって話して来ます、と与十郎は云った。

「お願い申します」と辰造は云った、「なにもかも角田さんにお任せしますから」

与十郎は「承知しました」と頷いた。

けれども、その翌朝十時すぎに、——もう先方も魚河岸から帰ったころだろうと、与十郎が支度にかかっていると、孝之助が戸口で「たあたん、お客たんですよ」と呼んだ。見ると辰造が立っていて、与十郎が出てゆくと、「私が自分でいって来ます」と云った。

「あれから考えたんですが、やっぱり自分でいくほうがいいと思いましてね」

「そう、——」と与十郎は辰造を見た、「しかし、大丈夫ですか」

「大丈夫です」と辰造は唇《くちびる》で笑った、「喧嘩《けんか》なんかしやあしません、いって来ます」

与十郎も微笑しながら頷いた。

辰造は駕籠《かご》で松屋町までゆき、「大吉」の見えるところでおりた。なるほど、二階造りのがっちりとした建物で、表通りのほうに板場があり、入口は横町になっている。

辰造は、そっちからはいってゆき、出て来た女中(まだ襷《たすき》がけに、あねさんかぶりをしていたが)に自分の名を告げた。

徳次郎はとびだして来た。めくら縞《じま》の筒袖《つつそで》の袷《あわせ》にひら、、、、ぐけで、無精鬚《ぶしょうひげ》を伸ばしていた。年は三十の筈《はず》だが、四つ五つ老《ふ》けてみえる。角ばった、色の黒い顔をくしゃくしゃにして、「親方、——」と云いながら、いきなり玄関の板敷へ手をつくと、その眼《め》からぼろぼろ涙がこぼれ落ちた。

——なんて、やぼったいやつだ。

辰造はそう思って、すっと気持が軽くなった。現実に相手と向きあい、そのやぼくさい風貌《ふうぼう》を見たとたんに、これまで「みかえられた」と思っていた気持がきれいに消え、却っていたわってやりたいような、軽い気分になったのである。

「あがっていいか」

「どうぞ」と徳は吃《ども》った、「どうぞ、——」

徳は辰造を二階へ案内した。

表に面した小座敷へはいると、徳は襖際《ふすまぎわ》へ手をついて、「親方、有難《ありがと》うございます」と頭を垂れたまま云った。いつお詫びがかなうかと待遠しく思っていたし、お詫びがかなうとわかったら、すぐにこっちからうかがうつもりでいた。まさか親方が来て下さろうとは思わなかった、どうお礼を云っていいかわからない、——そういう意味のことを、ぽきぽきした訥弁《とつべん》で（手の甲で眼を拭《ふ》きながら）云うのであった。

「もうそのくらいにしてくれ」と辰造が遮《さえぎ》った、「済んだことは済んだことにしよう、うまくいってるようだな」

「へえ、みんな『よし村』のおかげです」と云って、徳は眼を拭きながら顔をあげた、「その後、――おかみさんもお達者ですか」

「かみさん」と辰造は眼をそむけた、「おらあまだあとを貰っちゃあいねえよ」

「へえ、――」徳は訝《いぶか》しそうに云った、「するとなんですか、おかみさんはあのとき」

「へんなことを云うな」と辰造が云った、「おれが来たのはきれいに話をつけようと思ったからだ、文句を云いに来たんじゃあねえ、おうらとおめえをきれいにいっしょにしてやろうと思ったから」

「ちょっと、親方、ちょっと待っておくんなさい」と徳は吃った、「それは、あれですが」と彼は膝《ひざ》を固くした、「せっかくですが、それは、私はじつは、もう女房を貰ったんです」

「女房を貰ったって」

「へえ、今年の二月でしたが、御贔屓《ごひいき》のお客にすすめられまして、じつはもう」

「徳、――」と辰造が云った、「すると、あいつはどうした、おうらはどうしたんだ」

徳次郎は顔をあげ、「おかみさんですか」と不審そうな眼をした。

「おかみさんはお宅じゃあないんですか」

「おめえ白ばっくれるのか」と辰造はひらき直った、

「おうらはおと年の四万六千日に、並木にあったおめえの店へいった筈だ」

「しかしお帰りんなったでしょう」

辰造は絶句して、するどく徳次郎を睨《にら》んだ。徳次郎はこくっと唾《つば》をのみ、「お帰りにならなかったんですか」と重ねて反問した。辰造の顔が硬《こわ》ばった。辰造は「帰らない」あの日並木へいったままだ、と答えた。それじゃあおかみさんは、と云いかけて、こんどは徳次郎が絶句した。

「徳、――」と辰造が云った、「詳しく話してくれ、いったいどんなことがあったんだ」

「私はまた、いいえ話します、すっかり話しますから聞いて下さい」

そこへ女中が茶をはこんで来て、「おかみさんが」と徳次郎に耳うちをした。挨拶《あいさつ》に出ていいかというのである。徳次郎は「あとだ」と首を振り、辰造に茶をすすめてから、訥々《とつとつ》と話しだした。

――辰造は茶には手も出さず、徳の語る思いがけない事実に、殆んど心をかき乱されてしまった。

おうらは「浅草寺へ参詣《さんけい》に来た」と云って寄り、茶を啜《すす》りながら立とうとしなかった。いつもとは違って、ようすにおちつきがなく、話もちぐはぐで、徳次郎はなにかあったなと思った。——珍しく白粉《おしろい》や紅で化粧をしている、薊《あざみ》を染めた絽《ろ》の帷子《かたびら》に、白地に萩《はぎ》と桔梗《ききょう》の模様の帯をしめ、帯留《おびどめ》は翡翠《ひすい》だった。

「どうかなすったんですか」と徳は気になるので訊いてみた、「お宅でなにかあったんじゃありませんか」

「なんにも」とおうらは首を振り、「どうもしやしないわ、なにかあったようにみえるの」

「いや、そんならいいんですよ」

徳次郎はまだ納得がいかなかった。しかし諄《くど》く訊くのもどうかと思い、「これから参詣するのなら誰《だれ》か付けてあげましょう」と云った。ではそうするというので、おいそという小女《こおんな》を付けてやると、暗くなってから戻《もど》って来た。徳次郎は板場がいそがしく、おうらはそのまま「よし村」へ帰ったものと思っていたが、板場の火をおとし、行水を浴びてあがると、おうらが茶の間でぼんやり坐《すわ》っていた。

「どうしたんです」徳次郎は吃驚《びっくり》した。

「あたし気持が悪いから泊めてもらうの」とおうらは恥ずかしそうに云った、「——うちのほうへはもう使いを出しちゃったのよ、いいでしょ」

うちへ使いを出したと聞いて、徳次郎は「こんな処《ところ》でよければ」と答えた。

三人いる女中たちの、隣りの四帖半《よじようはん》へおうらの寝床を延べ、その反対側の六帖へ、徳次郎は一人で寝た。すると明け方、――まだ暗いうちのことだったが、おうらが忍んで来て、蚊帳《かや》の外へ坐った。

八

「徳さん、起きてちょうだい」

徳次郎はとび起きた。おうらは歯の音が聞えるほど震えていた。どうしました、気持が悪いんですか。そうじゃないの、大きな声をしないでちょうだい。いったいどうしたんです、やっぱりお宅でなにかあったんですね。いいえ、ええ、とおうらはまた震えた。あたしねえ、……徳さんだから云ってしまうけれど、あたし、とおうらは云《い》いよどんだ。

徳次郎は蚊帳から出た。おうらは「行燈《あんどん》を明るくしないで」と囁《ささや》き、寝衣《ねまき》（女客用の浴衣《ゆかた》）の袖を胸で重ねた。それから、徳次郎がなお問い詰めると、初めて「あんたと浮気《うわき》をするつもりだった」と云った。徳次郎にはその意味がすぐにはわからず、それがその言葉どおりであると知って、あっけにとられた。

「ほんとよ、ほんとに浮気するつもりだったのよ」とおうらは震えながら云った、「――だってうちの人がいいって云うんですもの、おまえにも浮気のいちどぐらいさせてやりたいって、幾度も幾度も云うんですもの」

「親方が、……浮気をしろですって」

「そうなの、そうなのよ」とおうらは半ば泣くように笑いかけた、「あんた本気にしないでしょ、誰だってこんな話本気にしやしないわね、でもほんとにそう云うの」

徳次郎はかっとのぼせたようになった。徳次郎はいまそのときのことを思いだしたらしい、そしていかにも彼らしく、両手を膝へ突張って、肩を竦《すく》めるようにした。

「なにもかも正直に云います」と彼は辰造に向って続けた、「——私はおかみさんの話を聞きながら、これは親方がそう云ったんじゃあない、おかみさんの口実だ、おかみさんがこの私を好きで、いざとなったが云いだしにくいので、そんなありもしない口実を作ったんだ、……私はそう思いました」

徳次郎はそう思った。

彼は「よし村」の板前をして、おうらが嫁に来てから半年、並木へ店を出すまで同じ屋根の下で暮した。そして朝夕おうらの姿を見、その（とんまな）しくじりや、子供っぽい云い違いや聞き違いや、また女中たちといっしょになって立ち働くありさまを眺《なが》めながら、自分も女房を持つならこんな人を、——としばしば思ったものである。つづめていえば、彼はおうらが好きであったし、その好きなおうらが自分を口説いている、と彼は思った。

「わかりました」と徳次郎はおうらに云った、「親方の云ったことが本気か冗談か私は知らない、それが本当にしろ嘘《うそ》にしろ、貴女《あなた》の口からそう云ってもらうのは嬉《うれ》しい、私にはそれだけで充分だ、私も貴女が好きだった、……恥を云っちまうが、親方、私はそう云って、おかみさんの手を取ろうとしました」

だが、おうらはすばやくうしろへしさった。

「待ってちょうだい、徳さん、あたしの云うことを聞いて」とおうらは両手をうしろへ隠しながら云った、「あたし、本当に徳さんとなら浮気ができると思ったの、それで、そのつもりで来たんだけれど、ゆうべ寝床の中へはいったら急に怖くなりだしたの」

「なにが怖いんです、親方がですか、この私がですか」

「いいえ自分が、このあたしがよ」とおうらは云った、「あたしうちの人が好きだわ、口では云いようもないくらい好きだわ、うちの人のためならなんでもしてあげたいし、うちの人のためならどんなことだってするわ、ほんとよ、のろけだなんて思わないで、本当にそうなんですもの、これまでうちの人に、こうしろって云われてそうしなかったことはなかったわ、こんどだって何遍も何遍も云われるうちに、そんならって気持になったの、あたし徳さんが好きだったし、徳さんとならできそうに思ったの、……そうしてここへ来て、ゆうべ寝床の中へはいったら、寝床の中で眼をつぶって考えたら、あたしはっきりわかったの」

おうらはまた激しく震えだした。

——あたしは良人《おっと》に云われたから来たのではない、本当に浮気をするつもりなのだ。

おうらはそう気がついた。

自分は悪い女だ、怖いような女だ。良人に云われたのを盾に取っているが、本当はすすんで浮気がしたいのだ。これでは良人と徳さんと二人を騙《だま》すことになる、ああいやだ、とおうらは思った。

「言葉はこのとおりじゃあないが、おかみさんはそんなふうに云いました」と徳次郎は辰造に向って云った、「半分泣いたような笑い顔で、がたがた震えながらそう云い、あたしこれで帰ります、と云って立ちあがりました」

徳次郎はすっかりはぐらかされたような気持で、しかし「危なかった」と自分にほっとしながら、まだ暗いから夜の明けるまで待つように、と云った。だが、おうらは立ちあがって、「もう白んでるから大丈夫よ」と云い、一刻《いっとき》も早く帰りたいのだと、四帖半へいって着替えをした。

「すっかり迷惑をかけたわね、ごめんなさい」と帰り際《ぎわ》におうらは云った、「迷惑をかけたうえにこんなこと云えた義理じゃないけれど、暫《しばら》くうちへ来ないようにして下さいな」おうらは微笑した、泣くよりも悲しげな微笑だった、「こんな恥ずかしいこと云っちまったんですもの、あたし当分あんたの顔が見られないと思うの」

「そうしましょう」と徳次郎が云った、「私も自分に恥ずかしい、暫くうかがいませんから親方のほうはよろしくお願いします」

「うちの人、――ああ」とおうらはさっと蒼《あお》くなった、「うちの人は、こんなに泊ったりしちまって、あたしのこと信用してくれるかしら」

「親方の気性はわかってるでしょう」と徳次郎は云った、「親方だっておかみさんのことはよく知ってる、大丈夫ですよ」

「そうね」とおうらは云った、「うちの人はあたしのこと知ってるわねえ」

そして徳次郎が「送ろう」というのを断わり、仄明《ほのあか》るくなり始めた早朝の道を帰っていった、ということであった。

聞いているうちに、辰造は「罰だ罰だ」と思い、自分自身をまた切り刻みたいように思った。おうらは云ったという、「あたし、うちの人のためならなんでもする」その言葉が、いま辰造の胸を寸断するようであった。

「で、――」と徳は云った、「それから三日めに、親方から出入り差止めのお使いが来ました、もちろんおかみさんにも云われたし、自分でもいっときにしろ卑《いや》しい根性を起こしたのは事実ですから、それ以来ずっと同業のつきあいも遠慮していたんです、しかしおかみさんはてっきりお帰りになったものと思っていました」

「帰らねえ、あのまんまだ」と辰造は首を振った、「――あのまんま音沙汰《おとさた》なしだ」

「たしか、親類が一軒あった筈《はず》ですね」

「叔母さんというのがいた、ひどく貧乏だそうで、祝言《しゅうげん》のときも来なかったし、おうらのためにつきあいも遠慮すると云ってたが」

「そこじゃあないでしょうか」

九

辰造は眼をつむった。そうかもしれない、だがそこへいったのなら、二年も経《た》つ今日まで、いちどくらい（叔母という人が）なにか知らせて来てもいい筈だ。

――だめだ、生きてはいない。

すぐそこには隅田川《すみだがわ》がある。また身を投げなくとも、死ぬ方法はいくらでもある。どこかで死んで、身許《みもと》がわからないために、無縁仏になっているのではないか、と辰造は思った。

その叔母という人の居所はどこです、と徳次郎が訊《き》いた。よく知らないんだ、と辰造が云った。本所のどことか云ってたようだが、つきあいがなかったのではっきり覚えがないんだ。じゃあ「紋重」で訊きましょう、私がこれからいって来ます。いや、おれがゆこう、と辰造は首を振った。おれが自分でいってみる、おれから出たことだ、おれがやるよ。しかし私もなにかします、私にもなにかさせておくんなさい、と徳次郎が云った。

「頼むことがあるかもしれない」と云って辰造は立ちあがった、「いずれまた来るが、——おめえにも迷惑をかけて済まなかった、徳、勘弁してくれ」

徳次郎は両手で膝《ひざ》をつかみ、畳へつくほど低く（黙って）頭を垂れた。

辰造は「紋重」へゆき、そこで訊いて本所《ほんじょ》中ノ郷へまわった。駕籠《かご》を乗り継いでゆきながら、心の中では「堪忍《かんにん》しろおうら、堪忍しろ」と叫び続け、生きていてくれと祈った。ことによると「紋重」に戻っているかもしれない、とも思ったのであるが、もちろん戻ってはいなかったし、たずねていった中ノ郷も、転居したあとであった。差配は人別《にんべつ》（戸籍）を扱うので、すぐそこへいって訊くと、町役まで同伴してくれたうえに、人別帳を繰って、「深川六間堀、嘉《か》右衛《え》門店《もんだな》」と、転居先を教えてくれた。

もうとっくに午《ひる》をまわっていたが、辰造は、空腹も感じなかったし、駕籠の中ではただもう「生きていてくれ」と祈るばかりであった。大川に沿ってくだり、永代橋《えいたいばし》から通りへはいって、幾曲りかしたのち、水の少ない堀端《ほりばた》でおろされた。嘉右衛門店はすぐにわかった、永代寺の向う裏になる見当で、堀の向うが久右衛門新田《しんでん》、それと向きあっている一画の長屋がそれである。——中ノ郷で調べてもらったところによると、叔母の名はいせといって（当時四十三歳）亭主《ていしゅ》はすでに亡《な》く、おこと（十七歳）又吉（九歳）という二人の子があり、おことが茶屋奉公をし、いせが内職をして暮している、ということであった。

いせの住居は路地のどん詰りにあった。水はけが悪いとみえ、あたりはじめじめしているし、両方の長屋もおそろしく古く、根太《ねだ》も腐り、軒も傾《かし》がり、満足に戸障子も閉らないというありさまであった。――遊んでいた子供に教えられて、長屋の端にあるその住居をおとずれると、声をひそめた返辞が聞え、障子をあけて年増の女が出て来た。それがいせであろう、髪毛の赤い、まる顔の、かなり肥えた小柄《こがら》な軀《からだ》つきで、「おうらはいますか」と訊くと、まるい顔を屹《きっ》と硬《こわ》ばらせ、警戒の眼でするどくこっちを睨《にら》んだ。

「おうらはいるでしょうか」と辰造はかさかさした声で云った、「私は『よし村』の辰造という者だが」

するといせは口をあけ、眼をいっぱいにみはって、片手を意味もなくゆらゆらさせた。辰造は息が詰りそうになった。ほんの一瞬ではあったが、本当に息が詰り、それから大きく喘《あえ》いだ。

「ええ」といせが頷《うなず》いた、「おります」

辰造は口の中で「ああ」と云った。彼はあとの言葉が出ないようすで、そのまま三尺の土間へはいったが、いせは手を振りながら、立ち塞《ふさ》がるように上《あが》り框《がまち》へ坐った。

「待って下さい、あれはいま眠ってるんですよ」といせは囁き声で云った、「あれは病気なんです」

「病気ですって」

「安藤さんは、安藤さんていうのは黒江町《くろえちよう》のお医者なんですけどね」といせは囁いた、「このままじゃあ治るかどうか、もう自分にもわからないって仰《おつ》しゃるんですよ」

「いつからです、なんの病気です」

「腸のほうをすっかり悪くしちゃったんだそうです、あの人は細くっても丈夫だったんですけどね」といせは囁いた、「――身投げをしたとき、水といっしょになにか悪い物を飲んだらしいって、安藤さんが」

「身投げだって」と辰造が声をあげた、「あいつが身投げをしたんですか」

辰造の声が高かったためか、やぶれた唐紙《からかみ》の向うで、かすかに唸《うな》る声がした。いせは辰造に向って押えるような手まねをし、「一昨年《おととし》の四万六千日の次の日に、百本杭《ひやつぽんぐい》のところで身投げをしたのだ」と囁き声で云った。それは夜のしらじら明けで、幸い釣舟《つりぶね》がいて助けられたが、中ノ郷へ担《かつ》いで来られたときには、死ぬか生きるかわからない状態であったという。辰造は「どうして知らせてくれなかったんだ」と訊いた。

「あたしはお知らせしたかったんです」といせは囁いた、「でもあの人はどうしても承知しないんです、もしか知らせたら、こんどこそほんとに死んじまうって云うんですよ」

どうして「よし村」を出たのか、なぜ身投げなどをしたのか、いくら訊いてもそのわけを話さなかった。そして「丈夫になったら御恩返しをするから、いまはなにも訊かずに寝かしておいてくれ」と云うばかりだったそうである。

「いったいなにがあったんですか」といせは辰造を見た、「なにか悪いことでも——」

「叔母さん」という声が唐紙の向うで聞えた、「——誰《だれ》か来ているの」

いせは「ああ」とあいまいに答えた。

辰造はいせを押しのけるようにしてあがり、そっちへいって唐紙をあけた。家具らしい物もなく、四隅《よすみ》になにかつくねたままの、うす暗い、病人臭い六帖の壁よりに、薄い継ぎはぎだらけの蒲団《ふとん》を掛けて、おうらが仰向けに寝ていた。……解いた髪を両側で束ねている、思ったほど痩《や》せては見えないが、頰《ほお》は透きとおるような色で、微笑すると（その頰に）深い皺《しわ》がよった。

「あら、あんただったの」とおうらは微笑しながら云った、「あたしいま、誰かしらなあって思ってたのよ」

「おうら」と辰造の喉《のど》で声がつかえた。

「とんまなことしちゃったの」とおうらは云った、「自分でもあいそがつきたわ、どうしてこんなななんでしょ、——でも叱《しか》らないでね、あたし大川で、水たたき飲んじゃったのよ」

辰造は「おうら」と云いながら、乱暴に枕許《まくらもと》へ坐った。

するとおうらが手を伸ばし、彼はそれを両手でつかんだ。

「水たたきって云うと、叔母さんは笑うのよ、違うんですって」と云いながら、おうらは急に寝返って、辰造の手へ顔を押しつけて泣きだした、「でも、水たたきでいいんだわねえ、あんた」

「そうだ」と辰造が喉で云った、「そうだよ」

おうらは身をふるわせて泣き、爪《つめ》のくいこむほど強く、辰造の手を握りしめた。

――堪忍しろおうら、と辰造は心のなかで云った。そしてうちへ帰ろう。

（「面白倶楽部」昭和三十年十一月号）

凍《い》てのあと

一

栄次は小梅かわら町の家へ帰って来ると、七日ばかり寝たままで動かなかった。母親のおろくも黙って好きなようにさせておいた。相長屋はもちろん、「くじゃく店《だな》」と呼ばれているこの一帯の裏店では、殆《ほん》どみんなが栄次のことを知っていて、それでも劬《いたわ》りの気持から、その話に触れる者は一人もなかった。

おろくは食事に気をつけた。六十日のあいだに栄次はかなり瘦《や》せて、もともと小ぢんまりした顔だちが骨立ってみえ、膚《はだ》の色も蒼白《あおじろ》く、乾いたように艶《つや》を失っていた。おろくは、魚や卵、じねん薯《じょ》や鳥などを、「頼むから」とせがんで喰《た》べさせようとした。初めからではない、初めの二日ばかりは柔らかい淡白な食事を与え、それから順に滋養のある物に変えていったのである。栄次は少年じぶんから膏《あぶら》っこい物を好かなかったし、いまでも好きなほうではない。母親がおがむように云《い》うので、やむなく箸《はし》を付けるが、あんまり濃厚な物だとそっぽを向いた。

「お願いだよ栄次」とおろくは哀願するように云う、「軀《からだ》に精の付くまでだからね、薬を飲むつもりで喰べておくれ」

すると彼は黙ったまま一と箸か二た箸つまんで、嚙《か》まずにのみこむのであった。

おちかは栄次の帰った日の夕方に訪ねて来たが、おろくと戸口で話したまま、栄次には会わずに帰っていった。三日めに来たとき、おろくが栄次に云うと、彼は「会いたくない」と答えたので、おちかはやはり会わずに帰った。――そのとき、おちかといれちがいに、女の客があって、おろくと小半刻《こはんとき》なにか話していった。低い囁《ささや》き声で、なにを話しているのかわからなかったが、ときどき女客が忍び泣きをするのを、栄次はこっちの部屋で聞いていた。女客は帰るときに、「よろしくお願い致します」と云ったが、まるみのあるいい声であった。おろくはその客についてはなにも云わなかったし、栄次も訊《き》きもしなかった。

「鉄さんの声がしないようだな」と或《あ》る夜、栄次が云った、「鉄さんの声もかみさんの声もしないようだがな」

「お隣りは変ったんだよ」とおろくが云った、「鉄さんは帳場の都合で下谷《したや》のほうへ越していったよ、それから向うの平さんも引越しちまって、平さんの家はまだ空家になってるよ」

栄次は黙って頷《うなず》いた。

「少し外へ出てみないかえ」とおろくが云った、「寝てばかりいると気がくさくさしちまうじゃないか、少しは外の風に当って来るほうがいいよ」

栄次は「うん」と云った。

「云おうと思ってたんだけれどね」とおろくはおそるおそる云った、「京清の旦那《だんな》から お金を頂いてあるんだよ」

「金だって」と栄次は母親を見た。

「おまえが怒るかもしれないと思ったけれどね、うちもすっからかんだったし、旦那はこの金は栄次の稼《かせ》いだものだって仰《おっ》しゃるもんだから」

「わかったよ」と栄次は顔をそむけた。

「おまえ怒ったのかい」とおろくは息子の顔を覗《のぞ》いた、「悪かったら堪忍《かんにん》しておくれ、たぶん怒るだろうと思ったんだけれどね、どうにもしようがなかったものだから」

「いいよ、怒ってやしないよ」と顔をそむけたまま栄次が云った、「どっちにしろ同じことさ、取っておいていいんだよ」

おろくはこっくりをした。ようやく心の重荷がおりたというように、――彼女はそれが受取ってはならない金であり、受取れば息子が二重に傷つく、ということを知っていた。いま息子の云ったことは、母親おもいの、やさしい気持から出たので、本心でないことは察しがついたけれども、おろくは（いかにも女らしく）その言葉を鵜呑《うの》みにして、心の重荷をおろした。おろくは紙包を出して来てひろげ、京屋清兵衛《きょうやせいべえ》から受取った金額を云い、それから遣って残った分をそこへ並べた。栄次は見ようともせずに、「わかったよ」と頷き、持っていておくれと云った。

鉄造夫婦のあとへ越して来た隣りは、男の独り暮しらしく、午《ひる》ごろに起きてでかけ、夜はおそく、それも印判《はん》でも捺《お》すように必ず酔って帰った。でかけるときはこちらの戸口へ寄って、「頼みます」と声をかけてゆく。ただひと言「頼みます」と云うだけで、その声は低く力がなく、なにか恥じているような響きが感じられた。――帰ったときは声もかけない、戸のあけたてが精いっぱいのようで、どたどた音がしたかと思うと寝てしまう。ときにはぶつぶつ独りでなにか云ったり、どなり声をあげることもあるし、悪夢にでもうなされるような（ぶきみな）唸《うな》り声が聞えたりした。

「隣りの人はお武家なんだよ」と或る夜おろくが栄次に云った、「いまは浪人しておいでだけれど、それにはお気の毒なことがあってね、……ほんとにお気の毒な事情があるんだよ」

栄次は「おれよりもかい」と訊き返したかった。しかし訊き返しはしないで、黙って壁を見つめていた。――栄次が起きだすまで、京清のほうからは誰《だれ》も来なかった。いっそそのほうがいいや、針台も、金糸銀糸もおさらばだ、と栄次は思った。もうおさらばだ、二度と手にするもんか、縁切りだ、と彼は心のなかで呟《つぶや》いた。

十月になった或る日、栄次は釣《つり》道具を出してしらべた。

「ああそれがいいね」とおろくは云った、「中井《なかい》堀《ぼり》でたなごが釣れるそうだよ、いり用なものがあったら買って来るからいっておいでな」

栄次は入用な物を云った。てぐすは使えるが、鉤《はり》はみんな錆《さ》びているし、はりすがだめになっていた。おろくはすぐ買いにでかけようとし、ふと振返って「ちいちゃんが来たいっていうんだけどねえ」と息子を見た。

「いつかね」と栄次は顔をそむけた、「――もう少し経《た》ってから……」

おろくは溜息《ためいき》をつき、そして出ていった。

栄次がでかけたのは午後二時ころであった。空はうす曇りだったが、風のない暖かな日で、源森川の岸にもだいぶ釣っている人が見えた。――中井堀は横川から中川へゆく途中にあり、まわりは見わたす限り田畑や荒地つづきで、ところどころに、森や雑木林に囲まれた農家が見え、その向うに遠く筑波山《つくばさん》が眺《なが》められた。

栄次が中井堀へ曲ってゆくと、そこにもう竿《さお》をおろしている者が一人いた。栄次はちょっと気が重くなり、釣道具を置いたまま、枯草の上に腰をおろし、ながいことぼんやりと「あずまの森」を眺めていた。それは堀の対岸の一町ばかり向うで、小高い塚《つか》のような丘に松林が繁《しげ》っており、なにかの小さな祠《ほこら》があった。いまその松林の中に紅葉した木が二三あって、黒ずんだ松のあいだに、黄や橙色《だいだいいろ》の、すでに疎《まば》らになった葉が、鮮やかに浮きあがって見えた。

かなり時が経ってから、先に来ていた男がこちらを見た。栄次と同年配らしいが、知らない顔だった。

「たなごですか」と栄次が訊いた。

「なに」と男は苦笑した、「なんてことはない、釣れるものを釣るだけさ」

「嘘《うそ》あない」と栄次も微笑した。

二

男の苦笑する顔を見たとき、栄次はその男が好きになった。ごく稀《まれ》にではあるが、顔を見ただけで、初対面にもかかわらず、古い馴染《なじみ》のような好意を感じることがある。そのとき栄次は、六十余日もみじめな、屈辱と孤独の日夜を経験したあとだったので、特に感じかたが強かったのかもしれないが、それでもなお、その感じに誤りはなかった。

二度めに(この中井堀で)会ったとき、二人は名のりあった。男は「官と呼んでくれ」と云った。どんな字だと訊くと、左官の「官」だと答えた。二人は気性が合った、どちらも口かずが少ないし、用もないことを訊いたり話したりするようなことはなかった。三度、五度と会い、いっしょに中井堀で釣をしながら、殆んど話らしい話をしない。しかもそれが、お互いの気にいっているようであるし、黙っていても意志はよく通じあうようであった。

釣の下手なことも、二人はよく似ていた。下手というよりも、釣る気がないというふうで、特に男のほうは、少し大きなものが釣れたりすると、ひどく戸惑って「どうしたらいいか」とでも云いたそうに、栄次を見るのであった。

「栄さんは一人っ子だな」と或る日、男が云った、「そうじゃないのか」

「うん」と栄次は頷いた。

「そうだろうと思った」

「まが抜けてみえるか」栄次は彼を見た。

男は黙って、眼《め》をそばめながら「あずまの森」を眺めやった。栄次は男から眼をそらし、竿をあげて、べつのほうへ糸を入れた。

「官さん」と暫《しばら》くして栄次が云った、「おめえ、釣った魚を、どうする」

男は五六町もはなれていて、ようやく栄次の声が聞えたというころに、「栄さんはどうする」と反問した。

「おれか」と栄次は苦笑した、「おれはまだ、どうするというほど釣ったことがないや」

「御同様だ」と男が云った。

栄次はなるほどと云った。

たいていの場合、男のほうが先に来た。帰るのは栄次のほうが早かった。男は先に来て、同じ場で動かずに釣り、帰るときはいつも栄次のあとに残った。栄次が「おふくろが待ってるんでね」などと云い、道具を片づけて別れを告げ、暫く歩いてから振返ると、うす暗くなり始めた刈田の向うに、釣竿を持って身を踞《かが》めている（男の）うしろ姿が、枯草のあいだに小さく、ぽつんと見える。夕風が渡り、茶色に枯れた葦《あし》や、荒地の草が乾いた音を立てて揺れ、そして、男のうしろ姿はいつまでもじっと動かない。栄次は溜息をつき、首を振って、堀端《ほりばた》の道を帰るのであった。

十月も終りかけた或る日、――男は栄次に向って、「酒はだめか」と訊いた。栄次は釣りあげた鮒《ふな》をびくへ入れ、その手を水で洗ってから、「少しくらいなら飲む」と答えた。

「じゃあ」と男が云った、「帰りにやらないか」

「今日か」

「ああ」と男が頷いた、「――いやか」

「なにかわけでもあるのか」

「ないこともない」と男は笑った。可笑《おか》しそうに笑って、栄次を見て云った、「おれたちは隣り同志だ」

栄次は不審そうな眼をした。

「五六日まえに路次でみかけたんだ」と男は笑い顔のまま云った、「おれはこの九月のはじめに、栄さんの北隣りへ越して来たんだ」

「へえ」と栄次が云った、「まさかね」

「おふくろさんにはずいぶん厄介《やっかい》になったよ」

「まさかね、へえ、――」と栄次は首を振った、「まさかそうとは、知らなかったな」

そして急に彼は黙った。

栄次が急に黙ったのを、男はすぐに感づいた。そればかりではない、栄次がなぜ沈黙したかという理由もわかったのだろう、男は気まずそうに頭を垂れた。男の浮子《うき》がぴくぴくと動き、そのまわりに波紋が立った。

「くってるぜ、官さん」と栄次が云った。

男が竿をあげると、その辺でやなぎはやという、小さな細い魚が、糸の先で勢いよくはねながら、釣れて来た。

「またこいつか」と男は云った。

「私は牢《ろう》へいって来た」と栄次が云った、「その話は官さんも聞いたと思うが」

「済んだことはよそう」

「聞いてもらいたいんだ」栄次は云った、「これまで誰に話すつもりもなかった、おふくろだって詳しいことは知らないだろう、そのほうが却《かえ》っていいんだが、官さんにはすっかり話して、わかってもらいたいんだ」

男は鉤に餌《え》を付け、堀の淀《よど》みへ糸を垂れながら、黙って頷いた。

「私は縫箔屋《ぬいはくや》の職人だった」と栄次は話しだした、「十二の年に、日本橋の通り二丁目にある京屋清兵衛という店へ奉公にはいった、そこにまる十二年いたわけなんだが、官さんも知ってのとおり、丁未《ひのとひつじ》（天明七年）のお布令《ふれ》で、贅沢《ぜいたく》が御禁止になり、縫箔なんぞもむろんいけないことになった」

「おと年の八月だったな」

「それから今年の三月にまた出たんだ」と栄次は続けた、「わかってるだろうが、どこにだって裏がある、京清は縫箔が専業で、下職《したしょく》も十二三軒あった、お布令のとおり手を止めていれば、店と下職とで五十人ちかい家族が、餓死をしなければならない、おまけにおかしなもので、金持なんぞは御禁制になると、よけいそいつが欲しくなるらしい、これは禁止だといわれる品は、表向きにはすがたを消すが、裏ではさかんに売り買いされるし、値段も高くなるばかりだった、どんなに危ない橋でも、家族を喰《た》べさせるためには、それを渡るよりしようがない。京清でも注文に応じて仕事をした」

「それがばれたのか」

「うん」と栄次は眼を伏せた、「どう云ったらいいか、——ばれるとは誰も思わなかったらしい、どこでもやってることなんだから、また、ばれてもお叱《しか》りぐらいで済むと思っていたんだろう、そいつが京橋の田野村という、袋物屋が捉《つか》まって口を割ったために、とうとう差紙が来てしまった」

「しかし」と男が云った、「咎《とが》めを受けるのは主人じゃあないのか」

栄次は首を振った。彼はためらい、云いよどみ、男を見て、声をおとした。

「私は云い含められた」と栄次は云った、「京清の主人に、罪を衣《き》てくれと云われた、おまえが罪を背負ってくれれば、自分は手をまわして軽く済むように奔走する、必ずそうするから、家族を抱えた下職たちのために、ほんのいっとき眼をつむってくれ、——そう頼まれて、私は承知した」

栄次の浮子がくいと沈んだ。

三

浮子はくいと沈んで、つんつんと水面でおどり、つぎに水の下へ斜めに引込まれた。細い竿の尖端《せんたん》が僅《わず》かに撓《しな》って、水中へ延びた糸が輪を描いたが、まもなく、浮子はぽかっと水面にあらわれ、そして、なに事もなかったように動かなくなった。

「私は一人で罪を衣《き》た、仕置は入牢《にゅうろう》二年ということだったが、約束どおり京清の主人が奔走してくれたのだろう、六十日で牢から出ることができた、それはいいんだ、——御禁制に触れたことも事実だし、みんなの罪を背負ったのも承知のうえだ、それはいいんだ、けれども私は」と栄次は吃《ども》った、「私は、お白洲《しらす》で、奉行所のお白洲で、いや、——どう云っていいかわからない、私にはあのことを、口でこうと話すことができそうもない」

男は黙っていた。いまは静かに浮いている栄次の浮子を眺めながら、黙って栄次の続けるのを待った。——栄次は偽証のことを語った。白洲で裁きのあったとき、京屋清兵衛はじめ、店の者も下職たちも、「すべて栄次のやったことで、自分たちはなにも知らない」と云い、その証拠を挙げた。

「むろんまえに口を合わせておいたことだ、これはこう、これはしかじかと、こまかいところまで打合せがしてあった、みんなはそのとおりに証言したんだ、悪意で私をおとしいれた者などは一人もない、なにもかも予定どおりにはこんだんだ、しかし——」と栄次は唇《くちびる》を嚙《か》み、急に寒さにでもおそわれたように、その肩をすくめた、「私はみんなの証言を聞いているうちに、吐きたいような気持になった、一人一人がまじめな顔で、ありもしないことをすらすらと述べたてる、声の調子も変えやしない、それが偽証だとわかっているのに、そんなけぶりは微塵《みじん》も感じられないんだ、それはその筈《はず》なんだ、そうでなければならなかったんだ、しかし、——私は云いようのないほど胸がむかついてきた、ほかにどう云いようもない、ただもう胸がむかついて、吐きたくなって堪《たま》らなかったと云うほかはない」

男はかすかに頷《うなず》いた。栄次は、眼をつむって頭を垂れ、ながいことじっと考えこんでいた。

「だめだな」と栄次はやがて顔をあげた、「もっと云いたいことがあるんだ、吐きたい気持なんてものじゃない、もっと大事なことで胸が閊《つか》えているんだが、どう云ったらいいか私にはわからないや」

「口で云うことはないさ」と男がゆっくり云った、「おれにはおよそ見当がつくよ」

「そうだろうか」

「つまり、——いや、まあよそう」と男は竿をあげて云った、「それよりいっそ、今日はもう飲むことにしようじゃないか」

「いやな話を聞かせて悪かった」

「おれにはもっといやな話があるよ、もうしまって飲むことにしないか」

「そうしよう」と栄次は頷いた。

道具をまとめて立ちあがったとき、男の右足が跛であるのを、栄次は初めて発見した。

——それで歩くところを見せなかったのか。

と栄次は思った。中井堀では男はいつも先に来ていたし、帰るときも必ずあとに残った。たぶん不自由な足を見られたくなかったからだろう、と栄次は推察した。……

中ノ郷の横川に面した町角に、「魚芳《うおよし》」という縄《なわ》のれんの飲屋があった。男はいつもそこで食事をし、酒を飲んでいるらしい。重助という主人、女房《にょうぼう》のお芳、そして二人いる小女《こおんな》たちも男をよく知っていたし、扱いにも親切と劬《いたわ》りが感じられた。

その日は母親に断わってなかったので、夕飯にまにあうように、栄次は早くきりあげた。そして、家へ帰ってみると、女の客が来て、母親と話していた。——女は納戸《なんど》色《いろ》の縮緬《ちりめん》のおこそ頭巾《ずきん》をかぶっていたし、栄次はそのまま隣りの六帖《じょう》へはいったので、顔かたちもよくは見なかったが、肩の小さな、ほっそりした軀《からだ》つきで、しかし両手を膝《ひざ》に重ねて、きちんと坐《すわ》った姿には、一種のつつましい気品が備わっていた。

——いつか来たことのある女だな。

栄次はそう思った。彼女はまもなく帰っていったが、母親と話していた囁《ささや》き声も、帰るときに、「ではよろしくお願い致します」と云った、まるみのあるきれいな言葉つきもかなりはっきり記憶に残っていた。

食事のときに、栄次は「誰《だれ》だい」と母親に訊《き》いた。おろくは「ちょっと知っている人だよ」と云ったまま、あまり話したくないようすなので、栄次もさりげなく、「隣りの官さんと知合いになったよ」と話をそらした。隣り同志とは知らずに、一と月ちかくもいっしょに釣をしていて、今日はじめて名のりあい、酒を馳走《ちそう》されて来たと語った。

「暢気《のんき》なもんだね」とおろくは驚きながら笑った、「尤《もっと》も此処《ここ》では会ったことがないし、内田さんはでかけてばかりいたからね、燈台《とうだい》と勝手元は暗いとも云うから」

栄次は笑った。

「なにが可笑《おか》しいのさ」とおろくが云った、「笑いごとじゃあないよ、栄次、おまえは官さんなんてこころやすく呼んでるようだけれど、内田《うちだ》官之介《かんのすけ》というお武家なんだからね」

「だって浪人だろう」と栄次が云った、「いつもまる腰だし、自分じゃあもう侍とは思っていないらしいぜ」

「それにしたって官さんは失礼だよ」

「いいよ」と栄次は云った、「失礼なら内田さんて呼ぶことにするよ、官さんがいやがらなければね」

官之介はいやがった。次の日「内田さん」と呼んだら、顔をしかめて「よしてくれ」と首を振った。だっておふくろに云われたんだ。まっぴらだ、と官之介は云った。これまでどおり官と呼んでくれ、内田なんて呼ばれるとぞっとするよ。わかった、それでよければそうするよ、と栄次は云った。

雨とか風の強い日を除いて、二人は毎日のように釣にでかけた。中井堀から綾瀬《あやせ》川《がわ》、寺島村の小川、ときには舟で中川へ出ることもあった。帰りは「魚芳」に寄るのが定《きま》りで、どうやら官之介はそのほうがおもな目的らしく、釣はその時刻までの閑《ひま》つぶしのようであった。――栄次はあまり酒が強くないので、長くて一刻《いっとき》、たいていは半刻くらいで先に帰るが、官之介は残っておそくまで飲み、(例によって)よろけるほど酔って帰る。以前のようにどなり声をあげたりはしないが、横になったと思うころ、苦しそうな低い呻《うめ》き声や、輾転反側《てんてんはんそく》する物音の、聞えて来ることがしばしばあった。

――おれにはもっといやな話がある。

官之介はいつかそう云った。また母親からも、「お気の毒な事情がある」と聞いたことがある。栄次は自分が身の上を語ったので、相手もなにか話すだろうと思っていたが、官之介はそんなようすはみせなかった。栄次は夜半のしじまに、隣りの低い呻きを聞きながら、「よほど辛《つら》い事があったんだな」と自分にひき比べて、そっと太息《といき》をつくのであった。

四

霜月になった或る夜、――栄次は官之介と「魚芳」で飲んでいた。

その日、二人は珍しい大漁で、形のいい鮒《ふな》を合わせて五十尾以上も釣り、また官之介は百匁《もんめ》くらいの鰻《うなぎ》も一本あげた。そのために仕掛をだめにしたが、官之介は「おふくろさんへ土産にしよう」と云い、「魚芳」へ来るとすぐに、それを割《さ》いて白焼《しらやき》にするように頼んだ。二人はいつも釣った魚を「魚芳」へ渡す、重助はそれを煮たり焼いたりしてくれるのだが、肴《さかな》になるほど漁のあったためしがないので、その日の大漁にはみんなびっくりし、小女のおそめなどは「買って来たんでしょ」と云って、二人が釣ったとはどうしても信じなかった。

官之介はその日に限って栄次をひきとめた。そんなことは初めてで、「たまにはつきあってもいいだろう」と云われると、断わることができず、宵《よい》のくちまでいっしょに飲んだ。——官之介はぐいぐいと呷《あお》った。顔は少しも赤くならないが、いつまでも平気な顔をしていた。しかしやがて、酔いが眼《め》や言葉つきにあらわれ、相貌《そうぼう》が変ってきた。ふっと気がつくと、頬《ほお》がこけたようになり、眼がおちくぼんで、（慥《たし》かにおちくぼんだようにみえた）下唇が片ほうへねじれた。その変りかたがあまりに激しく、また突然だったので、栄次はちょっと寒気立つように思った。

「栄さん」と官之介が云った、「おめえ、おちかさんていう娘をどうするつもりだ」

栄次はどきっとした。彼がおちかのことなど知っていようとは思わなかったからである。官之介は「おふくろさんから聞いたんだ」と云った。おちかは京清の主婦の姪《めい》で、栄次と結婚する内約が定っていた。栄次が牢へはいるまえに、——出て来たら祝《しゅう》言《げん》をさせよう、おちかにはこれこれの持参金を付ける。と京屋の主人夫妻が約束した。

「栄さんのいないあいだに、おれはあの娘を見た」と官之介は云った、「ひとがらで、おとなしい、いい娘じゃあないか、それを、訪ねて来てもおめえは会いもしない、知ってるぞ」

「その話はよしてくれないか」

「おめえはあの娘と夫婦になる筈だった」と官之介は続けた、「おふくろさんに聞いたんだが、あの娘はおめえといっしょになって、おめえに新しい職についてもらうつもりでいるそうだ、新しい職の用意もできてるっていうじゃないか」

「その話は聞きたくないんだ」

「お白洲で吐きたくなってからか」と官之介が云った、「おめえは口では云いようがないと云った、云いようはあるさ、みんなの偽証を聞いたとき、おめえは人間にあいそをつかしたんだ、みんなが口を揃《そろ》えて、平気で嘘《うそ》を並べるのを聞いて、人間ぜんたいが反吐《へど》の出るほどいやらしくなったんだ、それで、——おちかという娘にも、顔を見る気にさえなれないんだ、そうだろう」

栄次は返辞をしなかった。そのとき店の中には（かれらとはなれた処《ところ》に）三人伴《づ》れの客が飲んでおり、それが話をやめて、こちらの問答を聞いているようであった。

「そうじゃないと云えるか」官之介は唇をさらにねじ曲げた、「云えないだろう、おめえはお白洲からこっち、どんな人間も信用できなくなった、自分のほかはな、自分だけはべつさ、自分だけは、——なんの関係もないおちかさんにまであいそをつかしても、自分だけはべつなんだ、いい気なものさ」

「他人の火傷《やけど》は痛くないからな」と栄次は云った、「頼むからその話はよしてくれ、私も官さんの傷には触りゃしないんだから」

「おれの傷がどうしたって」

「どうもしないよ、私は他人の傷には触らないと云ったんだ」

「おれの傷がどうしたって」官之介は拳《こぶし》で強く飯台を打った、「おめえおれの跛を笑うつもりか」

「誰がそんなことを云った、私はただ」

「うるせえ」と官之介はまた飯台を叩《たた》いた。皿小鉢《さらこばち》が躍り、燗徳利《かんどくり》が倒れた、「人をなんだと思ってるんだ、帰れ」

栄次はかっとなった。そのとき主人の重助がとんで来て、「栄さん」と云い、栄次を立たせて、すばやく店の外へ伴れ出した。

「帰ったほうがいい」と重助が云った、「酒癖が悪いんで、こうなったら始末におえないんだ、あとは引受けるから帰っておくんなさい」

「いつもこんなふうなのかい」

「まあね」と重助は肩をすくめた、「馴れた連中ばかりならいいが、馴染《なじみ》のない客がいたりするとからみだすんでね」

「私は馴染のないくちか」と栄次は苦笑した、「じゃあ頼むよ」

そして彼が歩きだすと、うしろからおゆきという、もう一人の小女が追って来て、折に入れた物を渡した。

「はい、これ、——」とおゆきは云った、「おばさんにお土産ですって」

「官さんか」

「ええ内田さんが、——さよなら」

おゆきは走って帰った。

「あの鰻だな」と栄次は呟《つぶや》いた、「——すっかり忘れていたのに」

彼はうしろへ振返った。店へ戻《もど》りたくなったような眼つきをし、だがそうはしないで、その折を大事そうに持って家へ帰った。

翌日、栄次は釣にゆかなかった。隣りの官之介は昨夜《ゆうべ》もおそく帰り、いつもより静かに寝た。物音もさせなかったし、独り言を云ったり、呻くようなこともなかった。

そして朝になると、いつもより早くでかけてしまった。——おろくは白焼の鰻を、「蒲焼《かばやき》にしようかね」と云って、せっせとたれなど作っていたが、午飯《ひるめし》が済んでも栄次が立とうとしないので、訝《いぶか》しそうに「でかけないのかえ」と訊いた。

「うん」と彼はそっぽを向いた、「今日はやめるよ」

そしてふいと母親のほうへ振向いた。

——おちかは新しい職の用意もしているそうだ。

ゆうべ官之介はそう云った。官之介はずいぶん詳しいことを知っていて、もちろん母親が話したのだろうが、「新しい職」などという、当の栄次が聞いたことのない話まで知っていることが、不審に思われたのであった。——いったいどういうわけだ、栄次は母親にそう訊こうとした。すると偶然そこへおちかが訪ねて来た。戸口で彼女の声がしたとき、栄次は「あの女客だな」と思った。おこそ頭巾《ずきん》をかぶった、あの声のきれいな女だろう、そう思ったが、「おばさん、あたしです」という声を聞いておちかだということがわかった。

五

栄次は立って帯をしめ直した。

「いておくれ」とおろくが云《い》った、「今日はいけないよ、今日はちゃんと話すだけ話しておくれ、もうはっきりきまりをつけるじぶんだよ」

そしておちかを迎えに出ていった。

上《あが》り框《がまち》でおろくはなにか囁き、おちかをこっちへよこして、自分は外へ出ていった。ちょっと茶菓子を買って来る、と云ったようだが、そのまえに「二人だけで話せ」と囁いたらしい、おちかは五拍子ばかり躊《ため》らっていて、それから微笑しながらこっちへはいって来た。

「ごぶさたしました」とおちかは明るい調子で云った、「やっとのことで逢《あ》えたわ、うれしいわ」

栄次はこくんと頷《うなず》いて、顔をそむけた。おちかはそれには気づかないようすで、京清の主人夫妻や、下職の人たちが「よろしく」云っていること、そしてかれらの近況などを、さりげなく話しながら、長火鉢《ながひばち》のそばへ寄って、手まめに茶を淹《い》れたり、それを栄次にすすめたりした。

「栄さん」とおちかは改まった調子で云った、「へんなこと訊くようだけれど、あたしたちの約束はだめになってしまったんですか」

「そのほうがいいじゃないか」と栄次は顔をそむけたまま答えた、「約束ったって口だけのものだったし、私は牢《ろう》へいって来た人間だ、牢屋の飯を食って来た人間なんだから」

「そんなこと栄さんに似合わないわ」とおちかは云った、「そのわけはみんなが知っているんだし、栄さんも承知のうえのことでしょ、いまになってそんなふうに云うなんて、栄さんにも似合わないことだわ」

「みんなが知っているって」と栄次は訊き返した、「——奉行所の役人や世間じゅうの者も、本当のわけを知っているっていうのかい」

「そんな人たちには縁のないことよ」

「おまえにはそうだろうさ」

「ええそうよ、あんたにだって縁のないことよ」とおちかはいさましく云った、「一生つれ添うのはあたしですもの、奉行所の役人や世間の人たちがなんと思っていようと、あたしたちには関係のないことよ、それに、人間ってものは、いつも本当のことを世間に知ってもらうなんてわけにはいかないと思うわ」

「おまえは牢へいったことがないからな」

「栄さんがゆけばあたしもいったのと同じことよ」とおちかは云った、「あたし栄さんのおかみさんになるつもりでいたんですもの、栄さんが苦しい辛《つら》いおもいをしていれば、あたしは栄さんより、もっと苦しい辛いおもいをしたわ、いやだ、――あたしなんてばかなこと云うのかしら」とおちかは唇《くちびる》で笑った。その眼がみるみる涙になり、彼女はふるえながら云った、「ごめんなさいね、栄さんの苦労がわかる筈《はず》もないのに、……ばかなこと云って、ごめんなさい」

「いいよ、もうこの話はよそう、私はおちかさんを責めるつもりはないんだ」

「でもあたしのこと怒ってるんでしょ」

「怒ってやしないさ」と栄次は精のない調子で云った、「おちかさんを怒るわけがないし、誰を怒るわけもないんだ」

「じゃあ話を聞いてちょうだい」おちかは指ですばやく眼がしらを撫《な》でた、「栄さんが留守のあいだに、和蘭《オランダ》ゆきの刺繡《ししゅう》を始める支度がしてあったのよ」

「仕事の話なんか聞いたってしようがないさ」

「でも聞くだけは聞いてよ」

　おちかは話した。栄次の興もないという顔つきを無視して、要領よく手短かに話した。刺繡は縫取にもっと技巧を加えたもので、出来た品は長崎《ながさき》へ送り、和蘭商館が買って海外へ売るのだという。栄次は縫箔をやっていたから、道具の二三を変えれば仕事ができるし、その道具も揃《そろ》えてある。贅沢品《ぜいたくひん》ではあるが、和蘭商館へ売るのでお上の許しも得られる。うまくゆけば職人を使って、大きく商売ができるだろう、とおちかは云った。

「ねえ、いそぐことはないのよ」とおちかは栄次を見た、「その気になったら始めてくれればいいの、それまでゆっくり休んでいていいのよ」

「私なんか当《あて》にしないでくれ」と栄次はそっけなく云った、「仕事なんかする気持はないし、する気になれそうにも思えないんだから」

「まだ疲れているのよ」

「私のことは放《ほ》っといてくれ」

「疲れているからだわ」とおちかは劬《いたわ》るように云った、「いまに疲れが治れば、軀《からだ》や気分もよくなってよ、あたしそれまで待っているわ、一年でも二年でも待っていることよ」

栄次は黙っていた。ぶあいそに黙って、やはり顔をそむけたままでいた。

おちかはまもなく「また来ます」と云って立ちあがった。そして、戻って来たおろくと戸口で出会い、なにか囁《ささや》きあったと思うと、啜《すす》り泣きの声が聞えた。おろくが低い声で慰め、おちかはすぐに去っていったらしい。栄次は溜息《ためいき》をつきながら、立ちあがって着替えを始めた。

「どうしたの」とおろくがこっちへはいって来て云った、「おでかけかえ」

「うん、ちょっとその辺まで」

「芝居へいっといでな」おろくが云った、「市村座でやっている将門《まさかど》の狂言で、団十郎がたいした評判だっていうよ」

「芝居か」と栄次は云った、「芝居ならいま此処《ここ》で見たばかりだ」

おろくは「栄次」と云った。栄次はそっぽを向き、角帯をきゅっきゅっと締めた。

それから五日ばかり、栄次は釣《つり》にゆかなかった。霜月になってからずっと、いかにも小春《こはる》といいたいような、暖たかい穏やかな日和《ひより》つづきだったが、中旬にかかると凍《い》てが強くなり、毎朝、雪のように霜がおりるし、霜溶けの道は、宵《よい》のうちからがちがちに凍った。――官之介は相変らずで、釣にゆくのかどうか、いつも午ごろに起きてでかけ、夜はおそく、（ときには夜半過ぎに）酔って帰る。そうして横になってから独り言を云ったり、呻《うめ》いたり、どなったりすることにも変りはなかった。

或る夜、――官之介は、これまでになく泥酔《でいすい》したようで、寝てからも苦しそうに唸《うな》り、どたばたするうちに、土瓶《どびん》かなにかの毀《こわ》れる音が聞えた。

「悪酔いをしたんだね」とおろくが起きあがった、「ちょっといってみて来るよ」

栄次は「うん」といった。

おろくは半纏《はんてん》をひっかけ、湯沸しに水を入れたのを持って隣りへいった。壁ひとえだから、話し声はよく聞えた。ちょうど常泉寺で四つ（午後十時）の鐘が鳴りだし、栄次はまだそんな時刻なのかと思った。――隣りでは母親のなだめる声がし、水を飲ませたり、夜具を掛け直したりしているようすだった。そのうちに官之介がなにか云い始め、やがて、「おばさん、頼む、頼むよおばさん」と高い声をあげた。

「ひと眼でいい、逢わせてくれ」と官之介が云った、「逢って話したいことがあるんだ、ひと眼でいいから逢わせてくれ、このとおりだ、ほんのひと眼でいいんだから」

栄次は枕《まくら》から頭をあげた。

六

母親のなだめる声がし、官之介が同じことを繰り返した。「どうしても逢いたい、いちどでいいから逢わせてくれ」と、酔った舌ったるい調子で、せがみ続けた。母親が承知したものかどうか、まもなく官之介は黙り、戸をあけたてする音がして、「お寒い」と云いながら、母親が帰って来た。

「もう霜がおりてるよ」とおろくは云いながら、長火鉢の火を搔起《かきお》こした、「去年の戊申《つちのえさる》はもっと暖たかかったがねえ」

「いまの話が聞えたよ」と栄次は寝たままで云った、「逢わせてくれって、——誰に逢いたいっていうんだい」

「ひと口には云えないよ」

おろくは火鉢に薬罐《やかん》をかけ、銅壺《どうこ》の湯を注《つ》いだ。そして抽出《ひきだし》から煎薬《せんやく》の袋を出し、薬罐の中へ入れて蓋《ふた》をした。栄次が小さいじぶんから、冬になると、おろくは欠かさずその煎薬を飲む。足の先から温たまってよく眠れるのだそうで、凍てのひどい晩などは、栄次もしばしば飲むようにすすめられたものであった。

「内田さんは歴《れっき》とした御家人《ごけにん》で、麴町《こうじまち》にお屋敷があったんだそうだよ」とおろくは火鉢に手をかざしながら云った、「それが去年の春とんだ間違いを起こして……、女のことなんだけれどね、許婚《いいなずけ》の人で、十年もまえに親同志が約束してあったのを、内田さんがそうとは知らず好きになって、娘さんのほうでも内田さんでなければばって、すっかり熱をあげてしまったんだってよ」

「おふくろの話とくると、——」栄次は母親のほうへ寝返りながら云った、「いったいその娘の許婚ってのは官さんなのかい、それともべつの人かい」

「べつの人に定《きま》ってるじゃないか、内田さんと許婚ならなにも騒ぎは起こりゃしないよ」

「わかったよ、それでどうしたんだ」

邪魔をしないで聞いておくれ、とおろくは云った。

官之介と娘の恋は、やがて周囲の者の眼《め》にとまり、娘の父親（千石ばかりの旗本だという）が官之介のところへ談判に来た。その時初めて、娘に許婚のあることを官之介は知ったのであるが、彼は「改めて自分の妻にもらいたい」と頼んだ。父親は承知しなかったし、今後ふたりの逢うことを厳重に禁じて帰った。すると娘が家出をして来、そのあとから許婚の男が追って来た。——これも官之介と同じくらいの身分で、年は三つばかり上だそうであるが、もう逆上したようになっていて、娘が官之介の側《そば》にいるのを見ると、いきなり刀を抜いて斬《き》りかかった。

「不義者って云ったそうだよ」おろくは薬罐の煎薬を湯呑《ゆのみ》に注ぎ、吹き冷ましながら一と口すすった、「内田さんは無事におさめようと思うから、逃げまわりながら詫《わ》びを云うんだけれど、相手はてんで聞きもしない、そのうちに内田さんが足を斬られて、縁側から転げ落ちる、相手がそれをまた斬ろうとする、そのとき、——お武家そだちはえらいもんだね、娘さんがうしろからその男を殴りつけたんだって、内田さんの刀を取ってさ、鞘《さや》のまんま頭を力いっぱい殴ったんだってよ」

相手の男は眼がくらみ、庭へ転げ落ちてのびてしまった。そこへ隣り屋敷から、騒ぎを聞いて人が駆けつけ、男は介抱されたうえ、その隣り屋敷の人が送り帰した。他人に知られてしまったし、刃傷《にんじょう》という事実があるので、とうてい内済にはならない。娘の父親は相手の男を罪にはできないので、八方に奔走した結果、官之介は家名取潰《かめいとりつぶ》しとなり、娘は勘当ということになった。——浪人したときは幾らか金もあったが、斬られた足の傷が膿《う》んで、治療がながびいたために、たちまち遣いはたしてしまい、二人はこの長屋へ越して来た。傷は治ったものの、筋がどうかして、跛《びっこ》になり、働くこともできない。せっかく夫婦になったのだが、そのままでは二人が餓死してしまう。娘は決心をし、「自分が稼《かせ》ぐ」と云って、どこかへ姿を隠してしまった。

「それから内田さんは飲み始めたよ」とおろくは続けた、「お侍は肌付《はだつ》きといって、どんなに困っても壱両は持っているんだってさ、そのお金で夜も昼も飲みつづけ、酔っぱらって道傍《みちばた》へ寝るようなこともあったよ」

「御新造《ごしんぞ》はそのまんまか」

「内田さんはそう思ってやけになったのさ、あたしも半分は疑ぐってたがね」とおろくは太息《といき》をついた、「一と月ばかりすると、そっとあたしのところへ訪ねて来て、壱両というお金を出して、あたしから内田さんに渡してくれっていうのさ、自分は逢いたくないし、当分のあいだはいどころも知らせない、けれども金だけはきっと届けるから、あの人の世話を頼むって、泣きながら云うんだよ」

　栄次はじっと眼をつむった。

「それは」と彼は低い声で訊《き》いた、「いつか来た、あのおこそ頭巾《ずきん》の人だね」

「ああやって毎月いちど、必ず届けに来るんだよ」

「なにをしているんだろう」

「さあね」おろくは長火鉢の火を埋めながら云った、「なにをしていることやら、あの人も云わないしあたしも訊きもしないさ、あたしはあの人がなにをしているかなんて、考える気にもなれやしないよ」

「それで」と栄次が云った、「逢いたいっていうのは、その御新造のことなんだな」

　おろくは「ああ」といった。栄次は暗い天床を見まもったまま、暫《しばら》く息をひそめていたが、ふと、母親のほうを見て、「寝なよ」と云った。せっかく飲んだ薬が効かなくなるぜ。あいよ、とおろくは立ちあがった。

　――さぞたまらねえ気持だろうな。

　母親が寝床へはいるけはいを聞きながら、栄次は心のなかでそう思った。そんなわけだとすると、官さんもたまらない気持だろう。辛《つれ》えだろうな、どんなに辛えだろうと、栄次は思った。

「どうして逢わせないんだ」栄次が暫くして云った、「逢わせてやればいいじゃないか」

「御新造が逢いたがらないんだよ」

「だって此処へ来ることはわかっているんだろう」

「わかってやしないさ」とおろくが云った、「お金も使いの人が届けて来るっていうことにしてあるしね、どうしても逢うのはいやだって、……いったいどうなることかしらねえ」

栄次は枕の上で、頭をゆっくりと左右に振った。

その翌日、——栄次は官之介の起きるのを待って、隣りを訪ねた。官之介は帯を締めながら出て来て「やあ」と微笑した。

「天気がいいんでね」と栄次が云った、「釣にゆこうかと思うんだが」

七

官之介は戸口から空を覗《のぞ》いた。

「ゆこう」と云って官之介は笑ったが、「しかし、これがいい天気かね」

栄次は空を見あげて、鬱陶《うっとう》しく曇っているのに気がつき、ばつが悪そうに苦笑しながら「嘘《うそ》あねえ」と呟《つぶや》いた。あとで「魚芳」へ来てくれ、と官之介は云った。あそこで顔も洗うし、道具も預けてあるんだ。そうか、そんならいっしょにいこう、私はでかけるばかりになっているんだ、と栄次は云った。

「いいとも」と官之介が云った、「一杯ひっかけるんだが、つきあうか」

「そいつはどうも」と栄次は首を振った、「朝酒は苦手だが、待っているよ」

官之介は「朝なもんか、もう午《ひる》だ」と云った。

栄次は釣道具を持って、官之介といっしょに「魚芳」へいった。店には早い午飯を食う客が四五人いて、官之介に挨拶《あいさつ》をする者もあった。官之介が顔を洗っているうちに、小女《こおんな》のおそめが肴《さかな》と酒の支度をした。盃《さかずき》ではなく、大きな湯呑で、官之介はそれへいっぱいに酒を注ぎ、飲もうとして、ふと栄次に「有難《ありがと》う」と呟いた。栄次は不審そうな眼をした。だがすぐに眼をそらして「なあに」と呟いた。栄次のほうから訪ねたのに対して礼を云ったのであろう。その短い一と言には思いがけないほどの感動がこもっていた。

二人は寺島村の小川や沼を釣ってまわり、夕方にまた「魚芳」へ寄った。

「もう悪じいはしないよ」と官之介は腰掛けるなり云った、「おれに構わず、帰りたくなったらいつでも帰ってくれ」

「そうしよう」と栄次は答えた。

半刻ばかりつきあって、栄次はさきにきりあげた。官之介は昨夜のことはなにも云わなかった。泥酔していたが、忘れたのではないだろう。もちろん、栄次もそのことにはまったく触れなかった。

凍《い》てはひどかったが、珍しく雪を見ずに十二月にはいった。風の強い日のほかは、たいてい二人で揃《そろ》ってでかけ、半日釣ったあと「魚芳」で飲んで別れた。荒地の枯草を分けてゆきながら、官之介の不自由な歩きぶりを見るとき、また、釣竿《つりざお》を並べていて、官之介が浮子《うき》の動くのも知らず、惘然《もうぜん》と遠い雲を眺《なが》めているのに気づくとき、栄次はするどい痛みを感じたように眉《まゆ》をしかめ、慌《あわ》てて眼をそらすのが常であった。

——さぞ辛いだろうな。

と栄次は思う。どうなるんだろう、いつか夫婦がいっしょに暮せるときが来るだろうか。そのときまで、官さんの辛抱が続くだろうか、などと思いやるのであった。

十二月になってまもなく、初雪が降った。二人が綾瀬川で釣っているとき、朝からの冷たい微風がやむと、いつかさらさらと霙《みぞれ》が降りだし、それがやがて粉雪になった。

「こいつはいい」竿をしまいながら官之介が云った、「たっぷり降ってくれ、たっぷり降ってくれれば少しは凍てもゆるむだろう」

「乾いてるから、降りさえすれば積るな」

「こうなると魚芳はまずいな」と官之介は云った、「魚芳じゃあせっかくの雪が見られない、牛の御前《ごぜん》へつきあわないか」

「雪見酒か、いいだろう」と栄次も陽気に頷《うなず》いた、「私も今日は少しばかり持ってるんだ」

官之介は「そのほうは大丈夫だ」と云った。二人は秋葉神社の森をめあてに、粉雪の中を歩きだした。——牛の御前は向島《むこうじま》の堤に接してい、門前には掛茶屋が並んでいる。「葛西太郎《かさいたろう》」はその中でも知られた茶屋であるが、二人は堤に近いほうの掛茶屋へはいった。

久しく乾いていたうえに、さらさらした粉雪なので、あたりはたちまち白くなり、昏《くら》くなるじぶんには二寸ばかり積った。掛茶屋は日暮れには店をしまうのだが、花の季節や、雪などのときには、客がある限りしょうばいをする。その日も客がだいぶ来て、たいていが酒になったので、昏れるまえに提灯《ちょうちん》を掛けつらねた。——二人はすっかり昏れるまで飲み、戻《もど》り駕籠《かご》をみつけて茶屋を出た。官之介は歩いてゆこうと云ったが、不自由な足では無理だろうと思い、栄次は「酔ったから」と云って、自分で駕籠を呼んだのであった。

「官さんは魚芳へ着けるんだろう」

「いや今日はよそう」と官之介は駕籠の中から答えた、「いい気持に酔ったし、この勢いで積られては帰れなくなる」

「そんならうちへ寄らないか」と栄次がうしろの駕籠から云った、「おふくろになにか拵《こしら》えてもらって飲み直してもいいし、それからいっしょに飯を食うとしよう」

官之介は「うん」といった。

駕籠を路次口でおり、栄次が駄賃《だちん》を払って雪を踏みながら家へ帰った。戸口で「いま帰ったよ」と声をかけ、官之介を助けながら土間へはいると、障子があいて、おろくと女の客とがそこにいた。女の客はちょうど帰りかけたところらしい、おこそ頭巾をかぶったまま、そこへ棒立ちになった。

――いけない、まずいことになった。

と栄次が思い、おろくが「栄次」と云った。だがそのとき、官之介が低い声でするどく「八重」と呼びかけた。女は身ぶるいをし、力がぬけたように頭を垂れた。

「話がある」と官之介が云った、「いっしょにおいで」

おろくが「内田さん」と云いかけると、女はそれを遮《さえぎ》って、「はい」と答えながら、被布《ひふ》を抱えて土間へおりた。栄次は軀《からだ》をよけながら、官之介が荒い息をしているのを聞いた。

「じゃあ」と官之介が栄次に云った、「またあとで、――」

「いま火だねを持ってあがります」とおろくが云った、「火《ひ》鉢《ばち》はおありでしたね」

「いや、火はいりません」と官之介は外へ出ながら云った、「話はすぐに済みます、どうか心配しないで下さい」

そして妻を促して出ていった。

栄次はあがって、障子を閉めながら、「ひと足早かった」と云った。運だな、官さんが珍しく魚芳へ寄らなかったし、駕籠に乗ったなんてのもめぐりあわせだ。「どっちにしろこのままじゃおけないよ」とおろくは云った。酒を付けて膳拵《ぜんごしら》えして、二人で喰《た》べるように持っていってあげよう。うん、そいつはいい、差向いで飯でも食えば気分もなごやかになるだろう。じゃおまえ酒を買って来ておくれ。いいとも。あたしはさきに火鉢を持ってっとくから、とおろくは云った。

栄次が酒を買って来るあいだに、おろくは火だねを入れて持ってゆき、戻って来るとすぐに、汁《しる》の鍋《なべ》を仕掛けたり、有合わせの物を皿小鉢《さらこばち》に取り分けたりした。

「酒は土瓶《どびん》で火燗《ひがん》にしてもらおう」と膳の上を見ながらおろくは云った、「うちの徳《とっ》利《くり》は欠けてるし、お隣りには湯沸しがないんだから」

「いいだろう」と栄次が云った、「膳はおれが持ってゆくよ」

そして二人で、酒と食膳を運んでいった。

八

おろくは夕飯を済ましたそうで、栄次に「どこかで喰べておいで」と云った。あった物をみんな隣りへまわしたから、なにも残っていないのだという。栄次は「じゃあ蕎麦《そば》でも喰べてこよう」と云って、傘《かさ》を持ってでかけた。

源森川の向うの八軒町に蕎麦屋がある、栄次はそこへいって敦盛《あつもり》を二つ喰べた。雪はまださかんに降っていて、人の踏まない処《ところ》は、五寸ばかりも積ったようにみえた。「へんなめぐりあわせだ」帰る途中でふと栄次が呟いた、「官さんと御新造、おれとおちか、……似たようにこじれた仲の者が、隣りあって住むなんて妙なはなしだ」

彼の脛《すね》へどしんとなにかぶっつかった。吃驚《びっくり》して見ると、二疋《ひき》の犬がふざけていて、その一疋が跳ねる拍子に、ぶっつかったのであった。雪のために足音がしないから気がつかなかったのだが、二疋は雪けむりをあげ、夢中になってふざけながら、森川町のほうへ走り去った。

帰ってみると、おろくは炬燵《こたつ》にはいって、繕いものをしていた。隣りは、と眼で訊くとおろくは「大丈夫」というふうに頷いてみせた。栄次は枕《まくら》を出して来、炬燵へはいって横になると、読みかけの洒落本《しゃれぼん》をひらいた。――隣りはひっそりとして、ときどき嗚咽《おえつ》する声が聞えるが、それもごくかすかだし、話し声は殆《ほと》んど聞えなかった。

「隣りは泊るんじゃないかな」と栄次が本から眼をはなして云った、「泊るとすると蒲団《ふとん》が足りないだろう」

「ばかだね」とおろくが云った、「御夫婦じゃないか、一と組あれば充分だよ」

「さようで、ございますか」と栄次が云った。

「おまえこそ敷蒲団を出してお敷きな」とおろくは云った、「そうやっているうちに寝ちまうんだから、そのまま眠ると風邪をひくよ」

栄次は「うん」といったが、起きようとはしなかった。おろくの云うとおり、栄次はまもなく眠ってしまった。それほど長い時間ではなかったろう、なにか夢を見ていると思ったら、母親に揺り起こされた。

「起きとくれ」とおろくが囁《ささや》いた、「お隣りのようすがへんなんだよ」

栄次は起きあがった。

「酒を付けたのが悪かったかもしれない」とおろくは囁いた、「内田さんが酔っちまったようで、いましがたから急にからみ始めたんだよ」

栄次は「しっ」と手を振った。

官之介のどなる声がし、どしんと人の倒れる音がした。どしん、どしんと、組打ちでもするような物音と共に、「来て下さい」と女の叫び声が聞えた。

「隣りのおばさま」と女が叫んだ、「早く来て下さい、あっ、どなたか来て、――」

栄次ははね起きて、はだしのままとびだし、隣りの戸障子を蹴《け》やぶらぬばかりに、声のする部屋へとびこんだ。そこでは官之介が女を押伏せていて、仰向けになった女の裾《すそ》が乱れ、まっ白な太腿《ふともも》まであらわにして、はね起きようともがくのを、官之介は殆んど馬乗りになり、右手に脇差《わきざし》の抜いたのを持っていた。その抜身がぎらっと光るのを見たとたんに、栄次は足がすくみ、軀からすっと力がぬけるように感じた。官之介は刀をふりおろした。女は両手で官之介の腕を払い、刀は畳に突き刺さった。そのとき栄次が（夢中で）とびかかり、官之介の右腕にしがみついた。

官之介は案外たあいなく、前のめりに転倒し、栄次はけんめいに押えつけた。

「なにをするんだ官さん」と栄次は逆上した声で叫んだ、「危ないじゃないか、よしてくれ、こんなことをして危ないじゃないか」

「縛って下さい」と女が云った、「押えていて下さい、済みませんが押えていて下さい」

妻女はとび起きざまに叫び、駆け込んで来たおろくが、畳に突立っている刀を取った。栄次は力いっぱい押えつけ、妻女は扱帯《しごき》を解いて、官之介の足を縛った。妻女はそうしながら、「酔っているんです、悪酔いをしたときはこうするよりしようがないんです」と云い、官之介に向っては「ごめんなさい、堪忍《かんにん》して下さい」と泣きながら、云った。官之介は抵抗しなかった。苦しそうに荒い息をし、ぐったりとのびたまま「なぜだ、どうしてだ」と云っていた。

「済みませんが、どうぞ手を」と妻女が栄次に云った、「手も縛りますから、——酔いのさめるまではしようがないんですから」

おろくが帯を取って彼女に渡した。それは官之介の寝衣《ねまき》の帯らしい、栄次は官之介の両手を押え、妻女はその手を縛ったうえ、余った部分を胴へ巻きつけた。

「どうして死なないんだ」と官之介は云い続けた、「どうしてだ、八重、なぜ死んでくれないんだ、生きていたって、恥をさらすばかりじゃないか」

「堪忍して下さい、このままでは死ねません」と妻女は泣きながら云った、「わたくしのためにあなたをこんなにして、このままで死ぬのはいやです」

「生きていれば恥をさらすばかりだ」

「いいえ、もう少しの辛抱です、もう少し辛抱して下されば」

「よせ」と官之介が遮った、「おまえがなにをしているか、おれは知っているんだ」

「いいえそれは違います」

「知っているぞ、八重、おれは知っているぞ」

「違います、それは違います」

　妻女は官之介にしがみつき、その胸に顔を押しつけ、そうして絞るような声で泣きだした。——栄次は眼をそむけ、立ちあがって母親の側《そば》へいった。おろくは袖《そで》で眼を押えていた。

「おれが官さんを引受ける」と栄次は母親に囁いた、「御新造《ごしんぞ》をうちへ泊めることにしよう」

おろくは頷いた。

「御新造を帰さないでくれ」と栄次はなお囁いた、「朝になったら話すことがあるんだ、どんなことをしても泊めておいてくれ」

おろくは息子の眼をじっと見た。

「わかったよ」とおろくは云った、「話というのもおよそわかるよ」

栄次は母親を四帖半へ伴《つ》れていった。

「おれは決心した、いまふんぎりがついた」と、彼は囁いた、「このままでは死にきれないと、御新造の云うのを聞いてふんぎりがついたんだ」

「おちかさんは待ってるよ」

「官さんは足が不自由だが、あの仕事なら坐《すわ》ってて出来るからな」と栄次が云った、「御新造と二人でその気になってくれて、もし辛抱してくれればやってゆけるようになる、おれは官さんを説き伏せてみせるよ」

「むずかしいと思うけどね」

「ねばるさ、ゆっくりねばって説き伏せるさ」と栄次は云った、「朝になったらよく相談しよう、御新造を伴れてってくれ」

おろくは頷いて息子を見た。六帖ではまだ、妻女の嗚咽が聞えていた。

「栄次――」とおろくが云った。

彼は「う」と母親を見た。

「いいえ」とおろくは首を振った、「なんでもないよ」おろくはすばやく眼を拭《ふ》きながら云った、「あとでおまえの掻巻《かいまき》を持って来るよ」

（「小説公園」昭和三十一年一月号）

つゆのひぬま

一

その土地の本来の名は佃町《つくだちょう》というのだが、たいていの者が「あひる」と呼んでいた。そこは深川の南の端で、海とのあいだに広く、芦原《あしはら》や湿地がひろがっており、晴れた日には海の向うに上総《かずさ》から安房《あわ》へかけての、山や丘を眺《なが》めることができた。——北側は堀《ほり》で、蓬莱橋《ほうらいばし》というのを渡ると永代門前町《えいたいもんぜんちょう》になり、びっしりと建てこんだ家並のかなたに、深川八幡《ふかがわはちまん》の高い屋根や、境内の森の梢《こずえ》が見える。その界隈《かいわい》には仲町《なかちょう》、櫓下《やぐらした》、松本町など、料理茶屋や岡場所《おかばしょ》が多く、また、川向うとは違った意気で知られた、「羽折芸妓《はおりげいしゃ》」などもいて、深川ではもっとも繁華な町であった。

通称「あひる」と呼ばれる佃町は、その繁華な町と堀ひとつ隔てているだけだが、いかにも地はずれの感じで、芦や雑草の生えた中に、三四十棟《とう》の家が不規則に建っており、空気にはいつも潮の香が強く匂《にお》っていた。「あひる」は土地の通称であると同時に、そこにある娼家《しょうか》の呼び名でもあった。仲町や松本町からあふれ出たものが、いつかそこへ根をおろしたのであろう、家数は絶えず増減しているが、多くても二十軒にはならなかったし、少ないときには六七軒になってしまうこともあった。——これらの中で、「蔦家《つたや》」だけが動かなかった。主人は女で、名はお富といい、年は三十二になる。もと新吉原《しんよしわら》で稼《かせ》いでいたという噂《うわさ》もあるが、真偽のほどはわからない。軀《からだ》の肥えた、まる顔の、おっとりとした性分で、ちょっと見たところでは娼家の女主人などとは思えないような、おちつきとおうようさが感じられた。みかけばかりでなく、ぜんたいとして彼女はおうような性分であったが、芯《しん》にはびっくりするほど打算的で冷静な、きついところがあり、一例をあげると、決して男をよせつけなかった。

「蔦家」を始めたころ、お富のとこへ一人の老人がかよって来た。せいぜい月に一度か二度、必ずなにかしら手土産を持って来て、一刻《いっとき》ばかり静かに酒を飲むと、帰っていった。その老人がお富を廓《くるわ》からひかせ、「蔦家」の店を出させたのだといわれていたが、これも事実かどうか不明だったし、その老人が死んでからは、もう五年以上にもなるのに、一人の男も近よせなかった。親類もあるのかないのか、それらしい人間の出入りもない。ただ、去年あたりから月に一度ぐらいの割で、どこかへでかけてゆき、ときには泊って来るようになった。どこへゆくのかわからない。女たちは初め、よそに男がいるのだろうと思い、次には男を買いにゆくのだ、ということにきめていた。それは、その外出がいつも毎月のことの前後に当っていたからであるが、これもまた女たちの想像であって、慥《たし》かなことはわからなかった。

「あたしは浮気者《うわきもの》やだらしのない女は置かないよ」とお富は云《い》っていた、「少しぐらい縹緻《きりよう》が悪くっても、頭のいい、しまりのある女でなければだめさ、これはしょうばいなんだからね、客を気持よく遊ばせて、深入りをさせず、ながつづきのする馴染《なじみ》をつくるには、頭がよくて機転がきかなければいけない、それには銭金《ぜにかね》にしまりのあることが第一さ」

浮気者やだらしのない女は、自分の好き嫌《きら》いで客をふったり、こっちから惚《ほ》れこんだりするし、すぐひもも付きになったりして、結局いい馴染客ができない、というのであった。「蔦家」にはいま女が四人いる。二十五になるおひろ、二十一歳のお吉、二十歳のおぶん、同じ年のおけい、という顔ぶれであるが、四人とも女主人とどこか共通点があって、「蔦家」は他のどの店よりもうまいしょうばいをしていた。

おひろはいちばん年長で、また最古参でもあり、つねに五人か六人の、いい馴染客をもっていて、年が老《ふ》けているのに、誰《だれ》よりもよく稼いだ。店へはいって一年ほど経《た》ったとき、おひろが「武家」の出であり、「病身の良人《おっと》と子供が一人ある」ということを知って、お富はちょっと首をかしげた。そういう素姓《すじょう》の女はお富には好ましくなかったのであるが、しかし、よく稼ぐのは「仕送り」をする必要があるからで、そのために客も大事にするし、始末もいいとなれば、文句はなく、やがてすっかりおひろを信用するようになった。

他の三人はさして特徴はない。お吉は肥えていて陽気なほうだし、おぶんは少しばかり陰気で、温和《おとな》しい一方だった。おけいは利巧で軽口がうまく、いつも巧みに客の評をしては、みんなを笑わせるというふうであった。——お富は彼女たちにほぼ満足していた。よその店ではしばしば女に逃げられたり、ひも付きの女を置いて辛《から》きめにあったりしたが、「蔦家」ではそんなことはなかった。お富は女たちを大事にした。どの部屋もきれいに道具を揃《そろ》えてやり、食事も滋養のある美味《うま》い物を喰《た》べさせ、また病気の予防にはうるさいほど気をくばって、つねに注意することを怠らなかった。

その洪水《こうずい》のあった甲申《きのえさる》の年には、さすがの「蔦家」にもいやなことが重なった。まずお富が腸を病んで、春さきから夏いっぱい、寝たり起きたりしていたし、ようやく彼女が床ばらいをすると、おぶんの家に間違いが起こり、そのためにこんどはおぶんが、二十日ばかり寝るようなことになった。おぶんの兄の増次が、病気の父親を殺し、自分も大川へ身を投げて死んだのである。——屋根屋の職人だった父は、三年まえに卒中で倒れ、半身不随のまま療養してい、増次は生れつき片足が不具であった。右の足が蹇《な》えてしまって、十二三まで独りで歩くことができず、杖《つえ》を使うようになってからも、隣り町まで往復するのが精いっぱいであった。また彼は神経質なわりに不器用なたちで、自分は版木職人になるつもりだったし、ずいぶん熱心にやっていたが、思うように腕が進まず、癇癪《かんしゃく》を起こしてよく版木を叩《たた》き割ったり、道具を投げて泣くようなことがあった。

こういう事情は誰も知らなかった。女主人のお富でさえ殆《ほと》んど知らず、おひろだけが女主人の留守に、おぶんからうちあけられた。

「今年は年まわりが悪いらしい」とお富が床ばらいをしたときにいった、「おまけに来年は厄《やく》だから、店がひまなうちに、厄除《やくよ》け参りにいって来ようかね」

それからすぐにおぶんが倒れたのだが、二十日ばかり経ち、おぶんのおちついたようすを認めると、同じ土地の女主人たち三人とさそいあわせて、呑竜様《どんりゅうさま》で知られた上野《こうずけ》のくに太田の、大光院へ参詣《さんけい》にでかけた。

「頼むわよ」とお富はお金と帳面をおひろに預けて云った。「往《ゆ》き帰り七日か八日、おそくも十日めには帰るつもりよ、いいわね」

こんなときにはおひろの「武家出」ということが頼みになるらしい。おひろは女主人の眼をみつめて、はっきりと頷《うなず》いた。

二

良助が来たのは、お富がでかけた日の、夜の十時すぎのことであった。

七月中旬で、暦のうえでは秋だが、まだ夏枯れが続いていて、客もあまりなく、おぶんは共部屋でおひろと話しながら、肌着《はだぎ》の繕いをしていた。そこは縦に長い六帖《じょう》で、女たちが食事をしたり休んだり、また泊り客の付かないときに寝たりなどする、共同の部屋であった。

客を送りだしたおけいが、薬湯をつかい、着替えた浴衣《ゆかた》の帯をしめながら、共部屋へはいって来たとき、うしろからお吉が追って来て、「縁日へゆかないか」とさそった。おけいは構わず鏡の前へ坐《すわ》り、お吉も不決断にはいって来て、窓のところへ横坐りになった。

「いま帰ったお客ったら」とおけいは鏡の蓋《ふた》をとりながら云った、「もっとい（元結）を切って髪の根までさぐってみなければ、機嫌《きげん》がいいのか悪いのか見当もつかないような人よ」

「へえー」とお吉が云った、「そうすると、つまりどういう人なの」

おけいは返事をせずに、眼の隅《すみ》でおぶんのほうを見た。おひろは櫛《くし》の手入れをしており、おぶんは針を動かしていた。

「あんたそんなことしていていいの、おぶんちゃん」とおけいが云った、「まだ顔色だってほんとじゃないのに、寝ていらっしゃいよ」

「だいじょぶよ」とおぶんは微笑しながらおけいを見た、「病気じゃないんですもの、もう寝くたびれちゃったのよ」

お吉がふいに思いだし笑いをした。

「ねえ、このまえの人、なんだっけ」とお吉がおけいに云った。「袋の中へぎっちり砂利《じゃり》を詰めたような人だったっけかしら、そうだったわね、あの人ほんとにそんなふうな人だったわ、あたし笑っちゃったわ」

おけいは白けた顔をした。おひろはおぶんとなにかないしょ話をしていて、自分が来たのでやめたこと、自分たちがいなくなるのを待っているのだということが、おひろのようすでわかったからである。おけいはざっと白粉《おしろい》をはたくと、「縁日へいこうか」とお吉に云った。お吉はすぐに立ちあがり、おひろに向って「不動様までいって来ていいか」と訊《き》いた。おひろは、あまりおそくならないようにと、二人のほうは見ずに答えた。おけいは横眼でおひろを見、お吉といっしょに、黙って出ていったが、土間へおりてから、「ねえさん、お店がからになりますよ」とこわ高に云った。

おぶんは暫《しばら》くして、そっとおひろを見た。

「おけいちゃんどうかしたのかしら」

おひろは興もないという顔で、「おっ母さんは早く亡《な》くなったの」と訊いた。

「あたしが七つのとき」

「それからお父さん、ずっと独りだったの」

「いちど貰《もら》ったのよ、いい人だったように思うんだけれど」とおぶんは針を動かしながら、ゆっくりと云った、「兄さんがそんなふうだし、お父っさんてひどい子煩悩《こぼんのう》だったから、あたしたちのことでうまくいかなかったんでしょう、それに、貧乏だったしね」

おひろは櫛を片づけて、それから独り言のように、「いいことないわねと呟《つぶや》いた。「いいことないわ」とおぶんが云った、「お父っさんも兄さんも、ほんとにいいことってなかった、まるで苦しいおもいをするために、生れて来たようなものだったわ」油で汚れた手を拭《ふ》きながら、おひろは「あたしなんか罰が当るわね」と云った、「そういう話を聞くと、あたしなんか罰が当ると思うわ」

「あらどうして」

「親の云うとおりになっていれば、いまごろは武家の奥さまでいられたし、うちの人だって八百石の旗本よ」とおひろが云った、「それを、お互いが好きだったからしようがないけれど、世間知らずのお坊ちゃんだったうちの人を、あたしがそそのかしたようなもんでしょ」

「まあ」とおぶんは眼《め》をみはった、「あたしその話初めて聞いたわ」

おひろは眼を伏せ、櫛箱をしまいながら、「あたしも話すのは初めてよ」と云った。武家の出だということだけは云ってあるけれど、「詳しいことはかあさんにも話してないのよ」だって、侍の家に育ったのに、自分から男をそそのかしたなんてこと、恥ずかしくって云えやしないじゃないの。今夜はあんたの話につまされて、つい口がすべっちゃったのよ、「聞かないつもりでいてちょうだいね」と云って、おひろはさびしげに微笑した。

おぶんは「ええ」と頷き、それから思いいったように溜息《ためいき》をついて、「その話をいつかもっと詳しく聞きたいわ」と云った。

「いつかね」とおひろがいった、「もうしぼんじまった花だけれど、あんたにはいつか聞いてもらうわ」

おぶんが「はい」と高い声で返辞をした。おひろがびっくりして振向くと、おぶんは膝《ひざ》の上の物をおろし、「お客らしいわ」と云って立ちあがろうとした。しかしおひろはそれより早く、自分が出るからいいと云い、おぶんを制して出ていった。――すぐに、おひろと客の問答が、おぶんのところまで聞えて来た。いま女たちが二人とも留守で、休んでいるこが一人しかいないから、とおひろが断わり、客はあげてくれとねばった。女の帰るまで待ってもいいし、「本当は女なんかどっちでもいい」という意味のことを、酔っているらしいが、むきな口ぶりで云っていた。その声を聞いて、おぶんが立ちあがり、部屋から顔だけ出して、「ねえさん」と呼びかけた。そしておひろが振向くと、その眼に頷いてみせた。おひろは首を振ったが、おぶんは大きく頷いてみせ、おひろは不承ぶしょうに客をあげた。

おぶんは客を自分の部屋へ案内し、戻《もど》って来て茶を淹《い》れた。

「いいの、おぶんちゃん」とおひろが不安そうに訊いた、「あんたまだむりよ、二人が帰るまで待たしとくほうがいいわ」

「だいじょうぶよ」とおぶんは微笑し、「それに」と口ごもって、また「だいじょぶよ」と、はずんだ声で云った。

その客が良助であった。

良助という名も、年が二十六だということも、それから三日めの晩、つまり二度めに来たとき、聞いたのであるが、こんなところには馴《な》れていないらしく、自分でてれているようすや、口の重い、温和《おとな》しそうな人柄《ひとがら》がおぶんの心に残った。――彼は痩《や》せているというより、疲れきった人のようにみえた。頬《ほお》がこけて、皺《しわ》がより、油けのない髪がぱさぱさしていた。幾たびも洗濯《せんたく》した木綿縮《もめんちぢみ》の単衣《ひとえ》に、よれよれの三尺をしめ、草履もはき古して、鼻緒のあぶなくなっている麻裏であった。

その夜、彼が固くなって寝ているので、おぶんがあそばないのかと囁《ささや》くと、彼は首を振って、

「この次だ」と乱暴に云った。

「こんど来たときだ」と彼は云った、「もし来てもよければだがね」

三

明くる日とその次の日、二日続けて雨が降った。そして三日めの夜、――もう店を閉めようとしていると、良助がはいって来た。

「うれしい」とおぶんは彼に囁いた、「来て下さらないかと思ってたわ」彼の息はひどく酒臭かった。黙って、無表情な顔で、ずいぶん飲んでいるらしいのに、酔っているようにはみえなかった。

「横になりたいんだ」と部屋へとおるなり彼は云《い》った、「済まないが先に床をとってくれ」

おぶんは夜具を延べて、茶を淹れに戻った。内所にはお吉だけがいて、「ねえさんはお客よ」と云った。古い馴染《なじみ》の材木屋の番頭だそうで、「いまあがったとこよ、おつとめ（花代）はあとで勘定するんですってよ」とお吉はねむそうな声で云った。

茶を持っておぶんが部屋へゆくと、彼は着たまま、夜具の上へ横になっていた。

「あがりを持って来たわ」とおぶんは枕許《まくらもと》へ膝をついて云った、「寝衣《ねまき》になっておやすみなさいな、それでは風邪をひいてよ」

彼はあいまいに「うん」と唸《うな》り、それから急に立ちあがった。手洗いにゆきたいのだと云い、おぶんが教えると、着物の前を直しながら出ていった。――おぶんは浴衣とひらぐけを出し、夜具を直した。枕が転げているので、置き直したとき、夜具の下になにかあるのに気がついた。手でさぐってみると、長さ一尺三寸ばかりの風呂敷《ふろしき》包《づつみ》だったが、触った感じで、おぶんは眉《まゆ》をひそめた。

「あれだわ」とおぶんは包を指で触りながら呟いた、「これがあれ、これは匕首《あいくち》、そうよ、これは匕首よ、慥《たし》かにそうだわ」

おぶんは包を取出した。

色の褪《さ》めた紺木綿の風呂敷包は、重たく、ごつごつしていて、中になにが包んであるかよくわかった。おぶんは立ちあがり、箪笥《たんす》の下の抽出《ひきだし》をあけた。そこには着古した浴衣や端切《はぎれ》などが入っている、おぶんはその包を端切の下へ隠し、その上へ古浴衣を重ねて、抽出をきっちり閉めた。——彼は嘔《は》いたらしい、戻って来た顔は白く、額には汗がふき出ていた。おぶんは置いてあった茶を取ってやり、「なみの花を持って来ようか」と訊いた。彼は黙って首を振り、窓をあけて、その茶でうがいをした。

「水を貰えるか」

「ええ」とおぶんは頷いた、「着替えてちょうだい」

「休んでからだ」

彼は夜具の上へ横になったが、すぐに、ぱっとはね起きた。はじかれたような動作ではね起き、夜具の下へ手を入れて、おぶんのほうを睨《にら》んだ。白く硬《こわ》ばった顔には、殆んど恐怖に似た表情があらわれ、その眼は怯《おび》えたようにゆらいだ。

「大丈夫、あたしが預かったわ」とおぶんがなだめるように云った、「ときどき見廻《みまわ》りが来るのよ、そこではあぶないと思ったから、この箪笥へしまっておいたわ」

彼の肩がゆっくりとおちた。緊張のほぐれてゆくのが見えるようで、彼は「友達のものなんだ」と呟くように云い、財布を出して、定《きま》りの花代をおぶんに渡した。おぶんが彼に着替えをさせてから、水を取りにゆくと、おけいが客を送りだしたところで、お吉が店を閉めていた。

　雨のあとのせいか、ひんやりとする夜であった。

　彼は仰向けに寝ていたが、おぶんが横になって暫くすると、「まえにもこんなことがあったのか」と訊いた。

「まえにって、――」

「ああいう物を預かったことが、まえにもあったのか」

「ええ」とおぶんは頷いた、「あったわ」

「馴染だったのか」

「三度《たび》か四たびくらい」とおぶんは陰気に答えた、「四たびくらいね、もう四十ちかい年の人だったわ」

　彼は口をつぐんだ。やがて、眠ってしまったかと思い、おぶんがそっと、掛け夜具を直してやると、眼をつむったままで、「そんな客に出るのはいやだろうな」と云った。おぶんは「そうね」と暫く考えていた。

「そうね」と少し経《た》っておぶんが云った、「いやっていうより、身につまされるようよ」

「怖くはないのか」

「わからないわ」とおぶんは答えた、「べつにほかの人と変ったようには思わないわね」

「怖くはないんだな」

「おんなしようよ」とおぶんは云った、「こういうところへ来る人って、みんな同じような感じよ、云うことやすることは違っていても、みんなどこかしら独りぼっちで、頼りなさそうな、さびしそうな感じがするわ、だからこんな、あたしたちみたいな者のところへ来るんじゃないかと思うの」

「おれは、——あんなような道具を持っている人間のことを、訊いてるんだ」

おぶんは黙った。

「よくわからないけれど」とやや暫くしておぶんが云った、「世の中には運のいい人とわるい人があるでしょ、運のいい人のことは知らないけれど、運のわるいほうなら叺《かます》十杯にも詰めきれないほどたくさん知っているわ、そして、男の人がやぶれかぶれになるのも、自分の罪じゃなくって、ほかにどうしようもないからだってことを知ってるわ、だから、そうね、——そんな人に逢《あ》うと、怖いっていうよりも泣きたいような気持になってしまうわ」

彼はしんと黙った。おぶんはきまり悪そうに、「こんなお饒舌《しゃべ》りをしたの初めてよ」

と口の中で呟いた。彼はかなりながいこと息をひそめていて、それから、おぶんというのは本名かと訊いた。

「ええ、このうちではみんな本名よ」

「おれは良助っていうんだ」と彼は云った。おぶんは「そう」と呟いた。

朝になって帰るとき、彼は「済まないがあれを預かっといてくれ」と云い、顔をそむけるようにして去った。いつもはそれからひと眠りするのだが、その朝はもう横になる気にならず、自分の部屋を片づけたあと、勝手へいって、つくねてあるゆうべの汚れ物を洗ったり、それから、かよいで来る飯炊《めした》きのおかね婆《ばあ》さんの来るまえに、釜《かま》へ米をしかけたりした。午後になって、おけいに銭湯へさそわれたとき、おひろに呼びとめられた、「ちょっと話したいことがある」というので、おけいとお吉の二人は出てゆき、おぶんは残った。

「今日も涼しいわね、このまま秋になっちまうのかしら」

おひろは共部屋へはいってゆきながら、心ぼそいというような口ぶりで云った。そして、火鉢にかかっている湯釜のかげんをみ、茶道具を出して、二人分の茶を淹れながら、おぶんのほうは見ずに「ゆうべのお客のことなんだけど」と口ごもり、ふいと眼をあげて「あんた好きになったんじゃないの」と訊いた。

「さあ、――」とおぶんは首をかしげた。

「あの人しょうばいはなんなの」

おぶんはまた「さあ」と云った。

四

彼とは二度しか逢わない。良助という名もゆうべ初めて聞いたのだし、どんな職を持っていたのかも知らない。したがって「好きになった」かどうか、自分でも判断ができなかった。――おひろは、それが危ないのだと云った。これまでそんなことはなかっただろうし、こんどだって好きでなければ「好きではない」とすぐに云える筈《はず》である。どちらとも判断がつかないというのは、心の奥で好きになりかかっている証拠なのだ、とおひろは云った。

「そうかしら」とおぶんは陰気に云った、「あたしぼんやりだからわからないけれど」

「おぶんちゃん」とおひろが云った、「ここのうちでは客に惚《ほ》れることは法度《はっと》になってるわね、それはしょうばいのためでしょ」

おぶんは頷《うなず》いた。

「あたしはしょうばいをはなれて云いたいことがあるの」とおひろは云った、「こういうところへ来る客にはしんじつがないってこと、あんたも知ってるでしょ、あの人たちにしんじつがないとは云わなくってよ、けれどもこういうところへ来るときは普通じゃないわ、仕事がだめになったとか、家にごたごたがあるとか、仲のいい友達と喧嘩《けんか》わかれをしたとか、ゆくさきに望みがなくなったとか、それぞれわけがあって、やけなような気持になっていることが多いわ、だから、あそぶことは二の次で、むやみにいばるとか、あまえるとか、だだをこねるとかするでしょ、いつかあたしの出た客で、子守り唄《うた》をうたってくれっていう人がいて、あたしひと晩じゅう、知ってる限りの子守り唄をうたったことがあるわ」

「ええ」とおぶんが頷いた、「あたしそのときのこと、覚えてるわ」

「その人、――あたしの腕枕で、泣きねいりに眠ったわ」とおひろは続けた、「みんながみんなとはいわないけれど、たいていの人が、軀《からだ》か心かどっちか、傷つくか病むかしていて、ほかでは気もまぎれず慰められもしないのね、こういうところのあたしたちみたいな女、いってみればどんづまりのせかいへ来て、はじめて息がつけるらしい、ちょうど、暴風雨《あらし》に遭って毀《こわ》れかかった船が、風よけの港へよろけこんで来るようなものよ、そう、ちょうどそんなふうなんだと思うわ」

おぶんはゆっくり頷いた。

――あの人も毀れかかった船のようだ。

良助というあの男も、やっぱり暴風雨に遭って毀れかかっている船に似ている、とおぶんは心の中で思った。

「港にいるうちは、船は港を頼りにするわ」とおひろはまた続けた、「けれども、暴風雨がしずまり、毀れたところが直れば出ていってしまう、そうして、港のことなんかすぐに忘れてしまうものよ、ほんと、あたしよく知ってるわ、しんじつだと思うのも、ほんのいっときのことよ、露のあるうちの朝顔で、露が乾くと花はしぼんでしまう、――あたしとうちの人の仲だって同じことだわ」

おぶんは眼をあげた。おひろは茶を啜《すす》り、どこか遠くを見るような表情で、「そうよ」と低く云った。

おひろは話した。彼女の良人《おっと》は八百石の旗本の跡取であった。彼女も歴《れっき》とした武家の娘で、親たちのきめた許婚者《いいなずけ》がいた。彼女は許婚者を嫌《きら》い、良人といっしょになれないなら、死ぬほうがいいと思った。こんなことはありきたりで、決して珍しくはない、しかし彼女はしんけんであった。想《おも》う人といっしょになれないくらいなら、「本当に死んでしまおう」と覚悟をきめ、そのことを相手に告げた。相手も同じ気持で、「それならいっしょに逃げよう」とおひろが云い、二人は家を出奔した。それから二年たらず、二人は江戸の隅《すみ》を転々しながら、夜も昼も酔ったような気持ですごした。

「まる二年とは続かなかったわね」とおひろはおもいいったように溜息《ためいき》をついた、「そう、酔っているような楽しいくらしは、一年半とちょっとだったわ、持って出たお金がなくなり、あたしに子供が生れると、たちまち明日の米をどうするか、ということになったの」

町人なら実家へ詫《わ》びをいれることもできる。だが武家では断じて許されない、居どころがみつかれば、伴《つ》れ戻《もど》されて尼《あま》になるか、わるくすれば自害させられるかもしれない。

——良人も自分も世間を知らず、金がなくなったあとは、売れるだけの物を売ってくらした。自分の髪道具はもちろん、良人の刀まで売ってしまった。そして、良人が病気になった。癆痎《ろうがい》という診断で、高価な薬と、滋養のあるものを喰《た》べさせなければならない。どうしたらそんなことができるか、どうしたら。……良人は「死のう」と云った。自分も死ぬほうがいいと思い、けれども子供が不憫《ふびん》で死ぬ気にはなれなかった。

「死ぬつもりならなんでもできる、そう思ってここへはいったのよ」とおひろは、まるでうたうような口ぶりで云った、「それからもうあしかけ五年、月づきの仕送りだけはしているけれど、初めの、二人で家出をしたころのような気持は残ってはいないわ、いまあたしとうちの人をつないでいるのは、月づきの仕送りだけといってもいいくらいよ——、おぶんちゃん、どんなにしんじつ想いあう仲でも、きれいで楽しいのはほんの僅《わず》かなあいだよ、露の干《ひ》ぬまの朝顔、ほんのいっときのことなのよ」

おぶんは黙ってうなだれ、それから、そっとこっくりをした。おひろはどこを見るともないような眼《め》で、ぼんやりと向うをみつめた。

まもなくおけいとお吉が帰って来たので、おひろは「またこの次にしましょ」と、話をやめたが、おかしなことには、話を聞いてから却《かえ》って、良助のことが深く自分の心に残っているのを、おぶんは感じはじめた。「毀れかかった船」というおひろの言葉が、そのままに当嵌《あては》まるように思えた。預かっているあの道具が眼のさきにちらつき、あの道具を渡せば彼は沈んでしまう、「それであの人は沈んでしまう」と心の中で繰り返し呟《つぶや》いた。

——こんど来て、あれを持ってゆくと云ったらどうしよう。

おぶんは胸が塞《ふさ》がるように感じた。良助の来るのが待ち遠しく、同時に「来なければいい」とも思った。彼のことはなにも知らないが、道具を預けていったのはいちおう思い直したからであろう。思い直して、まじめな職につけたとすれば、当分は来ないに相違ない。暫《しばら》く来なければまじめな職についた証拠だ、「どうぞ来ないように」とおぶんは心で願った。

良助は中二日おいて来たが、その日、彼の来るまえにいやなことがあった。

なにからそんなことになったか知らない、おぶんが一人おくれて銭湯から帰ると、共部屋でおけいとおひろがやりあっている声がし、廊下にお吉が立っていて、おぶんに「はいるな」という眼くばせをした。

「笑わせないでよ」とおけいの云うのが聞えた、「あたしちゃんと知ってるんだから」

五

「云ったらいいじゃないの」とおひろがやり返した、「なにを知ってるんだか知らないけれど、云いたかったらさっさと云うがいいわ」

「云ってもいいの、云われて困るようなことはないの」そしてちょっとまをおいて、意地わるく誇張した声で云った、「ねえさん」

おひろの嚇《かっ》となるのが見えるようであった。

「云ってごらんよ」とおひろが叫んだ、「こんなしょうばいをしていれば、人にうしろ指を差されるようなことの三つや五つ、誰《だれ》にだってある筈だ、おまえさんそうじゃないのかい」

「お武家育ちにしてはいい啖呵《たんか》じゃないの」とおけいが皮肉に云った、「おぶけさまのそだちにしてはね」

「なんだって、――」

「お武家育ちだなんて、ちゃんちゃら可笑《おか》しいっていうのよ」とおけいが云った、「自分はれっきとした侍の娘、うちの人は八百石の旗本の跡取だって、ばかばかしい、笑わせないでよ」

「それがどうしたの」おひろの声はふるえた、「それがあんたにどんな関係があるの」

「人をばかにしないでっていうのよ」おけいは辛辣《しんらつ》に云った、「あんたが武家育ちかどうかぐらい、あたしにはちゃんとわかっているんだから、本当に武家で育ったとしたらね、いくらおちぶれたって立ち居や言葉つきが違いますよ、おじぎ一つ見たってわかるものなのよ、ねえさんはご存じないだろうけれどね」

「そう、そんなことが云いたかったの」

「うちの人が癆痎で、子供があって」と、おけいはなお続けた、「月づきずっと仕送っているって、みんな嘘《うそ》じゃないの、お武家育ちも八百石の旗本も嘘、癆痎の良人や子供のあることも嘘、みんな嘘っぱちよ。月づき仕送りをするなんて云って、稼《かせ》いだおたからはみんな溜《た》めてるじゃないの。そうじゃないの、――ねえさん」

「いいわ」とおひろがふるえ声で云った、「あんたがそう思いたければそう思ってるがいいわ、ここであんたを云い負かしたって、べつに三文の得がいくわけでもないんだから」

「そうよ、そのほうが利巧よ、口をきくだけぼろが出ますからね」

そこまで聞いて、おぶんはそっと廊下を通り、自分の部屋へはいった。すると、お吉があとからついて来て、「おけいちゃんて凄《すご》いわね」と云った。おぶんは鏡に向いながら、「どうしてあんな喧嘩になったの」と訊《き》いた。お吉は肥えた軀を重たそうに、そこへ横坐《よこずわ》りになって囁《ささや》いた。きっかけはつまらないことであった。お吉とおけいが銭湯から帰り、共部屋で茶を啜りながら、おけいがいつものように客の評をしていた。「ゆうべの二人めのお客ったら可笑しいの」おけいがくすくす笑い、「子供のくせにお粥《かゆ》の炊《た》きかたをお婆《ばあ》さんに教えるようなことをするのよ」と云った。するとなにが気に障ったものか、おひろが険のある声で、「でたらめもいいかげんにしなさい」と云い、おけいが「なにがでたらめよ」とくってかかり、それからやりあいになったということであった。

「どうしたのかしら」とおぶんは鏡を眺《なが》めながら訊いた、「二人ともいい人だし、これまでずっと仲がよかったのに」

「わけはあるのよ」とお吉が囁いた、「このまえあんたが二十日ばかり寝たでしょ、そのあいだにおひろねえさんが、おけいちゃんの客を取ったことがあるの、おけいちゃんには客があったし、ねえさんは知らなかったっていうんだけれど、それからおけいちゃんすっかりおかんむりなのよ」

「そう、そんなことがあったの」とおぶんは太息《といき》をついた、「かなしいわね」

お吉はなおなにか云いたそうだったが、おぶんはそれを避けるように、「灯《ひ》をいれるわ」と云いながら立ちあがった。

その夜はおけいに一人、馴染《なじみ》の客があがり、お吉にふりの客が一人ついただけで、十時ごろになると、ひやかしの客の姿もなくなり、両隣りと向うの店とは、女たちがぐちを云いあいながら、表を閉めてしまった。——そのとき良助が来た。客を送りだしたお吉が、彼の来たことを知らせたとき、おぶんははっとしておひろを見た。おひろは気づかないようすで、知らん顔をしていた。

「ここでは酒は飲めないのか」と、部屋へはいるなり良助が云った。彼はその晩も酒臭い息をしており、瘦《や》せた蒼白《あおじろ》い顔をそむけたまま、「できたら飲みたいんだが」とせがむように云い、握って持っていた金を渡した。おぶんは「少し待っててね」と云って共部屋へゆき、おひろに相談した。渡された金はこまかいのを合わせて、一分二朱あった。

「あんた飲ませてあげたいの」とおひろはおぶんを見た。

おぶんはためらうように、「わからないわ」と呟き、それから「でも、もしよければ」と口ごもった。

「酒屋はもう閉ってるわよ」とおひろが云った、「橋の袂《たもと》に出ているうどん屋へいってごらんなさい、少しぐらいなら分けてくれる筈よ」

おぶんは「済みません」と云った。

岡場所《おかばしよ》では原則として、酒を出さないのがきまりだった。ことに「蔦家《つたや》」はお富が嫌いで、ごく稀《まれ》にしか酒を出したことがない。したがって肴《さかな》の用意などはなかったから、おぶんは酒といっしょに、そのうどん屋で、卵を二つ買って帰った。そして一つを煎《い》り卵にし、一つを汁《しる》にして、燗《かん》をした酒といっしょに、部屋へ持っていった。

「うちでは酒は出さないしきたりなの」とおぶんは膳《ぜん》を置きながら云《い》った、「だからお肴がなんにもないのよ、あたしのいたずらで美味《おいし》くはないでしょうけれど、ごめんなさい」

「済まない」と良助が云った、「肴なんか要らなかったんだ、有難《ありがと》う」

おぶんは燗徳利《かんどくり》を持った。

彼は黙って飲んだ。おぶんのほうはいちども見ず、ときどき荒い息をしたり、なにか荷物でも背負っていて、それを振り落そうとでもするかのように、骨ばった肩を幾たびも振った。

「あんた、――」とおぶんがせつなくなって呼びかけた。「あんた、泊っていくんでしょ」

彼は吃驚《びっくり》したように「えっ」といって眼をあげた。突然おどかされたような表情で、しかしすぐに、「いや」と首を振った。

「いや」と彼は云った、「飲んじまったら、帰るよ」

「こんな時刻に、もうすぐ四つ半（十一時）になってよ」

「今夜は帰る、またいつか来るよ」

おぶんは息を詰めた。彼をじっと見まもりながら、暫く息を詰めていて、それから思いきったように云った。

「あんた、あの道具を持ってゆくのね」

六

良助の軀《からだ》がぴくっとひきつった。彼は動かなくなり、持っている盃《さかずき》をみつめて、やがて荒く息をしながら、「やってみたんだ」と低い、呻《うめ》くような声で云った。

「このあいだの晩、おまえの話を聞いて、なんとかならねえものかと思って、あれから三日、とびまわってみたんだ」と彼は一と言ずつ嚙《か》みしめるように云った、「けれども、だめだった、おまえの云ったように、おれには運がないんだ、これまでずっとそうだった、いまさらとびまわることはなかったんだ」

「ねえ、お願いよ」とおぶんが云った、「あたしに話してみて、膝《ひざ》ともなんとかってことがあるじゃないの、ねえ、話してみて」

彼はそっとおぶんを見た。

「怒らないでね」とおぶんは云った、「あたしあんたが、自分の兄さんのように思えるの、初めての晩あたし休んでいたのよ、ねえさんがそう云ったでしょ、あたしぐあいを悪くして二十日ばかり休んでいたの、だけれども、あんたとねえさんの話すのを聞いていて、あんたの声があたしの兄の声にそっくりなので、ねえさんに出るって云ったのよ」

「そのことは覚えてる」

「こんなしょうばいをしているのに、兄のような気がするなんて云ってはわるいけれど」

良助は強く首を振って、「ばかな」とおぶんを遮《さえぎ》った、「そんなことがあるか、おれは、おれは押込強盗をやろうとしている人間だ」と彼はしゃがれた声で云った、「こないだの晩あんなに親切にされなければ、もうとっくにやっていたんだ」

「あたし親切になんかしなかったわ」

「あの道具を隠してくれて、それから運のわるい人間のことを話してくれた、押込強盗のような人間でも怖くはない、身につまされて泣きたいような気持になるって、――あんなふうに、しんみに云われたのは、初めてだ、ほんとうに初めてなんだ、ほんとなんだ」

良助は持っている盃のふちを、片ほうの手の指でこすりながら、ぶきような口ぶりで話しだした。いかにもぶきようで、自分でももどかしそうな話しぶりであった。

良助は品川の漁師の子に生れた。彼が四歳のとき、父親が沖で死に、母は彼を伴《つ》れて再婚した。義理の父は軽子《かるこ》で、十歳をかしらに五人の子があり、半年ほどすると、母は彼を置いて出奔した。極端な貧乏と、六人の子の面倒をみるのとで、精が尽きたものらしい。近所にいた若い人足と、駆落ちをしたということであった。義理の父はすぐに彼を追いだし、彼は母を捜して街をうろついた。

「おれは五つだった、僅か五つだったんだ」と良助は頭を垂れた、「ちょうど夏のことで、五月ごろだったろう、そんな季節だからまだよかったが、冬だったらこごえ死んでいたろうと思う」

彼は拾い食いをし、よその物置や軒下に寝ながら、秋にかかるまで市中を彷徨《ほうこう》した。そのあいだに覚えたことは、拾い食いや物乞《ものご》いをするのは裏店《うらだな》のほうがいいこと、犬を抱いて寝ると温かいことなどで、そういう犬の一疋《ぴき》が彼になつき、——それは彼の倍くらいもある、黒斑《くろぶち》の大きなのら犬だったが、五つの彼にずっと付いて歩いたという。まもなく、彼は麻布《あざぶ》四《し》の橋《はし》で、町木戸の番太にひろわれ、七つになるまでそこの番小屋でくらした。番太は久兵衛《きゅうべえ》といい、頸《くび》に瘤《こぶ》のある老人だったが、彼が七歳になると、赤坂榎《えのき》町の酒屋へ奉公に出した。もちろん年季奉公で、久兵衛は向う八年分の給銀を先取りしていた。そこの奉公があまり辛《つら》いため、耐えかねていちど逃げだしたが、すぐに捉《つか》まり、捉まってから初めて、彼はその事実を知った。

「おれは八つだったが」と云って、良助は言葉を切り、眼をつむった。盃を持っている手に力がはいり、指の節のところが白くなった、「たった八つの子供だったが」と彼は眼をあいてゆっくりと続けた、「その子供の頭でも、おれは売られたのだ、と思った、売られたのだ、ってな」

人別《にんべつ》のことがあるから、年季のあけるまで辛抱したが、そのときすでに人間も世の中も信じられなくなっていた。生みの母親に捨てられ、ひろってくれた老人に売られ、そして、酒屋では年季いっぱい、容赦なくびしびしと働かされた。——十六の年に酒屋を出て、桂庵《けいあん》の世話で青物市場に雇われ、ついで車力《しゃりき》になった。人も世も信じられなくなっていた彼は、どこでも折合いがわるく、次つぎと職を変え、二十歳のとき神田大工町の「よし川」という小体《こてい》な料理屋へはいり、そこでおちつくことになった。「よし川」の主人は万吉といい、彼が青物市場にいたとき、買出しに来て知りあったのである。店は小体だが、客筋がよく、かなり繁昌《はんじょう》していて、主人の万吉も、お芳《よし》という妻も親切にしてくれた。夫婦には子供がなく、万吉が板場《いたば》をやり、お芳が二人の小女《こおんな》と店を受持っていた。良助は主人と買出しにいったり、材料を洗ったり、あと片づけや掃除や、また下足番、客の送り迎えなど、下廻《したまわ》りをせっせと働いた。

——庖丁《ほうちょう》を持つようになったら給銀をきめよう。

という約束だった。それまでは食い扶持《ぶち》。ぜひ必要な小遣はやるから「遠慮なく云え」とも云われた。彼はここでおちつこうと思った。何年かかってもいい、板前の仕事を覚えて、できたらいつか小さな店を持ちたい。そう思って働き続けた。主人夫婦は親切にしてくれたが、仕事はいつまでも下廻りで、三年経《た》ち、五年経ち、彼は二十六歳になった。そうして彼はふと疑問をもった。夫婦が親切にしてくれるのは、彼を食い扶持だけで使うためではないか、という疑いである。まさかそんなことが、と思い直してみても、どうにも気持がおちつかなくなり、彼は思いきって万吉に当ってみた。万吉はとりあわなかったが、彼はねばった。すると万吉は穏やかな口ぶりで、彼には板前になる素質がないと云った。

——この仕事は勘のものだ、いくら教えても勘のない者はいちにんまえの職人にはなれない、そいつは諦《あきら》めたほうがいい。

彼は頭がぼうとなり、「それはまえからわかっていたのか」と訊いた。万吉は「おまえわからなかったのか」と意外そうに反問した。そして彼はとびだした。

「その晩、ここへ来たんだ」と良助は暗いほうへ眼《め》をやりながら云った、「一日じゅう街をうろついた、永代橋《えいたいばし》を渡ると、潮の匂《にお》いがし、品川じぶんのことがなつかしくなった、それで、こっちへ来て、門前町で夜になるまで飲んだ」

自分で酒を飲むのは初めてであった。ひどく酔って出ると、また潮の匂いにひかれ、ふらふらと蓬萊橋《ほうらいばし》を渡り、海ばたへ出て、蘆《あし》の中へ坐《すわ》りこんだ。

七

この「蔦家」へ来るまで、彼は蘆の中に坐って、ぼんやりと暗い海を眺めながら、自分というものに絶望し、すっかりやけな気持になった。

「初めて泊った明くる日、おれはよし川へ帰って給銀を呉《く》れと云った」と良助は続けた、「主人もおかみさんも態度が変っていて、払うようすがなかった、それでおれは組合へ願って出ると云った、すると主人は明日まで待てと云い、明くる日、一両二分よこしたうえ、これで文句をつけるなら、こんどはこっちから強請《ゆすり》で訴えると云った、強請で訴える……、六年も働いて一両二分、それを手でつかんで、店を出ると、おかみさんがうしろから塩を撒《ま》いたっけ」

彼はそこで黙り、片手の甲で眼を拭《ふ》いた。

塩を撒かれたことで、彼は肚《はら》をきめた。そっちがそうならこっちもと思い、素人考《しろうと》えで押込の道具を買った。それでも二度めに「蔦家」で泊った晩、おぶんの親切で気持がにぶり、もういちどやってみようと、「よし川」にいたときの客を訪ねたり、桂庵へ当ってみたりした。

「けれどもだめだった、二十六にもなり、手に職のない人間には、しょせん堅気《かたぎ》な勤め口はありゃしない、わかるか」と良助はおぶんを見た、「おれは五つの年から、人に踏みつけられ、ぺてんをくわされて来た、こんどはおれの番だ、この気持がわかるか」

「わかるわ」とおぶんは頷《うなず》いた、「よくわかってよ、良さん」

「こんどこそおれの番だ」と彼は呻くように、低く押しころした声で云った、「こんな世間にみれんはありゃあしねえ、取られただけを取返して、あっさりおさらばするつもりだ」

「むりはないわ、むりはないわよ」とおぶんは指で眼を拭いた、「これまでよくがまんしたほうだと思うわ」

「おぶんちゃん、——っていったっけな」と彼はおぶんをみつめた、「おまえ、おれがこんな人間でも、あいそをつかしゃあしねえのか」

「ええ」とおぶんは頷いた、「あいそをつかしたりなんかしやあしないわ」とおぶんは云った、「あたしの身の上だって、あんたよりよくはなかったのよ、もしも兄が満足な軀をしていたら、兄だって良さんのような気持になったかもしれないと思うわ」

「兄さんの軀って、——どこかぐあいでも悪かったのか」

「生れつき片足が蹇《な》えていて、満足に歩くことができなかったんです、でも、こんな話よしましょう」とおぶんは頭を振った、「あたしお酒をつけて来るわ」

そして燗徳利《かんどくり》を持って立ち上った。

酒の燗をして戻《もど》ったとき、おぶんは眼を泣き腫《は》らしていた。彼女はそれを隠すようにしたが、眼をひどく泣き腫らしていることは、良助にはすぐわかった。彼にはそれがこたえたらしく、衝動的になにか云いかけて、しかし言葉がみつからなかったのだろう、唇《くちびる》をふるわせながら、黙って二つ三つ飲んだ。

「その、——」とやがて彼は訊《き》いた、「兄さんていう人は、いまどうしているんだ」

「死んでしまいました」

「死んだって、——どうして」

「お父っさんを殺して、自分は大川へ身を投げたんです」

　彼は「あ」という眼をした。

「お父っさんは卒中で寝たっきり、兄は版木彫りをしていたんです」とおぶんは呟《つぶや》くように云った、「足の不自由な者は手がきようだっていうけれど、兄はぶきようなたちで、六七年もやっているのに腕があがらず、よく癇癪《かんしゃく》を起こしてくやし泣きに泣いていました、お父っさんは治るみこみがないし、自分のゆくさきにも望みがない、生きている限り、妹のあたしに苦労させるばかりだと思ったんでしょう、書置もなにもなかったけれど、あたしには兄の気はよくわかりましたわ」

「だって、それじゃあ」と彼は吃《ども》った、「それじゃあおぶんちゃんをどうするんだ、それじゃあおまえのこれまでの苦労を、無にするようなもんじゃないか」

「あたしはそうは思わないわ」

「いや違う」と彼は強く首を振った、「妹のおまえにこんな苦労をさせているんだ、版木彫りがだめだとしてもほかになにか職があるだろう、たとえば草鞋《わらじ》を作り、紙袋を貼《は》ったって生きてゆける筈《はず》だ」

「あんたはそう思うのね」

「そうでなければ、おぶんちゃんの苦労がまるで無になってしまうじゃないか、あんまりそれじゃあ勝手すぎるよ」

「あんたほんとにそう思って、――」とおぶんは良助の眼をみつめ、それから、「あたし」と口ごもった、「あたし、わからないけれど、意地わるなこと云って、いいかしら」

良助は黙っていた。おぶんが喉《のど》で笑いだした。にわかに感情が昂《たか》ぶり、気持が混乱して、自分で自分が制しきれなくなったらしい。く、く、と喉へこみあげた笑いが、そのまま泣き声になるようで、なおおろおろと、言葉を捜し捜し云った。

「あたしじゃない、あんたよ、あたしはこんなこと考えもしなかった、あんたが云ったのよ、いまあんたに云われて、気がついたのよ、良さん」そこでおぶんの声ははっきり嗚咽《おえつ》に変った、「あんたがもしも、本当にいまのように思うんなら、あたしも同じことをあんたに云いたいわ」

「おれがなにを云った」

「草鞋を作っても、紙袋を貼っても、生きてゆける筈だって、——良さん」とおぶんは泣きながら彼の膝《ひざ》をつかんだ、「兄が生きてゆける筈なら、あんたこそ生きてゆける筈よ、あんたには厄介《やっかい》な親もいないし、軀も満足じゃないの、年もまだ若いし、丈夫だし、しようと思えばなんだってできるわ、いいえ」とおぶんは、なにか云おうとする彼を遮《さえぎ》った、「いいえ待って、なにも云わないで、いまはなんにも云わないで、あたしにも本当はよくわからないの、本当はこんな、意地わるなこと云いたくないのよ、でもお願いだから、二人でもういちど考えてみましょう、当分のお金ならあたしがなんとかするわ、お父っさんや兄さんにする代りに、あんたにするわ」

「ばかな、そんなことを」

「ばかなことじゃないわ、あんたいま云ったじゃないの、兄があたしの苦労を無にしたって」とおぶんは首を振った、「そんならあんたがなしてちょうだい、あんたならあたしの苦労がなせる筈よ、ねえ、考えてみると云って、それがいけなければ、もういちどだけ、あの道具を預けておいてちょうだい」

彼は黙ったまま、自分の膝をつかんでいるおぶんの手を、上から押えた。おぶんは声をころして嗚咽し、「お願いよ」と囁《ささや》いた。ごしょう一生のお願いよと囁き、崩れるように彼の膝の上へ俯伏《うつぶ》した。良助は放心したような眼で、上からおぶんを見おろしていた。

八

明くる日の午後になって、おぶんは彼のことをおひろに話した。話したくなかったが、前借の相談をするためには、うちあけて話すよりしかたがなかったのである。おひろは明らかに不承知だった。云わないことではない、という顔つきで、なんども溜《ため》息《いき》をし、「よしたほうがいい、とんだめにあうよ」と繰り返した。

「そういうのがたいていしまいにはひもになるのよ」とおひろは云った、「そんな金はかあさんは貸しゃあしないし、あんただってせっかく身軽になったばかりじゃないの、ここはしっかりして自分のことを考えるときよ」

おぶんは息をひそめていて、「ねえさんはお武家育ちだから、わからないかもしれないけれど」と、いつものゆっくりした口ぶりで、低く、独り言のように云った。「たった五つくらいで、おっ母さんを捜しながら、拾い食いをして街を歩いたって、――犬を抱いて寝ると、野宿をしても温かいっていうのよ」おぶんは畳を指で撫《な》でながら、べそをかくように微笑した、「あの人の倍くらいもある犬が、なついちゃって、ずっといっしょに歩いたっていうわ、五つばかしの小ちゃな子のあとから、黒斑《くろぶち》の大きな犬が、この人が頼みだって顔をしてついて歩くの、そのようすがあたしには眼に見えたわ、こんな小ちゃな子が、なにか喰《た》べ物《もの》を貰《もら》うか拾うかして、それを自分の倍くらいもある犬に分けてやるのよ、いっぱし飼い主らしい、まじめくさった顔つきで、——いまこうしていても、あたしにはそれが眼に見えるようよ、ねえさん」

「いくら武家育ちだって、そのくらいのことはあたしにもわからないことはないわ」とおひろが云《い》った、「あたしが云いたいのは、女というものがすぐそういう話に負けて、自分から苦労を背負いこむってことなの、いまあんたはその人にうちこんでいる、その人のためなら、どんな苦労をしてもいいっていう気持だろうけれど、それは長くは続かないのよ、ほんのいっときのことなのよ、おぶんちゃん」

「あの人に大事なのはいまなの、いまの、このいっときなのよ、ねえさん」とおぶんが云った、「たったいま、その横丁を曲るか曲らないかで、あの人が死ぬか生きるかがきまるの、そしてあたしは、ただ、その横丁を曲らせたくないだけなの、それだけなのよ、ねえさん」おひろは溜息をつき、「しようがないわね」と呟いた。

二人はお内所で話していた。お吉とおけいは共部屋にいたが、少しまえに店へ誰《だれ》かはいって来、おけいが出て、その人と話しているようすだった。こっちの二人は気にもとめなかったが、そのときおけいがいそぎ足にやって来て、障子をあけながら、「みの家のかあさんよ」と云った。「みの家」というのは、この土地で同じしょうばいをやっており、女主人はお富といっしょに、呑竜様《どんりゅうさま》へいった筈である。おひろは振返った。

「うちのかあさん、向うで寝こんでるんですって」とおけいは云った、「呑竜様までいかないうちに病みだして、がまんしてたんだけれど、帰りに館林《たてばやし》っていう処《ところ》へまわったら、そこで倒れてしまったんですって」

「それで、——いいわ、あたしが出るわ」

「みの家のかあさんはもう帰ったわ」とおけいが云った、「花の家のかあさんがあとに残ってるそうだけれど、誰かすぐにお金を届けてもらいたいっていったわ」

「お金を、その館林までかい」

「もちろんよ、館林の武蔵屋《むさしや》っていう宿屋ですって」

医者の診断では、まえの腸の病気がぶり返したので、「少し長くかかりそうだ」と云ったそうである。おぶんはその話を脇《わき》で聞きながら、いまこのときに、と思って絶望した。

——こんなときにかあさんが病気になるなんて。これで良助の話もおしまいだ。おぶんはそう思い、気のぬけたような顔で、二人の話すのをぼんやり眺《なが》めていた。

「済まないけれどあんたいってちょうだい」とおひろがおけいに云った、「あたしは店を頼まれたから出られないわ、館林といっても、駕籠《かご》でゆくんだからそう苦労じゃないでしょ」

「あたしが、ねえさん」とおけいは驚いたように訊き返した、「あたしがゆくの、あたしでいいの」

「あんたよ、ほかにいないじゃないの」

「だって、——」とおけいは妙な声で口ごもった、「だってねえさん、あたしをやって、もしもそのお金を、持ったまま逃げるってこと、心配しなくって」

「しないわ」とおひろが云った、「あたしあんたの性分を知ってるもの」

おけいは微笑し、「いいわ」と頷いて、顔をそむけた。微笑した唇が歪《ゆが》んで、いまにも泣きだしそうにみえた。

「いそぐほうがいいわ」とおひろがせきたてた、「お吉ちゃんに駕籠を呼んでもらって、あんたはすぐに支度してちょうだい、あたしお金を包んどくわ」

そしておひろは立ちあがった。

——おけいちゃんどうしたのかしら。

どうして泣きそうな顔なんかしたのかしら。そう思いながら、おぶんは自分の部屋へ戻った。そこにいても用はなさそうだし、役に立とうという気持も起こらなかった。部屋へはいって窓をあけ、坐《すわ》って窓框《まどがまち》に凭《もた》れながら、「そろそろお湯へゆくじぶんね」と呟いた。なま温かい風がかなり強く吹いており、空は重たく曇っていた。

「たかちゃん干し物をしまいな」と隣りの松葉家の女が云っていた、「風が強くって飛んじゃいそうだし、降ってくるかもしれないよ」

おひろが覗《のぞ》きに来るまで、おぶんはそのままぼんやり坐っていた。小半刻《こはんとき》も経《た》ったであろうか、肩を叩《たた》かれて振向くと、おひろが来ていた。風の音がひどいので、呼ばれたのが聞えなかったらしい。おひろは、「お湯へゆきましょう」と云った。空もようがおかしいから降りださないうちにいって来よう、というのである。おぶんは「そうね」と気のない返辞をした。おひろは窓を閉めて坐った。

「あんたかあさんのこと、いま聞いたでしょ」

「ええ」とおぶんは頷いた、「わかったわ」

「あたしいまみの家さんへいって、ようすを聞いて来たの」とおひろが云った、「その話によると、途中で水にあたったらしいのよ、それをむりしたもんだから、すっかりこじらしちゃったんですって、ことによると二三十日かかるんじゃないかっていうのよ」

「わかったわ」とおぶんは頷いて、おひろを見た、「もうおけいちゃんはでかけたの」

「わかってくれるわね、お金が出せないってこと」とおひろが云った、「二三十日もかかるとすると、また届けなければならないかもしれないし」

「わかったわ、いいのよねえさん」

「その——良さんて人、あんたのお金をあてにしていたの」

おぶんは「いいえ」と首を振った。

九

「いいえ」とおぶんは云った、「まだ少し持っているし、桂庵《けいあん》を廻《まわ》ってみるって、あたしにはお金の心配なんかするなって云ってたわ」

「お湯へゆきましょう」とおひろは立ちあがった、「早くしないと降ってきそうよ」

おぶんは疲れたように立ちあがった。

雨が降りだしたのは、夜の八時ごろであった。夕方からしけもようのせいか、この町へはいって来る客もなく、九時すぎると、あたりの店は次つぎと表を閉めだした。お吉はおちつかないようすで、立ったり坐ったりしながら、「おけいちゃん途中で降られてるわね」とか、「知らない宿屋で心ぼそいでしょうね」などと、しきりにおけいのことを心配していた。

――あの人どうしたかしら。

おぶんは良助のことを考えていた。

自分がおけいなら、あの金を持って逃げたかもしれない。そして良助と二人で、どこか遠くへいって、二人だけで世帯《しょたい》を持ったかもしれない。そうかしら、「ばかね」とおぶんは心の中で苦笑した。だってどうして良さんと逢《あ》うの、いま良さんがどこにいるか、わかりゃしないじゃないの。それに、あたしにそんな度胸がある筈がないわ。そうよ、「そんな度胸があるもんですか」とおぶんは思った。

「おけいちゃん面白《おもしろ》いこと云ってたわ」とお吉がおひろに云った、「着物を着替えながらよ、ねえさん、ねえさんにあんたの性分を知ってるって云われたときね、――ちょうどなにか喰《た》べちゃったあとで、その中に毒がはいってたって、云われたみたいな気持がしたって」

　おひろは黙って、帯の繕いをしていた。

　十時になると、店を閉めて寝ることにした。風は弱くなったが、雨はどしゃ降りで、お吉の部屋で雨漏りがするらしく、手桶《ておけ》だとか金盥《かなだらい》だとかいって、騒ぐのが聞えた。――おぶんは良助のことが気になり、ことによると来るのではないかと思って、十二時の鐘を聞いてからも、かなり長いこと眠れなかった。

　夜の明けがたから、暴風雨になった。

　凄《すご》いような烈風と豪雨で、それが夕方になってもやまず、佃町の端にある漁師の家が倒れたとか、不動様の大屋根の瓦《かわら》が飛ばされたとか、どこそこの橋が流された、などという噂《うわさ》が伝わって来た――お吉は「これじゃあお湯屋さんへもいけないわねえ」と暢気《のんき》なことを云っていたが、日が昏《く》れてしまい、ますます激しくなる雨風の音を聞いていると、しだいに不安になったようで、「あたしちょっとようすを見てくるわ」

と云いだした。

「危ないからおよしなさい」とおひろがとめた、「この風ではなにが飛んで来るかわからないじゃないの、少しおちついて坐ってらっしゃいな」

だがお吉は出ていった。尻端折《しりはしより》をし、頭から雨合羽《あまがっぱ》をかぶり、はだしでとびだしていった。まもなく飯炊《めした》きの婆《ばあ》さんが、「帰ってもいいでしょうか」と訊《き》きに来て、風はもうまもなくやむだろうと云った。おひろが「水は大丈夫かしら」と訊くと、婆さんは「ここは大丈夫だ」とうけあうように云った。竪川《たてかわ》のまわりや八間堀《はっけんぼり》のあたりはすぐに水が浸《つ》くけれども、このくらいのしけでここが水に浸かったことはない、二十年ぐらいまえにいちどあったが、「それも床下まででしたよ」と云って、帰っていった。

――それからかなり経って、お吉がずぶ濡《ぬ》れになって戻《もど》った。風で合羽を吹き飛ばされたそうで、頭からぐっしょり濡れ、土間へはいって来るなり、泣き声をあげて、

「大変よ、ねえさん、逃げなくちゃだめよ」と叫びたてた。

「黒江橋も八幡橋《はちまんばし》も落ちちゃって、永代のほうへはいけないのよ」とお吉が云った、「近所でもみんな逃げ始めてるわ、早く逃げないと大変よねえさん」

そして、おひろのおちついたようすを見ると、「あたし先に逃げるわ」と云い、濡れた軀《からだ》で、はだしのまま自分の部屋へとびこんでいった。おぶんはおひろを見た。お

ひろは舌打ちをし、「大きななりをして、——」と呟《つぶや》いたが、ふとおぶんの眼《め》に気がつき、「あんたもいっしょにいったらどう」と云った。

「ねえさんは」とおぶんが訊いた。

「あたしはだめよ、あたしは店を預かってるんだもの」とおひろはおちついていた、「こんな雨風ではもう荷物だって出せやしないし、店をあけて出るわけにはいかないわ」

「あたしもいるわ」とおぶんは云った、「水は大丈夫だって、いま婆やさんが云ってたし、婆やさんはこの土地の人ですもの、大丈夫だと思うわ」

「そりゃあ、あたしだって大丈夫だとは思うけれど、でも——」とおひろはおぶんの眼を見まもった、「あんたもしかしたら、良さんという人が来るとでも思ってるんじゃないの」

「わからないわ」とおぶんは眼を伏せた。

「もしもそうなら逃げるほうがいいわよ」

「どうして、——」

おひろが「あたしは来ないと思う」と云いかけると、お吉が大きな風呂敷包《ふろしきづつみ》を背負って出て来た。おひろは吃驚《びっくり》したように、「まあ」と声をあげた。あんたそんな大きな物をどうするの。だって、とお吉は泣き声で云った。だって大水になれば流されちゃうじゃないの。ばかねえ、そんなに背負い出したって、この雨では堀を渡るまでに濡れちまうわ、同じことだから置いてゆきなさいな。だって、おけいちゃんの物もあるのよ。いいから置いてゆきなさい、どっちみち水浸《みずびた》しになるのなら、わざわざ重いおもいをすることないじゃないの、ばかな人ねえ、とおひろが云った。しかしお吉は背負って出た。流されてしまえばおしまいだけれど、濡れるだけなら「しみだしにやればいい」と云い、頭から手拭《てぬぐい》をかぶって、肥えた軀をよろよろさせながら、出ていった。「ばかな人ねえ」とおひろが云った、「どこへ逃げるつもりかしら」

　それが七時ごろのことであった。

向うの甲子家《きねや》から女が来、みの家から人が来た。いずれも「逃げよう」というさそいだったが、おひろは「もう少しようすをみる」と断わった。九時ごろに二人で食事をし、「寝るわけにもいかないわね」などと云っているうちに、夜番の金さんという老人が来て「畳をあげるほうがいい」と云った。十二時ごろが満潮だから、ことによると高潮が来るかもしれない。大川の上《かみ》のほうから来る水なら、却《かえ》ってここは大丈夫だが、海から高潮が来ると危ない。自分が手伝うから、念のために畳をあげておこう、そう云って二人を立たせた。

　それから約半刻《はんとき》、共部屋へ簞笥《たんす》を二棹《さお》移し、その上へ畳を積み、さらにその上へ、簞笥から抜いた抽出《ひきだし》や、衣類の包や、飯櫃《めしびつ》や食器などをあげた。金さんは満足そうに、もしも水が浸いたら、その畳の上へあがっていればいい、「まさかそこまで浸く水もないだろう」と云って、吹降りの中を去っていった。――そして午前一時ごろ、金さんの心配した高潮が来た。

それは普通の出水とは違っていた。

お内所に一帖《じょう》だけ残した畳の上で、二人が茶を啜《すす》っていると、急に風がやみ、雨の音がまばらになった。おぶんが「あら、風がやんだわ」と云い、おひろが「雨も小降りになったじゃないの」と云った。風は吹き返して来たが、まもなく本当におさまり、雨もすっかり小降りになった、「やれやれ、人騒がせなことをするわ」とおひろが欠伸《あくび》をし、「まるでばかにされたみたいじゃないの」と云いかけて、はっと口をつぐんだ。

風がやんで、急にしんとなった戸外の、かなり遠いところで、早鐘の鳴る音が聞えたのである。ほかの音ではない、慥《たし》かに早鐘である。おひろは立って廊下へ出た。おぶんは坐っていたが、すぐ裏手で人の声がし、ざぶざぶと、水の中を歩くような音が聞えた。

「そうだ、八幡様だ」と裏で云っていた、「いそいでな、――八幡様だぞ」

そこへおひろが戻って来た。

「土間が水よ」とおひろが云った、「土間が水でいっぱいよ、高潮らしいわ」

十

おひろとおぶんは屋根の上にいた。

まだ午前二時ごろであろう、押して来た水は静かだったが、信じられないほどの早さで嵩《かさ》を増し、二人が引窓から屋根へぬけだすまでに、半刻とは経っていなかった。——おひろはあがってしまい、おぶんはおちついていた。暴風雨はきれいに去って、空には星がきらめいていた。おそらく、ほかにも屋根に登っている者があり、それを拾ってまわるのだろう、門前町の向うのほうで、櫓《ろ》の音や人の呼び交わす声が聞えた。おひろはそのたびに立ちあがって、声いっぱいになんども叫んだ。声のかれるほど叫んだが、こっちへ舟の来るようすはなかった。

水は軒まで浸いていて、ときどき家ぜんたいが身ぶるいをし、ぎしぎしときしんだ。

「いいわよ、ねえさん」とおぶんが云《い》った、「呼んだって聞えやしないわ、水だってこれ以上あがりゃしないわよ」

おひろは腰をおろし、あたりを眺《なが》めながら「みんな逃げたのね」と呟いた。前も、左右も、軒まで水に浸かった屋根ばかりで、星明りに見えるその、ひっそりとした無人の屋根が、(見馴《みな》れないためだろうが) ひどくぶきみに思えた。

「おぶんちゃん」とおひろが調子の変った声で呼びかけた、「あんたこのあいだ、おけいちゃんの云ったこと聞いたでしょ」

　おぶんは振向いて、おひろを見た。

「あたしが嘘《うそ》をついてるって、武家育ちだっていうのは嘘だってこと」とおひろはしゃがれた声で云った、「旗本の跡取と駆落ちしたことも嘘だって、あたしには良人《おっと》も子供もないし、仕送りをしているっていうのも嘘だって、おけいちゃんの云うの聞いたわね」

「聞いたわ」おぶんは頷《うなず》いた、「おけいちゃんどうかしていたのよ」

「いいえほんとなの、ほんとだったのよ」とおひろが遮《さえぎ》った、「おけいちゃんの云うとおり、あたしは武家育ちでもなんでもないし、病気の良人も子供もありゃあしないの、仕送りするなんていって、稼《かせ》いだものをみんな溜《た》めているっていうことも本当なのよ」

「だって、ねえさん」とおぶんは不審そうにおひろを見まもった、「だってそんなこと、あたしそんなこと本気にできやしないわ」

「恥ずかしいけれど本当だったのよ」

「わからないわ」とおぶんが云った、「もしそうだとして、それがねえさんの得になるわけじゃないでしょ」

「生きる頼りよ、生きる頼りだったの」とおひろが云った、「初めは人からばかにされないために、拵《こしら》えた嘘だったけれど、しまいには自分でも本当のように思えてきたの、おけいちゃんにああ云われるまでは、自分が本当に武家育ちで、病気の良人と子供に、仕送りをしているんだっていう気持がしていたの、それがあたしの、たった一つの生きる頼りだったのよ」

おぶんは黙っていて、それから、「でも」とおひろに訊いた。

「でもどうして、いまあたしにそんなことを云うの」

「云いたくなったの、嘘をついたままで死にたくなかったからよ」

「死ぬって、——ねえさん」

「たとえばの話よ」とおひろは水面を見やった、「もしかしてこの水で、もちろんそんなことはないだろうけれど、でももしかということがあるから」

おぶんが「黙って」と手をあげた。

暗がりの向うに「おーい」という声がし、ぱしゃぱしゃと水を掻《か》く響が聞えた。おーい、とその声は叫んだ。「蔦家《つたや》の人いるか」と叫ぶのが聞えた。おぶんはあっと声をあげ、「良さんだわ」と云って立ちあがった。

「良さん」とおぶんが絶叫した、「こっちよ、良さん、あたしいるわよ」

おぶんはふるえだした。足が滑りそうになり、片手で棟《むね》を支えた。

「あの人来たわ」とおぶんはふるえながら夢中のように呟いた、「あの人来てくれたわ、やっぱり来てくれたわ」

そして繰り返し、良助に叫びかけ、水音はこっちへ近よって来た。それはじれったいほどのろく、ぱしゃぱしゃと水音をさせながらようやく近くなり、やがてそこへ来た。

「待ってたのよ」とおぶんが云った、「良さんが来るだろうと思って、あたし待ってたのよ」

舟が軒にどしんと着いた。それは海苔《のり》採《と》りに使う小さな平底舟で、彼は棹でも櫓でもなく、櫂《かい》を持っていた。良助は、「こんな物で漕《こ》いで来たんだよ、櫓が使えないからね」と云った、「まさかいようとは思わなかったけれど、それでも念のためにと思ってね」

「うれしいわ、うれしいわ良さん」おぶんは手を伸ばしながら泣き笑いをした、「あたしもう逢えないかと思ってたのよ」

良助は片手で屋根につかまり、足で舟を支えながらおぶんの手を握って、「お」といった、「おまえだけじゃないんだな」

「おひろねえさんよ」

「そいつは——」と彼は口ごもった、「おれは舟が漕げねえし、この小さな舟で三人となると」

「あたしはいいのよ」とおひろが首を振り、「いいえいいの」と、おぶんがなにか云いかけるのを強く遮った、「あたしは店を預かった責任があるもの、いいからおぶんちゃんいってちょうだい」

おぶんは「だってそんなこと」と泣き声をあげ、おひろは寄って来て、片手でおぶんの肩をつかみ、「よく聞いて」とその耳へ口をよせて囁《ささや》いた。

「この水の中を来てくれたこと、忘れちゃあだめよ、これが、しんじつっていうものよ、おぶんちゃん、あたしいつか、なにもかも露の干《ひ》ぬまのことだなんて、きいたふうなこと云ったわね、あれは取消してよ」おひろの喉《のど》が詰り、くっといって、なお続けた、「あたしにはそうだったけれど、そうでない場合だってある、あんたはきっとそうじゃないわ、——二人でやってみるのよ、二人で、わかるわね」

おぶんが「ねえさん」と云い、おひろは持っていた財布を、おぶんのふところへ押込んだ。その財布はかなり重く、おひろは「あたしの溜めたものよ」と囁いた。「二人の役に立ててね」と囁き、それから良助に向って、おぶんを乗せるようにと云った。

「すぐほかの舟をよこします」と良助はおひろに云った、「すぐによこしますから待っていて下さい、さあ、——おぶんちゃん」

おぶんはさからったが、おひろに押され、良助にどなられて、半ばむりやりに舟へ乗せられた。

「頼んだわよ」とおひろが叫んだ、「良さん、おぶんちゃんを頼んだわよ」

良助の答える声より、おぶんの泣き声のほうが高かった。その泣き声と、ぱしゃぱしゃという、やかましい水音が、しだいに遠のいてゆき、おひろはまた、屋根の上へ腰をおろした。

「一人ぼっちね」とおひろはゆっくりあたりを眺めまわし、それから空を見あげて呟いた、「――お星さまがきれいだこと」

（「オール讀物」昭和三十一年十二月号）

陽気な客

一

——仲井天青が死んだのを知ってるかい。知らないって、あの呑《の》ん兵衛《べえ》の仲井天青だぜ、きみが知らない筈《はず》はないんだがなあ。

七日七夜　酒を飲まず
アポロンの奏《かな》でる琴を聞かず
肉を啖《くら》わず　ニムフを抱かぬ
(天青よおまえの顔は)
おちぶれたバッカスのようだ

この端歌《はうた》を作ったのはきみじゃなかったかね、おれはそうとばかり思ってたがね。——なんだ、こんどはかすとりか、麦酒《ビール》は一本きりか。ちえっ、わりときみもたいしたことはないんだな周五郎、きみなんぞ景気がいいと思ってたんだが。……平均して月にどのくらいになるかね、五千くらいかね。……ふうん、いや、そうだろうな、そのくらいのもんだろうな。……うん、いいよ飲むよ。

——ところで酔っちまわないうちに話すんだが、十八枚ばかしの短い小説の種はないかね、ライトモチイブの娯楽性のある筋が欲しいんだ、ある雑誌から頼まれたんだが、娯楽性のある小説なんておれには書けやしない。……おれはそんなものを書くために苦労してきやしないんだ。けれどもその雑誌社にはちょいとした義理みたいなものがあって、そこにはまたわけもあるんだが。……実はそれに金も多少は要るには要るのさ。と云《い》ってみたところで些細《ささい》なものなんでね、そのためにおれが娯楽ものを持って廻《まわ》る理由はない。

——きみとはそこは立場が違うんだ。

——おれとしてはそこまでは品性を下げたくはないんだ。……うん注《つ》いでくれ。

——どうやら少しばかり人間らしくなってきたね、久しぶりだもんだから胃袋のやつ吃驚《びっくり》してるんだろう。それほどにはしけてるというわけもないんだがね、このところ腎臓《じんぞう》が悪いような具合だったのさ。女房《にょうぼう》のやつが再来月《さらいげつ》また子を産むし、先月は先月でいちばん上の娘が入院しちゃってね、そんなごたいそうなものでもなかったんだが。……おれたち自由主義時代に育った人間は子供にあまくってだめだ。……きみ、病院なんていってもこの節はきみどうして馬鹿《ばか》にはならない。

——本当に知らないかね仲井天青を。そうかなあそんな筈はないと思うんだがなあ。

……本当に知らないとすればきみは不幸だ。仲井天青、……おれは涙が出てくる。

——小山内《おさない》さんが土曜劇場、……だったか自由劇場だったか、いや土曜劇場だったな慥《たし》か、あれをやっていた当時のことを知ってるだろう、それと対抗して人間劇場というのを主宰していたのが仲井天青さ。詩も書いたらしい、が、シング風の一幕物ではかなりな評判をとっていた。「いったい誰《だれ》が馬鹿だ」という一幕物なんぞおれは今でも忘れることができない、上演したときは劇団が悪かったもんで、ある批評家から「戯作者《げさくしゃ》である」なんという下劣なことを書かれ、酔っぱらってそいつの家へ押しかけていったこともある。……あの頃《ころ》はみんな純粋だった、金も無いし名もないが、みんな頭には月桂樹《げっけいじゅ》の冠をかぶっていたからね。きみなんぞとは違うんだ、きみなんぞは。……飲め周五郎、くよくよするな。

——おれの頭には学問はない、が、詩が詰っている。天青はよくこう云っていた、右手の指で額をこつこつ叩《たた》きながら、こんなふうに眼《め》をすぼめてさ、……詩が詰ってる。そしてどこかへめりこんでしまった。うん、消えちまったのさね、詩のいっぱい詰った頭を持ってさ。……世間には生きてるうちはわいわい騒がれて、死ぬとたんに忘れられちまう人間がある。また生きてるうちは眼立たないで死ぬと急に偉くなる奴《やつ》もあるさ。……彼はそのどっちでもないがね、と云うことはつまり彼は仲井天青だったわけさ。

——だがおれはその頃はまだ彼を直接には知らなかった。彼の戯曲を読んだり、彼に対する批評やゴシップをみたりした程度らしい、そうして彼の名がジャーナリズムから消えるのといっしょに、おれもすっかり忘れてしまった。……そうだ、すっかりだ、きれいに忘れてしまったものさ。くだらねえ、なんだ。アポロンの琴、ニムフの柔肌《やわはだ》、肉と酒と踊りだ、ギリシア人が幸福だったのは知的桎梏《しっこく》から自由だったからさ。いいよ余計なことを云うな、まだ酔いはしない、おれを酔わしてくれるようなものはこの世にはない。冗談じゃねえ、おれはなこうみえても。……おれたちはみんな翰林《かんりん》院《いん》へはいるよりも養老院で死ぬことを誇りとしたもんだ。おまえなんぞは俗物だ、なっちゃいねえぞ、まあ飲め、少しばかり愉快になってきた。

二

——おれがあのとき東京を逃げだしたわけは云いたくないね。理由を云えばそこにはいろいろ複雑なこともあるが、恋愛問題などといっても単純に説明はつかない。……逃げだしたとも云えるし、放逐されたと云えば云えなくもないんだ。それで須磨《すま》の大村さんの家へころげこんで、ちょうど大村さんはオレゴンの支店長になってアメリカへいっていた留守のところさ。それだもんだからおれは留守番のようでもあり、また夫人の護衛役のような立場でもあればあれたんだが、おれとしてもそこまで品性を下げたくはなかった。

「とにかくそこはお互いになんでございますもの、気楽にして遊んでらっしゃいませな」

夫人もこう云ってくれたんだ。「あたくしもこんな性分なんでございますから、そこはまたなにかとあれでございますし、本当に自由なお気持で、文学の方面のことなどなさいませよ」鼻にかかったような声で、片方の手でうしろ髪のところを触りながらこう云ってくれたもんなんだが、おれとしては気楽な気持なんていうわけのものじゃなかった、文学の方面なんぞというようなそんな問題じゃないんだ。……それで神戸夜話社《こうべやわ》という怪しげな雑誌社へはいった。怪しげというか、いかがわしいというか、どっちかといえばやけくそみたような雑誌であり、雑誌社であったものさ。

——その社は元町通り《もとまちどお》と栄町の電車通りとをつなぐ狭い横丁の喫茶店の二階にあった。もちろん古い木造の日本建築で、表に面した六帖《じょう》二間をぶっとおして、古畳の上に机と椅子《いす》を並べたのが編集室なんだった。窓は関西地方によくあるたて、しげ格子《ごうし》が嵌《はま》っていたし、庇《ひさし》は深く垂れているし、横丁を隔てた向うも同じような二階家で、できるだけ日光や通風を妨害するような仕掛になっているから、暗いのとじめじめする点では苦情を云うところはなかった。

——九月の二十日あたり入社したんだろう、社長はわりかたおれの立場というものに同情を感じたらしかった。彼は五尺あるかなしかの小男で、焦茶色《こげちゃいろ》にもなり蒼黒《あおぐろ》くもなる顔色の、骨ばかりのように瘦《や》せた、そして鼻の下にちょび髭《ひげ》を立てたという風《ふう》態《てい》なんだ。少しばかりは出っ歯だったかもしれない。……いつもちょこまかと出たり入ったりしては、甘ったるいような声でよほど社長めいた口をきいた。

「せやよってに今月はもうなんやよってに月給は十月分からきちっとあげまっさ」

こう云って彼はちょび髭を撫《な》で、そうしてちょび髭を撫でながらおれを伴《つ》れていって、机に向かってなにか書いている三人の男に紹介してくれたんだ。……こちらが編集局長の田口詩楼はん、こっちゃが主筆の仲井語楼はん、これが総務の福地録楼はんというわけさ。おれは語楼はんの部に所属して、随時に編集局と総務部の応援をするという割当《わりあて》だったんだが、くわしいことはいま云いたくない。

——田口詩楼氏は、……おれは敢《あ》えて今でも氏と呼ぶことを恥じない。美しい口髭の、おもながで色の白い美男子であった。ものを云うときに唇《くちびる》がちょっとばかり歪《ゆが》まるんだが、静かなおっとりした調子で話すのが、いかにもおひとがらで、そんなふうな雑誌社にいる人間とはみえない。実をいえば、と云ってもおれも聞いたことなんだが、氏はまえに名古屋新聞のどの部かで部長をしたこともあり、そのときもじっさいの席は神戸なにがし日報の某部長だったそうだ。なにかしらちょび髭社長とひっかかりがあって、そんな編集部へも名を貸していたもんなんだろう。……氏は三日にいちどぐらい来て、二時間ばかしいて帰ってゆかれた。

「——では仲井さんお頼みします」

おっとりとこう云って、片方の手に手鞄《てかばん》と細身の籐《とう》の洋杖《ステツキ》を持ち片方の手に黒いベルベットの帽子を持って帰ってゆかれるんだが、その歩きつきがまたひと足ひと足ゆっくりと嚙《か》みしめるようなぐあいで、なんともいえず優雅な意味深長なものなんだ。……おれもいつかいちどはあんなぐあいに歩いてみたい。

――福地総務はなに者でもなかった。ちょっと表へ出ればそこらで厭《いや》になるほど見られる人間のひとりさ。彼はあらゆる雑用をひきうけて、それをみんなおれにひきわたして、自分はいつも机の上へつっ伏して眠っていた。……机の上に鼻息だか涎《よだれ》だか知れない水溜《みずたま》りが出来るくらい熟睡するんだ。が、……彼が社長のスパイだったということはあとでわかったさ。

――さて仲井語楼なんだが、これには驚いた。初めて社長に紹介されたとき、彼はねじり鉢巻《はちまき》をして椅子の上にあぐらをかいて、その椅子の右側に一升壜《びん》を置いて、そいつを湯《ゆ》呑《の》み茶碗《ぢやわん》に注いで、ぐいぐい飲みながら原稿を書いていた。……実になんといったらいいか、要するにそんなふうに編集所にはぴったりし過ぎて却《かえ》って不自然なくらい傍若無人《ぼうじやくぶじん》なようすだった。

「ふん、君も東京の落人《おちゆうど》か、ふん」

そのとき彼はこう云ってにやっと笑った。いい顔なんだ、実にいい顔なんだ。ちかごろの里見弴《さとみとん》の顔をもう少しばかりしけさせて苦痛と頽廃《たいはい》の薬味を加えればいいかもしれない。彫《ほり》の深い、眼のぎろりとした、とにかくただものでない顔なんだ。……君も東京の落人か、ふん。こう云ってにやっと笑ったんだったが、そのときのぎろっとした眼とまっ白な歯とをおれは忘れることができない。

三

——おれは須磨の家から毎日その社へ通勤したさ。おまえなんぞは信じないだろうが、おれとすればそういうばあいには精勤なんだ、八時半には毎朝きちんと出社した。こういうことは文学精神とは根本的に違うんだ。……またたびと飾り文字を書いた喫茶店の両開きの扉《とびら》をあけてはいる。卓子《テーブル》や椅子の並んでいるでこぼこの土間をつき当るとそこに広い階段がある。おれは靴《くつ》を下駄箱《げたばこ》へ入れてその階段を登ったりおりたりしたわけなんだが。

——階段をあがった廊下の左側、つまり表に面した側に編集室があり、それと対して廊下の右側が社長室になっていた。十帖くらいの日本間で、昼間のうちは彼はそこで社長事務をとり……たいがいは留守であるが、……夜はそこを寝室に使っていた。夫婦の居間は階下の奥にあって、妻君はそっちに寝る習慣であるらしい。社長はそれがお互いを尊重する文化的な寝方であり、同時に倦怠《けんたい》の生ずるのをふせぐ合理的な手段だというふうに自慢していたもんだった。それは一面では真理であるらしい、その後どこかでおれもそんな記事を読んだことがあるようにも思うんだが、しかしそれはそれとして、妻君はその方法について全面的には賛成ではなかったようだった。

——話はやっぱりその点に触れておかなければならないんだが、つまり社長と妻君の関係なんだけれども。……妻君というのは四十二三になる大女で、容積と重量ではあらまし社長の倍くらいはあった。額のぬけあがった、とがった頰骨《ほおぼね》の、口の大きな、眼のぎらぎらした、なんともいやらしい狐《きつね》のような顔で、人間の貪欲《どんよく》と無恥と酷薄をひとつに集約したようないやらしいヒステリイ女だった。……彼女はもとわりとすれば中くらいの花柳界にいたということだ。軍曹《ぐんそう》か曹長あたりの未亡人でもあるらしい。五六年かあるいはもうちょっとまえに現在の喫茶店を開業し、そこにはそこにあるような女給を置いてけたたましく儲《もう》けたもんだという。……まあかなりな貯金が出来たわけなんだが、そこへちょび髭社長があらわれた。……おれとすればこんな下劣な話はしたくない。が……ちょび髭社長はそのちょび髭と各種の秘密文書とを巧みに活用し、ついに貪欲と無恥と酷薄のかたまりであるそのヒステリイ女をろうらくしたわけさ。

「貴女《あなた》のような類《るい》のない婦人が、こんな低級な営業をしていらっしゃるのは自分としては心外に耐えない、実にそれは貴女ご自身にとっても一般社会にとっても軽くない損失であります」

こんなことも云ったもんだろう。

「ひとつ自分と協力して文化的であり高級的であり、しかもぼろい事業である所の、雑誌社を経営なすってはどうでありますか、そうなれば斯業《しぎよう》経営についての犬馬の労は云うまでもなく、自分はこの肉躰《にくたい》も精神もあげて貴女のために忠誠をつくすでありましょう」

こういうようなことも云ったんだろう、いや慥《たし》かに云ったらしい証拠には。……あいやらしい、おれはへどをつきたいみたような気持になってきた。おいぐっと注いでくれ。

——まえにも云ったように、おれは八時半には社へ出る。それからたった独りで、うす暗いじめじめした編集室の、脚のがたがたする椅子に掛け、これもがたがた揺れる机に向うわけなんだが、そのときのうらさびれた頼りない気持ときたら、なんともかとも。……だが今ここではなんとも云いようがない。またときにはそこに仲井主筆のいることもあった。主筆は酔いつぶれて自分の家へ帰れなくなるんだ、そこですっかりすり切れたような毛布にくるまってごろ寝をしているんだが、それだっておれの気持の救いになる道理はないさ。

——とにかく仲井主筆がそこにつぶれていようといなかろうと、おれは暫《しばら》くはがたがたの椅子に掛けてしぼんだような顔をしているんだろう。すると、……社長室から妙な声が聞えることがある、そのときによっていろいろな声なんだ、一定しているようでありながら一定していないんだ。あるときは明らかに女性の声でいやんというふうなものが聞えたが、それはまちがいなしに鼻の中で発音された声であった。……きみ試しに舌を動かさないで鼻の中だけで云ってみろ。いやん、ごく短く「いやん」というんだ。そうかと思うときききっというみたような声だの、またそのほかの。……つまり各種の。

——社長室からなんの声も聞えないし物音もしないときがある。するときまってあのいやらしい妻君が編集室へやって来るんだ。蒼《あお》いというか白いというか、灰色じみて硬《こわ》ばったひきつったような顔で、血ばしった眼をぎらぎら光らせて、ばらばらな乱れ髪でさ。……寝衣《ねまき》の裾《すそ》をだらしなくひきずって、そうしておれのところへ来て嚙《か》みつきそうな調子できくんだ。

「あんたうちの社長知ってやないか」

上と下の歯がむきだしになって、そいつががちがちと鳴るんだ。白くなってかさかさに乾いた唇が捲《まく》れあがってるんだ。おれとすればそれほど気が弱い方ではないつもりなんだが、それにしても二三度はつばきをのみこまないとすぐには返辞ができなかった。

——云ってみれば社長はそのときすでにほかに女があったものさ。寝室を別にしたのも文化的であり同時に倦怠からお互いを防衛する手段である以上に、妻君の眼をのがれてその女のところへ泊りにゆく目的も多分に含まれていたらしい。……そこでおれの立場として実に当惑するようなことが始まった。と云うのが、ある朝のことなんだが、そして社長室で例の理解しがたい音声の聞えたあとのことなんだが。……そうだ、薄い絹かなんぞをきゅっと引裂くような声が三度ばかり聞えて、それから十分ばかし経《た》った頃なんだったろう、とつぜんその部屋で妻君の叫び声がおこった。

「いやなら出てゆきなさい、出てゆきなさい、さあ出てゆきなさい」

こういう悲鳴のような叫びなんだ。

「ここはあての家《うち》や、あるもんもみんなあての銭で買《こ》うたもんや、あんたのもんはなに一つあれへん、ぞうさもないこっちゃ出ていきなはれ、出なはれえな、出てかんかいな」

社長の声は殆《ほと》んど聞えない、なにか云《い》ってることは云ってるらしいんだ。ぼそぼそ声はしているんだがなにを云ってるかは聞えなかった。妻君は激烈なヒステリイをおこしたとみえ、むしゃぶりついてひっ搔《か》いたらしい物音がした。

「くやしいーっ、ああくやし、文化的事業のなんぞのとひとをはめやがって、あんな汚ならしい雑誌がなんや、なにがぼろい儲けや、うまいことぬかしくさって、初めからあての貯金ちょろまかす気いやったんやろ、出てゆけ、そしてあのぬすっと阿魔《あま》と寝くされえ」

「わいが悪いて、このとおりやこらえてくれえ、このとおりや」こんどは社長の声が聞えて来たんだ、「——あの女とはもう逢《あ》わん、こらえてくれ、このとおりや」

おれは椅子から立って、足音を忍ばせて階段をおりた。すると階段のいちばん下の段に仲井主筆が腰かけていて、こっちへ振返ってにやっと笑い、それから片手に小さな風呂敷包《ふろしきづつみ》を抱えたまま立上がって、

「社長が聞いたら帰ったと云ってくれ」

こう脇《わき》のほうを見て云った。階段のすぐ脇のところに奥へ通ずる板敷がある。そこに花ちゃんと云う女中と喫茶部の女給のそえ子が立っていた。かれらもそこで二階の騒ぎを聞いていたものなんだろう、仲井はおれのほうへ「出よう」と云って、下駄をつっかけてさっさと外へ出ていった。瘦せた肩の一方をつきあげ、古びた袴《はかま》の裾をひきずるような恰好《かっこう》で、さっと扉をあけた姿は今でもおれの眼《め》には比較的あざやかに残っている。

——主筆はおれをすぐ近くの居酒屋のような家へ伴れこんだ。彼はなじみとみえて、まだ掃除もしてない時刻だったが、髪をつくねた色の黒い中年の女が出て来て酒のしたくをしてくれた。

「君とはいっぺん悠《ゆ》っくり飲もうと思っていたんだ、今日はひとつ楽しくやろう」

「しかし社のほうはいいんですか」

「ああいう特別演出のあった日は休みと定《きま》ってるのさ、今日はあのちょび髭で一日じゅうメドウサのごきげんをとり結ばなくちゃならない、われわれがいては却って邪魔になるんだよ」

そこでおれたちは飲みだしたのさ。主筆はコップであざやかにくっくっと飲む、乱暴なんだが少しも乱暴のようにはみえない。左手の肱《ひじ》を台について指先で頭を押え、右の肩をおとして少し斜に構えた姿勢なども風格的なんだ。酔いがまわりだすとあのぎろりとした眼が熱を帯びたようになって、いよいよただものでないという感じが強くなった。

「うんそうか、文学をやるのか、よかろう」

「いやそんな、文学なんていう、そんなその」

「てれるなよみっともない、文学なんてそんなにてれるほどたいしたもんじゃない、おれは魚屋をやる、おれは八百屋になる、……おんなじこった、てれたり恥ずかしがったりする意味なんかちっともありやしない、さあ、きみの文学のために乾杯しよう」

その家を出て四五軒ばかりはしごをしたもんだろう。おれはかなり酔っちまっていた、そしてだいぶめそめそやったらしい。なんでも狭いごたごたした酒場で麦酒《ビール》を飲んでいたときなんだが、おれはなにかしきりと主筆に対して非難していた。非難というよりはまあおべっかみた様なものさ、仲井さんほどの人がこんな所に埋《うず》もれている法はないどうして貴方《あなた》はこんなふうに韜晦《とうかい》しているのであるか。……まあそんなようなことをしかも熱情をこめたみたようにならべたてたんだ。すると主筆は少しばかり蒼《あお》くなってきた顔をあげ、唇のまわりを手でひっ擦《こす》りながら云った。

「君はいつからおれだということを見ぬいていたんだ」

「貴方をですか、……それは、見ぬいたといったって」

「おれが仲井天青だということをさ、いつから見ぬいていたんだえ」

四

——おれは当惑にうたれた。わけがわからなかった。だって仲井天青などという名まえがなにを意味するか、全然まるっきり見当がつかなかったからだ。……人間が狡《こう》猾《かつ》にたちまわるということは一般的には美徳とは云えないんだろう、おれとしても心構えとしてはそう思うんだが。……その時はおれは狡猾にたちまわった、それについては責任を回避しやしない、おれは恥ずかしいと思う。が、結果としてはおれはひそかに一日一善であると今でも信じているんだ。

「ぼくはうれしい、そうか、きみは覚えていてくれたんだな、そうか、ぼくはうれしい、ぼくもまだそれ程には忘れられてはいないんだな」

仲井主筆はこう云ってぽろぽろと、……本当にぽろぽろと涙をこぼした。その幾粒かがコップの中の飲みかけの麦酒の上へ落ちこむのを眺《なが》めながら、おれはますます途方にくれ、さればこそますます狡猾を弄《ろう》さずにはいられなかったわけなんだった。

——その晩は西の場末のほうにある板宿《いたやど》というところの、ごみごみした裏長屋の、仲井天青の家で泊った。どこをどうしてそこまで辿《たど》り着いたものか、……眼をさますと一つの夜具の中で彼といっしょに寝ていたわけさ。雨戸を閉めなかったので、障子の上のところに一尺ばかりの幅で日光がさしている。蠅《はえ》が一匹どういうつもりか、しきりにその日の当っているところでこつんこつんと障子の紙に躰当《たいあた》りをくれている。おれは何となくロシヤの小説のなかに出てくる頭を壁へぶっつけて死にたいという言葉を思いだして、それを思いだした事とは別に関連もないんだが、ぐるっと部屋の中を眺めまわしなどした。……独りぐらしの中年の男の投げやりな部屋というほかには、今とりたててきみに話すような景色ではない、が、そのうちに壁際《かべぎわ》におつけてある机の上の安い瀬戸物のブック・エンドに挟《はさ》まって、十四五冊のうすっぺらな雑誌が並んでいるのをみつけた。それが「神戸夜話」でないことは慥かだし、背中に印刷してある活字がどこかで見たことのあるような感じなので、ちょっと手を伸ばして三冊ばかり取ってみたのさ。……それは「新演劇」というひところちょっと知られた同人演劇雑誌で、おれも読んだことのあるものだったんだ。だがまだなにも気がつくわけはないさ、暢気《のんき》なつもりで一冊の目次をあけて眺め、放《ほう》りだして二冊めの目次を眺めた。するとそこに「いったい誰《だれ》が馬鹿《ばか》だ」という一幕物の戯曲が載っているのをみつけたんだ。

――おれは少しは酔ってきたらしい。

――このかすとりは大丈夫なんだろうな。メチールのはいってるやつは臭くってこっちの精神さえ大丈夫なら本来が飲めたしろものじゃない筈《はず》なんだってな。……そうとすればこいつは大丈夫は大丈夫らしい、注《つ》いでくれ。

――それから四五日は仲井天青はひしゃげた様な顔をしていた。そうして例の一升壜《びん》から酒を湯呑《ゆの》み茶碗《ちゃわん》へ注いで、椅子《いす》の上にあぐらをかいてねじり鉢巻《はちまき》をして、がりがりとペンの音をさせながら原稿を書いていた。……それが、これは云いたくはないんだが、原稿といっても実は恥ずかしくて顔の赤らむのを誰だって拒絶することができやしない。そうじゃないか、……神戸夜話という誌名そのものでわかってる話さ。親は子に隠し、子は親に隠さなくちゃ読み得ない、つまりちょび髭《ひげ》社長が文化的ぼろ儲けと見当をつけたところさ。しかしあのいやらしいヒステリイ女房《にょうぼう》にまであんな汚ならしい雑誌と罵《ののし》られ、たいしてはぼろいこともなさそうなんだが、実は、と云ってもこれもあとで聞いたことだったが、社長はその雑誌をうまく利用して、高価でいんちきな秘密文書を売るとか、または他人の秘事を嗅《か》ぎだして原稿にし、それを種に金品を、……ああおれはまたへどをつきたくなってきた。

――仲井天青はばりばりがりがりと猛烈に原稿を書いた。あれから四五日はそんなふうで、おれには口もきかないし顔を見るのもいやだというようなぐあいだった。……あの晩おれとあんな風に感動したり、涙をこぼしたりしたことが、恥ずかしかったものなんだろう、おれとしてもかなりな程度には同じような心持だった、それだもんでこっちもなるべく当らず触らずという態度をとっていたことはいた。……けれども気持としては、なんと云いようもないんだ。仲井天青、……仲井天青。もちろん彼の才能にどれだけの価値があるかは知らない、そんなことは誰だってわかることじゃないんだ。……げんにも生きてるうちは文学の神様だなんて云われていた人間が、死ぬとたんに先輩や仲のいい友達からまで悪口を云われたじゃないか。……それだってその人間はその人間だったんだ、それだけは少しも変りはないんだ。……天青だってひところは中央の文壇で作品を認められ、小さいながら劇団を主宰したこともある。価値のいかんは別として仲井天青は仲井天青であったんだ。……それがきみ、それが、……そんな土地へめり込んで、うす暗いじめじめしたごみ溜《ため》のような編集室の隅《すみ》で、椅子の上にあぐらをかいて、ねじり鉢巻で、茶碗酒を呷《あお》りながら、ばりばりがりがりとペンの音をさせながら、そんなような思わず顔の赤らむような原稿を書いているんだ。……おれは泣きあしない、ひとをばかにするな、これはそんなめそめそ泣くようなそんな軽薄なもんじゃないんだ。

――福地総務はうつ伏しになって、机の上へ水溜りを拵《こしら》えながら眠っていたのさ。

――田口氏は三日にいちどぐらいずつ来て、なにかかにかして、では仲井さんお頼みしますと云って、片手に手鞄《てかばん》と洋杖《ステツキ》、片手に黒いベルベットの帽子を持って、おっとりと一歩一歩おひとがらに帰っていった。

――おれがなにをしたかということはひと言では云えない。ただ原稿を書くこと以外は、……なぜってさいわいおれにはまだそんな様なものを書く手腕も見識もなかったから、……それだけはしなかったがそれ以外のすべてのことをやったわけだろうさ。

――おれは印刷工場へも使いをした。その工場は阪急《はんきゆう》線の石屋川というところにあったんだが、そこへゆくと幾たびかしら近くの飯屋でひるめしを喰《た》べた。なんとも云いようのない喰べ物だった、おまけに窓から向うに六甲《ろつこう》の山がみえる、まるで真空のように空気が澄んでいるからなんだろう、山の白茶けた岩肌《いわはだ》やところ斑《まだ》らな松林なんぞが、眼に痛いくらい鮮明にみえるには弱った。秋、というと突然みたようだが、そんなふうな悟ったような澄明《ちようめい》な秋の山なんぞというものは、そのときのおれの立場としては共鳴するわけにはいかなかったんだ。おれは今だってそんな秋の山なんぞは見たくない。

「ひとつ、今夜いっぱい、やるか」

ある日の帰りがけに、がまんを切らしたというような顔つきで仲井天青がそう云った。子供が親になにかねだるときのような、こっちの顔色をうかがうような、顔色だった。

「ぼくは今日は小遣を持っていないんですが」

「なにぼくだって持ってやしないが、勘定のきくところがあるから大丈夫さ、その点はぼくが、これさ」

天青はこう云って右の手で胃袋のあたりを押してみせた。……そしてあれ以来はじめて二人はその晩いっしょに飲んだんだが、その晩のことだけを切離して紹介するわけにはいかない。

「ブルウタスよ、おん身もか」

こんなふうな気取ったようなせりふを彼は云ってみせたものだったが、それだって一度きりのことではなし、その後は殆んど毎晩のようにつながっては飲んだもんなんで、……彼はいつかしらおれにも勘定のきく家を拵えてくれた。

「文壇の大家だといったってなんだ、いったい谷崎潤一郎《たにざきじゅんいちろう》がなにものなんだ、笑わせるな、おれは日本の文壇なんぞ相手にしているんじゃねえんだぞ、エ　ケ　ホモ、おれはこうみえても仲井天青だ」

天青はぎらぎらと熱っぽく眼を光らせ、右とか左とかどっちか側の肩をつきあげながらこう云うんだった。意気軒昂《けんこう》、不屈不撓《ふとう》、孤岩屹立《きつりつ》、多少めちゃくちゃな感じかもしれないがおれとしても無関心ではいられなかったさ。

「おれは敗北した、それは認める、しかし、敗北にこそ真実のあるということを知っている者があるか、云ってみろ、われわれの文学精神は破滅を信ずるところに立脚しているんだ、気をつけろ、おれが敗北したままじっとしていると思ったら大まちがいだぞ」

それから天青はまたよく歌をうたった。

常春藤《きづた》の冠をあみだにかぶり

バッカスおまえはファウンのお供

こういったようなわけの知れないものだの、わざと卑《いや》しい低級な流行歌だの、そのほか各種の歌だった。そしてあんまりやかましくって周囲の客たちに悪いと思って、おれがちょっと注意したりすると必ず奇怪な身ぶりをして、ブルウタスよおん身もかといい気持そうに云うわけだった。

——こんなことをいうと拵えたように思うかもしれないが、仲井天青のようすがしだいに風格を帯びてきたと云ってもおれは良心に恥じない。彼はめきめき彼らしくなっていった、熟すべきものが彼の内部において熟し始めたんだろう。彼は彼自身をとりもどしたばかりでなく、今やとりもどした彼自身の上へよじ登ろうとさえするように思われた。

「ぼくには学問はない」天青はこう云って右手の指先で額をこつこつと叩《たた》き、ごく秘密なことをうちあけるかのようににやっと笑いながら低い囁《ささや》き声でこう云うのであった。「——が、この中には詩が詰っている」

彼はしきりに文芸雑誌の創刊をもくろみだした。そろそろカム・バックしても早すぎはしないと云った。彼には……その頭脳の中には……幾つかの大きな長篇《ちようへん》小説と幾十篇かの戯曲の構想がすでに完結しているのであった。

「やろう、きみ。おれもライフ・ワークを始める時期には時期なのさ、為《な》すべきものを持っていて為さないのは罪悪だ、われらの旗を掲げよう」

五

——これらのあいだにおれは彼について多くのことを知った。仲井天青はジャーナリズムから消えて以来、浅草のなにがし座で文芸部長をやったり、他の劇団のレパートリイ顧問になったり、また喜劇一座と旅まわりもしたものらしい。……その頃《ころ》に細君とは別れて、浅草のなに太郎とかいう名妓《めいぎ》に恋され、その名妓は彼のために身ぬけとかいう冒険を敢《あ》えてして結婚し、旅まわりなどにもいっしょに付いてまわったのであるが、現在、彼女は元の土地の浅草で、ある格式の高い待合茶屋の女中がしらをしながら、彼の呼びよせるのを待っているということだった。

「だがぼくは彼女を呼びよせる気はない、ぼくは今そんな安楽なことなんぞ考えちゃいないんだ」

天青はおれになんどもそう確言した。

「ぼくの野心はそんなちっぽけなものじゃないさ、この野心のために汚濁と絶望と貧困を耐えしのんで来たんだ、ぼくは人情的であるわけにはいかない、彼女は彼女として、……ぼくは雑誌の題を人間芸術ときめようと思う」

おれはひどく酔うとたびたび天青の家へ泊ったもんだった。電車がなくなって、兵《ひょう》庫《ご》辺りから夜更《よふ》けの道を歩いていったことも珍しくはなかった。その途中に家並がとぎれて空地つづきになったところがある、右も左も荒れた草原で、いかにも場末らしくやたらに紙屑《かみくず》だの空缶《あきかん》だの塵芥《じんかい》が汚ならしく捨ててあるんだ。とうてい浮いた気持になれる景色じゃないんだが、そこへもってきてコスモスがずらっと咲いていた。横さまにみんな倒れている、倒れたまま咲いているのや倒れたところから起き上がって咲いているのや、実にしだらもない乱離たるありさまなんだが、こいつが道に沿ってどこまでも咲いているには降参した。……こっちは酔い痺《しび》れてうらがなしくなって、だからこそつけ元気でやけくそな歌をうたったり傲慢《ごうまん》なことを喚《わめ》いたりしているんだ。

それこそ破滅的な気分でいるところなんじゃないか、そこへ星あかりの暗がりからぼうっとほの白くコスモスの花がみえてくる。……捨てちらしてある塵芥、紙屑、そしてほの白くしんと、どこまでも続いて咲いているコスモス。……花には特別の罪はないのかもしれないがおれはこいつだけにはどうしたってシャッポを脱がずにはいられない。

――天青はだんだん深酔いをするようになっていった。

――おれの初めての月給、つまり十月分の月給は一枚の計算書だった。袋の中にはほかになにも入ってはいなかった、そうしてその計算書のいちばん下には赤い字でそくばくの金額が書いてあったものさ。……これを要するに飲屋と弁当屋が勘定を取っていったんだが、その結果として赤い数字だけおれの月給からはみ出たというわけなんだ。おれとしては失望でもあり不満なような気持だったが、よく世間で云《い》う赤字なになにというのはこのことなんだと知って、少しは教訓も得たような感じだったと思う。

――天青はその点もっと状態がいけなかったらしい。会計……といっても社長の妻君なんだが……は飲屋その他の彼の勘定をみんな拒絶した、つまるところ天青にはそれらの勘定を支払うべき余り分がないばかりか、さらに多額の前借があって、会計としてはもはやそれらに対する責任が負えないというんだった。……しぜん飲屋その他の勘定取りは編集室へやって来た。そこでそういう際に多くの人々がする通り、彼もまた五日ばかりは社を休んで姿をみせなかった。――おれはどうしたってもういちどは社長とその妻君のことを云わずにはいられない。

――あの特別演出のあった日から半月くらいは静穏な時が経過したろう。おれは精勤であることだけは守ったから依然として八時半には出社したが、しばしば社長室からあの稀有《けう》な声音《こわね》のもれるのを聞いた。おれはまだおれの年齢としては無知であったが、それでもその声音ないし音声がかれら夫妻の平和状態を示すのだということだけは察しがつくようになっていた。……云ってみれば、社長はそのちょび髭《ひげ》と秘密文書による蘊蓄《うんちく》をもっぱら妻君に提供したものだろう。が、社長には社長でまたそこに計画があったものさ。これもまたあとからわかったことなんだが、彼は次期の市会議員選挙にうって出るという野心をもちはじめていた。それでこれに要する事前運動のための軍資金を、その貪欲《どんよく》酷薄な妻君からひきだそうと計ったわけらしい。……それについては彼は自分のちょび髭と秘密な蘊蓄とに莫大《ばくだい》な自信をもっていた、ことにその妻君の嗜好《しこう》に関しては隅の隅まで熟知していたから、その効果にはかなりな程度まで安心していたふうだった。

――人間がいつも自分自身によって欺《あざむ》かれ自分自身によって失策するということは

悲しいことだと思う。社長は自分の技倆《ぎりよう》を些《いささ》かも疑わなかった、そこには確信さえもっていた。にもかかわらずしくじった。かの貪欲なヒステリイ女は社長の奉仕を専有することには少しも躊躇《ちゆうちよ》しなかったが、彼の申し出に対してはあたまからせせら笑い、彼の鼻の前でぴしゃりと戸を閉めた。

「あほらしい、あてが金持ってるとでも思ってたんかいな、冗談やあれへん、集金があんじょう集まらな今月はやってゆかれしまへんで、あほらしい、しっかりしとくなはれ」

こう宣告するのをおれはこの耳で聞いたんだが、その仮借のないせせら笑いにはまいった。おれにはなにも直接の関係はないんだが、それでもなんとなく世の中がならし平べったくなるような、たより薄い淋《さび》しさを感ぜずにはいられなかったものだった。

――十一月になってからだったが、社長は売れ残って返されて来た雑誌を、社会事業のためにといって市庁のその部へ寄付した。これは次期市議選挙に対する予備工作のひとつだったんだろう、せいぜい三千部ばかりの古雑誌だったが、これを妻君とのひと悶着《もんちやく》を恐れて、彼女には知らせずに寄付したものさ。……おれは社長から特に頼まれて取次店の倉庫から市庁舎までの運搬のてつだいをした。

「なあきみ、奥さんには内証やで」

社長はそのときおれを外へ伴《つ》れだして、たぶん籠絡《ろうらく》するつもりだったんだろう、近くの横丁にある屋台の珈琲店《コーヒー》でコ、、ー、、ヒ、、ーを二杯おごってくれた。

「きみもサラリが少のうて済まんけど、まあもうちっとのま辛抱してえや、わいもいつまでこんなやくたいもないことしていやへん、いずれ近いうちに、……まそれは云わん、今はまだ云わんけどやね、きみの将来はわいが承知したるね、いまにきっときみにもひと花咲かしたるよって……」

だがそこでもまた社長は足をすくわれた。市のほうでは寄付を受けたものの雑誌の内容には注意しなかったらしい、古雑誌ならまあ、養老院とか孤児院とかいった関係へ配ればいい位の感じだったらしいんだ。ところが受取った現物をみて狼狽《ろうばい》したさ、親は子に隠し子は親に隠さなくては読めない雑誌なんだ、市当局という立場としてはとうてい関係方面へ配れるわけのもんじゃない。いろいろ会議があったものか、それともそんなものなしだったか想像外のことだが、一週間ばかりすると社へ小使が来て、そのような雑誌の寄付は受付けるわけにいかない旨《むね》を述べ、なお即刻こちらへ引取るようにと云って帰った。……そのとき社長が留守だったんで妻君が用件を聞いたということは現実の悲哀じゃないか。そして直ちに、正確に云うとその翌朝、おれが社へ出たときすでに。……おい注《つ》いでくれ。

——おれが階段を登って編集室へはいったとき、社長室では妻君の罵《のの》り声が聞えていた。それはあの灰色の唇《くちびる》が捲《まく》れあがり、剝《む》きだしになった上と下の歯ががちがちと鳴る形相《ぎょうそう》を眼の前に見るような声であった。おれはぞっと総毛だった。これは特別演出に属するだろうかどうか、もしそうなら退散すべきなんだがと、椅子に片手を掛けたまま迷っていると、

「いややいややいやや出ていけっ」

こういう叫びに続いてどたんばたんぴしゃぴしゃという物音が起こった。

——おれは幾らか微笑したかもしれない、かなりの痛快な気分を感じたことは白状してもいい。ちょび髭社長といっても男は男であるんだ、そこはやっぱり女とは違うんだ。こう思っていたんだが、……そう思う間もなく襖《ふすま》をあけて社長がとびだして来た、額と頰《ほっ》ぺたにひっ搔《か》き傷が幾条《いくすじ》もでき、そこから血が出ているのをおれは見た。彼は寝衣《ねまき》の帯ひろ裸で、廊下へとびだすなりその廊下へ坐《すわ》って両手をついた。

「悪かった、堪忍《かんにん》して、このとおりや」

こう云って彼はその頭をむやみに上げ下げした。その運動の速さと回数については誇張と思われる危険があるから云うのはよそう、しかし妻君はききと叫び、社長にとびかかり、髪をひき搔《むし》り、頭や頰ぺたをぴしゃぴしゃ平手で撲《なぐ》り、そして劈《つんざ》くような声で叫びたてた。

「あての金もどせ、どあほ、ぬすとう、ええくやし、あんな小使なんぞに恥かかされて、なにが高級的や、金もどして出ていけ、ぬすとう、ええどうしたろ」

「済まん堪忍して、わいが悪かった、これからあんじょうするよってな、これや」

おれは憮然《ぶぜん》と浮かない気分になった。多少は痛快だなどと思った早計を自分で嗤《わら》い、かれらの脇《わき》をすりぬけるようにして階段をおりた。……そこにはいつかのように仲井天青がおり、女中の花ちゃんと喫茶部のそえ子が立っていた。

「出ましょう仲井さん、また特別演出ですよ」

おれはこう云って自分の醜いざまを立聞きされた者かなんぞのように、靴《くつ》をつっかけざま外へと逃げだしたものだ。

六

――もちろんその日は社を休んで飲んだ。天青はどうにか都合をつけたとみえて、どこの飲屋でも断わられるようなことはなく、ある程度までは従前どおり飲ませてくれた。

「あのちょび髭を嗤ってはいかんぜ、彼はきみ彼であって彼だけのものはあるんだ」

天青はその夜しきりに社長を弁護した。

「人間があそこまで裸になるということは俳諧的《はいかいてき》心境ではないんだ、きみは廊下にへいつく這《ば》った彼の姿から眼《め》をそむけたが、あの姿に人間ぜんたいの原罪を感ずることができなければとうてい文学をやる資格なんぞありやしないぜ」

「ああ男は哀《かな》しい、男は救われることがない」

天青はこうも云ったさ。

「ちょび髭は初めにあの鬼女をたらしこんだ、彼はあの鬼女を雁字搦《がんじがら》めにし、絞れるだけ絞った、彼自身そう思ったし、まわりの者もそう認めた、ところがまったく逆だったんだ、雁字搦みに縛られたのは彼自身なんだ、絞るだけ絞られているのも彼自身なんだ、……あの鬼女の貯金帳はいま元の十倍以上にもなってる、おまけに、あいつは近いうち花隈《はなくま》へ酒場を出すそうだが、それを知っているのは今のところこの天青ひとりだろう、……社長はなんにも知らない、彼は今すっからかんだ、不動産や貯金はもとより誌名登録まであの女の名儀になってる、……剝かれたのは彼のほうさ、彼のほうがちょろまかされたんだ、あの下賤《げせん》な狐《きつね》づらの女悪魔め、……だがきみ、なあきみ」

天青は両手でおれの肩へ凭《もた》れかかった。

「これはあのちょび髭だけじゃないんだぜ、多かれ少なかれ男はみんな同じなんだ、昔も、今も、これからもさ、……男はみんな女どもによって燔祭《はんさい》にあげられる小羊なんだぜ」

おれは空腹のときみたように下腹からすっと力がぬけてゆくのを感じたと思う。やるせないじゃないか、きみ、……なんというからくりだ、もしこの世がそんなに手のこんだものだとするなら、いっそ海へでもとびこんだほうがいいようにも思われる。……おれはげっそりした。けれどもそれで酔いがさめるというほどごたいそうなわけでもなかったんだが。

――おれたちはまた毎晩のようにつながって飲みだした。知れたことさ。いやそうばかりでもない、天青は倍くらい元気になった、金もなかなか持っているらしい、勘定で飲めるところは勘定で飲んだが、これまではいったことのない鉄ちり屋だの関東《かんとう》煮《だき》などの赤い大提灯《おおぢようちん》のぶら下がった家などへもはいり、そこでは金を出してちゃんと支払いをした。……おれは訝《いぶか》しいというよりも心配になってきた、だってそんな筈《はず》があろうようには思えない、どうかするとこれには不愉快な結果がともなうことになるかもしれない。おれは云ってみた。

「こんなぐあいにやっていて大丈夫ですか仲井さん、あんまりなにしてまた……」

「びいさいれんと、きみはまだそんなちっぽけなことを心配しているのか、きみには仲井天青がそのくらいにしきゃみえないのか、……その小賢《こざか》しい口を閉めろ、そして飲みたまえ、ぼくはぼくの野心のいかなるものかを知っている、計画もみとおしもついている、きみはきみを信じなければいかん、飲みたまえ」

彼は文壇の流行作家をひと舐《な》めに嘲弄《ちようろう》する、劇壇の大家には憐《あわ》れみの冷笑をあびせる。詩について、また画について彫刻について、ありとある日本の芸術分野にわたって容赦のない舌刀《ぜつとう》をあびせる。

「額をあげたまえ、きみ、眼には見えないがわれわれの頭には月桂樹《げつけいじゅ》の冠が巻かさっているんだ、かれらなにものぞ、われらの時代が近づきつつあるじゃないか、それはもうそこにあるじゃないか、えい、……こう手を伸ばせばそれはわれらのものだ、旗を掲げよう」

　彼はおれをいちどは福原の妓楼《ぎろう》へも伴れていったくらいなんだ。そして彼は幾らか肥えた、したがってぎろりとしたところが地均《じなら》しをされて少しはだらしなくなったようだったが、おれとすれば頼もしいようにも感じたのはしかたがないさ。

　――仲井天青は昼間は原稿を書いた。……そして、社長はこんども妻君とうまく和睦《わぼく》したらしかった。

　――夕方になるとおれたちは飲みまわった。元町あたりから西の方角へはしごをやって兵庫あたりできりあげるんだが、これは万一のばあい板宿まで歩いて帰るのに備えたわけなんだった。

「のうめのめ、のうめのめ世界のまあるほうど、ああ愉快だ、きみ握手をしよう、われわれは生きるんだ、いいか、生きるんだ、生きるんだぞきみ、さあ進軍だ」

　天青は情熱に燃えたわけなんだ。うす汚ない小さな酒場の隅《すみ》で、土間を下駄《げた》で踏みにじり、白粉《おしろい》の剝《は》げたようなぶくぶくに肥《ふと》った女給の首を抱き、ふいに浪花節《なにわぶし》でオセローのせりふを喚《わめ》きだし、ぐいぐいと麦酒《ビール》を喉《のど》へながしこんだ。

「諸君、脱帽したまえ、ここにぼくがいる、ぼくが仲井天青だ」

そして女給の頰ぺたへ吸いつき椅子《いす》ごとぶっ倒れてへどをついた。……冷静にみれば、多少は興ざめでなくはない、おれにしたってそこまでは断言しない。が、ともかくも天青は燃えていたんだ。

——なにを云うか、それが狂態だといって誰《だれ》に嗤う権利があるか、人間が純粋になればなるだけ、俗人どもには滑稽《こっけい》にみえるだろう、それがなんだ、天青は燃えていたんだぞ、名声や利欲のためじゃない、なんのためというわけじゃない、彼は芸術への情熱に全身を燃やらかしていたんだ。なにを云うか、さあ云え、いったいきみたちに彼以上のなにがあるか。……人間には平和や家庭や健康で優秀な妻子や、きちんと貰《もら》える月給のほかにも大切なものがあるんだ、そのために身を削るほど苦しんでいる者だっているんだぞ、ばかにするな。

——十一月の月給日のことだった。

神戸という土地は摩耶山《まやさん》おろしとかいって冬のはじめから凛寒《りんかん》な風が吹く。おれが厄介《やっかい》になっていた大村さんの家は須磨の離宮山の下で、南向きの日当りのいい環境だから暖かいが、市内では十一月末となると、朝晩の寒さには誰しもかなわないと云った。

——月給日のことだった。これだけは云わずにはおれないんだが、おれは社長からあっさり馘《くび》だと宣告されて、ある程度まで失望と驚きにうたれずにはおれなかった。「きみにも不満はあるかしらんけど、こっちゃにも云いたいことはあるねんけど、わいはよう云わんとくさかい、きみもおとなしく引取っとくなはれ」

「おかしいですね、それはどういう意味ですか」

おれとすればかなり馘にはなりたくない気持だった。社長はなにか誤解しているらしい口ぶりだもんだから、誤解がとけて首がつながるものならと考えたわけなんだ。……だが、ちょび髭《ひげ》はつい、と月給袋をつき出し、一種の中途はんぱな表情でにやにや笑った。

「もうええわいや、もうなにも云うことあれへん、だが口は禍《わざわ》いのもとちゅことがあるよってな、これからは気いつけなはれや」

まるで不正乗車をして伴れて来られた乗客に対するどこかの私鉄の駅長みたような口ぶりであった。彼は初めから終りまでおれを見ようとしなかった。焦茶色《こげちゃいろ》のようでもあり蒼黒《あおぐろ》いようでもある痩《や》せた顔や思わせぶりなちょび髭も、ちっぽけなちょこかした軀《からだ》つきも、なにもかも急にいやらしく狡猾《こうかつ》にみえ、おれは馘になった落胆もあろうが、むかむか肚《はら》が立って乱暴なことを云うかするかしたくなってきた。……コーヒーぐらいおごったって大きな顔をするな、そんなぐらいの気持じゃなかったんだ。

が、おれは彼を軽蔑《けいべつ》すべき人間であると自分をなだめて、わりとしては平静に編集室へひきあげた。

——おれがおれの所有物を片付け終ったとき、廊下をこっちへ来る人の足音がした。するとと社長が仲井はんと呼び止めた、つまり仲井天青なんだった。……たぶん月給を貰うんだろう。おれは椅子に掛けて、幾らか悲観めいた気分になりながら待っていたんだが、とにかく天青には訳を話さなければならないと思った。……彼はなかなか来なかった。低い声でしきりになにかぼそぼそ云《い》っているらしいんだ。なかなか済みやしないさ、……おれは廊下のところまで立っていってみた。

——仲井天青は社長の前にかしこまっていた。両手を膝《ひざ》へついて頭を垂れていた。そしてその頭を下方へさげてはおじぎをし、またおじぎをしては懇篤《こんとく》な調子で云っていた。

「月給だって減らしてもいいんです。酒を節することは断じて約束します、なんだったら禁酒しようかと思っていました、じっさいこれでは自分ながらあいそがつきますから」

「そらあんたの好きにしなはれ、こっちゃはいいんで貰いさえしたら酒を飲もうと飲むまいと知ったこっちゃあれへん」

ああなんと、天青も馘になったんだ。

「ぼくは雑誌を今の倍くらい売れるプランを持っているんですが、ぼくはもっと書きます、雑誌一冊ぜんぶぼくが書いてもいいんです、いま面白《おもしろ》い記事があるんで、こいつはあっと読者にうけることまちがいなしですが、……社長、お願いです、お願いします、どうかもう少し面倒をみてやって下さい、お願いします」

ああいたましいおれは胸が潰《つぶ》れる。天青はその頭を下方へさげておじぎをしているじゃないか、雑誌を一冊分ぜんぶひとりで書くとまで壮烈な気持になってるじゃないか。おれはなにものかに対して怒りたく思った。

七

「もうやめときなはれ、ほして今日のうち引取って貰わなあきまへんで」

「待って下さい社長、もうひと言、ぼくはこれまで御厄介になった恩義からしても、このままお別れするには忍びない気持です、まだ御恩返しもしてはいませんですし、社長、お願いします、このとおり」

それ以上おれとしては眺《なが》めている訳にはいかなかった。おれはそっちへいった。そして仲井さんいきましょうと云いながら彼の腕を摑《つか》んで立たせようとした。すると社長はにやにやと笑いながらこう云った。

「礼が少のうてお気の毒やなあ」

その言葉と一種のにやにや笑いとがおれを唆《け》しかけたんだ。おれは自分でも吃驚《びっくり》したんだが、かっとのぼせたみたようになって、

「礼はこっちからくれてやる」こう云ってちょび髭の頬《ほっ》ぺたをいやというほどはり倒してやった。……おれとしては今でも悪くないせりふだったと思うがどうだろうか。そういうばあい尋常なことではなかなか思うようなせりふは出ないものさ。しかし、すると天青がはね起きた。おれのはり倒す音がこんどは彼を唆しかけたんだろう、いきなり社長にとびかかり、押し倒して馬乗りになった。

「この野郎、なんだ、なんだ、この野郎」

吃《ども》り吃りこう喚きながら、彼は上からむやみに社長の胸をこづいた。昂奮《こうふん》しすぎてしまって気の利《き》いたような罵詈《ばり》も出ず、撲《なぐ》りつけるという考えもうかばないのらしい。ところで、そこへ、……あの貪欲《どんよく》と無恥と酷薄のかたまりであるヒステリイ女の妻君が、ひきつったような灰青い顔でとんで来た。知れたこと、唇《くちびる》が捲《まく》れあがって歯が剝《む》きだしになっていた。彼女は天青の脊《せ》中《なか》へひいとかじりついた。

「なにさらす、このばらけつめ、ぬすとう」

彼女はかなきり声で叫びたてたさ。

「誰ぞ来てえ、ぬすとうやぬすとうや、誰ぞ来てえ、巡査呼んでえ」

おれは彼女をつきとばした。これはうかうかしていては損害になるように思えたん

だ。おれはヒステリイ女の妻君をつきとばし、天青を社長から捲《むし》り取った、妻君がまた立って来たからまたつきとばした。社長をもつきとばしたかもしれない。……おれとしては大活躍なんだ。それからおれは畳の上にあった天青の月給袋を拾い、天青をひきずるようにして、まあそのほかいろいろしたさ。そうしておれは靴を持ち天青は下駄を持って外へとびだしたんだが。……あのいやらしい妻君のぬすとうやぬすとうやという喚き声が、いつまでもうしろから追っかけて来るような気分には弱らされた。——おれたちは汽車道まで走りどおしに走った。それから誰も追っかけて来る人間のないことを慥《たし》かめてひとまずそこの道傍《みちばた》にある材木のようなものに腰をおろした。二人としては顔を見合せたんだが、天青ははあはあ息をきりながら、

「はあ、はあ、きみ、やったなあ」こう云ったもんだった。

「やりましたねえ」

「やったなあ。きみ、やったなあ」

それから彼はけらけら笑いだした。おれも笑いはしたようだが、彼は笑いが止らないくらいで、しまいには拳骨《げんこつ》で腹を押え、涙をぽろぽろこぼしたくらい笑った。そうしてやがておちつくと、手の甲で涙を拭《ふ》きながらまじめな口ぶりになって云いだした。

「結局はこのほうがいいんだよ、きみ、人間はふんぎりをつける時が大切だ、ふんぎるんだよきみ、あんな穢《けが》らわしい腐った空気の中にいてはこっちまで堕落してしまう、

……このほうがよかったんだ、寧《むし》ろ祝うべきなんだ」天青はそこでちょっと眼をすぼめたが、矢庭に立上がって拳《こぶし》を前方へ出しながら叫んだ。「飲もうきみ、こんな汚ならしい金は一銭も残らず遣い捨ててやるんだ」

「飲みましょう、仲井さんの新しい出発を祝いましょう」

おれたちは飲みまわった。といったところでおれの月給はいろいろな勘定を差引かれているからたいしてはない、天青のも件《くだん》の如《ごと》しというくらいだったんだろうさ。だから始めのうちはできるだけ勘定で飲んだもんだが、それでも単なるやけ飲みというだけではなかった、酔うにしたがってそこは精神は昂揚した。

――兵庫の「安楽」という小さな酒場を逐《お》い出されたのが最後だった。午前二時に近いような時間だったたと思うが。

――思う存分に飲んだわけさ。

――おれたちは星あかりの暗い道を歩いていた。ときどき歌もうたった。天青はよろけてばかりいた。二度ばかりへどをついたように思う……おれは彼を抱くようにして、彼といっしょによろけよろけ歩いた。おそろしく寒い風がうしろから吹きつけてきた。電線がひゅうひゅう鳴りアスファルトの道の上を紙屑《かみくず》がころげて来て、そうしておれたちを追い越して、向うのほうまでころげていったりした。

八

「きみちょっと、ちょっと休ませてくれ」

天青はこう云って、もう家がまぢかになったところで立停《たちどま》り、道の脇《わき》の枯草の上へ腰をおろしてしまった。

「もうすぐですよ仲井さん、そこがもう四つ角ですよ」

「いやだめだ、帰れない」天青はぐらっと頭を垂れて呻《うめ》いた。

「ぼくが負《おぶ》ってってあげましょう、こんなところでなにしていては風邪をひきますから、ねえ仲井さん立って下さい」

「きみは構わずいってくれたまえ、ぼくは帰れないんだ、家へは帰れないんだよ、きみ」

「どうしてです、なぜ帰れないんですか」

「——女房《にょうぼう》が来ている筈《はず》なんだよ」

「——奥さんがですって」

「そうなんだ、あれが来ている筈なんだよ」

おれは天青が酔っぱらってうわごとを云っているのかとも思った。だが彼はぐっぐっと喉《のど》で妙な音をさせ、どうやら泣きだしたようなぐあいだった。

「社長のやつ、ぼくに、今月から月給を二割増してくれると云ったんだ、あいつのために秘密出版の原稿も書いたし、その金は貰って飲んだけれども、ぼくは信用したんだ、……それだけあれば生活ができるどうやら夫婦で食うくらいは食ってゆける、……それで女房を呼んだわけなんだ」

しきりに風がわたり、すると波の寄せるように、枯草が遠くのほうからさあさあとこっちへ鳴り騒いで来て、二人のまわりを向うの暗がりへと鳴り騒いでいった。

「女房にはずいぶん苦労や心配をさせて来た、こんどこそ二人で世帯《しょたい》をもち、幾らか楽をさせてやれる、……そう思って手紙を出した、女房はよろこんだ手紙をくれた、そして今月いっぱいで暇をとることにして、蒲団《ふとん》やなにかは二三日まえに着いたんだが、……今朝あれから電報があって、今夜の九時に神戸へ着くといって来たんだよ」

「それじゃあぼくたちが飲んでいたじぶん」

「そうなんだ、ぼくたちが飲んでいたじぶんあれは神戸へ着いたんだ……誰も迎えに出ていやしない、独りぼっちで、初めての土地なんだ……あれは自分で荷物を持って、ところ番地をたよりに、こんな寒い夜道を……」

彼はまた喉をぐっと詰らせた。それから暫《しばら》く頭をぐらぐらさせ、手を振りまわし、苦しそうに身を揉《も》んだ。

「君はさっきぼくが社長の前にへいつく這《ば》って、くどくど憐《あわ》れみを乞《こ》っているのを見たろう、そしてたぶん軽蔑したことだろう、……しかしおれは、もし社長がそうしろと云えば、犬のようにちんちんでもおまわりでもなんでもしたと思う、……おれは馘《くび》になりたくはなかった、なんとしても勤めていたかったんだよ」

なにを云うことができよう、おれは憮然《ぶぜん》としたような感じで、多少当惑もした感じで漫然と腕組みをしていた。

「ぼくはきみに対しても恥ずかしい、冷汗が出てならない」

「――――」

「芸術だとか野心だとか、ひとの作品を罵倒《ばとう》し、ひとを嘲《あざけ》り、笑いとばし、われらの時代だの旗を掲げようだの……嘘《うそ》っぱちだ、ぼく自身がよく知っている、何もかもでたらめの嘘っぱちだ、ぼくはぼくの才能によって墜《お》ちるところへ墜ちて来たのさ……許してくれたまえきみ、ぼくはいつも恥じていたんだ、ぼくはこれだけの人間なんだよ」

おれとしては慰めようがないわけなんだ。けれどもそれ以上は聞いているには耐えられないさ。おれは彼を抱き起こした、まあともかくもと云うよりほかにかくべつの思案もなかったもんだろう。……おれは彼を彼の家のある路次口まで送っていった。そして路次の中を覗《のぞ》いてみないわけにはいかなかったんだが、云ってみれば厭《いや》な気持なんだが、そうするとまっ暗になった長屋のある一軒だけ、障子に明るく電燈《でんとう》の光のさしている窓が見えた。……おれにはそこから見えるようなぐあいなんだ、裸電燈の下にひとりの中年の女が坐《すわ》っている、側《そば》になにかの風呂敷包かなんか置いて、疲れたような顔をして、じっと坐っているひとりの女の姿がさ……。

「きみはこれを機会に東京へ帰ってくれたまえ、そして、しっかりやってくれたまえ」

天青は別れるときおれの手をぐっと握った。

「決して安きについたり投げた気持になっちゃいけない、どっちにしたって人生は苦しいもんだ、苦しむんなら自分のほんもので苦しむべきなんだよ、……じゃあさようなら、さよなら、頼むからぼくのことは忘れてくれたまえ」

そしておれは天青と別れたわけさ。

——仲井天青が死んだことは一週間ばかりまえわかった。あのおひとがらな田口詩楼氏から手紙で知らせて来てくれたんだが、……なんだ、もうかすとりもおしまいか、ちえっ。……おれとしては周五郎のごちになんぞなる気持はないんだ。人生はどっちにしても苦しい、苦しむなら自分のほんもので、……天青としてはきざな教訓みたようなことを云っちまったものさ。

——ところで十八枚くらいのライトモチイブの娯楽性のある小説の種はないかね。女房のお産もお産なんだが、それはそれとして、まあそれもあるが、……ちえっ、もう酒もなしか。

（「苦楽」昭和二十四年八月号）

解説

木村久邇典

昭和三十四年の初夏、はじめて山本周五郎さんと対面した戸石泰一氏が、『山本周五郎小論』のしめくくりとして、その対談の大要を「山本周五郎氏に聞く」という文章にまとめたものを、『新読書』という読書雑誌の七月号に発表している。

山本さんはこのとき、創作の具体的な方法に触れて、「材料がなくて書けないというのはウソだ、どんなことでも材料になる」と語り、書けると思うこと、あるいは書きたいと思うことは、その都度、かならずメモしておくことなどを熱心にすすめたものであった。戸石氏のメモ――。

「一つの材料が生きてくるまでには少なくとも二、三年はかかる。いま、紙にかき溜《た》めた材料が百ぐらいはある……。それを時々みるんですね。それでダメなものは破いてしまう。そのうちに醗酵《はっこう》してくるものがありますよ。そうなったら、場面をくみたて、くわしいコンテをつくる。そのコンテにしたがって作品を書いてゆくんです」

まさに、山本さんの持論である。実はこの対談に、わたくしも同席していたのだが、

んの取組み方には感じられる。

山本さんの文学論議は、つぎからつぎへと続いた。

山本さんは、一度、作品として発表したことのあるテーマでも、自分に十分なっとくが行かない場合には、数年後ないし数十年後でも、さらに入念に練りなおす労をいとわないといったふうであった。作者の文体が、独自の粘着性をもっていたことと併《あわ》せて、いったん取上げたテーマは、とことんまで追究するという〝執念〟が、山本さんの取組み方には感じられる。

たとえば、本書に収めた現代小説『陽気な客』（昭和二十四年八月号「苦楽」）は、大正十二年秋から同十五年まで勤務した神戸《こうべ》の、〝あまり上等でない雑誌社〟での見聞や体験をモトにした作品であるが、この時期の生活を時代ものにおき替え、さらにひろい視点からとらえようとしたのが、最晩年の『へちまの木』（昭和四十一年三月号「小説新潮」）とみることができる。作者がひとつのテーマにかたむけた執念の持続が、十七年間におよんだ好例である。

終戦直後の山本さんには、時代小説専門の作家と見なされることに大きな抵抗を感じた一時期があって、『花咲かぬリラ』『四年間』『寝ぼけ署長』『失恋第五番』『失恋第六番』などの〝現代もの〟を、かなり精力的に執筆している。『陽気な客』は、その延長線上に書かれた作品であり、プロローグとエピローグの巧みな連結に、作者の並みならぬ技術的練達をにおわせた好短編である。文学青年時代を回想する〝客〟の、老いたる者のうたには、そこはかとない郷愁の思いがこめられている。行文の各所に、酔狸州《すいりしゅう》（葛西善蔵《かさいぜんぞう》）との相似がみられるのは、山本さんが、もっとも善蔵に傾倒したころにあたっていたからであろう。

『大納言狐《だいなごんぎつね》』（昭和二十九年十月「週刊朝日」増刊号）は、作者みずから〝平安朝もの〟と分類した作品。十日の余も苦心して書きおくった艶書《えんぞ》に、あまりにも簡単な応諾を投げ返されたことに腹を立て、むしろ積極的に失恋した学生《がくしょう》が、出家遁世《とんせい》を志望してたずねていった高徳のひじりも、狐に化かされたおろかな破戒僧にすぎないことを知り、生れ故郷の田舎に帰って自分自身を取戻《とりもど》そうと決意する——というファース。

同じひじりに落飾してもらったばかりの前検非違使《さきのけびいし》の別当《べっとう》が、もう取返しのつかない早とちりを、とっさの狡智《こうち》で、狐が普賢菩薩《ふげんぼさつ》像の身替りになったのだ、と群衆を言いくるめ、「その正体は単なる化け狐だ」と撃ち止めた猟師が叫んでも、群衆のざわめきに掻《か》き消されてしまう。ゆらい、責任を他に転嫁《てんか》して自らを保全するすべに長ずる官僚のこすからさを、多彩な平安朝的装飾で見事に戯画化し、さらに現代社会の人間諷刺《ふうし》にまでたかめることに成功している。河盛好蔵《かわもりよしぞう》氏が、「哲学的コント」として称揚するゆえんであろう。この作品の原形は、昭和五年の「舞台」（岡本綺堂《きどう》監修）七月号に一幕物戯曲として発表された『大納言狐』であるが、戯曲から小説への変形まで、実に四半世紀の反芻《はんすう》がおこなわれたわけである。

『武家草鞋《ぶけわらじ》』（昭和二十年十月号「富士」）は戦時中の執筆と推定される〝武家もの〟。おのれだけがただしいと信じる独善的な正義観から主家を浪々した青年武士が、藩国をとおく離れた山家《やまが》に隠棲《いんせい》して接した純朴《じゅんぼく》であるべき〝世間〟も、青年にとっては同様に容認できぬ俗悪なものだった。すなわち、頑丈《がんじょう》な武家草鞋を作って売れば、問屋の手代《てだい》に「捌《は》けのよいように、もっと弱いのを――」といわれ、道普請《みちぶしん》の土方に出れば、人足仲間からあまり働き過ぎる、と顰蹙《ひんしゅく》を買い、林の山葡萄《やまぶどう》に手を伸ばすと、村娘に「おれの家の山を荒すな」と叱責《しっせき》され、世の卑賤《ひせん》さに堪忍《かんにん》ならず、再び旅支度にかかったとき、宿のあるじに「あなたはひとを責めるばかりでひとことも自分を悪いとは云《い》わぬ」と諫《いさ》められて、初めておのれの醜さに気づいたところへ、藩の同僚が、主命で彼を召し還《かえ》しに現われる。同僚は近くの宿場で求めた手ぬきのない武家草鞋から、青年の所在を捜しあてることができたのだった。

人間的には誠実で一徹な、それだけに未熟さもある青年武士は、あるいは戦争末期ひところの、作者の自画像のような気もする。しかし、宿の老人の客観的な人間観察や、忠告を受けいれる青年の寛容に、作者の後日の成長が暗示された作品だったようにも思われる。

『山女魚《やまめ》』（昭和二十四年一月号「講談雑誌」）は同じく〝武家もの〟に属する作品。不治の病におかされた兄の春樹《はるき》が、その生命《いのち》をみずから縮めて、かつてはひそかに弟丈之《じょうの》助《すけ》を慕っていた新妻を、弟のもとに残す――という兄弟愛がテーマになっている。物語の運びに一種の推理小説に通ずるサスペンスがあり、戦前の山本作品にはみられなかったみずみずしい情感が加わった点を見逃《みのが》してはならない。

『おしゃべり物語』（昭和二十三年十月号「講談雑誌」）は、作者一流のこっけいものである。驚嘆すべき口舌の才能にめぐまれた少年が、寡黙《かもく》で政治に無関心な藩公の目を、その弁説で藩内の政争に向けさせ、主流・反主流者たちの舞台うらのかけひきを、両派にそれぞれ通報することで、秘密そのものを消滅させてしまうという痛快な物語。奸智《かんち》に長《た》けるライバルの正体も暴露して恋人をも取戻すという八方めでたい終幕で結び、さわやかな読後感を添える。たくみなストーリー・テラーの才をみるべきであろう。

『妹の縁談』（昭和二十五年九月増刊号「婦人倶楽部《クラブ》」）は、『おたふく物語』（昭和二十四年）『湯治』（昭和二十六年）とともに「おたふく物語」三部作の二番目の小説。作者が得意とした〝下町もの〟の代表作品であり、戦後の飛躍の第一段となった作物として記憶されてよい。自分たちだけがおたふくでとんまだと自認する底ぬけに明るい姉妹は、きん未亡人姉妹がモデルだといわれる。この作品以後、山本さんは女性像の造型に格段の円熟をしめした。

『水たたき』（昭和三十年十一月号「面白倶楽部」）も〝下町もの〟の佳編である。愛妻に浮気《うわき》を奨《すす》めるという、いささか歪《ゆが》んだ話の設定が、読み進むうちにいつの間にか消去されて、亭主《ていしゅ》の悔恨やおうらの行方にひきこまれてしまうのは、おうらの魅力的な人《ひと》柄《がら》のせいであろう。ここには、日本の文学が生んだ〝可愛《かわい》い女〟の一典型が、チャーミングに息づいているのである。なお、編中に好ましい浪人が登場して、狂言回しの役割をつとめるが、その息子「孝たん」の発する幼児言葉が、ところどころにはさまれて、ほどのよい愛嬌《あいきょう》になっている。幼児用語の巧妙な使用は、作者がひそかに自負した〝芸〟のうちのひとつでもあった。

『凍《い》てのあと』（昭和三十一年一月号「小説公園」）はシリアスな市井《しせい》ものである。禁制を犯した店の罪を一身にきせられ、自分も納得したつもりで入牢《にゅうろう》した縫箔屋《ぬいはくや》の職人栄次が、白洲《しらす》で聞いた証人たちの、口うらを合わせた偽証は、あらかじめ約束したとおりのものだったにかかわらず、反吐《へど》をつきたい気持にさせる。出牢後も主人の保護（それも事前に約束された措置だった）で生活は保障されるが、胸のつかえはどうしても晴れることがない。この設定はつよい説得力をもつ。栄次は、証人たちの微塵《みじん》もウソのけぶりもない偽証ぶりに、人間不信の泥沼《どろぬま》を見たのだ。隣家の浪人内田《うちだ》官之《かんの》介《すけ》も、許婚《いいなずけ》のある娘を妻にすることには成功するが、相手の男に足を斬《き》られて片端《かたわ》になり、家名も取潰《とりつぶ》される。恋の勝利は得たものの生活苦は容赦なく〝不義者〟夫婦におそいかかり、妻は「自分が稼《かせ》ぐ」といって姿をかくしてしまう。妻から届けられる金で辛《かろ》うじて日常を弁じてはいるが、官之介は、妻に対する不貞の疑惑からどうしても脱出することができないでいる。互いに人間不信のこころの病にとりつかれた二人——という状況提起は心にくいほどのうまさである。栄次が隣人をふくめた人生の再起を決意するのも、隣人によせる「たまらねえ気持だろうな」という同病者だけに通じるいたわりと、「夫に疑いをかけられたままでは死にきれぬ」と泣く妻女のふりしぼるような訴えを聞いたからだった。栄次の人間拒絶が、かたくなであればあるほど、その翻意がより深い人間肯定につながるという反対効果。〃市井もの〃中の秀作と推すに恥じぬ出来ばえである。

『つゆのひぬま』（昭和三十一年十二月号「オール讀物」）。〃岡場所《おかばしょ》もの〃の代表的作物といってよい。「客に惚《ほ》れることは法度《はっと》」だというこの社会の掟《おきて》を、忠実に信奉するおひろは、〃癆痎《ろうがい》の浪人者の良人《おっと》と子供をかかえた身のうえ〃という嘘《うそ》っパチの環境を、厄除《やくよ》けのようにみずからに貼《は》りつけて蓄財に励むおんなだ。客と商売女との間に、真実の愛情が成りたつはずはなく、また成りたたせてはならぬ、と決めこんでしまっているふうでもある。年下の朋輩《ほうばい》のおぶんが、不幸な過去をもつ客の良助に、真実の愛情を寄せているらしいのをかぎとったおひろは、日ごろの忠告を繰返す。しかし、大《だい》洪水《こうずい》の夜、危険を冒して良助が小舟でおぶんの救出にあらわれたとき、おひろは、彼女の全財産をおぶんに贈って「頼んだわよ、良さん、おぶんちゃんを頼んだわよ」と叫ぶのである。

「なにもかも露の干《ひ》ぬまのことだなんて、きいたふうなこと云ったわね、あれは取消してよ」と、彼女に告白する気持にならせたのは、おぶんの欺《あざむ》かれることをおそれぬまごころのゆえであった。ここにもまた、山本さんの、すぐれた一曲の人間讃《さん》歌《か》がある。

（昭和四十七年二月、文芸評論家）

新潮文庫最新刊

出井伸之著
ＯＮとＯＦＦ
「改革」の旗を掲げ16万人の企業を率いて8年——。ソニーのCEOが初めて綴った、トップビジネスの舞台裏、魅力溢れるその素顔。

岩中祥史著
博多学
「転勤したい街」全国第一位の都市——博多。独特の屋台文化、美味しい郷土料理、そして商売成功のツボ……博多の魅力を徹底解剖！

大谷晃一著
大阪学　阪神タイガース編
大阪の恥か、大阪の誇りか——出来の悪い息子のようなチームと、それを性懲りもなく応援するファンに捧げる、「大阪学」番外編！

桜沢エリカ著
贅沢なお産
30代で妊娠、さあ、お産は？　病院出産も会陰切開もイヤな人気漫画家は「自宅出産」を選んだ。エッセイとマンガで綴る極楽出産記。

井上一馬著
英語できますか？——究極の学習法——
これなら、できる！　著者が実体験を元に秘伝する、英語上達のゴールへの最短学習法。実践に役立つライブな情報が満載の好著。

堀　武昭著
世界マグロ摩擦！
食卓からマグロが消える!?　世界最大のマグロ消費国・日本を襲う、数々の試練。はたして、日本のマグロ漁業に未来はあるのか!?

つゆのひぬま

新潮文庫　や-2-19

昭和四十七年二月二十八日　発行
平成十五年六月十五日　四十七刷改版
平成十五年八月二十五日　四十八刷

著者　山《やま》本《もと》周《しゅう》五《ご》郎《ろう》
発行者　佐藤隆信
発行所　株式会社新潮社
郵便番号　一六二—八七一一
東京都新宿区矢来町七一
電話　編集部(〇三)三二六六—五四四〇
読者係(〇三)三二六六—五一一一

価格はカバーに表示してあります。

乱丁・落丁本は、ご面倒ですが小社読者係宛ご送付ください。送料小社負担にてお取替えいたします。

印刷・錦明印刷株式会社　製本・錦明印刷株式会社

ISBN4-10-113419-7 C0193